JULIA QUINN

El duque y yo

Julia Quinn

El duque y yo

BRIDGERTON
Una romántica y divertida saga familiar.

Titania

Argentina • Chile • Colombia • España
Estados Unidos • México • Perú • Uruguay

Título original: *The Duke and I*
Editor original: Avon Books, Nueva York
Traducción: Mireia Terés Loriente

1.ª edición Enero 2020

Published by arrangement with Avon, an imprint of HarperCollins Publishers.

ISBN: 978-84-16327-81-2
E-ISBN: 978-84-17545-72-7
Depósito legal: B-24.324-2019

Fotocomposición: Ediciones Urano, S.A.U.

Impreso por Romanyà Valls, S.A. – Verdaguer, 1 – 08786 Capellades (Barcelona)

Impreso en España – *Printed in Spain*

*Para Danelle Harmon y Sabrina Jeffries,
sin las que nunca habría podido
entregar este libro a tiempo.*

*Y a Martha del comité del boletín electrónico
del* The Romance Journal *por sugerirme
posibles títulos para el libro.*

*Y también para Paul,
a pesar de que su idea de bailar sea
quedarse de pie, darme la mano
y mirarme mientras doy vueltas.*

Nota de la autora

Parte de los beneficios obtenidos con la venta de este libro irán destinados a la Sociedad Nacional de Esclerosis Múltiple.

¡Ánimo, Elizabeth!

Prólogo

El nacimiento de Simon Arthur Henry Fitzranulph Basset, conde de Clyvedon, fue recibido con grandes celebraciones. Las campanas repicaron durante horas, hubo champán para todos para festejar la llegada del recién nacido y todo el pueblo de Clyvedon dejó sus labores para unirse a la fiesta organizada por el padre del joven conde.

—Este no es un niño cualquiera —le dijo el panadero al herrero.

Y no lo era porque Simon Arthur Henry Fitzranulph Basset no sería conde de Clyvedon para siempre. El título era pura cortesía. Simon Arthur Henry Fitzranulph Basset, el niño con más nombres de los que cualquier niño pudiera necesitar, era el heredero de uno de los ducados más antiguos y ricos de Inglaterra. Y su padre, el duque de Hastings, había estado esperando este momento durante años.

Mientras se paseaba con su hijo en brazos frente a la habitación de su mujer, al duque no le cabía el corazón en el pecho de lo orgulloso que estaba. Pasados los cuarenta años, había visto a todos sus amigos duques y condes engendrar herederos. Algunos habían tenido que ver nacer varias hijas antes de la llegada del esperado varón pero, al final, todos se habían asegurado la línea sucesoria, que su sangre perduraría en las próximas generaciones de la alta sociedad británica.

Pero el duque de Hastings, no. A pesar de que su mujer había conseguido concebir cinco hijos, solo dos de esos embarazos llegaron a los nueve meses y, en ambos casos, los niños nacieron sin vida. Después del quinto embarazo, que acabó al quinto mes con un aborto en el que la madre perdió mucha sangre, todos los médicos comunicaron a los duques que no era aconsejable volver a intentar concebir. La vida de la duquesa corría peligro. Estaba demasiado débil y quizá, según los médicos, era demasiado mayor. El duque tendría que irse haciendo a la idea de que el ducado de Hastings dejaría de pertenecer a la familia Basset.

La duquesa, en cambio, Dios la bendiga, conocía perfectamente cuál era su papel y, después de un período de recuperación de seis meses, abrió la puerta que comunicaba los dos dormitorios, y el duque volvió a la búsqueda de un hijo.

Cinco meses después, la duquesa comunicó al duque que estaba embarazada. La euforia del primer momento quedó empañada por la firme decisión del duque de que nada, absolutamente nada, truncara este embarazo. A partir del mismo momento en que la duquesa tuvo la primera falta, se vio obligada a guardar cama. Un médico acudía a visitarla cada día y, hacia mitad del embarazo, el duque localizó al mejor doctor de Londres y le ofreció un dineral para que abandonara su consulta y se trasladara a Clyvedon temporalmente.

Esta vez, el duque no estaba dispuesto a correr ningún riesgo. Tendría ese hijo y el ducado se quedaría en la familia Basset.

La duquesa empezó a tener dolores al octavo mes y las enfermeras le colocaron almohadas debajo de la cadera. El doctor Stubbs les explicó que la gravedad haría que el niño se mantuviera dentro. Al duque le pareció un argumento lógico y, cuando el doctor se marchaba por las noches, colocaba otra almohada, dejándola formando un ángulo de veinte grados. Y así permaneció durante un mes.

Y, por fin, llegó la hora de la verdad. Todos rezaban por el duque, que tanto deseaba un heredero, y pocos se acordaron de la duquesa que, a medida que le había crecido la barriga, había ido perdiendo peso hasta quedarse en los huesos. Nadie quería ser demasiado optimista porque, al fin y al cabo, la duquesa ya había dado a luz y enterrado dos niños. Además, aunque todo saliera bien, podía perfectamente ser una niña.

Cuando los gritos de la duquesa fueron más fuertes y frecuentes, el duque, haciendo caso omiso de las quejas del doctor, la comadrona y la doncella de la duquesa, entró en la habitación de su mujer. Todo estaba lleno de sangre, pero estaba decidido a estar presente cuando se conociera el sexo del bebé.

Salió la cabeza, luego los hombros. Todos se inclinaron para ver el fruto de los dolores y empujones de la duquesa y, entonces...

Y entonces el duque supo que Dios existía y que estaba con los Basset. Dejó que la comadrona lo limpiara y luego cogió al niño en brazos y salió fuera para enseñárselo a todo el mundo.

—¡Es un niño! —gritó—. ¡Un niño perfecto!

Y mientras los criados lo celebraban, el duque miró al pequeño conde y le dijo:

—Eres perfecto. Eres un Basset. Y eres mío.

Quería llevarlo fuera para que todos vieran que había tenido un varón sano y fuerte, pero estaban a principios de abril y hacía un poco de frío, así que, al final, accedió a que la comadrona se lo llevara con la madre. El duque montó a lomos de un caballo castrado y salió a celebrarlo, gritando a todo el que quisiera escucharle la buena noticia.

Mientras, la duquesa, que desde el parto no había dejado de sangrar, quedó inconsciente y, al final, falleció.

El duque lo sintió mucho por su mujer. Lo sintió con toda el alma. No la había querido, por supuesto, ni ella a él, pero habían mantenido una bonita amistad desde la distancia. Del matrimonio, el duque solo esperaba un hijo y heredero y, en ese aspecto, su mujer había demostrado ser todo un ejemplo de conducta. Dio órdenes de que cada semana hubiera flores frescas en su tumba, todo el año, y trasladaron su retrato del salón al vestíbulo, a un lugar prominente encima de la escalera.

Y luego el duque se dedicó a la tarea de criar a su hijo.

Obviamente, el primer año no pudo hacer casi nada. El bebé era demasiado pequeño para los libros de administración de las tierras y responsabilidades, así que lo dejó al cuidado de la niñera y se fue a Londres, donde continuó con la vida que llevaba antes de ser padre, salvo que ahora obligaba a todo el mundo, incluido el rey, a mirar el retrato en miniatura que le había hecho a su hijo poco después de nacer.

Visitaba Clyvedon de vez en cuando y, para el segundo aniversario de Simon, regresó con la intención de encargarse personalmente de la educación del conde. Le había comprado un pony, una pistola para cuando fuera mayor y acudiera a la caza del zorro y había contratado maestros para que le enseñaran todo lo que un hombre puede saber.

—¡Es demasiado joven para todo esto! —exclamó la niñera Hopkins.

—Bobadas —respondió el duque de un modo condescendiente—. Obviamente, no espero que se especialice en ninguna de estas materias en los próximos años, pero nunca es demasiado temprano para iniciar la educación de un duque.

—No es un duque —dijo la niñera.

—Lo será.

Hastings le dio la espalda y se agachó junto a su hijo, que estaba construyendo un castillo asimétrico con unos bloques en el suelo. El duque hacía meses que no iba a Clyvedon y quedó encantado con lo mucho que Simon había crecido. Era un niño sano y fuerte, de cabello castaño y ojos azules.

—¿Qué estás construyendo, hijo?

Simon sonrió y señaló.

Hastings miró a la niñera Hopkins.

—¿No habla?

Ella agitó la cabeza.

—Todavía no, señor.

El duque frunció el ceño.

—Tiene dos años. ¿No debería hablar ya?

—A algunos niños les cuesta más que a otros, señor. Pero está claro que es un chico brillante.

—Claro que lo es. Es un Basset.

La niñera asintió. Siempre lo hacía cuando el duque hablaba de la supuesta superioridad de los Basset.

—A lo mejor —sugirió—, no tiene nada que decir.

El duque no pareció demasiado convencido, pero le dio a Simon un soldado de juguete, le acarició la cabeza y se fue a montar la nueva yegua que le había comprado a lord Worth.

Sin embargo, dos años después no tuvo tanta paciencia.

—¿Por qué no habla? —gritó.

—No lo sé —respondió la niñera, retorciendo las manos.

—¿Qué le ha hecho?

—¡Yo no le he hecho nada!

—Si hubiera hecho bien su trabajo, mi hijo —dijo, señalando a Simon con un enfurecido dedo— hablaría.

El niño, que estaba practicando con las letras en su pequeño escritorio, no se perdía detalle de la conversación.

—¡Por el amor de Dios, tiene cuatro años! —gruñó el duque—. Se supone que ya debería hablar.

—Sabe escribir —se apresuró a decir la niñera Hopkins—. He criado cinco niños, y ninguno aprendió a escribir tan rápido como el señorito Simon.

—Si no puede hablar, va a necesitar escribir mucho —dijo, y añadió, dirigiéndose al niño, con los ojos encendidos—: ¡Di algo, maldita sea!

Simon se echó hacia atrás, con los labios temblorosos.

—¡Señor! —exclamó la niñera—. Lo está asustando.

Hastings dio media vuelta para mirarla a la cara.

—A lo mejor es lo que necesita. A lo mejor necesita una buena dosis de disciplina. Una buena zurra quizá sirva para hacerle hablar.

Cogió el cepillo de plata que la niñera usaba para peinar a Simon y se dirigió hacia su hijo.

—Yo te haré hablar, pequeño estúpido...

—¡No!

La niñera Hopkins contuvo la respiración. El duque dejó caer el cepillo. Fue la primera vez que escucharon la voz de Simon.

—¿Qué has dicho? —susurró el duque, con los ojos llenos de lágrimas.

Simon cerró los puños y la mandíbula y empezó a moverse cuando dijo:

—No me p-p-p-p-p-p-p...

El duque palideció.

—¿Qué está diciendo?

Simon volvió a intentarlo.

—N-n-n-n-n-n-n...

—¡Dios mío! —susurró el duque, horrorizado—. Es tonto.

—¡No es tonto! —dijo la niñera, abrazando al niño.

—N-n-n-n-n-n-n-no me p-p-p-p-p-p-p —Simon respiró hondo—, p-p-pegues.

Hastings se dejó caer en una silla, con la cabeza entre las manos.

—¿Qué he hecho yo para merecer esto? ¿Qué podría haber hecho para...?

—¡Debería alegrarse por él! —le recriminó la niñera—. Lleva cuatro años esperando a que hable y, ahora, cuando lo hace...

—¡Es idiota! —gritó Hastings—. ¡Un maldito idiota!

Simon se echó a llorar.

—El condado de Hastings va a ir a parar a manos de un tonto —dijo el duque—. Tantos años esperando un heredero y todo para nada. Debería haberle dado el título a mi primo. —Le dio la espalda a su hijo, que se estaba secando las lágrimas con las manos, intentando ser fuerte ante su padre—. No puedo mirarlo. Ni siquiera soporto mirarlo.

Y, entonces, se fue.

La niñera abrazó al niño.

—No eres tonto —le susurró, furiosa—. Eres el niño más listo que conozco. Y si alguien puede aprender a hablar correctamente, ese eres tú.

Simon se acurrucó en su regazo y sollozó.

—Ya verá —dijo la niñera—. Tendrá que tragarse sus palabras, aunque sea lo último que haga en esta vida.

La niñera Hopkins se esforzó por cumplir su palabra. Mientras el duque de Hastings se instaló en Londres e intentó hacer ver que no tenía ningún hijo, ella pasó cada minuto del día con Simon, enseñándole letras y sonidos, elogiándolo cuando hacía algo bien y dándole palabras de ánimo cuando fallaba.

Los progresos eran lentos pero, poco a poco, el discurso de Simon fue mejorando. A los seis años, el «n-n-n-n-n-n-no» se había convertido en «n-n-no», y a los ocho ya decía frases enteras sin titubear. Sin embargo, cuando estaba nervioso o enfadado seguía teniendo problemas, y la niñera Hopkins tuvo que recordarle que tenía que estar tranquilo si quería pronunciar las palabras enteras.

Pero Simon estaba decidido, era inteligente y, lo más importante, era muy testarudo. Aprendió a respirar hondo antes de cada frase y a pensar lo que iba a decir antes de abrir la boca. Memorizó la sensación que tenía en la boca cuando hablaba bien e intentó analizar qué era lo que no funcionaba cuando tartamudeaba.

Y, al final, a los once años, miró a la niñera a los ojos, respiró hondo, y dijo:

—Creo que ha llegado la hora de ir a ver a mi padre.

La niñera lo miró muy seria. El duque no había venido a ver a su hijo en siete años. Y tampoco había respondido ninguna de las cartas que Simon le había enviado. Y fueron cerca de un centenar.

—¿Estás seguro? —le preguntó.

Simon asintió.

—Está bien. Diré que preparen el carruaje. Saldremos hacia Londres mañana por la mañana.

El viaje duró un día y medio, y cuando cruzaron la verja de Basset House era casi de noche. Simon observó maravillado el ir y venir de carruajes en las calles de Londres mientras subía la escalera de la entrada de la mano de la niñera Hopkins. Ninguno de los dos había estado antes en Basset House, así que, cuando llegaron a la puerta principal, a la niñera solo se le ocurrió llamar al picaporte.

La puerta se abrió enseguida y se vieron observados por un mayordomo más bien imponente.

—Las entregas —dijo, cerrando la puerta— se hacen por la puerta de atrás.

—¡Espere un segundo! —dijo la niñera, colocando un pie en el umbral—. No somos criados.

El mayordomo miró con desdeño su ropa.

—Bueno, yo sí, pero él no. —Cogió a Simon por el brazo y lo colocó delante de ella—. Es el conde Clyvedon y será mejor que lo trate con un poco más de respeto.

El mayordomo se quedó con la boca abierta y parpadeó varias veces antes de hablar.

—Según tengo entendido, el conde Clyvedon está muerto.

—¿Qué? —exclamó la niñera.

—¡Le aseguro que no estoy muerto! —dijo Simon, con toda la indignación que puede mostrar un niño de once años.

El mayordomo lo miró y enseguida reconoció la mirada de los Basset. Los hizo entrar.

—¿Por qué creía que estaba m-muerto? —preguntó Simon, maldiciéndose por tartamudear, aunque no le sorprendió porque era lo que le pasaba cuando se enfadaba.

—No me corresponde a mí contestar a esa pregunta —respondió el mayordomo.

—Por supuesto que sí —dijo la niñera—. No puede decirle algo así a un niño de su edad y no explicárselo.

El mayordomo se quedó callado, y luego dijo:

—El duque no lo ha mencionado en años. Lo último que dijo fue que no tenía ningún hijo. Parecía muy afectado, así que nadie le hizo más preguntas. Nosotros, bueno, los criados, supusimos que había muerto.

Simon apretó la mandíbula e intentó calmar la rabia que sentía en su interior.

—Si su hijo hubiera muerto, ¿no le habría llevado duelo? —preguntó la niñera—. ¿No se le ocurrió pensar eso? ¿Cómo pudo pensar que el niño estaba muerto si su padre no llevaba duelo?

El mayordomo se encogió de hombros.

—El duque suele vestirse de negro. El duelo no habría alterado su manera de vestir.

—Esto es una ofensa —dijo la niñera—. Le exijo que vaya a buscar al duque inmediatamente.

Simon no dijo nada. Estaba haciendo un gran esfuerzo para intentar controlar sus emociones. Tenía que hacerlo. Solo podría hablar con su padre si se calmaba un poco.

El mayordomo asintió.

—Está arriba. Le comunicaré su llegada de inmediato.

La niñera empezó a caminar furiosa de un lado a otro, refunfuñando entre dientes y refiriéndose al duque en todas las palabras ofensivas de su extraordinariamente amplio vocabulario. Simon se quedó en medio de la sala, con los brazos como palos a ambos lados del cuerpo, respirando hondo.

«Puedes hacerlo —se decía—. Puedes hacerlo.»

La niñera lo miró, vio que intentaba controlar sus emociones y, en voz baja, le dijo:

—Respira hondo. Y piensa las palabras antes de hablar. Si puedes controlar...

—Veo que sigue mimándolo como siempre —dijo una imponente voz desde la puerta.

La niñera se levantó y, lentamente, se giró. Intentó encontrar algo respetuoso que decir. Intentó encontrar algo que suavizara aquella situación tan tensa. Pero, cuando miró al duque, vio a Simon en sus ojos y la invadió la rabia. Puede que el duque se pareciera a su hijo, pero no era un padre para él.

—Usted, señor, es un ser despreciable —dijo, al final.

—Y usted, señora, está despedida.

La niñera retrocedió.

—Nadie le habla así al duque de Hastings —dijo—. ¡Nadie!

—¿Ni siquiera el rey? —dijo Simon.

Hastings se dio la vuelta, sin apenas darse cuenta de que su hijo había pronunciado perfectamente esas palabras.

—Tú —dijo el duque, en voz baja.

Simon asintió. Había conseguido decir bien una frase, pero era una corta y no quería tentar su suerte. No mientras estuviera tan enfadado. Normalmente, podía hablar durante días sin tartamudear, pero ahora...

La manera en que su padre lo miraba lo hizo sentirse un niño. Un niño idiota.

Y, de repente, se sintió la lengua muy pesada.

El duque sonrió con crueldad.

—Dime, chico, ¿qué tienes que decir? ¿Eh? ¿Qué quieres decir?

—No pasa nada, Simon —le susurró la niñera, lanzándole una mirada envenenada al duque—. No dejes que te afecte. Puedes hacerlo, cariño.

Y, sin saber cómo, esas palabras de ánimo consiguieron el efecto contrario. Simon había venido a Londres para enfrentarse a su padre y la niñera lo estaba tratando como si fuera un bebé.

—¿Qué pasa? —preguntó el duque—. ¿Te ha comido la lengua el gato?

Los músculos de Simon se tensaron hasta tal punto que empezó a temblar.

Padre e hijo se miraron durante un rato, aunque pareció una eternidad, hasta que el duque empezó a maldecir a su hijo y se fue hacia la puerta.

—Eres mi mayor fracaso —le dijo a su hijo—. No sé qué habré hecho para merecer este castigo, pero que Dios me asista si algún día te vuelvo a mirar a los ojos.

—¡Señor! —exclamó la niñera, indignada. Aquellas no eran formas de hablarle a un niño.

—Sáquelo de mi vista —gritó—. Puede quedarse con el trabajo siempre que lo mantenga alejado de mí.

—¡Espera!

Lentamente, al oír la voz de Simon, se dio la vuelta.

—¿Has dicho algo? —preguntó, arrastrando las palabras.

Simon tomó aire por la nariz tres veces, los labios apretados por la rabia. Se obligó a relajar la mandíbula y se rascó la lengua con la parte superior del paladar, intentando recordar la sensación de hablar bien. Al final, justo cuando el duque estaba a punto de volverlo a rechazar, abrió la boca y dijo:

—Soy tu hijo.

Escuchó cómo la niñera Hopkins soltaba un resoplido de alivio y en los ojos de su padre vio algo que no había visto nunca. Orgullo. No demasiado pero, en el fondo, brillaba una chispa de orgullo; eso le dio a Simon un poco de esperanza.

—Soy tu hijo —repitió, un poco más alto—. Y no q...

De repente, se le cerró la garganta. Y le entró el pánico.

«Puedes hacerlo. Puedes hacerlo.»

Pero notaba un nudo en la garganta, la lengua le pesaba y se le empezaron a cerrar los ojos.

—Y no q-q-q...

—Vete a casa —dijo el duque, en voz baja—. Aquí no hay sitio para ti.

Simon sintió el rechazo de su padre hasta la médula, sintió una punzada de dolor que le invadía el corazón. Y, mientras el odio nacía en su interior y se le reflejaba en los ojos, hizo una reverencia.

Si no podía ser el hijo que su padre quería, juraba por Dios que sería todo lo contrario...

1

Los Bridgerton son, de lejos, la familia más prolífica de las altas esferas sociales de Londres. Tanta productividad por parte de la vizcondesa y el difunto vizconde es de agradecer, a pesar de que la elección de los nombres solo puede calificarse de banal. Anthony, Benedict, Colin, Daphne, Eloise, Francesca, Gregory y Hyacinth; el orden alfabético, obviamente, resulta beneficioso en todos los aspectos, aunque uno podría creer que los padres deberían ser lo bastante inteligentes como para reconocer a sus hijos sin necesidad de alfabetizarlos.

Es más, cuando uno se encuentra con la vizcondesa y sus ocho hijos en una sala, teme que esté viendo doble, triple o peor. Esta autora nunca ha visto una colección de hermanos con tanto parecido físico entre ellos. Aunque esta autora nunca se ha detenido a observar el color de ojos detenidamente, los ochos tienen una estructura ósea muy similar y el mismo cabello grueso y castaño. Cuando la vizcondesa empiece a buscar buenos partidos para casar a sus hijas me dará mucha lástima por no haber tenido ni un solo hijo con un color de pelo más extraordinario. Sin embargo, tanto parecido tiene sus ventajas: no hay ninguna duda de que los ocho son hijos legítimos.

Ah, querido lector, tu devota autora ya querría que en todas las grandes familias fuera igual...

Revista de sociedad de lady Whistledown
26 de abril de 1813

—¡Oooooooooohhhhhhhhhh! —Violet Bridgerton hizo una bola con la hoja de periódico y la tiró al otro lado del elegante salón.

Inteligentemente, su hija Daphne no hizo ningún comentario e hizo ver que estaba concentrada en el bordado.

—¿Has leído lo que ha escrito? —le preguntó Violet—. ¿Lo has leído?

Daphne miró la bola de papel, que estaba debajo de una mesita de caoba.

—No he podido hacerlo antes que... hum... la destrozaras.

—Pues léelo —dijo Violet, agitando el brazo en el aire—. Lee las calumnias que esa mujer ha escrito sobre nosotros.

Tranquilamente, Daphne dejó en el sillón el bordado y fue hasta la mesita. Extendió la hoja sobre el regazo y leyó el párrafo que hablaba de su familia. Parpadeando, levantó la mirada.

—No es tan malo, madre. En realidad, teniendo en cuenta lo que escribió la semana pasada de los Featherington, esto es una auténtica bendición.

—¿Cómo se supone que voy a encontrarte marido si esa mujer va difamando tu nombre?

Daphne suspiró. Después de dos temporadas en los bailes de Londres, la palabra «marido» bastaba para ponerla de los nervios. Quería casarse, claro que sí, y ni siquiera albergaba esperanzas de casarse por amor. Pero ¿era mucho pedir casarse con alguien por quien sintiera un mínimo afecto?

Hasta ese momento, cuatro hombres habían pedido su mano, pero cuando Daphne se planteaba pasar el resto de su vida al lado de cualquiera de ellos, sencillamente no podía. Había bastantes hombres a los que ella consideraba razonablemente aceptables como maridos, pero había un problema: ninguno de ellos parecía interesado. Sí, claro, todos la apreciaban. Todo el mundo lo hacía. Todos pensaban que era graciosa, amable e ingeniosa, y nadie pensaba que no fuera atractiva pero, al mismo tiempo, nadie quedaba maravillado ante su belleza, nadie se quedaba sin palabras ante su presencia o escribía poesía en su honor.

Los hombres, pensó ella disgustada, solo se interesaban por las mujeres que les daban miedo. Nadie parecía interesado en cortejarla a ella. Todos la querían, o eso decían, porque era muy fácil hablar con ella y siempre parecía entender lo que los hombres sentían. Como dijo uno de los hombres que ella pensaba que podría ser un buen marido: «Créeme, Daff, no eres como las demás mujeres. Eres, en el buen sentido de la palabra, de lo más normal».

Y lo habría considerado un cumplido si, inmediatamente después, él no se hubiera ido a buscar a alguna belleza rubia.

Daphne bajó la mirada y vio que tenía la mano apretada en un puño. Después, levantó la mirada y vio que su madre la estaba observando y esperando, obviamente, que le dijera algo. Como ya había suspirado, se aclaró la garganta y dijo:

—Estoy segura de que la columna de lady Whistledown no va a arruinar mis posibilidades de matrimonio.

—¡Daphne, ya han pasado dos años!

—Y lady Whistledown solo publica esta ridícula columna desde hace tres meses, así que no creo que podamos echarle toda la culpa a ella.

—Le echaré la culpa a quien quiera —dijo Violet.

Daphne se clavó las uñas en las palmas de las manos para evitar responderle de mala manera a su madre. Sabía que solo quería lo mejor para ella, y sabía que su madre la quería. Y ella también la quería. En realidad, hasta que Daphne llegó a la edad casadera, Violet había sido la mejor madre del mundo. Y lo seguía siendo, menos cuando se desesperaba ante la realidad que, detrás de Daphne, tenía que casar a tres hijas más.

Violet se colocó una mano encima del pecho.

—Pone en entredicho tu origen noble.

—No —dijo Daphne, lentamente. Siempre era recomendable ir con cautela a la hora de contradecir a su madre—. En realidad, lo que ha dicho es que no cabe ninguna duda de que todos somos hijos legítimos. Y eso es mucho más de lo que puede decirse de las demás familias numerosas de la alta sociedad.

—Ni siquiera debería haber sacado el tema —lloriqueó Violet.

—Madre, escribe una columna de cotilleos. Su trabajo es sacar temas como este.

—Ni siquiera es una persona real —añadió Violet, muy enfadada. Apoyó las manos en las caderas, aunque luego cambió de opinión y empezó a agitar un dedo en el aire—. Whistledown, ¡ja! Nunca he oído hablar de ningún Whistledown. Sea quien sea esta depravada mujer, dudo mucho de que sea de los nuestros. Nadie con un mínimo de educación escribiría semejantes mentiras.

—Claro que es de los nuestros —dijo Daphne, a quien se le notaba en los ojos que estaba disfrutando con aquella conversación—. Si no fuera de la alta sociedad, sería imposible que supiera todo lo que sabe. ¿Pensabas que era alguna impostora que se dedicaba a espiar por las ventanas y a escuchar detrás de las puertas?

—No me gusta ese tono, Daphne Bridgerton —dijo Violet, entrecerrando los ojos.

Daphne reprimió una sonrisa. La frase «No me gusta tu tono» era la respuesta habitual de Violet cuando uno de sus hijos tenía razón en una discusión.

Sin embargo, se lo estaba pasando demasiado bien para dejarlo ahí.

—No me sorprendería que lady Whistledown fuera una de tus amigas —dijo Daphne, inclinando la cabeza.

—Ten cuidado, muchachita. Ninguna de mis amigas caería tan bajo.

—Está bien —dijo Daphne—. Posiblemente no es ninguna de tus amigas, pero estoy segura de que es alguien que conocemos. Ningún intruso podría conseguir la información de la que ella habla.

Violet se cruzó de brazos.

—Me gustaría descubrirla y dejarla sin trabajo.

—Si de verdad es lo que quieres —dijo Daphne, sin poder resistirse al comentario—, no deberías apoyarla comprando su revista.

—¿Y qué conseguiría con eso? —preguntó Violet—. Todo el mundo la compra. Mi insignificante boicot solo serviría para hacerme quedar como una ignorante cuando los demás comentaran sus chismes.

En eso tenía razón, pensó Daphne. La alta sociedad de Londres estaba totalmente enganchada a la *Revista de sociedad de lady Whistledown*. La misteriosa publicación había aparecido en la puerta de las mejores casas de Londres hacía tres meses. Durante dos semanas, se entregó de manera gratuita los lunes, miércoles y viernes. Y entonces, al tercer lunes, los mayordomos de todo Londres esperaron en vano a los chicos del reparto porque, para sorpresa de todo el mundo, la revista se empezó a vender al desorbitado precio de cinco peniques el ejemplar.

Daphne solo podía admirar la astucia de la ficticia lady Whistledown. Cuando empezó a vender sus chismes, todo Londres estaba ya tan enganchado a ellos que todos desembolsaban los cinco peniques para leerlos mientras, en algún lugar, alguna señora entrometida se estaba haciendo de oro.

Mientras Violet se paseaba por el salón refunfuñando sobre aquel «terrible desaire» en contra de su familia, Daphne la miró para asegurarse de que no le prestaba atención y aprovechó para seguir leyendo los relatos de lady Whistledown. La publicación era una mezcla de comentarios, noticias sociales, mordaces insultos y algún que otro cumplido. Lo que la diferenciaba de otras revistas similares es que la autora daba los nombres completos de los protagonistas. No ocultaba a las personas detrás de abreviaturas como lord S o lady G. Si lady Whistledown quería escribir sobre alguien, utilizaba el nombre completo. La gente bien puso el grito en el cielo pero, en el fondo, estaban fascinados por aquella mujer.

Este último número era típico de lady Whistledown. Aparte de la breve columna sobre los Bridgerton, que no era más que una descripción de la familia, relataba las fiestas de la noche anterior. Daphne no pudo asistir porque era el cumpleaños de su hermana menor, y los Bridgerton siempre celebraban los cumpleaños en familia. Y siendo ocho hermanos, siempre estaban celebrando algo.

—¿Estás leyendo esa bazofia? —dijo Violet, en tono acusatorio.

Daphne la miró, sin ningún sentimiento de culpabilidad.

—La columna de hoy no está mal. Al parecer, Cecil Tumbley tiró una torre de copas de champán ayer por la noche.

—¿De verdad? —preguntó Violet, intentando disimular su interés.

—Hum... —contestó Daphne—. Da bastante buena cuenta del baile en casa de los Middlethorpe. Quién habló con quién, los vestidos que llevaban las señoras...

—Y supongo que sintió la necesidad de dar su opinión a ese respecto, ¿no es así?

Daphne esbozó una sonrisa maliciosa.

—Venga, mamá, sabes tan bien como yo que a la señora Middlethorpe nunca le ha favorecido el púrpura.

Violet intentó no sonreír. Daphne vio cómo la comisura de los labios se apretaba mientras su madre intentaba mantener la compostura propia de una vizcondesa y madre. Sin embargo, a los dos segundos estaba sonriendo y sentándose al lado de su hija en el sofá.

—Déjame verlo —dijo, quitándole la revista de las manos a Daphne—. ¿Pasó algo más? ¿Nos perdimos algo importante?

—Mamá, de verdad, con una reportera como lady Whistledown, ya no hace falta acudir a las fiestas —dijo Daphne, agitando la revista—. Esto es casi como haber estado allí. Incluso mejor. Estoy segura de que nosotros comimos mejor que ellos. Y devuélveme eso —gritó, quitándole la revista de las manos a su madre.

—¡Daphne!

Daphne le hizo una mueca.

—Lo estaba leyendo yo.

—¡Está bien!

—Escucha esto.

Violet se inclinó. Daphne leyó:

—«El vividor antiguamente conocido como conde de Clyvedon ha decidido, al fin, honrar a Londres con su presencia. Aunque todavía no se ha dignado a hacer su presentación oficial en ninguna fiesta social, han visto al nuevo duque de Hastings en White's varias veces y en Tattersall's en una ocasión —hizo una pausa para respirar—. El duque ha vivido en el extranjero los últimos seis años. ¿Será solo una coincidencia que haya regresado ahora, justo después de la muerte del viejo duque?».

Daphne levantó la mirada.

—¡Dios mío! No se anda por las ramas, ¿no crees? Este Clyvedon, ¿no es amigo de Anthony?

—Ahora se llama Hastings —dijo Violet, de manera automática—. Y sí, creo que él y Anthony eran amigos en Oxford. Y en Eton también, creo. —Arrugó una ceja y entrecerró los ojos—. Si no recuerdo mal, era bastante revoltoso. Siempre estaba en desacuerdo con su padre, pero era un chico brillante. Estoy casi segura de que Anthony dijo que sacó nota de honor en Matemáticas. Y eso —dijo, con una mirada maternal—, es más de lo que puedo decir de ninguno de mis hijos.

—Estoy segura de que, si en Oxford aceptaran mujeres, yo también sacaría notas excelentes —bromeó Daphne.

Violet soltó una risita.

—Te corregía los deberes de aritmética cuando la institutriz estaba enferma, Daphne.

—De acuerdo, quizás en Historia —dijo Daphne, sonriendo. Volvió a mirar el papel y releyendo una y otra vez el nombre del nuevo duque—. Parece interesante.

Violet la miró, muy seria.

—No es adecuado para una señorita de tu edad.

—Es curioso cómo, en un segundo, soy tan mayor que te desesperas porque crees que no me voy a casar con nadie y, al mismo tiempo, soy demasiado joven para conocer a los amigos de Anthony.

—Daphne Bridgerton, no me...

—... gusta mi tono, lo sé —dijo Daphne, sonriendo—. Pero me quieres.

Violet también sonrió y abrazó a su hija.

—Es cierto.

Daphne le dio un beso en la mejilla a su madre.

—Es la maldición de la maternidad. Nos quieres incluso cuando te sacamos de quicio.

Violet suspiró.

—Solo espero que algún día tengas...

—... hijos como yo, lo sé —dijo Daphne, con una sonrisa melancólica, y apoyó la cabeza en el hombro de su madre.

Su madre podría ser demasiado curiosa y su padre quizás estuvo más interesado en la caza que en las fiestas sociales, pero habían tenido un matrimonio amable y bien avenido, lleno de amor, risas e hijos.

—Lo peor que podría hacer sería no seguir tu ejemplo.

—Daphne, cielo —dijo Violet, con los ojos humedecidos—, es una de las cosas más bonitas que me han dicho nunca.

Daphne jugó con un mechón castaño y sonrió, convirtiendo el momento sentimental en gracioso.

—Seguiré tu ejemplo en lo que al matrimonio y los hijos se refiere, madre, siempre que no tenga que tener ocho.

En ese mismo momento, Simon Basset, el nuevo duque de Hastings y antiguo tema de conversación de las mujeres Bridgerton, estaba sentado en White's. Y estaba acompañado, ni más ni menos, que por Anthony Bridgerton, el hermano mayor de Daphne. Eran bastante parecidos; los dos altos, fuertes y con el cabello grueso y oscuro. Sin embargo, Anthony tenía los ojos del mismo color chocolate que su hermana y Simon los tenía de un azul intenso.

Y, precisamente, era esa mirada fría la que le antecedía. Cuando miraba a alguien directamente a los ojos, los hombres se sentían incómodos y las mujeres empezaban a temblar.

Pero Anthony, no. Hacía años que se conocían, y Anthony se limitaba a sonreír cuando Simon levantaba una ceja y lo miraba fijamente.

—Te olvidas de que te he visto con la cabeza metida en un orinal —le había dicho Anthony—. Desde entonces, me cuesta tomarte en serio.

—Sí, y si no recuerdo mal, fuiste tú el que me sujetaba mientras llevaba aquel repugnante recipiente en la cabeza. —Fue la respuesta de Simon.

—Uno de los mejores momentos de mi vida, te lo aseguro. Sí, pero a la noche siguiente te tomaste la revancha en forma de doce anguilas en mi cama.

Simon sonrió al recordar tanto el incidente como la consiguiente charla con el director. Anthony era un buen amigo, el tipo de hombre que uno querría tener al lado en una situación difícil. Fue la primera persona que Simon buscó cuando volvió a Inglaterra.

—Es un placer volverte a tener aquí, Clyvedon —dijo Anthony, una vez sentados en las butacas de White's—. Pero supongo que ahora insistirás en que te llame Hastings.

—No —dijo Simon, serio—. Hastings será siempre el nombre de mi padre. Nunca respondía a nada más. —Hizo una pausa—. Heredaré su título, si es necesario, pero no aceptaré su nombre.

—¿Si es necesario? —Anthony abrió los ojos como platos—. Muchos hombres no estarían tan resignados ante la perspectiva de heredar un ducado.

Simon se pasó la mano por el pelo. Sabía que se suponía que debía estar contento por su primogenitura y mostrarse orgulloso de la intachable historia de los Basset, pero la verdad era que todo aquello lo ponía enfermo. Toda la vida había intentado defraudar las expectativas de su padre, y ahora le parecía ridículo hacer honor a su nombre.

—Es una maldita carga, eso es lo que es —gruñó, al final.

—Pues será mejor que te vayas acostumbrando —dijo Anthony, a modo de consejo—, porque todos te van a llamar por su nombre.

Simon sabía que era verdad, pero dudaba de que algún día pudiera llevar con dignidad aquel título.

—Bueno, en cualquier caso —dijo Anthony, respetando la privacidad de su amigo en algo de lo que obviamente no le gustaba hablar—, me alegro de que hayas vuelto. Así, por fin, encontraré un poco de paz la próxima vez que acompañe a mi hermana a un baile.

Simon se echó hacia atrás y cruzó las largas y musculosas piernas por los tobillos.

—Un comentario muy intrigante —dijo.

Anthony levantó una ceja.

—Y estás seguro de que te lo explicaré, ¿no es así?

—Por supuesto.

—Debería dejar que lo adivinaras por ti mismo, pero nunca he sido un hombre cruel.

Simon se rio.

—¿Y esto lo dice el que me metió la cabeza en un orinal?

Anthony agitó la mano en el aire para quitarle importancia.

—Era joven.

—¿Y ahora eres el ejemplo del decoro y la respetabilidad?

Anthony sonrió.

—Totalmente.

—Entonces —dijo Simon—, dime, exactamente, ¿cómo voy a contribuir a que tengas una existencia más pacífica?

—Supongo que tienes intención de asumir tu papel social.

—Supones mal.

—Pero vas a ir al baile de lady Danbury esta semana —dijo Anthony.

—Únicamente porque siento un gran aprecio por ella. Siempre dice lo que piensa y... —Los ojos de Simon parecieron alterados.

—¿Y? —preguntó Anthony.

Simon agitó la cabeza.

—Nada. Es que se portó muy bien conmigo de pequeño. Pasé unas cuantas vacaciones de verano en su casa con Riverdale. Ya sabes, su sobrino.

Anthony asintió.

—Ya veo. Así que no tienes intención de presentarte en sociedad. Estoy impresionado por tu determinación. Pero permíteme que te diga una cosa: aunque no quieras ir a los bailes de la alta sociedad, ellas vendrán a ti.

Simon, que había elegido ese momento para beber un trago de brandy, se atragantó ante la mirada de Anthony cuando dijo «ellas». Después de un mal rato tosiendo, dijo:

—¿Quiénes son ellas?

Anthony se estremeció.

—Las madres.

—Como yo no tuve, creo que no te entiendo.

—Las madres, imbécil. Esos dragones que sacan fuego por la nariz con hijas, Dios nos asista, casaderas. Puedes correr, pero no podrás esconderte. Y, debo avisarte, la mía es la peor de todas.

—¡Dios santo! Y yo pensaba que África era peligrosa.

Anthony le lanzó a su amigo una compasiva mirada.

—Te perseguirán y, cuando te encuentren, te verás atrapado en una conversación con una joven pálida con un vestido blanco que solo sabe hablar del tiempo, del baile anual en Almack's y de cintas de pelo.

Simon miró a su amigo, divertido.

—Deduzco, de tus palabras, que mientras he estado fuera, te has convertido en una especie de buen partido, ¿no?

—No es que aspire a ello, te lo aseguro. Si dependiera de mí, evitaría los bailes como si fueran plagas. Pero mi hermana se presentó en sociedad el año pasado y, de vez en cuando, me veo obligado a acompañarla a los bailes.

—Te refieres a Daphne, ¿verdad?

Anthony miró a Simon bastante sorprendido.

—¿Os llegasteis a conocer?

—No —dijo Simon—. Pero me acuerdo de las cartas que te enviaba al colegio; además, también recuerdo que era la cuarta, así que su nombre tiene que empezar por D y ya sabes...

—Sí, claro —dijo Anthony, con los ojos en blanco—. El método de los Bridgerton para ponerles nombres a sus hijos. Una manera de asegurarse que nadie se olvida de quién eres.

Simon se rio.

—Pero funciona, ¿no es así?

—Simon —dijo Anthony, de repente, inclinándose hacia delante—. Le prometí a mi madre que a finales de semana iría a cenar con la familia a Bridgerton House. ¿Por qué no vienes conmigo?

Simon levantó una ceja.

—¿No me acabas de prevenir sobre las madres y sus hijas casaderas?

Anthony se rio.

—Pondré a mi madre sobre aviso y, respecto a Daff, no tienes nada de qué preocuparte. Es la excepción que confirma la regla. Te encantará.

Simon frunció el ceño. ¿Estaría Anthony jugando a las casamenteras? No estaba seguro.

Como si le hubiera leído el pensamiento, Anthony se rio.

—¡Dios mío! Crees que quiero emparejarte con Daphne, ¿no?

Simon no dijo nada.

—No encajaríais. Eres demasiado callado para sus gustos.

A Simon le pareció un comentario algo extraño, pero decidió hacer otra pregunta.

—Entonces, ¿ha tenido otras ofertas?

—Unas cuantas. —Anthony se bebió de un trago lo que le quedaba de brandy y suspiró, satisfecho—. Le he dado mi permiso para rechazarlas.

—Es un acto bastante indulgente por tu parte.

Anthony se encogió de hombros.

—En esta época, esperar un matrimonio por amor quizá sea demasiado, pero no veo por qué no debería ser feliz con su marido. Hemos recibido ofertas de un hombre que podría ser su padre, otra de uno que podría ser el hermano de su padre, y otra de uno que era demasiado tranquilo para nuestro bullicioso clan y, esta semana, ¡Dios, este ha sido el peor!

—¿Qué ha pasado? —preguntó Simon, muy curioso.

Anthony se rascó la sien enérgicamente.

—Era muy agradable, pero un poco corto. Después de nuestros años libertinos, seguro que pensabas que era un hombre sin sentimientos...

—¿De verdad? —dijo Simon, con una sonrisa maliciosa en la cara—. ¿Por qué lo dices?

Anthony frunció el ceño.

—No disfruté mucho rompiéndole el corazón a ese pobre tonto.

—Hum, ¿no lo había hecho Daphne?

—Sí, pero yo tenía que decírselo.

—No hay muchos hermanos que demuestren tanta permisividad con las propuestas de matrimonio de sus hermanas —dijo Simon.

Anthony se volvió a encoger de hombros, como si no pudiera imaginarse otra manera de tratar a su hermana.

—Ha sido una buena hermana. Es lo menos que puedo hacer por ella.

—¿Incluso si eso implica acompañarla a Almack's? —dijo Simon, malicioso.

Anthony hizo una mueca.

—Incluso.

—Me gustaría consolarte diciéndote que todo esto terminará pronto, pero te recuerdo que tienes tres hermanas más que vienen detrás.

Anthony se hundió en el sillón.

—A Eloise le toca dentro de dos años, a Francesca un año después y luego podré tomarme un descanso hasta que le toque a Hyacinth.

Simon se rio.

—No te envidio esa responsabilidad.

Sin embargo, incluso cuando pronunció esas palabras, sintió un punto de añoranza y se preguntó cómo sería no estar tan solo en el mundo. No tenía intención de formar una familia aunque, si hubiera tenido una de pequeño, quizá todo habría sido distinto.

—Entonces, ¿vendrás a cenar? —dijo Anthony, levantándose—. Algo informal, por supuesto. Nunca organizamos cenas formales cuando estamos en familia.

Simon tenía muchas cosas que hacer esos días pero, antes incluso de pensar en lo que tenía que arreglar, ya estaba diciendo:

—Será un placer.

—Excelente. Pero primero te veré en el baile de los Danbury, ¿no?

Simon se estremeció.

—No, si puedo evitarlo. Mi intención es llegar, saludar y marcharme a la media hora.

Levantando una incrédula ceja, Anthony preguntó:

—¿De verdad crees que podrás llegar a la fiesta, presentarle tus respetos a lady Danbury y marcharte?

Simon asintió de manera segura y contundente.

Sin embargo, la risa burlona de Anthony no fue demasiado tranquilizadora.

2

El nuevo duque de Hastings es de lo más interesante. A pesar de que su ene-
mistad con su padre siempre fue del dominio público, ni siquiera esta autora
ha podido descubrir la razón del distanciamiento.

Revista de sociedad de lady Whistledown,
26 de abril de 1813

A finales de semana, Daphne estaba de pie en el baile de lady Danbury, bastante alejada de la pista y de los grupos de gente. Estaba más cómoda así.

En cualquier otra situación, habría disfrutado del baile como cualquier chica de su edad; sin embargo, hacía unas horas Anthony le había confesado que Nigel Berbrooke lo había ido a ver hacía dos días y le había pedido formalmente su mano. Otra vez. Obviamente, Anthony lo había rechazado, ¡otra vez!, pero Daphne tenía el presentimiento de que Nigel insistiría. Al fin y al cabo, dos propuestas de matrimonio en dos semanas no eran propias de un hombre que aceptara la derrota fácilmente.

Lo vio al otro lado del salón, mirando de un lado a otro, y aquello hizo que Daphne se difuminara más entre las sombras.

No tenía ni idea de cómo tratarlo. No era muy listo pero tampoco era rudo ni tosco y, a pesar de que sabía que tenía que acabar con aquel encaprichamiento, le resultaba mucho más fácil comportarse como una cobarde: sencillamente, lo evitaba.

Mientras consideraba la posibilidad de ir a esconderse en la sala de descanso de las damas, escuchó una voz familiar a sus espaldas.

—Daphne, ¿qué haces aquí escondida?

Ella se giró y vio a su hermano mayor acercándose.

—Anthony —dijo, intentando decidir si se alegraba de verlo o le disgustaba que hubiera venido a meterse en sus asuntos—. No sabía que tú también vendrías.

—Mamá —dijo, sonriendo.

Cualquier otra palabra sobraba.

—¡Ah! —dijo Daphne, con un compasivo movimiento de cabeza—. No digas más. Te entiendo perfectamente.

—Ha hecho una lista de novias potenciales. —Le lanzó a su hermana una mirada de agobio—. La queremos, ¿verdad?

Daphne soltó una risita.

—Sí, Anthony, la queremos.

—Es una locura temporal —dijo—. Tiene que ser así. No hay otra explicación. Hasta que alcanzaste la edad casadera, era una madre perfectamente razonable.

—¿Yo? —exclamó Daphne—. Entonces, ¿todo es culpa mía? ¡Tú tienes ocho años más que yo!

—Sí, pero esta fiebre matrimonial no se había apoderado de ella hasta ahora.

Daphne se rio.

—Perdona que no sienta compasión por ti. Pero yo también recibí una lista el año pasado.

—¿De verdad?

—Por supuesto. Y últimamente me está amenazando con darme una cada semana. Me da la lata con lo del matrimonio mucho más de lo que te puedas imaginar. Los solteros son un reto, pero las solteronas son patéticas. Y, por si no te habías dado cuenta, soy una mujer.

Anthony soltó una carcajada.

—Soy tu hermano. No me doy cuenta de esas cosas —dijo, y la miró de reojo—. ¿La has traído?

—¿La lista? ¡Cielos, no! ¿En qué estás pensando?

La sonrisa se hizo más amplia.

—Yo he traído la mía.

Daphne contuvo la respiración.

—¡No me lo creo!

—De verdad. Solo para torturar a mamá. Me pondré a su lado y la estudiaré detenidamente; sacaré las gafas...

—No tienes gafas.

Anthony sonrió; la misma sonrisa maliciosa que parecía que todos los hombres Bridgerton dominaban.

—Me he comprado unas solo para la ocasión.

—Anthony, no puedes hacer eso. Te matará. Y después encontrará la manera de echarme a mí la culpa.

—Cuento con eso.

Daphne lo golpeó en el hombro, provocando un gruñido lo bastante fuerte como para que varias personas que pasaban por allí se giraran a mirarlos.

—Una buena derecha —dijo Anthony, rascándose el brazo.

—Una chica no puede sobrevivir con cuatro hermanos si no aprende a golpear fuerte —dijo, cruzando los brazos—. Déjame ver la lista.

—¿Después de haberme golpeado?

Daphne puso los ojos en blanco e inclinó la cabeza en un gesto de impaciencia.

—Ah, está bien. —Metió la mano en el bolsillo del chaleco, sacó un papel doblado y se lo dio—. Dime qué te parece. Estoy seguro de que no ahorrarás detalles.

Daphne desdobló el papel y leyó los nombres escritos con la elegante escritura de su madre. La vizcondesa Bridgerton había escrito los nombres de ocho mujeres. Ocho mujeres solteras y de muy buena familia.

—Justo lo que suponía —murmuró Daphne.

—¿Es tan horrorosa como creo?

—Peor. Philipa Featherington habla menos que una calabaza.

—¿Y las demás?

Daphne lo miró con las cejas arqueadas.

—En realidad, tú no querías casarte este año, ¿verdad?

Anthony hizo una mueca.

—Y la tuya, ¿cómo era?

—Hoy, gracias a Dios, anticuada. Tres de los cinco se casaron el año pasado. Mamá todavía me riñe por dejar que se me escaparan.

Los dos hermanos resoplaron de forma idéntica mientras se apoyaban en la pared. Violet Bridgerton estaba decidida a casar a sus hijos. Anthony, el mayor, y Daphne, la mayor de las chicas, tenían que soportar toda la presión, aunque Daphne sospechaba que su madre casaría a la pequeña Hyacinth, de diez años, si recibía una oferta lo bastante buena.

—¡Por Dios, parecéis dos almas en pena! ¿Qué hacéis en este rincón?

Otra voz inmediatamente reconocible.

—Benedict —dijo Daphne, mirándolo de reojo sin girar la cabeza—. No me digas que mamá también te ha hecho venir a ti.

Benedit asintió, con una sonrisa en la cara.

—Ha empezado a intentar convencerme con zalamerías y después ha usado el arma de la culpabilidad. Esta semana, ya me ha recordado tres veces que tendré que ser yo el padre del futuro vizconde si Anthony no se pone a ello.

Anthony hizo una mueca.

—Y supongo que eso también explica vuestro distanciamiento del baile, ¿no? ¿Evitando a mamá?

—En realidad —dijo Anthony—, vi a Daff tratando de pasar desapercibida, y...

—¿Tratando de pasar desapercibida? —repitió Benedict, mofándose de su hermana.

Ella les puso mala cara.

—Vine aquí para esconderme de Nigel Berbrooke —les explicó—. Dejé a mamá en compañía de lady Jersey, así que todavía estará ocupada un buen rato. Pero Nigel...

—Es más primate que humano —dijo Benedict, en broma.

—Bueno, yo no lo diría así, exactamente —dijo Daphne, intentando ser educada—, pero tampoco es ningún lumbreras y es más fácil apartarse de su camino que herir sus sentimientos. Aunque, claro, ahora que los dos me habéis encontrado, no me va a resultar fácil evitarlo mucho más.

—Oh —dijo Anthony.

Daphne miró a sus hermanos mayores, los dos de más de metro ochenta, de espaldas anchas y ojos marrones. Tenían el pelo castaño y grueso, igual que ella, y en los bailes no podían ir a ningún sitio sin que los siguiera un grupo de jóvenes parloteando.

Y donde había un grupo de chicas jóvenes, allí estaba Nigel Berbrooke.

Daphne ya veía cabezas que se giraban hacia ellos. Las ambiciosas madres cogían a sus hijas por el brazo y señalaban a los hermanos Bridgerton, sin más compañía que su hermana.

—Sabía que me tendría que haber ido al salón de mujeres —murmuró Daphne.

—¿Qué es ese papel que tienes en la mano, Daphne? —preguntó Benedict.

Sin pensarlo, le dio la lista de las posibles esposas de Anthony.

Ante la carcajada de Benedict, Anthony se cruzó de brazos y dijo:

—Intenta no reírte mucho a mi costa. El año que viene tú recibirás tu propia lista.

—Estoy seguro —dijo Benedict—. No me extraña que Colin... —Abrió los ojos, sorprendido—. ¡Colin!

Otro hermano Bridgerton se unió al grupo.

—¡Colin! —exclamó Daphne, abrazándolo fuerte—. ¡Qué alegría volver a verte!

—¿Dónde estaba tanto entusiasmo cuando llegamos nosotros? —le dijo Anthony a Benedict.

—A vosotros os veo cada día —respondió Daphne—. Colin ha estado fuera un año entero. —Y después de darle otro abrazo, retrocedió—. No te esperábamos hasta la semana que viene.

Levantó un hombro, un gesto que iba a juego con la sonrisa torcida.

—París ya no era divertido.

—Ya —dijo Daphne, con una mirada muy perspicaz—. Te has quedado sin dinero.

Colin se rio y levantó las manos.

—Culpable de todos los cargos.

Anthony abrazó a su hermano y dijo:

—Estoy muy contento de volver a tenerte en casa, Colin. A pesar de que el dinero que te envié debería haberte durado, al menos, hasta...

—Basta —dijo Colin, todavía riendo—. Te prometo que mañana podrás decirme lo que quieras. Esta noche solo quiero disfrutar de la compañía de mi querida familia.

Benedict soltó una risa.

—Para llamarnos «querida familia» debes de estar completamente arruinado —dijo pero, al mismo tiempo, se avanzó para abrazarlo—. Bienvenido a casa.

Colin, el más despreocupado de la familia, sonrió y los ojos verdes le brillaron de alegría.

—Es un placer estar de vuelta en casa, aunque debo reconocer que el tiempo no tiene ni punto de comparación con el del continente. Y en cuanto a las mujeres, bueno, a las inglesas les costaría mucho competir con las *signorinas* que he...

Daphne le dio un golpe en el brazo.

—Recuerda que hay una dama, maleducado.

Pero no parecía enfadada. De todos sus hermanos, Colin era el más cercano a ella en edad, solo tenía dieciocho meses más. De pequeños, eran inseparables, y siempre estaban metidos en algún lío. Colin era travieso por naturaleza y Daphne necesitaba muy poco para seguirle el juego.

—¿Sabe mamá que has regresado? —le preguntó.

Colin negó con la cabeza.

—He llegado y me he encontrado con una casa vacía...

—Sí, mamá acostó a los pequeños temprano —lo interrumpió Daphne.

—No me apetecía quedarme allí sin hacer nada, así que Humboldt me dio la dirección y vine.

Daphne sonrió ampliamente.

—Me alegro de que lo hicieras.

—Por cierto, ¿dónde está mamá? —preguntó Colin, estirando el cuello para mirar hacia el salón. Igual que los demás hombres de la familia, era muy alto, así que no tuvo que estirarse demasiado.

—En la esquina, con lady Jersey —dijo Daphne.

Colin se encogió de hombros.

—Me esperaré a que esté un poco más cansada. No quiero que ese dragón me despelleje vivo.

—Hablando de dragones —dijo Benedict. No movió la cabeza, pero señaló hacia el lado con los ojos.

Daphne miró y vio que lady Danbury se dirigía lentamente hacia ellos. Llevaba bastón, pero Daphne tragó saliva, muy nerviosa, y se puso rígida. El sarcástico ingenio de lady Danbury era ya conocido por todos. Daphne siempre había sospechado que, debajo de aquella coraza, latía un corazón sensible pero, aun así, uno siempre se ponía nervioso cuando se le acercaba.

—No hay salida —murmuró uno de los hermanos.

Daphne lo hizo callar y sonrió tímidamente hacia la señora.

Lady Danbury levantó las cejas y, cuando estaba a un metro de ellos, se paró y dijo:

—¡No disimuléis! ¡Ya me habéis visto!

A continuación, dio un golpe tan fuerte con el bastón en el suelo que Daphne dio un saltito hacia atrás y pisó a Benedict.

—¡Ay! —exclamó su hermano.

Ante la repentina mudez de sus hermanos, excepto Benedict, aunque aquel quejido no podía considerarse una palabra articulada, Daphne respiró hondo y dijo:

—Espero no haberle dado esa impresión, lady Danbury, porque...

—Tú no —dijo lady Danbury, categóricamente. Levantó el bastón y lo sostuvo en posición horizontal, con la punta peligrosamente cerca del estómago de Colin—. Ellos.

Como respuesta, obtuvo una serie de efusivos saludos.

Lady Danbury les dedicó una breve mirada a los chicos y luego volvió a dirigirse a Daphne.

—El señor Berbrooke te estaba buscando.

A Daphne se le erizaron todos los pelos.

—¿Ah, sí?

Lady Danbury asintió.

—Señorita Bridgerton, yo de usted cortaría esto de raíz.

—¿Le ha dicho dónde estaba?

Lady Danbury le mostró una sonrisa cómplice.

—Siempre supe que me gustarías. Y no, no se lo he dicho.

—Gracias —dijo Daphne, agradecida.

—Si te ataras a ese bobalicón, todos perderíamos a una persona muy sensata —dijo lady Danbury—. Y Dios sabe que lo último que necesitamos es echar a perder la poca sensatez que nos rodea.

—Muchas gracias —dijo Daphne.

—En cuanto a vosotros —dijo lady Danbury, agitando el bastón frente a los hermanos de Daphne—, me reservo la opinión. Tú —dijo, dirigiéndose a Anthony— me resultas simpático por el mero hecho de haber rechazado la oferta de Berbrooke por el bien de tu hermana, pero los demás... ¡Buf!

Y se fue.

—¿Buf? —repitió Benedict—. ¿Buf? ¿Pretende cuantificar mi inteligencia y lo único que se le ocurre es Buf?

Daphne sonrió.

—Me aprecia.

—Le resultas agradable —refunfuñó Benedict.

—Ha sido muy amable al ponerte sobre aviso con lo de Berbrooke —reconoció Anthony.

Daphne asintió.

—Creo que eso quiere decir que tengo que irme. —Se giró hacia Anthony con una mirada de ruego—. Si pregunta por mí...

—Yo me encargo —dijo su hermano—. No te preocupes.

—Gracias.

Y después, con una sonrisa, se alejó de sus hermanos.

Mientras Simon se paseaba tranquilamente por los salones de la casa de lady Danbury, se dio cuenta de que estaba de muy buen humor. Y aquello era irónico, pensó, porque estaba a punto de entrar en un salón lleno de gente y enfrentarse a los horrores que Anthony Bridgerton le había relatado aquella misma tarde.

Sin embargo, se consolaba pensando que, después del baile de esa noche, ya no tendría que volver a participar en ese circo nunca más; como le había dicho a Anthony, la única razón por la que acudía al baile era por una extraña lealtad hacia lady Danbury que, a pesar de sus maneras algo hurañas, siempre se portó muy bien con él cuando era pequeño.

Llegó a la conclusión de que su buen humor se debía a la ilusión que le hacía volver a estar en Inglaterra.

Y no porque no hubiera disfrutado de sus viajes. Había cruzado Europa a lo largo y ancho, había surcado las deliciosas aguas azules del Mediterráneo y se había perdido en los misterios del norte de África. De allí fue a Tierra Santa y luego, cuando sus informaciones le revelaron que todavía no había llegado el momento de volver a casa, cruzó el Atlántico y se fue a explorar las Indias Occidentales. Llegados a ese punto, pensó en instalarse en los Estados Unidos de América, pero la joven nación estaba a punto de entrar en conflicto con Gran Bretaña, así que Simon se mantuvo alejado de aquellas tierras. Además, fue por aquel entonces cuando recibió la noticia de que su padre, después de una larga enfermedad, había muerto.

Realmente irónico. Simon no cambiaría sus años de exploración por el mundo por nada. Un hombre tenía mucho tiempo para pensar en seis años, mucho tiempo para aprender qué significaba ser un hombre. Y, aun así, la única razón que lo había empujado a marcharse a los veintidós años fue el repentino deseo de su padre de, finalmente, aceptar a su hijo.

Sin embargo, Simon no tenía ningún deseo de aceptar a su padre, así que se limitó a hacer las maletas y marcharse del país, prefiriendo el exilio a las repentinas e hipócritas muestras de afecto del duque.

Todo empezó cuando acabó en Oxford. Al principio, el duque no quería pagarle una educación a su hijo; un día, Simon vio una carta que su padre había enviado a un tutor diciéndole que no quería que el idiota de su hijo dejara en ridículo a los Basset en Eton. Sin embargo, Simon era muy testarudo, así que ordenó que prepararan un carruaje y se fue a Eton, se presentó en el despacho del director y anunció su presencia.

Aquello fue lo más espantoso que había hecho en su vida pero, de alguna manera, consiguió convencer al director de que la confusión había sido culpa de la escuela, que seguramente habían traspapelado su solicitud y el dinero de la matrícula. Copió todos los gestos de su padre; levantó una arrogante ceja, alzó la barbilla, miró por encima de la nariz y, en general, transmitió la sensación de que el mundo era suyo.

Sin embargo, la procesión iba por dentro. Se había pasado todo el rato temblando, sufriendo por si empezaba a tartamudear y, en lugar de «Soy el conde de Clyvedon, y he venido para empezar mis clases», decía «Soy el conde de Clyvedon, y he v-v-v-v-v-v... ».

Pero no había pasado nada y el director, que ya llevaba muchos años educando a la elite de la sociedad inglesa, reconoció a Simon como miembro de la familia Basset, y lo aceptó inmediatamente sin hacer preguntas. El duque, que siempre estaba muy ocupado en sus negocios, tardó varios meses en enterarse de la nueva situación y residencia de su hijo. Y cuando lo hizo, Simon ya estaba totalmente instalado en Eton y si decidía sacar al chico del colegio sin ningún motivo estaría muy mal visto.

Y al duque no le gustaba estar mal visto.

Simon siempre se había preguntado por qué el duque no se acercó a él en esa época. Obviamente, a Simon las cosas le iban muy bien en Eton; si no hubiera podido seguir el ritmo de los estudios, el director se lo habría comunicado al duque. En ocasiones, todavía se encallaba en alguna palabra, pero había desarrollado la suficiente habilidad para disimularlo con una oportuna tos o, si estaba comiendo, con un sorbo de leche o té.

Pero el duque jamás le escribió una carta. Simon supuso que ya estaba tan acostumbrado a ignorarlo que ni siquiera importaba que estuviera demostrando que él no era ninguna vergüenza para la familia Basset.

Después de Eton, Simon continuó la progresión natural hacia Oxford, donde se ganó la reputación de empollón y vividor. Para ser totalmente honestos, no se merecía la etiqueta de vividor más que cualquiera de los otros chicos jóvenes de la Universidad, pero el carácter distante de Simon alimentó la leyenda.

Sin saber muy bien cómo, se fue dando cuenta de que sus compañeros ansiaban su aprobación. Era inteligente y atlético pero, al parecer, lo que provocaba tanta admiración era su forma de ser. Como no le gustaba hablar si no era necesario, la gente creía que era arrogante, como debía ser un futuro duque. Como prefería rodearse solo de aquellos amigos con los que realmente se sentía cómodo, la gente dijo que era excesivamente selecto a la hora de elegir compañía, como debía ser un futuro duque.

No era muy hablador, pero cuando decía algo, solía ser directo y, a veces, irónico, algo que le aseguraba la atención de todos a cada una de sus palabras. Y como no estaba siempre hablando, como era habitual en los círculos sociales en que se movía, la gente se obsesionaba todavía más con lo que decía.

Lo tacharon de «sumamente seguro de sí mismo», «tan guapo que quitaba el aliento» y «el espécimen perfecto de la raza inglesa». Los hombres le pedían su opinión sobre todo tipo de temas.

Y las mujeres se desmayaban a su paso.

Simon nunca llegó a creerse todo aquello, pero disfrutaba de su situación, aceptando todo lo que le ofrecían, haciendo locuras con sus amigos y degustando la compañía de jóvenes viudas y cantantes de ópera que llamaban su atención. Y cada aventura era más deliciosa al saber que su padre las desaprobaría todas.

Sin embargo, resultó que su padre no desaprobaba del todo su comportamiento. Sin que Simon se enterara, el duque de Hastings se había empezado a interesar por el progreso de su único hijo. Empezó a pedir informes académicos a la Universidad y contrató a un detective de Bow Street para que lo mantuviera informado de las actividades ociosas de Simon. Y, al final, dejó de esperar que cada carta que recibía detallara episodios de la estupidez de su hijo.

Sería imposible establecer con exactitud cuándo se produjo el cambio, pero un día el duque se dio cuenta de que, después de todo, su hijo no había salido tan mal.

El duque se hinchó de orgullo. Como siempre, al final la sangre que le corría por las venas había acabado triunfando. Debería haber sabido que nadie con su sangre podía ser un imbécil.

Cuando acabó la Universidad con mención honorífica en Matemáticas, Simon volvió a Londres con sus amigos. Obviamente, se instaló en sus aposentos de soltero, porque lo último que le apetecía era vivir bajo el mismo techo que su padre. Cuando empezó a acudir a fiestas, cada vez más gente malinterpretó sus pausas como arrogancia y su reducido círculo de amigos como carácter exclusivo.

Sin embargo, acabó de sellar su reputación el día que Beau Brummel, el que en aquella época era el líder de la alta sociedad, le hizo una pregunta bastante complicada sobre alguna nueva y trivial moda. Brummel utilizó un tono bastante condescendiente y su intención era, obviamente, dejar en ridículo al joven conde. Como todo Londres sabía, la afición preferida de Brummel era ridiculizar a la elite británica. Y así lo había intentado con Simon, pidiéndole su opinión al terminar la pregunta con un «¿No cree, milord?».

Mientras a su alrededor se reunía una multitud de curiosos que no se atrevían ni a respirar, Simon, que no podía haber estado menos interesado en el nuevo nudo de la corbata del príncipe de Gales, simplemente clavó su azul mirada en Brummel y dijo:

—No.

Sin dar más explicaciones, sin más elaboraciones; sencillamente «no».

Y se fue.

Al día siguiente, Simon ya se habría podido convertir en el rey de la sociedad, si hubiera querido. La ironía era bastante desconcertante. A Simon no le importaba Brummel o su tono, y seguramente le habría dado una respuesta más extensa si hubiera estado seguro de hacerlo sin tartamudear. Y, sin embargo, en esa situación menos había resultado ser más, y la escueta respuesta de Simon resultó ser más letal que cualquier elaborado discurso que hubiera pronunciado.

Naturalmente, la inteligencia y el éxito del heredero de Hastings llegaron a oídos del duque. Y, aunque no fue a buscar a su hijo inmediatamente, Simon empezó a escuchar rumores sobre que la distante relación con su padre pronto podría cambiar. El duque soltó una carcajada cuando se enteró del incidente con Brummel y dijo:

—Natural. Es un Basset.

Alguien incluso comentó que el duque iba presumiendo de la mención honorífica de su hijo en Oxford.

Y llegó el día que los dos se vieron las caras en un baile en Londres.

El duque no iba a permitir que Simon le plantara cara.

Aunque Simon lo intentó. Lo intentó de veras. Pero nadie tenía la capacidad de mermar su confianza como su padre y, cuando lo miró y vio su propio reflejo, aunque más mayor, no pudo moverse ni hablar.

Notó la lengua pesada, tenía una sensación extraña en la boca, como si el tartamudeo no solo le hubiera invadido la boca, sino también todo el cuerpo.

El duque aprovechó aquella situación y lo abrazó pronunciando un sentido «hijo».

Al día siguiente, Simon abandonó el país.

Sabía que sería imposible evitar del todo a su padre si se quedaba en Inglaterra. Y se negó a jugar el papel de hijo después de haberle negado durante tantos años un padre.

Además, últimamente se estaba empezando a cansar de la vida salvaje que llevaba en Londres. Dejando aparte la reputación de vividor, realmente Simon no tenía temperamento para ser un auténtico libertino. Había disfrutado de las fiestas nocturnas de la ciudad tanto como cualquiera de sus amigos, pero después de tres años en Oxford y uno en Londres empezaba a estar, bueno, algo cansado.

Y se fue.

Sin embargo, ahora se alegraba de haber vuelto. Estar en casa lo tranquilizaba. Y después de viajar solo por el mundo durante seis años, era fantástico reencontrarse con los amigos.

Avanzó en silencio por los pasillos en dirección al baile. Quería evitar que lo anunciaran; lo último que deseaba era un pregón público anunciando su presencia. La conversación de aquella tarde con Anthony Bridgerton había reafirmado su idea de no participar de forma activa en la vida social de Londres.

No quería casarse. Nunca. Y no tenía sentido frecuentar los bailes si no buscaba una esposa.

Aun así, pensó que le debía cierta lealtad a lady Danbury después de lo bien que se había portado con él de pequeño y, para ser honesto, tenía que reconocer que sentía un gran cariño por aquella señora que hablaba sin tapujos. Rechazar su invitación habría sido de muy mala educación, sobre todo teniendo en cuenta que había llegado acompañada de una nota personal dándole la bienvenida a casa.

Como conocía la casa, entró por la puerta lateral. Si todo iba bien, podría acercarse a lady Danbury tranquilamente, saludarla y marcharse.

Sin embargo, al girar una esquina, escuchó voces y se detuvo en seco.

Contuvo un gemido. Había interrumpido un encuentro de enamorados. ¡Maldita sea! ¿Cómo escabullirse sin ser visto? Si lo descubrían, la consiguiente escena estaría llena de histrionismo, vergüenzas y un sinfín de emociones aburridas que no podría resistir. Sería mejor quedarse allí escondido entre las sombras y dejar que los amantes siguieran su camino.

Sin embargo, cuando se disponía a retroceder pausadamente, escuchó algo que le llamó la atención.

—No.

¿No? ¿Alguien había llevado a una dama a un solitario pasillo en contra de su voluntad? Simon no tenía grandes deseos de ser el héroe de nadie, pero ni siquiera él podía permitir tal insulto a una dama. Estiró el cuello y ladeó la cabeza, para escuchar mejor. Al fin y al cabo, a lo mejor no lo había escuchado bien. Si nadie estaba en apuros, lo que no iba a hacer era entrometerse.

—Nigel —dijo la chica—, no deberías haberme seguido hasta aquí.

—¡Pero yo te quiero! —exclamó el hombre, muy apasionado—. Solo quiero que seas mi esposa.

Simon contuvo una carcajada. Pobrecillo. Era doloroso escucharlo hablar así.

—Nigel —repitió ella, con una voz sorprendentemente amable y paciente—. Mi hermano ya te ha dicho que no me puedo casar contigo. Espero que podamos seguir siendo amigos.

—¡Pero tu hermano no lo entiende!

—Sí —dijo ella, con tono firme—. Sí que lo entiende.

—¡Maldita sea! Si no te casas conmigo, ¿quién lo hará?

Simon parpadeó, sorprendido. Dentro del abanico de proposiciones, esta no entraría en el apartado de las románticas.

Al parecer, a la chica tampoco le gustó.

—Bueno —dijo, algo contrariada—, no es que sea la única chica en el baile de lady Danbury. Estoy segura de que alguna estaría encantada de casarse contigo.

Simon se inclinó un poco para intentar ver algo de la escena. La chica estaba en la sombra, pero pudo ver al hombre bastante bien. Parecía abatido, con los brazos colgándole a los lados. Despacio, agitó la cabeza.

—No —dijo, muy triste—. No es verdad. ¿No lo ves? Ellas... ellas...

Simon sufría en silencio mientras Nigel intentaba encontrar las palabras adecuadas. Su titubeo era debido a la emoción, pero nunca era agradable ver a alguien que no conseguía acabar una frase.

—Ninguna es tan agradable como tú —dijo Nigel, por fin—. Eres la única que me sonríe.

—Oh, Nigel —dijo la chica, suspirando profundamente—. Estoy segura de que eso no es verdad.

Pero Simon sabía que solo lo decía por ser amable. Y, cuando ella volvió a suspirar, le quedó claro que no necesitaba que la rescataran. Parecía tener la situación bajo control y, aunque Simon sentía lástima por el pobre Nigel, sabía que no podía hacer nada.

Además, empezaba a sentirse como un *voyeur*.

Empezó a retroceder, con la mirada fija en una puerta que sabía que daba a la biblioteca. Al otro lado de la biblioteca había otra puerta que comunicaba con el jardín de invierno. De allí podría ir a la entrada principal y volver al baile. No sería tan discreto como el atajo de los pasillos traseros pero, al menos, el pobre Nigel no sabría que alguien más había presenciado su humillación.

Pero entonces, a un paso de la huida, oyó gritar a la chica.

—¡Tienes que casarte conmigo! —gritó Nigel—. ¡Tienes que hacerlo! Nunca encontraré a nadie...

—¡Nigel, basta!

Simon dio media vuelta, refunfuñando. Al parecer, al final tendría que acudir al rescate de la chica. Regresó hasta la esquina, respiró hondo y adoptó una expresión seria, ducal. Tenía las palabras «Creo que la dama le ha pedido que la dejara en paz» en la punta de la lengua y estaba a punto de pronunciarlas pero, al parecer, aquella no era la noche para ser un héroe porque antes de que pudiera decir nada, la joven levantó el brazo derecho y le dio un sorprendentemente y efectivo puñetazo a Nigel en la mandíbula.

Nigel cayó al suelo, agitando los brazos en el aire mientras caía. Simon se quedó ahí, de pie, observando incrédulo cómo la chica se arrodillaba junto a él.

—¡Dios mío! —dijo, con voz temblorosa—. Nigel, ¿estás bien? No quería golpearte tan fuerte.

Simon se rio. No pudo evitarlo.

La chica levantó la mirada, sorprendida.

Simon contuvo la respiración. No la había visto hasta ahora, y lo miraba fijamente con unos enormes y oscuros ojos. Tenía la boca más grande y exuberante que Simon había visto en la vida, y tenía la cara triangular. Según los estrictos estándares sociales, no podía considerarse guapa, pero tenía algo que lo dejó sin respiración.

Lo miraba con el ceño fruncido.

—¿Quién es usted? —preguntó, demostrando que no se alegraba lo más mínimo de verlo.

3

Ha llegado a oídos de esta autora que Nigel Berbrooke acudió a la joyería Moreton a comprar un anillo con un precioso diamante. ¿Es posible que muy pronto conozcamos a la futura señora Berbrooke?

REVISTA DE SOCIEDAD DE LADY WHISTLEDOWN,
28 de abril de 1813

En ese momento, Daphne pensó que la noche no podía ir peor. Primero se había visto casi obligada a pasarse la noche en un oscuro rincón del baile, cosa nada fácil porque lady Danbury apreciaba las cualidades estéticas y lumínicas de las velas; después, mientras intentaba huir, había tropezado con el pie de Philipa Featherington y se había caído, y eso provocó que Philipa, una de las chicas más escandalosas que conocía, exclamara: «¡Daphne Bridgerton! ¿Te has hecho daño?». Nigel debió de oírla porque levantó la cabeza como un pájaro asustado y empezó a recorrer el salón con la mirada buscándola. Daphne deseó, no, rezó, que pudiera llegar al salón de las damas antes que él la encontrara, pero no pudo. Nigel la acorraló en aquel rincón y empezó a confesarle su amor entre lloriqueos.

Todo aquello ya era lo bastante vergonzoso, pero ahora había aparecido ese hombre, un extraño increíblemente apuesto y elegante, que lo había visto todo. ¡Y lo que era peor, se estaba riendo!

Daphne lo miró mientras él se reía a su costa. No lo había visto nunca, así que tendría que ser nuevo en Londres. Su madre se había asegurado de presentarle o hacerle notar la presencia de cualquier hombre soltero de la ciudad. Aunque, por supuesto, este caballero podría ser casado y, por lo tanto, no era candidato a entrar en la lista de Violet pero, instintivamente, Daphne sabía que ese hombre no podía llevar mucho en la ciudad sin que todos hablaran de él.

Tenía una cara que se acercaba a la perfección. No hacía falta mucho tiempo para darse cuenta de que las estatuas de Miguel Ángel no le llegaban ni a la suela de los zapatos. Tenía unos ojos muy intensos y tan azules que casi brillaban. Tenía el pelo negro y grueso y era muy alto, igual que sus hermanos, y eso no era demasiado común.

Daphne pensó que eso sí que era un hombre capaz de conseguir que las chicas que siempre perseguían a los hermanos Bridgerton le miraran a él.

Lo que no sabía es por qué eso le molestaba tanto. A lo mejor era porque sabía con certeza que un hombre así nunca se fijaría en una chica como ella. O porque allí, frente a él, se sentía la criatura más pequeña del mundo. A lo mejor, sencillamente, era porque él estaba allí riéndose como si ella fuera algún entretenimiento cirquense.

Fuera por lo que fuera, nació en ella una ira poco común, frunciendo el ceño, y dijo:

—¿Quién es usted?

Simon no sabía por qué no había respondido su pregunta directamente, pero algo en su interior le hizo decir:

—Mi primera intención fue rescatarla, pero ha quedado claro que usted no necesitaba mis servicios.

—Oh —dijo ella, algo más calmada. Apretó ligeramente los labios, pensando mucho las palabras que iba a decir—. Bueno, muchas gracias, supongo. Es una lástima que no apareciera diez segundos antes. Así no tendría que haberle golpeado.

Simon miró al hombre que estaba tendido en el suelo. Ya le estaba empezando a aparecer un moratón en la barbilla y, gimiendo, dijo:

—Laffy, oh, Laffy. Te quiero, Laffy.

—Supongo que usted debe de ser Laffy —dijo Simon, mirándola a los ojos.

Realmente, era una joven bastante atractiva y, desde ese ángulo, el corpiño del vestido parecía descaradamente escotado.

Daphne hizo una mueca, obviamente sin darse cuenta de que la mirada de él estaba posada en partes de su anatomía que no eran su cara.

—¿Qué vamos a hacer con él? —preguntó.

—¿Vamos? —repitió Simon.

Ella frunció el ceño.

—¿No dijo que había venido a rescatarme?

—Así es —dijo él. Se acercó una mano a la boca y empezó a estudiar la situación—. ¿Quiere que lo saque a la calle?

—¿Qué? ¡No! —exclamó ella—. ¡Por el amor de Dios, todavía no ha dejado de llover!

—Mi querida señorita Laffy —dijo Simon, sin darse demasiada cuenta del tono condescendiente que estaba usando—. ¿No cree que su preocupación está un poco fuera de lugar? Este hombre intentó atacarla.

—No es cierto —respondió ella—. Él solo... Solo... De acuerdo, intentó atacarme. Pero nunca me hubiera hecho daño.

Simon levantó una ceja. De verdad, las mujeres eran las criaturas más extrañas del mundo.

—¿Y cómo puede estar tan segura?

La observó mientras ella buscaba las palabras más adecuadas.

—Nigel es incapaz de hacerle daño a nadie —dijo Daphne, lentamente—. Solo es culpable de malinterpretar mis sentimientos.

—Entonces, usted es un alma mucho más generosa que yo —dijo Simon.

La chica suspiró; un sonido suave que, de alguna manera, Simon notó en todo su cuerpo.

—Nigel no es mala persona —dijo ella, con dignidad—. Lo que sucede es que no siempre entiende bien las cosas y, a lo mejor, confundió mi amabilidad con algo que no es.

Simon sintió una gran admiración por esa chica. A estas alturas, la mayoría de las mujeres que conocía ya estarían histéricas pero ella, quienquiera que fuera, había mantenido la situación bajo control y ahora demostraba una generosidad de espíritu que era sorprendente. Que todavía pensara en defender a ese tal Nigel era algo que él no entendía.

Daphne se levantó y se sacudió la falda de seda verde. Le habían recogido el pelo de modo que le caía un mechón encima del hombro, rizándose de manera muy seductora encima de los pechos. Simon sabía que tendría que estar escuchándola, hablaba sin parar, como casi todas las mujeres, pero no podía apartar la mirada de aquel mechón. Era como una cinta de seda alrededor de su cuello de cisne, y Simon sintió una urgente necesidad de acercarse a ella y recorrer el rastro del pelo con la boca.

Nunca había perdido el tiempo con las chicas inocentes, pero entre todos ya le habían colgado la etiqueta de vividor. ¿Qué podría pasar? No es que fuera a violarla. Solo sería un beso. Solo un beso.

Estuvo tentado. Deliciosa y locamente tentado.

—¡Señor! ¡Señor!

A regañadientes, apartó la mirada del escote y la dirigió a la cara de la chica. Y eso, por supuesto, era otro placer en sí mismo, pero costaba encontrarle el atractivo cuando le estaba frunciendo el ceño.

—¿Me está escuchando?

—Por supuesto —mintió él.

—No es cierto.

—No —dijo Simon.

Del fondo de la garganta de Daphne surgió una especie de rugido.

—Entonces, ¿por qué ha dicho que sí?

Él se encogió de hombros.

—Pensé que era lo que quería escuchar.

Simon la observó, fascinado, cómo suspiraba y refunfuñaba algo. No pudo oír lo que dijo, aunque dudaba de que fuera un cumplido. Al final, con una voz casi cómica, Daphne dijo:

—Si no desea ayudarme, le ruego que se marche.

Simon decidió que ya era hora de dejar de actuar como un grosero, y dijo:

—Le pido disculpas. Claro que la ayudaré.

Ella suspiró y miró a Nigel, que seguía en el suelo articulando sonidos incoherentes. Simon también lo miró y, durante unos segundos, los dos se quedaron allí, observando a aquel hombre inconsciente, hasta que ella dijo:

—En realidad, el golpe tampoco fue tan fuerte.

—A lo mejor ha bebido más de la cuenta.

Ella lo miró, dubitativa.

—¿De verdad? El aliento le olía a licor, pero jamás lo había visto ebrio.

Simon no tenía nada más que añadir, así que le preguntó:

—Bueno, ¿qué quiere hacer?

—Supongo que podríamos dejarlo aquí —dijo Daphne, aunque con los ojos decía que no lo tenía tan claro.

A Simon le pareció una idea brillante, pero resultaba obvio que ella prefería asegurarse un poco más de que aquel hombre estaba bien. Y Dios le asistiera, pero él sentía el irrefrenable impulso de hacerla feliz.

—Vamos a hacer lo siguiente —dijo, bruscamente, contento de poder ocultar tras el tono de voz la ternura que sentía en esos momentos—. Iré a buscar mi carruaje...

—Perfecto —interrumpió ella—. En realidad, no quería dejarlo aquí. Me parecía demasiado cruel.

Simon pensó que era demasiado considerada con Nigel, teniendo en cuenta que había estado a punto de atacarla, pero se guardó su opinión y siguió con el plan.

—Usted se esperará en la biblioteca hasta que vuelva.

—¿En la biblioteca? Pero...

—En la biblioteca —repitió él, con rotundidad—. Con la puerta cerrada. Si alguien entra aquí por casualidad, no querrá que la encuentren con el cuerpo de Nigel tendido en el suelo, ¿verdad?

—¿Su cuerpo? ¡Dios santo, señor, no es necesario que lo diga como si estuviera muerto!

—Como iba diciendo —continuó Simon, ignorándola por completo—, usted se quedará en la biblioteca. Cuando yo vuelva, cogeremos a Nigel y lo llevaremos hasta el carruaje.

—¿Y cómo vamos a hacerlo?

Simon le sonrió, una sonrisa torcida capaz de desarmar a cualquiera.

—No tengo ni la menor idea.

Por un segundo, Daphne se olvidó de respirar. Justo cuando había decidido que su rescatador potencial era un arrogante, tuvo que sonreírle así. Fue una sonrisa infantil, de las que derriten los corazones de las damas en un radio de diez kilómetros.

Y encima, para más desgracia, era terriblemente difícil seguir irritada con alguien bajo la influencia de aquella sonrisa. Después de criarse con cuatro hermanos, y todos con la capacidad de seducir a cualquier dama, Daphne creía que ella sería inmune a los encantos masculinos.

Pero, al parecer, estaba equivocada. Sentía un cosquilleo en el pecho, el estómago le daba saltos de alegría y, de repente, tenía las rodillas flácidas como si fueran de mantequilla.

—Nigel —susurró, desesperada, obligándose a centrar su atención lejos del hombre anónimo que estaba frente a ella—. Tengo que ver cómo está Nigel. —Se agachó y lo zarandeó por el hombro de un modo bastante poco delicado—. ¿Nigel? ¿Nigel? Nigel, tienes que despertarte.

—Daphne —gruñó Nigel—. Oh, Daphne.

Simon se giró de golpe.

—¿Daphne? ¿Ha dicho Daphne?

Ella retrocedió un poco, desconcertada por la pregunta tan directa y por la intensa mirada en sus ojos.

—Sí.

—¿Se llama Daphne?

Entonces empezó a preguntarse si ese hombre era tonto.

—Sí.

Simon hizo una mueca.

—¿No será Daphne Bridgerton?

Daphne se quedó totalmente sorprendida.

—La misma.

Simon retrocedió. De repente, empezó a sentirse mal mientras su cerebro comprendió que tenía el pelo oscuro y grueso. El famoso pelo de los Bridgerton. Y eso por no hablar de la nariz, los pómulos y... ¡Por el amor de Dios, era la hermana de Anthony!

Maldita sea.

Entre amigos había ciertas reglas, no, mejor mandamientos, y el más importante era: «No desearás a la hermana de tu amigo».

Mientras la observaba, seguramente con cara de idiota, ella puso los brazos en jarras y preguntó:

—¿Y usted quién es?

—Simon Basset —dijo él.

—¿El duque? —exclamó ella.

Simon asintió con una sonrisa.

—Oh, Dios mío.

Simon presenció, horrorizado, cómo palidecía.

—Por favor, señorita, no irá a desmayarse, ¿verdad?

En realidad, Simon no sabía muy bien por qué tendría que hacerlo, pero Anthony, su hermano, se había pasado casi toda la tarde advirtiéndole sobre los efectos que un duque joven y soltero podría producir entre las jóvenes solteras de Londres. Anthony le había dejado claro que Daphne era la excepción que confirmaba la regla pero, aun así, estaba muy pálida.

—¿Verdad? —repitió, cuando vio que ella no decía nada—. ¿Va a desmayarse?

Ella parecía ofendida de que se le hubiera pasado esa idea por la cabeza.

—¡Claro que no!

—Bien.

—Es que...

—¿Qué? —preguntó Simon, con recelo.

—Bueno —dijo Daphne, encogiéndose de hombros—. Me han puesto sobre aviso respecto a usted.

Aquello ya era demasiado.

—¿Quién? —preguntó.

Ella lo miró como si fuera imbécil.

—Todo el mundo.

—Eso, qu...

Notó algo en la garganta, como si fuera a tartamudear, así que respiró hondo y trató de calmarse. Se había convertido en todo un experto en este tipo de control de sí mismo. Ella vería a un hombre que intentaba tranquilizarse un poco. Además, teniendo en cuenta el tono que estaba adquiriendo la conversación, aquella imagen no estaba demasiado alejada de la realidad.

—Querida señorita Bridgerton —dijo Simon, con una voz más controlada—. Me cuesta bastante creerla.

Ella volvió a encogerse de hombros, y él tuvo la irritante sensación de que se estaba divirtiendo con su angustia.

—Piense lo que quiera —dijo ella, risueña—. Pero eso es lo que ponía hoy en el periódico.

—¿Qué?

—En *Whistledown* —dijo ella, como si eso lo explicara todo.

—¿Whistle qué?

Daphne lo miró desconcertada hasta que recordó que acababa de llegar a la ciudad.

—Claro, no debe de conocerla —dijo, suavemente, con una maliciosa sonrisa—. Me alegro.

El duque dio un paso adelante y la miró de manera bastante amenazadora.

—Señorita Bridgerton, debo advertirle de que estoy a punto de cogerla por el cuello y sonsacarle la información.

—Es una revista de chismes —respondió ella, retrocediendo—. En realidad, es bastante estúpida, pero todo el mundo la lee.

Simon no dijo nada, solo arqueó una ceja.

Daphne se apresuró a añadir:

—El lunes había una reseña de su regreso a Londres.

—¿Y qué era —entrecerró los ojos peligrosamente—, exactamente —ahora la mirada era gélida—, lo que decía?

—No demasiado, eh, exactamente —dijo Daphne.

Intentó retroceder un poco más, pero se dio cuenta de que ya estaba tocando a la pared. Si intentaba dar un paso atrás, tendría que quedarse de puntillas. El duque parecía más que furioso, y ella empezó a plantearse escapar corriendo y dejarlo allí con Nigel. En realidad, estaban hechos el uno para el otro; los dos igual de chiflados. ¡Hombres!

—Señorita Bridgerton —dijo, a modo de advertencia.

Daphne decidió apiadarse de él porque, al fin y al cabo, era nuevo en la ciudad y todavía no había tenido tiempo de adaptarse al nuevo mundo según *Whistledown*. En realidad, no podía echarle la culpa por haberse enfadado tanto porque alguien hubiera escrito sobre él en el periódico. A ella también le costó bastante digerirlo la primera vez, a pesar de que había podido prepararse durante el primer mes de publicación de la revista. Cuando lady Whistledown escribió acerca de Daphne, fue casi una decepción.

—No tiene por qué enfadarse —dijo Daphne, intentando sonar compasiva, aunque no lo consiguió del todo—. Solo dijo que era usted un vividor, algo que estoy segura de que no me negará, porque con los años he aprendido que a los hombres incluso les gusta que se lo digan.

Hizo una pausa y le dio la oportunidad de negarlo. No lo hizo.

—Y luego mi madre, a la que estoy segura de que debió de conocer en un momento u otro antes de irse de viaje, me lo confirmó todo.

—¿Ah, sí?

Daphne asintió.

—Y me prohibió mostrarme públicamente en su compañía.

—¿De verdad? —dijo, arrastrando las palabras.

Había algo en el tono de su voz, y la manera tan intensa en que la miraba, que la hacía sentirse terriblemente incómoda, y lo único que podía hacer era cerrar los ojos.

Se negó en redondo a permitir que él viera cómo la había afectado.

Simon esbozó una leve sonrisa.

—A ver si lo he entendido bien. Su madre le dijo que soy un hombre muy malo y que no debería permitir, bajo ninguna circunstancia, que la vieran conmigo.

Aturdida, Daphne asintió.

—Entonces —dijo, haciendo una larga pausa—, ¿qué cree que diría su madre ante esta situación?

Daphne parpadeó.

—¿Cómo dice?

—Bueno, exceptuando a Nigel —dijo, agitando la mano hacia el hombre tendido inconsciente en el suelo—, nadie la ha visto conmigo. Y aun así... —Y lo dejó ahí, porque se estaba divirtiendo demasiado observando la variedad de emociones que se acumulaban en su cara como para añadir algo más.

Obviamente, esas emociones eran mezclas de irritación y angustia, pero aquello le añadió ternura al momento.

—¿Y aun así? —dijo ella.

Simon se inclinó, reduciendo a centímetros la distancia que los separaba.

—Y aun así —dijo, suavemente, sabiendo que ella sentiría su aliento en la cara—, aquí estamos, completamente solos.

—Y Nigel —añadió Daphne.

Simon le dirigió la más breve de las miradas al hombre y luego volvió a concentrarse en Daphne.

—No estoy demasiado preocupado por Nigel —susurró—. ¿Y usted?

Simon la observó mientras ella miraba a Nigel. Tenía que quedarle claro que si él decidía empezar una acción amorosa, su pretendiente rechazado no podría hacer nada por ella. No es que fuera a empezar nada, claro. Era la hermana pequeña de Anthony. A lo mejor tendría que recordárselo más a menudo de lo que querría, pero estaba seguro de que no lo olvidaría.

Simon sabía que tenía que terminar con ese juego. No es que temiera que ella se lo fuera a explicar a Anthony; en el fondo sabía que no se lo diría nadie, que se lo guardaría para ella con, a lo mejor, y eso era lo que él desea-ba, un poco de ilusión.

Sin embargo, a pesar de que sabía que tenía que terminar con ese flirteo y volver al tema que les ocupaba: sacar de ahí a Nigel, no pudo reprimir un último comentario. Quizás era la manera en que apretaba los labios cuando estaba en-fadada. O quizás era la manera como los abría cuando se sorprendía. Solo sabía que, ante esa mujer, no podía evitar echar mano de su naturaleza libertina.

Así que se inclinó y, con los ojos entrecerrados y seductores, dijo:

—Creo que sé lo que diría su madre.

Daphne parecía aturdida por aquella arremetida pero, aun así, consiguió pronunciar un desafiador:

—¿Ah, sí?

Simon asintió lentamente y le tocó la barbilla con un dedo.

—Le diría que tuviera mucho, mucho miedo.

Se produjo un silencio y, entonces, Daphne abrió los ojos. Apretó los la-bios, como si se estuviera callando algo, levantó los hombros y entonces...

Y entonces se echó a reír.

—Oh, Dios mío —exclamó—. Ha sido muy gracioso.

A Simon no le hizo ninguna gracia.

—Lo siento —dijo Daphne, entre risas—. Lo siento mucho pero, sincera-mente, no debería ponerse tan melodramático. No va con usted.

A Simon le irritaba bastante que una chiquilla como esa mostrara tan poco respeto por su autoridad. Ser considerado un hombre peligroso tenía sus ventajas, y una de ellas era intimidar a las señoritas.

—Bueno, debo admitir que, en realidad, sí que va con usted —añadió Daphne, todavía riéndose de él—. Parecía bastante peligroso. Y muy apuesto, claro. —Cuando él no dijo nada, ella pareció desconcertada, y preguntó—: Porque esa era su intención, ¿no es así?

Él permaneció callado, así que ella continuó:

—Claro que sí. Aunque debo decirle que con cualquier otra mujer habría tenido éxito, pero no conmigo.

A ese comentario no pudo resistirse.

—¿Por qué no?

—Tengo cuatro hermanos —dijo, y se encogió de hombros como si eso lo explicara todo—. Soy inmune a todos esos juegos.

—¿Ah, sí?

Daphne le dio un golpecito en el hombro.

—Pero su intento ha sido realmente admirable. Y, sinceramente, me halaga que haya creído que era merecedora de tal despliegue de libertinaje ducal. —Y le sonrió, una sonrisa amplia y sincera.

Simon se acarició la mandíbula, pensativo, intentando recuperar el ánimo de depredador.

—Señorita Bridgerton, ¿sabía que es una criatura de lo más impertinente?

Ella le mostró la más impertinente de sus sonrisas.

—La mayoría cree que soy la amabilidad personificada.

—La mayoría —dijo Simon sin rodeos— son estúpidos.

Daphne inclinó la cabeza hacia un lado, obviamente considerando aquellas palabras. Después miró a Nigel y suspiró:

—Me temo que, por mucho que me duela, tengo que darle la razón.

Simon reprimió una sonrisa.

—¿Le duele darme la razón o que los demás sean estúpidos?

—Las dos cosas —dijo, sonriendo otra vez; una sonrisa encantadora que tenía unos extraños efectos en el corazón de Simon—. Pero básicamente lo primero.

Simon soltó una carcajada y se sorprendió al darse cuenta de lo ajeno que le resultaba aquel sonido. Era un hombre que solía sonreír, a veces incluso reía, pero ya no recordaba la última vez que había experimentado una explosión de júbilo como esa.

—Mi querida señorita Bridgerton —dijo, rascándose los ojos—, si usted es la amabilidad personificada, el mundo debe de ser un lugar muy peligroso.

—No lo dude —respondió ella—. Sobre todo, si se lo describe mi madre.

—No entiendo cómo puedo no acordarme de ella —susurró Simon—, porque parece un personaje inolvidable.

Daphne levantó una ceja.

—¿No se acuerda de ella?

Él agitó la cabeza.

—Entonces es que no la conoce.

—¿Se parece a usted?

—Esa es una pregunta muy extraña.

—No tanto —respondió Simon, pensando que Daphne tenía razón. Era una pregunta muy extraña y no sabía por qué se la había hecho. Sin embargo, como ya lo había dicho, añadió—: Al fin y al cabo, he oído que todos los Bridgerton se parecen.

Daphne frunció el ceño, solo un poco, y a Simon le pareció un gesto muy misterioso.

—Es cierto. Nos parecemos todos, excepto mi madre. Es bastante pálida y tiene los ojos azules. Nuestro pelo oscuro es herencia de mi padre. Sin embargo, me dicen que tengo la sonrisa de mi madre.

Se produjo una incómoda pausa. Daphne cambiaba el peso de un pie al otro, sin saber qué más decirle al duque cuando, por primera vez en su vida, Nigel apareció en el momento oportuno.

—¿Daphne? —dijo, parpadeando como si no viera del todo bien—. Daphne, ¿eres tú?

—¡Dios mío, señorita Bridgerton! —exclamó Simon—. ¿Tan fuerte le ha golpeado?

—Lo suficiente para hacerlo caer, pero solo eso, lo juro —dijo, arrugando las cejas—. A lo mejor está ebrio.

—Oh, Daphne —gruñó Nigel.

El duque se agachó junto a él y justo después retrocedió, tosiendo.

—¿Está ebrio? —preguntó Daphne.

El duque se levantó.

—Se ha debido de beber una botella de whisky entera para reunir el valor de proponerle matrimonio.

—¿Quién iba a pensar que podría resultar tan intimidadora? —susurró Daphne, pensando en todos aquellos hombres que solo la veían como una buena amiga y nada más—. Es maravilloso.

Simon la miró como si estuviera loca, y luego susurró:

—No voy a hacer ningún comentario al respecto.

Daphne lo ignoró.

—¿No deberíamos empezar a poner el plan en marcha?

Simon apoyó las manos en las caderas y volvió a estudiar la situación. Nigel estaba intentando ponerse de pie, pero a Simon le parecía que no tenía muchas posibilidades de lograrlo a corto plazo. Sin embargo, seguramente estaba lo bastante lúcido como para crearles problemas y, sobre todo, lo bastante lúcido como para hacer ruido, algo que ya estaba haciendo. Y bastante, además.

—Oh, Daphne. Te quiedo tanto, Daffery —dijo Nigel, que consiguió ponerse de rodillas y avanzó hacia ella arrastrando las piernas de modo que parecía más un penitente pidiendo clemencia que un enamorado—. Por favor, Duffne, cásate conmigo. Tienes que hacerlo.

—Levántate, hombre —dijo Simon, cogiéndolo del cuello de la camisa—. Esto empieza a ser embarazoso. —Se giró hacia Daphne—. Voy a tener que sacarlo fuera. No podemos dejarlo aquí. Es posible que empiece a gruñir como una vaca enferma...

—Creía que ya había empezado —dijo Daphne.

Simon notó que levantaba un poco la comisura de los labios y sonreía. Puede que Daphne Bridgerton fuera una chica casadera y, por lo tanto, un desastre a la vista para un hombre como él, pero realmente era muy divertida.

En realidad, pensó, era la clase de persona que escogería como amigo si fuera un hombre.

Pero, como resultaba tremendamente obvio, tanto a los ojos como al cuerpo, que no era un hombre, Simon decidió que era mejor para los dos terminar con ese juego lo antes posible. Si los descubrían, la reputación de Daphne quedaría dañada de por vida pero, además, Simon no estaba muy seguro de poder controlarse y evitar acariciarla mucho más tiempo.

Aquella era una sensación muy extraña. Especialmente para un hombre que valoraba tanto su capacidad de controlarse. El control lo era todo. Sin él, nunca le habría podido hacer frente a su padre ni habría conseguido una mención de honor en la Universidad. Sin él, todavía...

Sin él, pensó divertido, todavía hablaría como un idiota.

—Lo sacaré de aquí —dijo, de repente—. Usted vuelva al baile.

Daphne frunció el ceño y miró por encima del hombro hacia el pasillo que llevaba al salón.

—¿Está seguro? Creía que quería que me fuera a la biblioteca.

—Eso era cuando íbamos a dejarlo aquí mientras iba a buscar el carruaje. Pero ahora no podemos hacerlo así porque está despierto.

Daphne asintió, y preguntó:

—¿Está seguro que podrá? Nigel es bastante grande.

—Yo más.

Daphne ladeó la cabeza. El duque, aunque era delgado, tenía una complexión fuerte, era ancho de espaldas y tenía unas piernas muy musculosas. Sabía que se suponía que no debía fijarse en esas cosas, pero ¿qué culpa tenía ella de que los dictados de la moda hubieran impuesto unos pantalones tan ceñidos? Tenía cierto aire predatorio, con la mandíbula alta, algo que presagiaba una fuerza y un poder muy bien controlados.

Daphne llegó a la conclusión de que podría levantar a Nigel perfectamente.

—Muy bien —dijo, asintiendo—. Y muchas gracias. Es usted muy amable por ayudarme.

—No suelo ser muy amable —dijo él entre dientes.

—¿De veras? —preguntó ella, permitiéndose esbozar una sonrisa—. Es extraño. No se me hubiera ocurrido ninguna otra palabra para definir su comportamiento. Pero, claro, he aprendido que los hombres...

—Parece ser toda una experta en hombres —dijo él, en un tono algo mordaz, y luego gruñó mientras ponía a Nigel de pie.

Nigel se inclinó hacia Daphne, pronunciando su nombre prácticamente entre sollozos. Simon tuvo que agarrarlo con fuerza para que no la embistiera.

Daphne retrocedió un poco.

—Sí, bueno, tengo cuatro hermanos. No creo que haya mejor educación que esa.

Se quedó sin saber si el duque quería responderle porque Nigel eligió ese instante para recuperar las fuerzas, que no el equilibrio, se soltó de los brazos de Simon y se abalanzó sobre Daphne con sonidos incoherentes.

Si ella no hubiera estado pegada a la pared, habría ido a parar al suelo. Pero, al estar de pie, se dio un fuerte golpe contra la pared que la dejó sin aire unos instantes.

—¡Dios mío! —dijo Simon, bastante disgustado. Apartó a Nigel, se giró hacia Daphne y preguntó—: ¿Puedo golpearlo?

—Sí, por favor —respondió ella, casi sin aire.

Había intentado ser amable y generosa con su pretendiente, pero aquello ya pasaba de castaño oscuro.

El duque gruñó algo parecido a «bien» y le dio un sorprendente y poderoso puñetazo a Nigel en la mandíbula.

Nigel cayó desplomado al suelo.

Daphne lo miró con ecuanimidad.

—Esta vez no creo que se levante.

Simon abrió la mano para relajar el puño después del golpe.

—No.

Daphne parpadeó y levantó la mirada.

—Gracias.

—Ha sido un placer —dijo Simon, mirando de reojo a Nigel.

—¿Y ahora qué vamos a hacer? —dijo, y los dos miraron al hombre que yacía, esta vez totalmente inconsciente, en el suelo.

—Volvemos al plan original —dijo Simon—. Lo dejamos aquí y usted se va a la biblioteca. No quiero moverlo hasta que no tenga el carruaje en la puerta.

Daphne asintió.

—¿Necesita ayuda para levantarlo o quiere que me vaya directamente a la biblioteca?

El duque se quedó callado un momento. La cabeza le iba de un lado a otro mientras estudiaba la posición de Nigel.

—En realidad, agradecería mucho un poco de ayuda.

—¿De verdad? —preguntó Daphne, sorprendida—. Estaba convencida de que diría que no.

Aquello hizo que el duque la mirara divertido.

—¿Y por eso lo ha preguntado?

—No, por supuesto que no —respondió Daphne, ofendida—. No soy tan estúpida como para ofrecer mi ayuda si no tengo la intención de darla. Solo iba a decir que los hombres, por mi experiencia...

—Tiene mucha experiencia —dijo el duque, en voz baja.

—¿Disculpe?

—Le ruego que me perdone —dijo él—. Cree que tiene mucha experiencia.

Daphne lo miró fijamente a los ojos.

—Eso no es cierto; además, ¿quién es usted para decirlo?

—No, tampoco quería decir eso —dijo Simon, reflexionando, ignorando por completo la reacción tan furiosa de ella—. Creo que sería más apropiado decir que creo que cree que tiene mucha experiencia.

—Pero... Usted... —Daphne no lograba decir nada coherente pero le solía pasar cuando estaba enfadada.

Y ahora estaba muy enfadada.

Simon se encogió de hombros, aparentemente calmado ante la furiosa mirada de ella.

—Querida señorita Bridgerton...

—Si me vuelve a llamar así, le juro que gritaré.

—No, no lo hará —dijo él, con una malvada sonrisa—. Eso atraería a mucha gente y, si lo recuerda, no quiere que la vean conmigo.

—Me estoy planteando correr ese riesgo —dijo Daphne, poniendo mucho énfasis en cada palabra.

Simon cruzó los brazos y se apoyó en la pared.

—¿De verdad? —dijo—. Me gustaría verlo.

Daphne estuvo a punto de levantar los brazos en gesto de rendición.

—Olvídelo. Olvídeme. Olvídese de esta noche. Me voy.

Se giró pero, antes de que pudiera dar un paso, la voz del duque la detuvo.

—Creí que iba a ayudarme.

¡Maldición! No tenía salida. Lentamente, se giró otra vez.

—Claro que sí —dijo, con falsa educación—. Será un placer.

—Bueno —dijo Simon, inocentemente—. Si no quería ayudarme, no debería haber...

—Le he dicho que le ayudaré —lo interrumpió ella.

Simon sonrió. Era muy fácil hacerla enfadar.

—Esto es lo que vamos a hacer —dijo—. Lo levantaré y pasaré su brazo derecho por encima de mi espalda. Usted se pondrá detrás de mí y lo aguantará.

Daphne hizo lo que le dijo Simon y, aunque en sus adentros le echara en cara aquella actitud tan autoritaria, no dijo nada. Después de todo, por mucho que le pesara, el duque de Hastings la estaba ayudando a escabullirse de una situación de lo más comprometedora.

Si alguien la descubriera allí, estaría en grandes apuros.

—Tengo una idea mejor —dijo ella, de repente—. Dejémoslo aquí.

El duque se giró hacia ella. La miró como si quisiera tirarla por una ventana, preferiblemente una que estuviera abierta

—Pensaba —dijo, intentando no perder los nervios—, que no quería dejarlo en el suelo.

—Eso era antes de que se me abalanzara encima.

—¿Y no podría haberme comunicado su cambio de opinión antes de que invirtiera mis energías en levantarlo del suelo?

Daphne se sonrojó. Odiaba que los hombres pensaran que las mujeres eran criaturas indecisas y cambiantes; y todavía odiaba más estarle dando razones para que lo siguiera pensando.

—Está bien —dijo, y dejó caer a Nigel.

La fuerza de la repentina caída a punto estuvo de arrastrar a Daphne consigo. Por suerte, se apartó soltando un grito de sorpresa.

—¿Podemos irnos ya? —preguntó el duque, con un tono increíblemente paciente.

Ella asintió, dubitativa, mirando a Nigel.

—Parece un poco incómodo, ¿no cree?

Simon la miró. Solo la miró.

—¿Está preocupada por su comodidad? —preguntó, al final.

Daphne agitó la cabeza, nerviosa, luego asintió y después volvió a agitar la cabeza.

—Quizá debería... Quiero decir... Espere un momento. —Se agachó junto a Nigel y le desdobló las piernas—. No merecía un viaje en su carruaje —dijo, mientras le arreglaba el abrigo—, pero me parecía demasiado cruel dejarlo aquí en esa postura. Bueno, ya está.

Se puso de pie y levantó la mirada.

Lo único que pudo ver fue al duque mientras se alejaba murmurando algo sobre Daphne y algo sobre las mujeres en general y algo más que no pudo oír.

Aunque quizá fue mejor así porque dudaba de que fuera algún cumplido.

4

Estos días, Londres está invadido por todas las madres ambiciosas. En el baile de lady Worth de la semana pasada, esta autora vio, al menos, once solteros convencidos escondiéndose por los rincones y marcharse corriendo de la casa con esas madres ambiciosas pisándoles los talones.

Es muy difícil decidir quién es, precisamente, la peor de todas aunque esta autora sospecha que, al final, la lucha va a ser muy cerrada entre lady Bridgerton y la señora Featherington, con victoria de esta última por una nariz en el último metro. Al fin y al cabo, hay tres Featherington casaderas en el mercado, mientras que lady Bridgerton solo tiene que ocuparse de una.

Sin embargo, sería recomendable que todas aquellas personas con dos dedos de frente se mantuvieran muy, muy alejadas de los hombres solteros cuando las hermanas E, F y H Bridgerton se presenten en sociedad. Lady B no es de las que miran a ambos lados antes de entrar en un salón de baile con tres hijas detrás, y que el Señor nos asista si decide ponerse botas con la punta de metal.

REVISTA DE SOCIEDAD DE LADY WHISTLEDOWN,
28 de abril de 1813

Simon pensó que la noche no podía empeorar. Nunca lo hubiera dicho, pero el extraño encuentro con Daphne Bridgerton acabó por convertirse en lo mejor de aquella velada. Sí, se había quedado horrorizado al descubrir que se había sentido atraído, aunque solo fuera por unos momentos, por la hermana pequeña de su mejor amigo. Sí, los patosos intentos de seducción de Nigel Berbrooke habían sido un insulto para su sensibilidad de vividor. Y sí, al final, Daphne lo había exasperado hasta lo impensable con su indecisión de tratar a Nigel como a un criminal o preocuparse de él como si fuera su mejor amigo.

Sin embargo, absolutamente nada de eso tenía comparación con lo que todavía tuvo que soportar después.

Su fantástico plan de presentarse en el baile, saludar a lady Danbury y marcharse sin que nadie lo viera pronto dejó de ser tan fantástico. Cuando apenas había dado dos pasos en el salón, un viejo compañero de Oxford que, para mayor desgracia suya, recientemente se había casado, lo reconoció. Su mujer era una joven encantadora aunque, desafortunadamente, tenía grandes aspiraciones sociales y se ve que, en cuanto lo conoció, decidió que su camino a la felicidad pasaba por ser la que introdujera al nuevo duque en sociedad. Y Simon, aunque solía definirse como un hombre de mundo y bastante cínico, descubrió que no era lo bastante maleducado como para insultar a la mujer de un viejo amigo de Universidad.

Y así, dos horas más tarde, le había presentado a todas las chicas casaderas del baile, a todas las madres de las chicas casaderas y, por supuesto, a cada hermana mayor casada de cada chica casadera. Simon no sabría decir qué grupo había sido peor. Las chicas casaderas eran terriblemente aburridas, las madres eran descaradamente ambiciosas y las hermanas... bueno, Simon llegó a plantearse si había ido a parar a un burdel. Seis de ellas le habían hecho insinuaciones sin ningún tipo de paliativos, dos le habían dado notas invitándolo a los tocadores y una incluso le había acariciado el muslo.

En conjunto, Daphne Bridgerton empezaba a parecerle de lo mejorcito.

Y hablando de Daphne, ¿dónde se había metido? Creía haberla visto de reojo hacía más o menos una hora rodeada de sus hermanos, un grupo que intimidaba. No es que, por separado, intimidaran a Simon, pero tenía claro que uno tendría que ser imbécil para provocarlos en grupo.

Pero desde entonces parecía que se la había tragado la tierra. De hecho, era la única chica casadera del baile que no le habían presentado.

No creía que Berbrooke la volviera a molestar después de haberlo dejado en el pasillo. Al fin y al cabo, le había dado un buen puñetazo en la mandíbula y tardaría un rato en despertarse. Y más teniendo en cuenta la cantidad de alcohol que había ingerido durante toda la noche. E incluso, aunque Daphne se había dejado llevar por la compasión cuando su patoso pretendiente se había desplomado en el suelo, no era tan estúpida como para quedarse con él en el pasillo hasta que recuperara la conciencia.

Simon miró hacia donde estaban los hermanos Bridgerton, y le pareció que se lo estaban pasando en grande. Los habían abordado casi tantas jóvenes como a él, pero el ser tres jugaba a su favor. Simon vio que las debutantes no estaban con los Bridgerton ni la mitad de tiempo que estaban con él.

Simon hizo una mueca.

Anthony, que estaba apoyado tranquilamente en la pared, lo vio y levantó la copa de vino que sostenía, sonriéndole. Luego ladeó la cabeza señalando a la izquierda de Simon. Este se giró, justo a tiempo de encontrarse con otra madre rodeada por sus tres hijas, que llevaban unos vestidos de lo más recargado, llenos de pliegues y volantes aparte de, por supuesto, montones y montones de lazos.

Pensó en Daphne, con su sencillo a la par que elegante vestido verde. Daphne, con esos ojos marrones y esa sonrisa...

—¡Duque! —exclamó la madre—. ¡Duque!

Simon parpadeó para volver a la realidad. La familia cubierta de lazos lo había rodeado con tanta eficacia que no fue capaz ni de echar un vistazo hacia Anthony.

—Duque —repitió la madre—, es un honor conocerlo.

Simon asintió con la cabeza. No tenía palabras. Las mujeres estaban tan cerca de él que tenía miedo de ahogarse.

—Nos envía Georgiana Huxley —insistió la mujer—. Me dijo que tenía que presentarle a mis hijas.

Simon no recordaba quién era Georgiana Huxley, pero pensó que le apetecía estrangularla.

—Normalmente, no sería tan atrevida —continuó la señora—, pero su padre era muy, muy buen amigo mío.

Simon se agarrotó.

—Era un hombre maravilloso —continuó, mientras sus palabras se clavaban en la cabeza de Simon como uñas—. Siempre estaba tan pendiente de sus obligaciones para con el título que ostentaba. Debió de ser un padre fabuloso.

—No sabría decirle —dijo Simon, escuetamente.

—¡Oh! —La señora tuvo que toser para aclararse la garganta varias veces antes de poder continuar—. Ya veo. Bueno. ¡Dios mío!

Simon no dijo nada, confiando en que esa actitud distante la disuadiera de quedarse. Maldita sea, ¿dónde estaba Anthony? Ya era lo bastante malo tener que soportar ver a esas mujeres comportándose como si él fuera un premio para encima tener que aguantar el escuchar de esa mujer lo buen padre que había sido el viejo duque...

Estaba a punto de estallar.

—¡Duque! ¡Duque!

Simon se obligó a volver a mirar a la señora que tenía delante y se dijo que debía tener un poco más de paciencia. Al fin y al cabo, posiblemente solo estaba halagando a su padre porque creía que era lo que él quería oír.

—Solo quería recordarle —dijo— que ya nos presentaron oficialmente hace algunos años, cuando todavía era conde de Clyvedon.

—Sí —murmuró Simon, buscando cualquier grieta en la barricada de mujeres por donde escapar.

—Le presento a mis hijas —dijo, señalando a las tres jóvenes.

Dos de ellas eran bastante guapas, pero la tercera todavía tenía granos en la cara y llevaba un vestido naranja que no la favorecía en absoluto. Al parecer, no estaba disfrutando de la velada como sus dos hermanas.

—¿No son preciosas? —continuó la señora—. Son mi orgullo y mi alegría. Y son tan cariñosas...

Simon tuvo la extraña sensación de haber escuchado aquella descripción una vez, cuando fue a comprar un perro.

—Duque, permítame que le presente a Prudence, Philipa y Penelope.

Las jóvenes hicieron una reverencia, pero ninguna se atrevió a mirarlo a los ojos.

—Tengo otra hija en casa —dijo la señora Featherington—. Se llama Felicity. Pero solo tiene diez años y no la dejo venir a estas fiestas.

Simon no entendía por qué esa mujer sentía la necesidad de compartir aquella información con él, así que adquirió un tono aburrido que, con los años, había aprendido que era la mejor manera de ocultar el enfado, y dijo:

—¿Y usted es...?

—¡Oh, le pido disculpas! Soy la señora Featherington, claro. Mi marido falleció hace tres años, pero era uno de los mejores amigos de su padre... —El final de la frase fue casi como un susurro, porque recordó la anterior reacción de Simon al mencionarle a su padre.

Simon asintió.

—Prudence toca muy bien el piano —dijo ella, cambiando de tema.

Simon vio la mueca en la cara de la chica y decidió que nunca asistiría a una velada musical en casa de los Featherington.

—Y mi querida Philipa es una excelente pintora de acuarelas.

Philipa sonrió.

—¿Y Penelope? —Algo dentro de Simon le obligó a preguntarlo.

La señora Featherington lanzó una mirada de pánico a su hija menor, que parecía bastante abatida. Penelope no era una chica demasiado atractiva y los vestidos que le ponía su madre no favorecían en nada su figura algo regordeta. Pero había algo cálido en su mirada.

—¿Penelope? —repitió la señora Featherington, con la voz temblorosa—. Penelope es... eh... bueno, ¡es Penelope! —dijo, con una falsa sonrisa en los labios.

La chica miró a su alrededor como si quisiera esconderse debajo de alguna alfombra. Simon decidió que si se veía obligado a bailar con alguna, se lo pediría a Penelope.

—Señora Featherington —dijo una voz seca e imponente que no podía pertenecer a nadie más que a lady Danbury—, ¿está acosando al duque con preguntas?

Simon quería responder que sí, pero el recuerdo de la cara mortificada de Penelope Featherington le hizo decir:

—Por supuesto que no.

Lady Danbury levantó una ceja mientras se giraba lentamente hacia él.

—Mentiroso.

Se giró hacia la señora Featherington, que se había quedado pálida. La señora Featherington no dijo nada. Lady Danbury no dijo nada. Al final, la señora Featherington murmuró que acababa de ver a su prima, cogió a sus tres hijas y se marchó.

Simon se cruzó de brazos, pero no pudo evitar mirar a su anfitriona con una sonrisa.

—Eso no ha estado demasiado bien, ya lo sabe —dijo.

—¡Bah! Tiene la cabeza llena de pájaros, igual que sus hijas, excepto la más feúcha. —Lady Danbury agitó la cabeza—. Si la vistieran con otro color...

Simon intentó contener una risa, pero no pudo.

—Nunca aprendió a ocuparse de sus asuntos, ¿verdad?

—Nunca. ¿Qué diversión tendría ocuparme solo de mis cosas? —dijo, y sonrió. Simon juraría que no quería hacerlo, pero sonrió—. Y en cuanto a ti —añadió—, eres un invitado horrible. Se supone que, a estas alturas, tus buenos modales te habrían llevado a saludar a la anfitriona.

—Ha estado en todo momento demasiado rodeada de admiradores como para acercarme.

—¡Qué simplista! —comentó la mujer.

Simon no dijo nada porque no estaba del todo seguro de cómo interpretar sus palabras. Siempre había sospechado que lady Danbury conocía su secreto, pero nunca lo había sabido a ciencia cierta.

—Tu amigo Bridgerton se acerca —dijo ella.

Simon siguió con la mirada su movimiento de cabeza. Anthony se dirigía hacia ellos tranquilamente y, cuando estaba a punto de llegar a su lado, escuchó que lady Danbury lo llamaba cobarde.

Anthony parpadeó.

—¿Disculpe?

—Podías haber venido antes y salvar a tu amigo del cuarteto de las mujeres Featherington.

—Pero estaba disfrutando mucho al verlo en dificultades.

—¡Buf!

Y sin decir nada más, o sin emitir ningún sonido más, se fue.

—Es una mujer de lo más extraña —dijo Anthony—. No me sorprendería que fuera esa maldita lady Whistledown.

—¿Te refieres a la de la columna de chismorreos?

Anthony asintió mientras guiaba a Simon hasta donde se encontraban sus dos hermanos. Mientras caminaban, Anthony sonrió y le dijo:

—Te he visto hablando con un buen número de respetables señoritas.

Simon murmuró algo bastante obsceno entre dientes.

Sin embargo, Anthony solo se rio.

—No dirás que no te había avisado.

—Ya me mortifica lo suficiente admitir que tenías razón, así que no me pidas que lo diga en voz alta.

Anthony soltó una carcajada.

—Por ese comentario, creo que yo mismo te presentaré a todas las debutantes de la ciudad.

—Si lo haces —le advirtió Simon—, te prometo que pronto morirás de un modo lento y extremadamente doloroso.

Anthony sonrió.

—¿Espadas o revólveres?

—No, veneno. Veneno del bueno.

—Vaya.

Anthony se detuvo frente a sus dos hermanos, ambos con el mismo pelo castaño, altos y una constitución ósea perfecta. Simon vio que uno tenía los ojos verdes y el otro, marrones como Anthony. Sin embargo, a pesar de eso, la luz del salón daba lugar a confundirlos.

—¿Te acuerdas de mis hermanos? —dijo Anthony—. Benedict y Colin. A Benedict lo recordarás de Eton. Es el que tuvimos pegado a los talones durante tres meses cuando llegó.

—Eso no es cierto —dijo Benedict, riendo.

—A Colin no sé si lo conoces —añadió Anthony—. Posiblemente es demasiado joven para haberse cruzado en tu camino.

—Un placer —dijo Colin, alegremente.

Simon vio un brillo de granuja en sus ojos verdes y no pudo evitar mostrar una sonrisa.

—Anthony nos ha dicho muchas cosas insultantes sobre usted —añadió Colin, con una maliciosa sonrisa en la cara—. Y por eso estoy seguro de que seremos grandes amigos.

Anthony puso los ojos en blanco.

—Estoy seguro de que entiendes por qué mi madre está convencida de que Colin será el primero de sus hijos en volverla loca.

—En realidad, me enorgullezco de eso —dijo Colin.

—Afortunadamente, mamá ha podido tomarse un descanso de los innegables encantos de Colin —dijo Anthony—. Acaba de regresar de un largo viaje por Europa.

—He llegado esta misma noche —dijo Colin, con una sonrisa infantil. Tenía un aire juvenil y despreocupado. Simon pensó que no debía de ser mucho mayor que Daphne.

—Yo también acabo de regresar de mis viajes —dijo Simon.

—Sí, bueno, pero según tengo entendido usted ha viajado por todo el mundo —dijo Colin—. Me encantaría escucharle hablar de las tierras lejanas.

—Será un placer —dijo Simon, educadamente.

—¿Ha conocido a Daphne? —preguntó Benedict—. Es la única Bridgerton que está desaparecida.

Simon estaba considerando cuál sería la mejor respuesta a esa pregunta cuando Colin soltó una carcajada y dijo:

—Pobre Daphne; no está desaparecida. Ya le gustaría, pero no.

Simon miró hacia el otro lado del baile, donde estaba Daphne junto a una mujer que debía de ser su madre, y parecía completamente agobiada.

Y entonces se le ocurrió que Daphne era otra de esas chicas casaderas a las que sus madres paseaban por todas partes. Le había parecido demasiado sensible y directa para ser una de ellas pero, claro, tenía que serlo. No debía de tener más de veinte años y, como todavía conservaba el apellido Bridgerton, estaba claro que era soltera. Y como tenía una madre..., bueno, seguro que se veía sometida a interminables presentaciones.

Parecía tan agobiada como él cuando se había visto rodeado de jóvenes y madres. Aquello lo hizo sentirse mucho mejor.

—Uno de nosotros debería ir a rescatarla —bromeó Benedict.

—No —dijo Colin, sonriendo—. Mamá solo la ha tenido con Macclesfield diez minutos.

—¿Macclesfield? —preguntó Simon.

—El conde —dijo Benedict—. El hijo de Castleford.

—¿Diez minutos? —dijo Anthony—. Pobre Macclesfield.

Simon lo miró con curiosidad.

—Y no lo digo porque Daphne sea aburrida —se apresuró a añadir Anthony—. Pero cuando mamá se empecina en...

—Perseguir —dijo Benedict, para ayudar a su hermano.

—... a un caballero —dijo, con un gesto de agradecimiento hacia su hermano—, puede ser de lo más...

—Exasperante —dijo Colin.

Anthony sonrió.

—Exacto.

Simon miró a Daphne, su madre y el conde. Daphne parecía muy agobiada; Macclesfield no dejaba de mirar a un lado y otro en busca de la salida más cercana; mientras lady Bridgerton tenía un brillo tan ambicioso en los ojos que Simon sintió pena por el pobre conde.

—Deberíamos salvar a Daphne —dijo Anthony.

—Yo también lo creo —añadió Benedict.

—Y a Macclesfield —dijo Anthony.

—Por supuesto —añadió Benedict.

Pero Simon vio que ninguno de los dos hacía ningún movimiento.

—Solo palabras, ¿no? —dijo Colin, sonriendo.

—Tú tampoco estás corriendo para salvarla —respondió Anthony.

—Ni lo sueñes. Pero yo no he dicho que quisiera hacerlo. En cambio, vosotros...

—¿Qué diablos os pasa? —preguntó Simon, al final.

Los tres hermanos Bridgerton lo miraron con la misma mirada de culpabilidad.

—Deberíamos salvar a Daphne —dijo Anthony.

—Yo también lo creo —añadió Benedict.

—Lo que mis hermanos no se atreven a admitir —dijo Colin, con sorna—, es que mi madre les asusta.

—Es verdad —dijo Anthony, con un gesto de impotencia.

—Lo admito abiertamente —añadió Benedict.

Simon pensó que nunca había visto nada igual. Allí estaban los hermanos Bridgerton. Altos, apuestos, musculosos, con todas las jóvenes del país suspirando por ellos y ellos totalmente acobardados por una mujer.

Aunque, claro, esa mujer era su madre. Tenía que tenerlo en cuenta.

—Si voy a rescatar a Daff —explicó Anthony—, caeré en las garras de mamá, y en ese caso estaré perdido.

Simon se atragantó con la súbita risa que le provocó la idea de la madre de Anthony paseándolo por el baile y presentándolo a todas las jóvenes solteras.

—Ahora entiendes por qué huyo de estas fiestas como de la plaga —dijo Anthony—. Me atacan por los dos lados. Si las jóvenes casaderas y sus madres no me encuentran, mi madre se asegura de que sea yo quien las encuentre.

—¡Oye! —exclamó Benedict—. Hastings, ¿por qué no vas tú?

Simon lanzó una mirada a lady Bridgerton, que en ese momento tenía a Macclesfield agarrado por el brazo, y decidió que prefería que lo tacharan de cobarde.

—No nos han presentado, así que creo que sería de lo más inapropiado —dijo.

—Yo no estoy tan seguro —dijo Anthony—. Eres un duque.

—¿Y?

—¿Y? —repitió Anthony—. Mamá perdonaría cualquier comportamiento inapropiado si eso significara que un duque le dedicara su tiempo a Daphne.

—Escúchame atentamente —dijo Simon, muy serio—. No soy ningún cordero al que sacrificar en el altar de tu madre.

—Has pasado mucho tiempo en África, ¿no? —interrumpió Colin.

Simon lo ignoró.

—Además, tu hermana dijo...

Los tres Bridgerton se giraron inmediatamente hacia él. En ese mismo instante, Simon supo que había metido la pata. Y bien metida.

—¿Conoces a Daphne? —preguntó Anthony, en un tono demasiado educado para la intranquilidad de Simon.

Antes de que pudiera responder, Benedict se inclinó hacia él y dijo:

—¿Por qué no nos lo habías dicho?

—Sí —dijo Colin, con la expresión seria por primera vez en toda la noche—. ¿Por qué?

Simon los miró y entendió perfectamente por qué Daphne seguía soltera. Ese beligerante trío espantaría a todos los pretendientes menos al más decidido, o al más estúpido.

Y eso explicaría lo de Nigel Berbrooke.

—Bueno —dijo Simon—. Me la encontré en la entrada del salón. Era bastante obvio —dijo, mirándolos lentamente—, que era un miembro de vuestra familia, así que me presenté.

Anthony se giró hacia Benedict.

—Debió de ser cuando huía de Berbrooke.

Benedict se giró hacia Colin.

—Por cierto, ¿qué ha pasado con Berbrooke? ¿Lo sabes?

Colin se encogió de hombros.

—No tengo la menor idea. Posiblemente, se ha marchado a casa a curarse el corazón roto.

«O la cabeza rota», pensó Simon.

—Bueno, eso lo explica todo —dijo Anthony, dejando el semblante de hermano mayor para volver a ser el amigo del alma.

—Excepto —dijo Benedict, algo receloso— por qué no nos lo había dicho.

—Porque no he tenido la oportunidad —respondió Simon, levantando los brazos en señal de rendición—. Por si no te has dado cuenta, Anthony, tienes muchos hermanos y se necesita mucho tiempo para que te los presenten a todos.

—Solo estamos dos —puntualizó Colin.

—Me voy a casa —dijo Simon—. Estáis locos los tres.

Benedict, que parecía el hermano más protector, sonrió de repente.

—No tienes hermanas, ¿verdad?

—No, gracias a Dios.

—Cuando tengas una hija, lo entenderás.

Simon estaba seguro de que nunca tendría una hija, pero no dijo nada.

—Una hermana sirve de prueba —dijo Anthony.

—Y aunque Daff es mejor que la mayoría de chicas de su edad —dijo Benedict—, no tiene tantos pretendientes como las demás.

Simon no entendía por qué.

—No sé bien por qué —dijo Anthony—. Es muy agradable.

Simon pensó que no era el mejor momento para confesar que le había faltado poco para acorralarla contra la pared, apretar las caderas a las suyas y besarla apasionadamente. Para ser sincero, si no hubiera descubierto quién era, seguramente lo habría hecho.

—Daff es la mejor —dijo Benedict.

Colin asintió.

—La mejor. Es fantástica.

Se produjo una extraña pausa y, entonces, Simon dijo:

—Bueno, fantástica o no, no voy a ir a salvarla porque me dejó muy claro que vuestra madre le ha prohibido que la vieran en mi compañía en público.

—¿Mamá ha hecho eso? —preguntó Colin—. Debe de precederte una reputación horrible.

—De la cual una gran parte es inmerecida —dijo Simon, sin saber por qué se estaba defendiendo.

—Es una lástima —dijo Colin—. Pensaba pedirte que me dejaras acompañarte algún día por ahí.

Simon preveía un largo y próspero futuro de pícaro para ese chico.

Anthony le clavó el puño en la espalda a Simon y lo empujó hacia delante.

—Estoy seguro de que, si le muestras todos tus encantos y tu buena educación, mamá cambiará de idea. Vamos.

A Simon no le quedó otra opción que caminar hacia Daphne. La alternativa suponía montar una escena y ya hacía tiempo que Simon había descubierto que las escenas no se le daban demasiado bien. Además, si hubiera estado en la posición de Anthony, seguramente habría hecho lo mismo.

Y, después de todo, comparada con las hermanas Featherington y sus semejantes, Daphne no sonaba tan mal.

—¡Mamá! —exclamó Anthony, cuando se acercaron a la vizcondesa—. No te he visto en toda la noche.

Simon vio que a lady Bridgerton se le iluminaron aquellos ojos azules cuando vio a su hijo. Mamá ambiciosa o no, lo que quedaba claro era que lady Bridgerton quería a sus hijos.

—¡Anthony! —exclamó—. Casi no te he visto en toda la noche. Daphne y yo estábamos aquí charlando con lord Macclesfield.

Anthony le lanzó una compasiva mirada al caballero.

—Sí, ya lo veo.

Simon miró a los ojos de Daphne y le hizo un leve movimiento de cabeza. Ella, que era muy discreta, le devolvió el saludo con un movimiento incluso más leve.

—¿Y este caballero quién es? —preguntó lady Bridgerton, escrutando con la mirada a Simon.

—El nuevo duque de Hastings —respondió Anthony—. Seguro que lo recuerdas de mis días en Eton y en Oxford.

—Por supuesto —dijo lady Bridgerton, muy educada.

Macclesfield, que no había dicho nada, rápidamente aprovechó la primera pausa en la conversación para decir:

—Creo que acabo de ver a mi padre.

Anthony lo miró divertido y comprensivo.

—Entonces vaya con él, por el amor de Dios.

Y el conde se marchó sin perder ni un segundo.

—Creía que odiaba a su padre —dijo lady Bridgerton, desconcertada.

—Y lo odia —dijo Daphne.

Simon contuvo una risa. Daphne levantó las cejas, retándolo a hacer un comentario.

—Bueno, en cualquier caso, le precedía una no muy brillante reputación —dijo lady Bridgerton.

—Al parecer, es algo que flota en el ambiente, últimamente —murmuró Simon.

Daphne abrió los ojos y en esta ocasión fue Simon el que levantó las cejas y la retó a que hiciera un comentario.

Daphne no dijo nada, por supuesto, pero su madre lo miró fijamente, y Simon supo que estaba intentando decidir si el ducado que acababa de recibir era suficiente para borrar su mala reputación.

—Creo que no pude conocerla personalmente antes de abandonar el país, lady Bridgerton —dijo Simon—, pero es un placer hacerlo ahora.

—El placer es mío —respondió, y se giró hacia Daphne—. Mi hija Daphne.

Simon cogió la mano enguantada de Daphne y depositó un escrupuloso beso en los nudillos.

—Es un honor conocerla de manera oficial, señorita Bridgerton.

—¿De manera oficial? —exclamó lady Bridgerton.

Daphne abrió la boca para responder, pero Simon se le adelantó.

—Ya le he explicado a su hermano nuestro breve encuentro en la entrada.

Lady Bridgerton se giró bruscamente hacia su hija.

—¿Te habías encontrado con el duque? ¿Por qué no me lo has dicho?

Daphne sonrió.

—Bueno, estábamos demasiado ocupadas con el conde. Y antes con lord Westborough. Y antes con...

—Está bien, Daphne —dijo lady Bridgerton.

Simon se preguntó si sería de muy mala educación reírse en ese momento.

Entonces, lady Bridgerton le dirigió la mejor de sus sonrisas y Simon comprendió perfectamente de quién había heredado Daphne la suya. También entendió que lady Bridgerton había decidido olvidarse de su mala reputación.

Tenía un brillo extraño en los ojos, y no dejaba de mirar a Simon y a Daphne.

Entonces, volvía a sonreír.

Simon reprimió sus ganas de huir de allí.

Anthony se le acercó y le susurró al oído:

—Lo siento.

Entre dientes, Simon le respondió:

—Voy a matarte.

La mirada de hielo de Daphne decía que los había oído y que no le había hecho gracia.

Sin embargo, lady Bridgerton no se percató de nada, porque ya tenía la cabeza llena de imágenes de la boda del año.

Entonces, entrecerró los ojos y se concentró en algo que sucedía detrás de los hombres. Parecía tan enfadada que Simon, Anthony y Daphne se giraron para ver qué pasaba.

La señora Featherington se dirigía muy decidida hacia el duque, acompañada por Prudence y Philipa. Simon vio que no había ni rastro de Penelope.

Las situaciones desesperadas, pensó Simon, exigían medidas desesperadas.

—Señorita Bridgerton —dijo, dirigiéndose a Daphne—, ¿me concede este baile?

5

*¿Fueron al baile de lady Danbury anoche? Si no es así, es una lástima.
Porque se perdieron el acontecimiento de la temporada. A todos los asis-
tentes les quedó claro, y sobre todo a esta autora, que la señorita Daphne
Bridgerton ha llamado la atención del recién llegado de Europa duque de
Hastings.*

*Suponemos el alivio de lady Bridgerton. ¡Sería horroroso si Daphne se
quedara soltera una temporada más! Además, lady B aún tiene que casar a
tres hijas más. ¡Qué horror!*

REVISTA DE SOCIEDAD DE LADY WHISTLEDOWN,
30 de abril de 1813

Daphne no tuvo otra opción.

En primer lugar, su madre la miraba como diciendo «Si dices que no, te
arrepentirás».

En segundo lugar, estaba claro que el duque no le había explicado toda
la verdad sobre su encuentro a Anthony, así que negarse a bailar con él levantaría muchas suspicacias.

Eso sin mencionar la poca gracia que le hacía verse inmersa en una conversación con las Featherington, algo que irremediablemente iba a suceder si
no salía de allí de inmediato.

Y, por último, la idea de bailar con el duque le resultaba un poco atractiva.

Además, el muy arrogante no le dio ni tiempo para responder. Antes de
que pudiera decir «encantada» o un simple «sí», el duque ya se la había llevado al centro de la pista.

La orquesta todavía estaba con esos horribles ruidos que hacen los músicos mientras preparan los instrumentos para tocar, así que tuvieron que esperarse un momento antes del baile.

—Gracias a Dios que no dijo que no —dijo el duque, agradecido.

—¿Y cuándo me ha dado la oportunidad?

Él le sonrió.

Daphne le respondió con una mueca.

—Si lo recuerda, no me ha dado opción a aceptar o a negarme.

Simon levantó una ceja.

—¿Quiere decir que tengo que volver a pedírselo?

—No, claro que no —respondió Daphne, con los ojos en blanco—. Sería una tontería. Además, organizaríamos una escena sin precedentes, y no creo que ninguno de los dos queramos eso.

Simon ladeó la cabeza y la miró con aceptación, como si hubiera analizado su personalidad en un instante y le estuviera dando su aprobación. A Daphne le pareció de lo más desconcertante.

Y entonces la orquesta empezó a tocar las primeras notas de un vals.

Simon hizo una mueca.

—¿Las chicas jóvenes todavía necesitan permiso para bailar un vals?

Para más incomodidad de Simon, Daphne lo miró sonriendo.

—¿Cuánto tiempo ha estado fuera?

—Cinco años. ¿Lo necesitan?

—Sí.

—¿Y usted lo tiene?

La miró horrorizado ante la perspectiva de ver su plan arruinado.

—Por supuesto.

La tomó en sus brazos y empezó a girar junto con las demás parejas.

—Bien.

Cuando habían dado la vuelta entera al salón, Daphne preguntó:

—¿Qué les ha explicado a mis hermanos de nuestro encuentro? Le he visto hablando con ellos, ¿sabe?

Simon sonrió.

—¿De qué se ríe? —preguntó ella.

—Me estaba maravillando de su aguante.

—¿Disculpe?

Simon se encogió de hombros y ladeó la cabeza.

—No creí que fuera tan paciente —dijo—, y ha tardado casi cuatro minutos en preguntarme sobre la conversación que he mantenido con sus hermanos.

Daphne se sonrojó. La verdad era que el duque era tan buen bailarín que ella apenas había pensado en la conversación.

—Pero, ya que lo pregunta —dijo, evitándole cualquier comentario—, les he dicho que nos hemos encontrado en la entrada y que, debido a su fisonomía, la he reconocido como una Bridgerton y me he presentado.

—¿Y le han creído?

—Sí —dijo Simon, pausadamente—. Eso creo.

—No es que tengamos que escondernos de nada —se apresuró a añadir Daphne.

—Claro que no.

—El único villano de esta historia es Nigel, sin duda.

—Por supuesto.

Daphne se mordió el labio inferior.

—¿Cree que todavía estará en el pasillo?

—Le aseguro que no tengo ninguna intención de ir a verificarlo.

Se produjo un extraño silencio, y entonces Daphne dijo:

—Hacía mucho que no asistía a un baile en Londres, ¿verdad? Nigel y yo hemos debido de ser un recibimiento lastimoso.

—Usted ha sido el mejor recibimiento. Él no.

Daphne sonrió por el cumplido.

—Dejando aparte nuestra pequeña aventura, ¿ha disfrutado de la velada?

La respuesta negativa de Simon fue tan obvia que incluso, antes de responder, soltó una risa.

—¿De verdad? —dijo Daphne, arqueando las cejas con curiosidad—. Eso sí que es interesante.

—¿Mi agonía le resulta interesante? Recuérdeme que, en caso de enfermedad, nunca recurra a usted.

—Oh, por favor —dijo Daphne, burlándose—. No ha podido estar tan mal.

—Sí que ha podido.

—Seguro que no ha sido peor que la mía.

—Debo admitir que parecía bastante aburrida cuando estaba con Macclesfield —admitió él.

—Es usted muy amable por decir eso —dijo ella.

—Pero sigo creyendo que mi velada ha sido peor.

Daphne se rio, un precioso sonido que llenó de calidez el cuerpo de Simon.

—Menuda pareja —dijo—. Estoy segura de que podemos encontrar otros temas de conversación más amenos que lo mal que nos lo hemos pasado.

Simon no dijo nada.

Daphne no dijo nada.

—No se me ocurre nada —dijo él.

Daphne volvió a reír, esta vez con más entusiasmo, y Simon volvió a maravillarse por aquella preciosa sonrisa.

—Me rindo —dijo ella—. ¿Qué ha hecho que su velada sea tan desastrosa?

—¿Qué o quién?

—¿Quién? —repitió ella, ladeando la cabeza—. Esto se pone cada vez más interesante.

—Se me ocurren muchos adjetivos para describir a todos los «quienes» que he conocido esta noche, pero le aseguro que interesante no es uno de ellos.

—Bueno —dijo ella—, no sea maleducado. También le he visto hablando con mis hermanos.

Él asintió galantemente, acercándola más a él por la cintura mientras giraban por el salón.

—Le pido disculpas. Los Bridgerton, por supuesto, quedan excluidos de mis insultos.

—Eso nos tranquiliza a todos, se lo aseguro.

Simon sonrió ante la absoluta inexpresividad de Daphne.

—Vivo para hacer feliz a la familia Bridgerton.

—Esa es una afirmación que algún día puede volverse en su contra —respondió ella—. Pero, hablando en serio, ¿qué es lo que le molesta tanto? Si su noche ha ido tan a mal desde nuestro encuentro con Nigel, debe de estar en una situación realmente desesperada.

—¿Cómo podría decirlo sin ofenderla? —preguntó.

—Ah, no se preocupe por mí —dijo Daphne, quitándole importancia—. Prometo no sentirme ofendida.

Simon le lanzó una sonrisa maliciosa.

—Una afirmación que algún día puede volverse en su contra.

Daphne se sonrojó. La rojez apenas era perceptible a la luz de las velas, pero Simon la había observado muy de cerca. Ella no dijo nada, así que Simon añadió:

—De acuerdo, si insiste le diré que me han presentado a todas las jóvenes casaderas de la fiesta.

Daphne soltó una risita. Simon tenía la leve sospecha de que se reía de él.

—Y también me han presentado a sus madres —continuó.

En ese momento, Daphne soltó una carcajada.

—¡Qué apropiado! —dijo él—. Riéndose de su pareja de baile.

—Lo siento —dijo ella, con los labios apretados para evitar más risas.

—No es verdad.

—Está bien —admitió—. No lo siento. Pero únicamente porque yo llevo dos años soportando la misma tortura. Es difícil pretender dar tanta lástima habiéndolo soportado una sola noche.

—¿Por qué no se casa y se evita todo esto?

Daphne lo miró fijamente.

—¿Es una proposición?

Simon sintió que la sangre no le llegaba a la cabeza.

—Ya lo sabía. —Lo miró y soltó un suspiro de impaciencia—. Por el amor de Dios. Ya puede respirar, Hastings. Solo bromeaba.

Simon quería hacer un comentario irónico y sarcástico pero lo cierto es que la pregunta de Daphne lo había dejado helado.

—Respondiendo a su pregunta —continuó ella, con una voz más apagada de lo que le había oído hasta ahora—. Una chica debe considerar todas las opciones. Tenemos a Nigel, obviamente, pero creo que estará de acuerdo conmigo en que no es el mejor candidato.

Simon agitó la cabeza.

—A principios de año, estuvo lord Chalmers.

—¿Chalmers? —preguntó Simon, frunciendo el ceño—. ¿No está...?

—¿Cerca de la setentena? Sí. Y, como algún día me gustaría tener hijos, me pareció que...

—Un hombre de esa edad todavía puede engendrar hijos —le dijo Simon.

—Era un riesgo que no estaba dispuesta a correr. Además —dijo, estremeciéndose, con una expresión de revulsión—, la idea de engendrarlos con él no me atraía demasiado.

Simon se imaginó a Daphne en la cama con el viejo Chalmers y, muy a su pesar, sintió una punzada en el corazón. Era una imagen bastante desagradable que lo enfureció un poco, no sabía muy bien con quién; a lo mejor consigo mismo por atreverse a imaginarse tal cosa, pero...

—Y antes de lord Chalmers —continuó Daphne y, afortunadamente, interrumpió los pensamientos de Simon—, hubo dos más, aunque igual de repulsivos.

Simon la miró, pensativo.

—¿Quiere casarse?

—Sí, claro. —La sorpresa por esa pregunta se reflejaba en su cara—. ¿No es eso lo que todos queremos?

—Yo no.

Daphne se rio con condescendencia.

—Solo cree que no quiere. Todos los hombres lo hacen. Pero algún día se casará.

—No —dijo Simon, muy seco—. Nunca me casaré.

Daphne lo miró boquiabierta. Había algo en el tono del duque que decía que hablaba en serio.

—¿Y qué pasará con el título?

Simon se encogió de hombros.

—¿Qué le pasa al título?

—Si no se casa y engendra un heredero, desaparecerá. O irá a parar a cualquier primo despiadado.

Ante eso, Simon levantó una ceja.

—¿Y cómo sabe que mis primos son despiadados?

—Todos los primos que siguen en la línea de sucesión de un título nobiliario lo son. —Ladeó la cabeza—. O, al menos, lo son para con el poseedor de dicho título.

—¿Y eso lo ha aprendido de su profundo conocimiento de los hombres? —bromeó él.

Daphne lo miró con una superioridad aplastante.

—Por supuesto.

Simon se quedó callado unos momentos y, al rato, dijo:

—¿Vale la pena?

Daphne lo miró desconcertada por el repentino cambio de tema.

—¿El qué?

Le soltó la mano lo justo para agitar la suya en el aire.

—Esto. Este interminable desfile de fiestas. Con su madre pisándole los talones siempre.

Daphne abrió la boca, sorprendida.

—Dudo de que ella lo viera igual —dijo y luego, con la mirada perdida en algún asunto del salón, añadió—: Pero sí, supongo que vale la pena. Tiene que valerla.

Volvió a la realidad y lo miró a la cara, con una honestidad aplastante en los ojos.

—Quiero un marido. Quiero una familia. Si lo piensa, no es tan descabellado. Soy la cuarta de ocho hermanos. Solo conozco el concepto de familia numerosa. No sé si sabría vivir de otra manera.

Simon la miró a los ojos, fija e intensamente. Escuchó una voz de alarma en su cabeza. Deseaba a esa chica. La deseaba tan desesperadamente que estaba empezando a excitarse, pero sabía que nunca, nunca podría ni siquiera tocarla. Porque hacerlo significaría destrozar todos sus sueños y, a pesar de su reputación, no estaba seguro de poder vivir con ese peso sobre sus espaldas.

Nunca se casaría, nunca tendría hijos y eso era precisamente lo que Daphne esperaba de la vida.

Simon disfrutaría de su compañía porque sabía que no sería capaz de negarse eso. Pero debería dejarla intacta para otro hombre.

—¿Duque? —preguntó Daphne y, cuando Simon la miró, añadió—: ¿Dónde estaba?

Simon inclinó la cabeza.

—Pensaba en lo que ha dicho.

—¿Y le parece bien?

—En realidad, no recuerdo la última vez que hablé con alguien que tuviera tanto sentido común —dijo, lentamente—. Está muy bien saber qué se quiere en la vida.

—¿Y usted lo sabe?

¿Cómo responder a esa pregunta? Simon sabía que había ciertas cosas que no podía decir. Pero es que era tan fácil hablar con esta chica. Estaba cómodo con ella, aunque algo en su interior ardiera de deseo por ella. Habitualmente, no era normal mantener ese tipo de conversaciones cuando se acababa de conocer a alguien pero, de algún modo, entre ellos surgió de manera natural.

Al final, Simon dijo:

—Cuando era más joven, hice una serie de promesas. Y ahora intento vivir mi vida acorde a esas promesas.

Ella lo miró con curiosidad, pero la buena educación le prohibió hacer más preguntas.

—Dios mío —dijo ella, con una sonrisa un tanto forzada—, nos hemos puesto muy serios. Y yo que creía que estábamos hablando de quién lo había pasado peor esta noche.

En ese momento, Simon se dio cuenta de que los dos estaban atrapados. Atrapados por las convenciones y las expectativas sociales.

Y fue entonces cuando se le ocurrió algo. Una idea extraña, loca y terriblemente brillante. También era bastante peligrosa, ya que implicaba compartir muchos momentos con Daphne, algo que seguro lo llenaría de deseo insatisfecho, pero Simon se enorgullecía de tener mucho control sobre sí mismo y estaba seguro de que no sucumbiría a sus instintos más básicos.

—¿No le gustaría tomarse un respiro? —preguntó, inesperadamente.

—¿Un respiro? —repitió Daphne, sorprendida. Mientras bailaban, miró a su alrededor—. ¿De las fiestas?

—No exactamente. Creo que tendrá que seguir acudiendo a las fiestas y a los bailes. Lo que tengo en mente implicaría más tomarse un respiro de la persecución de su madre.

Daphne estuvo a punto a atragantarse por la sorpresa que le produjo el comentario.

—¿Va a eliminar a mi madre de la vida social? ¿No le parece una decisión un poco extrema?

—No estoy hablando de eliminar a su madre de la vida social, sino a usted.

Daphne se tropezó con su propio pie y, cuando recuperó el equilibrio, tropezó con los de Simon.

—¿Cómo dice?

—Cuando volví, mi intención era evitar todo este circo —le explicó—. Pero estoy descubriendo que me va a resultar totalmente imposible.

—¿Porque de repente no puede pasar sin ratafía y limonada aguada? —se burló ella.

—No —dijo Simon, ignorando todo el sarcasmo de Daphne—. Más bien porque me he encontrado con que la mitad de mis amigos de la Universidad se han casado y, ahora, sus esposas parecen obsesionadas con ofrecer una gran fiesta...

—Y le han invitado.

Simon asintió, sonriente.

Daphne se le acercó, como si le fuera a confesar un secreto.

—Es un duque —dijo—. Puede decir que no.

Observó con fascinación cómo se le tensaba la mandíbula.

—Esos hombres —dijo—, sus maridos... son mis amigos.

Daphne notó que se estaba riendo, aunque estuviera mal.

—Y usted no quiere herir los sentimientos de sus esposas.

Simon hizo una mueca, incómodo por el cumplido.

—Vaya, vaya —dijo Daphne, con picardía—. Si al final resultará que es un buen hombre.

—No soy bueno —dijo él, muy seco.

—Puede, pero tampoco es cruel.

Los músicos dejaron de tocar y Simon le ofreció el brazo para guiarla hasta el perímetro del baile. Estaban en el lado opuesto a los Bridgerton, así que tenían tiempo para continuar su conversación mientras caminaban lentamente.

—Lo que intentaba decirle —continuó Simon—, antes de que me interrumpiera, es que, al parecer, tendré que asistir a muchas fiestas.

—Un destino casi peor que la muerte.

Simon ignoró el comentario.

—Y supongo que usted también deberá acudir a todas.

Daphne asintió.

—A lo mejor hay una manera de que me pueda librar de las hermanas Featherington y sus semejantes y, al mismo tiempo, usted pueda ahorrarse los intentos de emparejarla de su madre.

Daphne lo miró a los ojos.

—Continúe.

Simon la miró con intensidad.

—Nos comprometeremos.

Daphne se quedó callada. Sencillamente, lo miraba intentando decidir si era el hombre más maleducado que había conocido o si estaba loco.

—No será un compromiso de verdad —añadió Simon, impaciente—. Dios mío, ¿qué clase de hombre cree que soy?

—Bueno, ya me habían advertido sobre su reputación —dijo Daphne—. Y esta misma noche trató de intimidarme con sus encantos, en el pasillo.

—No es verdad.

—Claro que lo es —dijo ella, dándole un golpe en el brazo—. Pero le perdono. Estoy segura de que no pudo evitarlo.

Simon parecía sorprendido.

—Ninguna mujer me había tratado nunca con tal condescendencia.

Ella levantó los hombros.

—Seguro que sí, pero hace mucho tiempo y no lo recuerda.

—¿Sabe una cosa? Al principio, creí que seguía soltera porque sus hermanos habían ahuyentado a todos sus pretendientes, pero ahora empiezo a preguntarme si no lo habrá hecho usted solita.

Para su sorpresa, Daphne solo rio.

—No —dijo—. No me he casado porque todos los hombres me ven como a una amiga. Ninguno me ve como a una mujer de la que podrían enamorarse —sonrió—. Excepto Nigel, claro.

Simon reflexionó sobre sus palabras un instante y se dio cuenta de que Daphne podía sacar mucho más de aquella situación de la que había creído en un principio.

—Escuche —dijo Simon—, y escuche con atención, porque ya casi hemos llegado donde está su familia y Anthony nos está mirando como si fuera a asaltarnos en cualquier momento.

Los dos miraron a la derecha. Anthony seguía atrapado por las hermanas Featherington. No parecía muy contento.

—Mi plan es el siguiente —continuó Simon, hablando en voz baja y serena—. Tendremos que hacer ver que entre nosotros ha saltado la chispa. Y me libraré de las debutantes porque ya no seré un hombre disponible.

—Eso no es así —le rectificó Daphne—. No lo verán como tal hasta que esté delante del obispo pronunciando sus votos.

Solo la idea hizo que se le revolviera el estómago.

—Tonterías —dijo—. A lo mejor tardan un poco de tiempo, pero estoy seguro de que, al final, podré convencer a toda la sociedad de que no estoy disponible para el matrimonio.

—Excepto conmigo —añadió Daphne.

—Excepto con usted —dijo—, pero nosotros sabremos que no es verdad.

—Por supuesto —dijo Daphne—. Honestamente, no creo que funcione, pero si está tan convencido...

—Lo estoy.

—¿Y yo qué consigo?

—En primer lugar, si su madre cree que estoy interesado en usted, dejará de pasearla de hombre en hombre.

—Algo engreído de su parte —dijo ella sonriendo—, pero cierto.

Simon ignoró, una vez más, el comentario.

—Y en segundo lugar —continuó—, los hombres están más interesados en una mujer cuando otro hombre se interesa por ella.

—¿Y eso qué quiere decir?

—Quiere decir, sencillamente, y perdone el engreimiento —dijo, lanzándole una sardónica mirada para demostrar que había escuchado su sarcástico comentario anterior—, que si todos creen que voy a convertirla en mi duquesa, todos esos hombres que solo la consideran una buena amiga, empezarán a mirarla con otros ojos.

Daphne apretó los labios.

—¿Y eso quiere decir que, cuando suspenda el compromiso y me abandone, tendré una legión de pretendientes a mis pies?

—Oh, por favor, le concederé el placer de decir que ha sido usted la que se ha echado atrás.

Simon vio que Daphne ni se molestó en darle las gracias.

—Sigo pensando que yo gano mucho más que usted en todo esto —dijo ella.

Simon le apretó suavemente el brazo.

—Entonces, ¿lo hará?

Daphne miró a la señora Featherington, que parecía un ave de presa, y a su hermano, que parecía que se había tragado un hueso de pollo. Había visto esas mismas caras decenas de veces, aunque en las facciones de su madre y de algún posible pretendiente.

—Sí —dijo, con firmeza—. Lo haré.

—¿Por qué crees que tardan tanto?

Violet Bridgerton tiró de la manga de la chaqueta de su hijo, incapaz de apartar la mirada de su hija, que, al parecer, había llamado la atención del duque de Hastings. Solo llevaban una semana en Londres y ya se habían convertido en la bomba de la temporada.

—No lo sé —respondió Anthony, mirando aliviado las espaldas de las mujeres Featherington, que se alejaban hacia su próxima víctima—. Pero parece que lleven horas caminando.

—¿Crees que al duque le gusta Daphne? —preguntó Violet, emocionada—. ¿Crees que nuestra Daphne realmente tiene alguna posibilidad de convertirse en duquesa?

A Anthony se le llenaron los ojos de impaciencia e incredulidad.

—Madre, tú misma le dijiste a Daphne que ni siquiera debían verla en público con el duque y ahora piensas en casarlos. Increíble.

—Mis palabras fueron prematuras —dijo, agitando la mano en el aire—. Está claro que es un hombre muy refinado y con buen gusto. Y, si puedo preguntarlo, ¿cómo sabes tú lo que le dije a Daphne?

—Me lo dijo ella, claro —mintió Anthony.

—¡Hum! Está bien. Además, estoy convencida que Portia Featherington no olvidará esta noche mientras viva.

Anthony abrió los ojos como platos.

—¿Intentas encontrarle un marido a Daphne para que sea feliz como esposa y como madre o solo quieres ganar a la señora Featherington en la carrera hasta el altar?

—Lo primero, por supuesto —respondió Violet, enfadada—. Y me ofende que pienses que me muevo por otros motivos. —Apartó la mirada de Daphne y el duque lo justo para dirigirla hacia la señora Featherington y sus hijas—. Aunque no me importará ver su cara cuando descubra que ha sido Daphne la que se ha llevado el gato al agua.

—Madre, no tienes remedio.

—No. A lo mejor no tengo vergüenza, pero sí tengo remedio.

Anthony agitó la cabeza y dijo algo incomprensible entre dientes.

—Hablar entre dientes es de mala educación —dijo Violet, solo para molestarlo. Luego vio que Daphne y el duque se acercaban—. ¡Ya están aquí! Anthony, compórtate. ¡Daphne! ¡Duque! —Hizo una pausa hasta que la pareja se detuvo frente a ella—. Por lo que veo, habéis disfrutado del baile.

—Mucho —dijo Simon—. Su hija es grácil y encantadora en partes iguales.

Anthony dio un resoplido de incredulidad.

Simon lo ignoró.

—Espero que tengamos el placer de volver a bailar juntos muy pronto.

A Violet se le iluminó la mirada.

—Estoy convencida que a Daphne le encantaría. —Y como Daphne no dijo nada, Violet añadió—: ¿No es verdad, Daphne?

—Por supuesto —respondió ella, con recato.

—Seguro que su madre no sería tan permisiva de dejar que me concediera otro baile —dijo Simon, con ese aire de cortés duque—, pero espero que nos dé su permiso para dar un paseo por el salón de baile.

—Acabáis de dar un paseo por el salón —dijo Anthony.

Simon volvió a ignorarlo.

—Nos mantendremos siempre donde usted pueda vernos, por supuesto —le dijo a Violet.

El abanico de seda que Violet tenía en la mano empezó a agitarse a toda velocidad.

—Sería un honor. Bueno, para Daphne sería un honor. ¿No es así, querida?

Daphne era la viva imagen de la inocencia.

—Por supuesto.

Entonces, bastante malhumorado, Anthony dijo:

—Y yo iré a tomarme un vaso de coñac porque creo que me estoy poniendo enfermo. ¿Qué diablos está pasando aquí?

—¡Anthony! —exclamó Violet. Se giró hacia Simon—. No se lo tenga en cuenta.

—Nunca lo hago —dijo Simon afablemente.

—Daphne —dijo Anthony—. Sería un placer ser tu acompañante.

—Anthony —dijo Violet—. Si no van a salir del salón, no creo que tu hermana necesite ningún acompañante.

—No, insisto.

—Podéis marcharos —les dijo Violet a Daphne y a Simon, mientras agitaba una mano—. Anthony irá dentro de un momento.

Anthony hizo ademán de irse detrás de ellos, pero Violet lo sujetó por la muñeca.

—¿Qué diablos crees que estás haciendo? —le dijo, en voz baja.

—¡Proteger a mi hermana!

—¿Del duque? No puede ser tan malo. En realidad, me recuerda a ti.

Anthony hizo una mueca.

—Entonces, puedes estar convencida de que necesita mi protección.

Violet le dio un golpe en el brazo.

—No seas tan sobreprotector con ella. Si Hastings hace el más mínimo intento de sacarla al balcón, te prometo que te dejaré ir a rescatarla. Sin embargo, hasta que eso, que es tan improbable, suceda te pido por favor que dejes que tu hermana disfrute de su momento de gloria.

Anthony miró a Simon.

—Mañana mismo lo mataré.

—¡Dios mío! —dijo Violet, agitando la cabeza—. No sabía que fueras tan obsesivo. Se supone que, como madre tuya que soy, debería saberlo, sobre todo porque eres el mayor y, por lo tanto, eres al que más conozco, pero...

—¿Ese no es Colin? —la interrumpió Anthony.

Violet parpadeó y luego entrecerró los ojos.

—Sí. Sí que lo es. ¿No es magnífico que haya regresado antes de tiempo? Cuando lo vi, hace una hora, casi no me lo podía creer. De hecho, pensaba...

—Será mejor que vaya con él —dijo Anthony—. Parece aburrido. Adiós, madre.

Violet observó cómo Anthony se alejaba, posiblemente huyendo de su charla aleccionadora.

—Tonto —dijo, en voz baja.

Sus hijos seguían cayendo en sus trampas. Cuando empezaba a hablar de nada en particular, desaparecían en un santiamén.

Suspiró, satisfecha, y volvió a mirar a su hija, que estaba al otro lado del salón, con la mano apoyada cómodamente en el antebrazo del duque. Hacían muy buena pareja.

Sí, pensó Violet, con los ojos algo llorosos, su hija sería una magnífica duquesa.

Entonces buscó a Anthony, que estaba donde ella quería que estuviera: lejos. Podía sentir una sonrisa interna del corazón. Los hijos eran tan fáciles de manejar.

Entonces, la sonrisa se convirtió en una mueca cuando vio que Daphne volvía del brazo de otro hombre. Los ojos de Violet escrutaron el salón hasta que encontró al duque.

¡Maldición! ¿Qué diablos hacía Hastings bailando con Penelope Featherington?

6

Ha llegado a oídos de esta autora que ayer por la noche el duque de Hastings
dijo, al menos en seis ocasiones, que no tenía ninguna intención de casarse. Si
lo que pretendía era desanimar a las madres ambiciosas, estaba equivocado.
Ellas únicamente verán en esas palabras un reto aún mayor.

Y, en una interesante nota adjunta, la media docena de declaraciones de
principios se produjeron antes de que el duque conociera a la encantadora y
sensible señorita (Daphne) Bridgerton.

REVISTA DE SOCIEDAD DE LADY WHISTLEDOWN,
30 de abril de 1813

Al día siguiente, por la tarde, Simon estaba en la escalera de casa de Daphne,
con una mano en el picaporte y la otra sosteniendo un precioso ramo de tulipanes de los más caros. A él no se le había ocurrido que esta pequeña farsa
que habían organizado requeriría sus atenciones durante las horas del día
pero, durante el breve paseo que dio con Daphne por el baile, ella acertada-
mente le dijo que si no la visitaba al día siguiente nadie, y mucho menos su
madre, se creerían que realmente estaba interesado en ella.

Simon supuso que tenía razón, ya que creía que ella tenía más experiencia que él en todos esos detalles. Él, muy obediente, fue a comprar las flores
y se dirigió hacia la casa de los Bridgerton en Grosvenor Square. Nunca le
había hecho la corte a una mujer respetable, así que todo aquel ritual le era
totalmente desconocido.

El mayordomo de los Bridgerton le abrió la puerta inmediatamente. Simon le dio su tarjeta. El mayordomo, un hombre alto con nariz aguileña, la
miró y asintió, al tiempo que decía:

—Por aquí, señor.

Obviamente, pensó Simon, lo estaban esperando.

En cambio, lo que no se esperaba era lo que vio en el salón de los Bridgerton.

Daphne, una diosa con un vestido de seda azul cielo, estaba en el sofá verde de damasco, con otra de esas amplias sonrisas en la cara.

Habría sido una vista deliciosa si no hubiera estado rodeada de media docena de hombres, e incluso uno de ellos se había arrodillado frente a Daphne y le estaba recitando una poesía.

A juzgar por la naturaleza floral de los versos, era de esperar que, en cualquier momento, le saliera un rosal por la boca.

Simon decidió que la escena era de lo más desagradable.

Miró fijamente a Daphne, que le estaba dedicando su espléndida sonrisa al bufón que recitaba poesía, y esperó a que lo viera.

No lo hizo.

Simon miró la mano que tenía libre y vio que estaba cerrada en un puño. Miró a todos los hombres que rodeaban a Daphne y trató de decidir en la cara de quién clavarlo.

Daphne volvió a sonreír y, otra vez, la sonrisa no fue para él.

Ese estúpido poeta. Simon inclinó la cabeza para estudiar mejor la cara del joven. ¿El morado le quedaría mejor en la cuenca del ojo derecho o en la del izquierdo? A lo mejor eso era demasiado violento. Quizá sería más apropiado un certero derechazo en la mandíbula. Como mínimo, lograría que se levantara del suelo.

—Este poema —anunció el chico con grandilocuencia—, lo escribí en su honor ayer por la noche.

Simon resopló. El anterior había sido una grandiosa rendición a un soneto de Shakespeare, pero uno original era más de lo que podía soportar.

—¡Duque!

Simon levantó la mirada para ver que Daphne por fin se había percatado de su llegada.

Simon asintió, un poco extraño de estar con ella en presencia de aquellos cachorros.

—Señorita Bridgerton.

—¡Qué alegría verlo! —exclamó Daphne, con una sonrisa en la cara.

Aquello ya estaba mejor. Simon levantó las flores y empezó a caminar hacia ella, aunque se encontró con tres jóvenes pretendientes por el camino, y ninguno de ellos parecía dispuesto a moverse. Simon atravesó al primero con su mirada de hielo y el chico, porque no debía de tener más de veinte años y, por lo tanto, casi no podía ser considerado un hombre, tosió de manera bastante obvia y se sentó en una silla que había junto a la ventana.

Simon avanzó un poco más, dispuesto a repetir el procedimiento con el siguiente chico, pero entonces la vizcondesa le salió al paso; llevaba un vestido azul oscuro y el brillo de su sonrisa podría incluso rivalizar con el de su hija.

—¡Duque! —dijo, eufórica—. Es un placer volver a verlo. Nos honra con su presencia.

—No me imagino en cualquier otro lugar —dijo, al tiempo que le cogía la enguantada mano y se la besaba—. Su hija es una joven excepcional.

La vizcondesa suspiró con satisfacción.

—¡Y qué flores tan bonitas! —dijo, después del manifiesto de orgullo materno—. ¿Son de Holanda? Han debido de costarle mucho.

—¡Madre! —interrumpió Daphne. Apartó la mano de la de un pretendiente particularmente fuerte y se levantó—. ¿Y qué respuesta va a darte el duque ahora?

—Podría decirle lo que me han costado —dijo Simon, con una maliciosa sonrisa.

—No lo haría.

Simon se acercó, de modo que solo Daphne pudiera oírlo.

—¿No me recordó usted misma ayer por la noche que soy un duque? —dijo—. Pensaba que me había dicho que podía hacer lo que quisiera.

—Sí, pero eso no —dijo Daphne, agitando la mano—. Usted no sería tan grosero.

—¡Claro que no es grosero! —exclamó Violet, horrorizada de que Daphne se atreviera a pronunciar esa palabra delante del duque—. ¿De qué hablabais? ¿Qué resultaría grosero?

—Las flores —dijo Simon—. El precio. Daphne cree que no debería decirle lo que me han costado.

—Ya me lo dirá luego —le susurró la vizcondesa al oído—. Cuando no nos escuche.

Luego volvió junto al sofá verde donde se habían sentado Daphne y sus pretendientes y reorganizó a todo el mundo en tres segundos. Simon quedó admirado de la precisión militar con la que llevó a cabo la operación.

—Mucho mejor —dijo Violet—. ¿No está mucho mejor así? Daphne, ¿por qué no te sientas con el duque aquí?

—¿Quieres decir donde hace un momento estaban lord Railmont y el señor Crane? —preguntó, inocentemente, Daphne.

—Exacto —respondió su madre, en lo que a Simon le pareció una admirable muestra de sarcasmo obvio—. Además, el señor Crane dijo que tenía que reunirse con su madre en Gunter a las tres.

Daphne miró el reloj.

—Madre, solo son las dos.

—El tráfico —dijo Violet—. Es horrible. Hay demasiados caballos y carruajes por las calles.

Simon, sumándose a la conversación, dijo:

—Lo peor que puede hacer un hombre es hacer esperar a su madre.

—Muy bien dicho, duque —dijo Violet—. Puede estar seguro de que les he dicho eso mismo a mis propios hijos.

—Y si no está seguro —dijo Daphne—, para mí sería un placer responder por ella.

Violet se limitó a sonreír.

—Si alguien debería saberlo, eres tú, Daphne. Y ahora, si me disculpan, tengo que atender algunos asuntos. ¡Señor Crane! ¡Señor Crane! Su madre jamás me perdonaría que no le dejara marcharse a tiempo. —Violet salió, llevándose al pobre señor Crane por el brazo, que apenas tuvo tiempo de despedirse.

Daphne miró a Simon sonriente.

—No sabría decirle si es terriblemente educada o exquisitamente maleducada.

—¿Exquisitamente educada? —preguntó Simon.

Daphne agitó la cabeza.

Entonces, como por arte de magia, los demás hombres que estaban en el salón se levantaron y se despidieron.

—Muy eficaz, ¿no le parece? —dijo Daphne.

—¿Su madre? Es una maravilla.

—Volverá, no crea.

—Lástima. Y ahora que creía que ya la tenía en mis garras.

Daphne se rio.

—No sé por qué lo consideran un vividor. Su sentido del humor es sencillamente excepcional.

—Y yo que creía que los vividores éramos muy chistosos.

—El sentido del humor de un vividor es, esencialmente, cruel.

Aquel comentario cogió a Simon por sorpresa. La miró fijamente a los
ojos marrones, aunque sin saber demasiado bien qué buscaba. Alrededor de
las pupilas tenía un pequeño círculo de color verde; un verde muy intenso.
Se dio cuenta de que nunca la había visto a la luz del día.

—¿Duque?

La suave voz de Daphne lo devolvió a la realidad. Parpadeó.

—¿Disculpe?

—Parecía que estaba muy lejos de aquí —dijo Daphne, arrugando las cejas.

—He estado muy lejos de aquí. —Simon tuvo que hacer grandes esfuerzos para no volver a perderse en sus ojos—. Esto es totalmente distinto.

Daphne se rio; un sonido muy musical.

—Ha estado en países muy lejanos, ¿verdad? Y yo nunca he ido más allá
de Lancashire. Debo parecerle de lo más provinciana.

Simon prefirió hacer caso omiso de ese comentario.

—Debe disculpar mi actitud. Creo que estábamos discutiendo acerca de
mi absoluta falta de sentido del humor.

—No es cierto, y lo sabe —dijo Daphne, colocando los brazos en jarra—.
Le he dicho, concretamente, que tiene un sentido del humor muy superior al
de la media de los vividores.

Simon arqueó una ceja.

—¿Y pondría a sus hermanos en ese saco de vividores?

—Ellos creen que lo son —lo corrigió—. Hay una gran diferencia con serlo.

Simon resopló.

—Si Anthony no lo es, compadezco a la mujer que se cruce con uno en su
vida.

—Un vividor es mucho más que seducir a una legión de mujeres —dijo
Daphne, alegremente—. Si un hombre no sabe hacer otra cosa que meterle la
lengua a una mujer hasta el esófago y besarla...

A Simon se le hizo un nudo en la garganta pero, aun así, consiguió decir:

—No debería hablar de esas cosas.

Daphne levantó los hombros.

—Ni siquiera debería saberlas —dijo él.

—Cuatro hermanos —respondió ella, a modo de explicación—. Bueno, tres, porque Gregory todavía es demasiado joven.

—Alguien debería decirles que vigilaran lo que dicen delante de su hermana.

Daphne volvió a levantar los hombros.

—La mayoría de las veces ni siquiera se dan cuenta de que estoy en la habitación.

A Simon le costaba creerlo.

—Pero parece que nos hemos desviado un poco del tema original —dijo ella—. Lo que quiero decirle es que el sentido del humor de un vividor se basa en la crueldad. Necesitan una víctima porque no saben reírse de sí mismos. Usted, en cambio, con esa actitud crítica con usted mismo, es mucho más inteligente.

—No sé si darle las gracias o ahogarla.

—¿Ahogarme? Santo Dios, ¿por qué? —dijo Daphne, riéndose, un sonido que a Simon le llegó a lo más profundo.

Simon suspiró profundamente, pero no le sirvió para calmarle el pulso tan acelerado que tenía. Si Daphne no dejaba de sonreír, juraba que no podría responder de las consecuencias.

Sin embargo, ella no dejó de mirarlo y sonreír, una de aquellas sonrisas que parecían estar perpetuamente al límite de la risa.

—Basándome en el principio general, voy a ahogarla —gruñó Simon.

—¿Y qué principio es ese?

—El principio general de todo hombre —respondió él.

Ella arqueó las cejas, curiosa.

—¿Uno opuesto al principio general de toda mujer?

Simon miró a su alrededor.

—¿Dónde está su hermano? Está siendo muy descarada. Seguramente, debería venir alguien para controlarla.

—Estoy segura de que no tardará demasiado en ver a Anthony. En realidad, estoy sorprendida de que todavía no haya venido. Anoche estaba bastante enfadado. Tuve que soportar una charla de una hora sobre sus defectos y pecados.

—Le aseguro que los pecados son, en gran parte, exagerados.

—¿Y los defectos?

—Posiblemente sean ciertos —admitió Simon.

Aquel comentario hizo que Daphne volviera a sonreír.

—Bueno, ciertos o no, mi hermano piensa que usted quiere algo.

—Es que quiero algo.

Daphne ladeó la cabeza y puso los ojos en blanco.

—Cree que quiere algo pecaminoso.

—Ya me gustaría a mí —dijo Simon, para sí mismo.

—¿Cómo dice?

—Nada, nada.

Daphne frunció el ceño.

—Creo que deberíamos explicarle a Anthony nuestro plan.

—¿Y qué sacaríamos con eso?

Daphne recordó el sermón que le había dado su hermano la noche anterior y se limitó a decir:

—Bueno, dejaré que lo averigüe usted mismo.

Simon arqueó las cejas.

—Mi querida Daphne...

Daphne abrió la boca, sorprendida.

—¿No pretenderás que te llame señorita Bridgerton? —dijo Simon—. Después de todo lo que hemos pasado.

—No hemos pasado nada, no diga tonterías, pero supongo que puede llamarme Daphne.

—Excelente —dijo Simon, asintiendo con condescendencia—. Tú puedes llamarme duque.

Daphne le dio un golpe en el brazo.

—De acuerdo —dijo él, sonriendo—. Si te parece mejor, llámame Simon.

—Sí, me parece mucho mejor.

Simon se inclinó un poco, y la miró con fuego en los ojos.

—¿De verdad? —dijo—. Me gustaría mucho oírtelo decir.

De repente, Daphne tuvo la extraña sensación de que Simon hablaba de algo mucho más íntimo que la mera mención de su nombre propio. Empezó a notar un extraño calor en los brazos e, inconscientemente, dio un paso atrás.

—Las flores son preciosas —dijo.

—Sí que lo son.

—Me encantan.

—No son para ti.

Daphne se quedó de piedra. Simon sonrió.

—Son para tu madre.

Ella abrió la boca, sorprendida.

—Eres muy listo. Así seguro que cae rendida a tus pies. Pero este gesto te va a salir muy caro, lo sabes, ¿no?

Simon la miró a los ojos.

—¿De verdad?

—Sí. Estará más decidida que nunca a llevarte al altar conmigo. En las fiestas, estarás igual de asediado que si no hubiéramos tramado este plan.

—Bobadas —dijo él—. Antes, tenía que aguantar a decenas de madres deseosas de endosarme a sus hijas. Ahora, toda mi atención se centra en una.

—A lo mejor te sorprende su tenacidad —dijo Daphne. Luego se giró hacia la puerta—. Debes de gustarle mucho, porque nos está dejando solos más de lo habitual.

Simon se quedó pensativo y se acercó a Daphne.

—¿Y no puede estar escuchando detrás de la puerta? —le susurró.

Daphne agitó la cabeza.

—No, habríamos oído el ruido de los zapatos por el pasillo.

Hubo algo en ese comentario que hizo sonreír a Simon, y Daphne le devolvió la sonrisa.

—Por cierto, debería darte las gracias antes de que vuelva mi madre.

—¿Ah, sí? ¿Por qué?

—Tu plan ha sido todo un éxito. Al menos para mí. ¿Has visto cuántos hombres han venido a verme esta mañana?

Simon cruzó los brazos, y los tulipanes quedaron hacia abajo.

—Ya lo he visto.

—Es brillante, de verdad. Nunca había recibido tantas visitas en un mismo día. Mamá estaba muy orgullosa. Incluso Humboldt, el mayordomo, sonreía, y nunca antes lo había visto sonreír. ¡Uy, cuidado! El ramo está goteando.

Daphne se inclinó y colocó el ramo hacia arriba pero, al hacerlo, rozó con el antebrazo la parte delantera del abrigo de Simon. Inmediatamente retrocedió, sorprendida por el calor y el poder que desprendía.

¡Dios mío! Si podía sentir todo eso a través de la ropa y el abrigo, cómo debía de ser...

Se sonrojó. Se puso roja como un tomate.

—Daría todo lo que tengo por ese pensamiento —dijo Simon, levantando las cejas, curioso.

Afortunadamente, Violet escogió ese preciso instante para entrar en el salón.

—Siento mucho haberos abandonado tanto tiempo —dijo—, pero el caballo del señor Crane había perdido una herradura y, naturalmente, tuve que acompañarlo a las cuadras para que alguien se la arreglara.

En todos los años que llevaban juntas, que era básicamente toda su vida, pensó mordazmente Daphne, nunca había visto a su madre poner un pie en las cuadras.

—Es una anfitriona excepcional —dijo Simon, ofreciéndole las flores—. Tenga, son para usted.

—¿Para mí? —dijo Violet, completamente sorprendida—. ¿Está seguro? Porque yo pensaba... —Miró a Daphne, después a Simon, y repitió—. ¿Está seguro?

—Totalmente.

Violet parpadeó varias veces, y Daphne vio que su madre tenía los ojos humedecidos. Entonces se dio cuenta de que nunca nadie le había regalado flores. Al menos, no desde que su padre murió hacía diez años. Violet era tan madraza que Daphne se había olvidado de que también era una mujer.

—No sé qué decir —dijo Violet, casi sollozando.

—Di «gracias» —le susurró Daphne al oído, sonriendo.

—Oh, Daff, eres de lo que no hay. —Violet le dio una palmadita en el brazo, y Daphne la vio mucho más rejuvenecida que nunca—. Pero muchas gracias, duque. Son unas flores preciosas pero, ante todo, ha sido usted muy considerado. Recordaré este momento toda la vida.

Pareció como si Simon fuera a decir algo, pero al final solo sonrió e inclinó la cabeza.

Daphne miró a su madre y vio el indudable brillo de la alegría reflejado en sus ojos azul lavanda y se dio cuenta, algo avergonzada, de que ninguno de sus hijos había hecho nada tan considerado hacia su madre como aquel hombre que tenía de pie a su lado.

El duque de Hastings. Allí mismo, Daphne decidió que sería una tonta si no se enamoraba de él.

Obviamente, sería mucho mejor si el sentimiento fuera correspondido.

—Madre —dijo Daphne—. ¿Quieres que vaya a buscar un jarrón?

—¿Perdón? —Violet estaba demasiado ensimismada oliendo las flores como para prestarle atención a su hija—. Oh. Sí, claro. Pídele a Humboldt el jarrón de cristal de mi abuela.

Daphne le lanzó una sonrisa de agradecimiento a Simon y se fue hacia la puerta pero, antes de que pudiera dar ni dos pasos, apareció la enorme e imponente figura de su hermano mayor.

—Daphne —dijo—. Justo la persona que necesitaba ver.

Daphne decidió que la mejor estrategia era ignorar aquella grosería.

—Un momento, Anthony —dijo, con dulzura—. Mamá me ha pedido que vaya a buscar un jarrón. Hastings le ha traído flores.

—¿Hastings está aquí? —Anthony miró a la pareja que había al fondo del salón—. ¿Qué haces aquí, Hastings?

—He venido a visitar a tu hermana.

Anthony empujó a Daphne y se acercó como un rayo a Simon y a su madre.

—No te he dado permiso para visitarla —dijo.

—Yo sí —dijo Violet. Acercó las flores a la cara de Anthony y las agitó, como si quisiera llenarle la nariz de polen—. ¿No son preciosas?

Anthony estornudó y apartó las flores.

—Madre, intento mantener una conversación con el duque.

Violet miró a Simon.

—¿Quiere mantener esta conversación con mi hijo?

—No especialmente.

—De acuerdo, entonces. Anthony, cállate.

Daphne se tapó la boca con la mano pero, aun así, no pudo reprimir una risa.

—¡Tú! —gritó Anthony, señalándola con un dedo—. Cállate.

—A lo mejor debería ir a buscar el jarrón —dijo.

—¿Y dejarme a merced de tu hermano? —dijo Simon—. No creo.

Daphne arqueó una ceja.

—¿Quieres decir que no eres lo bastante hombre como para enfrentarte a él?

—Nada de eso. Pero es tu hermano, y debería ser tu problema, no el mío y...

—¿Qué diablos está pasando aquí? —gritó Anthony.

—¡Anthony! —exclamó Violet—. No toleraré esa clase de vocabulario malsonante en mi casa.

Daphne se rio.

Simon ladeó la cabeza y miró a Anthony para ver cómo reaccionaba.

Anthony hizo una mueca y se giró hacia su madre.

—No puedes confiar en él. ¿Tienes alguna idea de lo que está pasando? —le preguntó.

—Claro que sí —respondió Violet—. El duque ha venido a ver a tu hermana.

—Y he traído un ramo de flores para tu madre —añadió Simon.

Anthony miró largo rato la nariz de Simon. Este tuvo la sensación de que Anthony se estaba planteando golpearlo. Anthony se giró hacia su madre.

—¿Estás al tanto del alcance de su reputación?

—Los vividores reformados son los mejores maridos —dijo Violet.

—Eso son tonterías, y tú lo sabes.

—De todos modos, no es un auténtico vividor —dijo Daphne.

La mirada que Anthony le lanzó a su hermana fue tan cómicamente malévola que Simon estuvo a punto de estallar en una risotada. Se contuvo, principalmente porque sabía que cualquier muestra de humor haría que Anthony se olvidara del cerebro y diera rienda suelta a sus irrefrenables ganas de pegarle, y la cara de Simon sería la primera víctima de su ira.

—No lo sabes —dijo Anthony, en voz baja, casi temblorosa por la rabia—. No sabes lo que ha hecho.

—No más de lo que has hecho tú, de eso estoy segura —dijo Violet.

—¡Exacto! —exclamó Anthony—. Dios, sé exactamente lo que está pensando y te prometo que no tiene nada que ver con rosas y poesía.

Simon se imaginó a Daphne tendida en una cama de pétalos de rosas.

—Con rosas, a lo mejor —susurró.

—Voy a matarlo —dijo Anthony.

—Esto son tulipanes —dijo Violet—. De Holanda. Y Anthony, tienes que aprender a controlar tus emociones. Tu comportamiento es de lo más impropio.

—No es digno ni de limpiarle las botas a Daphne con la lengua.

La cabeza de Simon se llenó de más imágenes eróticas, esta vez con él lamiéndole los pies a Daphne. Decidió no hacer ningún comentario.

Además, ya había decidido que no iba a permitir que sus pensamientos fueran en esa dirección. Daphne era la hermana de Anthony, por el amor de Dios, no podía seducirla.

—Me niego a escuchar otro descalificativo sobre el duque —dijo Violet, muy seria—. Y punto.

—Pero...

—¡Anthony Bridgerton, no me gusta tu tono!

Simon creyó oír la risa de Daphne desde la puerta y se preguntó qué le había hecho tanta gracia.

—Si a mi señora madre no le importa —dijo Anthony, muy serio, aunque burlándose un poco de su madre—. Me gustaría hablar en privado con el duque.

—Ahora sí que voy a buscar el jarrón —dijo Daphne, y desapareció.

Violet cruzó los brazos y le dijo a Anthony:

—No permitiré que trates mal a un invitado en mi casa.

—Te prometo que no le pondré ni una mano encima —dijo Anthony—. Te doy mi palabra.

Como nunca había tenido una madre, a Simon esta conversación le pareció increíble. Al fin y al cabo, técnicamente, Bridgerton House era la casa de Anthony, no de su madre, y Simon no podía creerse que Anthony no lo hubiera dicho.

—Está bien, lady Bridgerton —intervino—. Estoy seguro de que Anthony y yo tenemos muchas cosas de qué hablar.

Anthony entrecerró los ojos.

—Muchas.

—De acuerdo —dijo Violet—. Diga lo que diga, haréis lo que querréis. —Se dejó caer en el sofá—. Este es mi salón y estoy muy cómoda aquí. Si queréis embarcaros en ese necio intercambio que los machos de vuestra especie entendéis por conversación, tendréis que hacerlo en otra parte.

Simon parpadeó sorprendido. Obviamente, la madre de Daphne tenía mucho carácter.

Anthony, con un gesto con la cabeza, le indicó a Simon que le siguiera, y este lo hizo.

—Mi despacho está por aquí —dijo Anthony.

—¿Tienes un despacho aquí?

—Soy el cabeza de familia.

—Claro —dijo Simon—. Pero no vives aquí.

Anthony se detuvo y miró muy serio a Simon.

—Te habrás dado cuenta de que mi posición como cabeza de familia conlleva serias responsabilidades.

Simon lo miró a los ojos.

—¿Hablas de Daphne?

—Exacto.

—Si no recuerdo mal —dijo Simon—, a principios de semana tú mismo me dijiste que querías presentarnos.

—¡Eso fue antes de pensar que podría interesarte!

Simon no dijo nada hasta que llegaron al despacho y Anthony cerró la puerta.

—¿Y por qué dabas por sentado que no iba a interesarme?

—¿Aparte de porque me has jurado mil veces que no quieres casarte? —dijo Anthony.

En eso llevaba razón. Y a Simon no le gustó.

—Aparte de eso —dijo, algo malhumorado.

Anthony parpadeó un par de veces y luego dijo:

—Nadie está interesado en Daphne. Al menos, nadie que nos parezca bien para casarse con ella.

Simon cruzó los brazos y se apoyó en la pared.

—No la tienes en demasiada buena consideración, ¿no te par...?

Antes de que pudiera terminar la frase, Anthony lo cogió por el cuello.

—No te atrevas a insultar a mi hermana.

Sin embargo, en sus viajes, Simon había aprendido a defenderse y tan solo le costó dos segundos intercambiar posiciones.

—No estaba insultando a tu hermana —dijo, con una malévola voz—. Te estaba insultando a ti.

Anthony empezó a emitir unos extraños sonidos, así que Simon lo soltó.

—Además —dijo Simon, frotándose las manos—, Daphne me explicó por qué no atrae a ningún pretendiente adecuado.

—¿Ah, sí? —dijo Anthony, con sorna.

—Personalmente, creo que tiene que ver con tu forma de comportarte, tan primate, y la de tus hermanos. Sin embargo, ella dice que es porque todos la ven como a una amiga, y nadie se la imagina como una heroína romántica.

Anthony hizo una larga pausa antes de decir:

—Entiendo. —Y luego, tras otra pausa, añadió, pensativo—: Puede que tenga razón.

Simon no dijo nada, solo observó a su amigo cómo intentaba solucionar todo eso. Al final, Anthony dijo:

—Aun así, no me gusta verte olfateando alrededor suyo.

—Madre mía, me haces parecer un perro y no un hombre.

Anthony cruzó los brazos.

—No te olvides que éramos del mismo grupo en Oxford. Sé exactamente lo que has hecho.

—¡Por el amor de Dios, Bridgerton! ¡Teníamos veinte años! Todos los hombres son unos imbéciles a esa edad. Además, sabes perfectamente que hab... hab...

Simon notó algo raro en la lengua, y tosió para camuflar el tartamudeo. Maldita sea. Le pasaba muy de vez en cuando, pero cuando lo hacía, siempre era cuando estaba enfadado o disgustado por algo. Si perdía el control de sus emociones, perdía el control de su habla. Era tan sencillo como eso.

Y, desgraciadamente, episodios como ese solo servían para hacer que se enfadara o se disgustara consigo mismo, y eso todavía acentuaba más el tartamudeo.

Anthony lo miró fijamente.

—¿Estás bien?

Simon asintió.

—Me ha entrado un poco de polvo en el cuello —mintió.

—¿Quieres que te pida un té?

Simon volvió a asentir.

No le apetecía mucho el té, pero supuso que era lo que uno tomaba en aquellas situaciones, si realmente le había entrado polvo en el cuello.

Anthony hizo sonar el timbre, se giró hacia Simon y dijo:

—¿Por dónde íbamos?

Simon tragó saliva, con la esperanza de poder controlar su ira.

—Solo quería decir que tú, mejor que nadie, sabes que al menos la mitad de mi reputación es falsa.

—Sí, pero yo estaba allí en la mitad que es verdadera y, aunque no me importa que trates a Daphne esporádicamente, no quiero que la cortejes.

Simon miró a su amigo o, como mínimo, al hombre que creía que era su amigo, con incredulidad.

—¿De verdad crees que seduciría a tu hermana?

—No sé qué creer. Sé que casarte no entra en tus planes. Y sé que Daphne sí quiere casarse. —Se encogió de hombros—. Honestamente, para mí ese es motivo suficiente para manteneros a cada uno en un lado de la pista de baile.

Simon suspiró. Aunque la actitud de Anthony lo irritaba, supuso que era totalmente comprensible e, incluso, plausible. Al fin y al cabo, él solo intentaba hacer lo mejor para su hermana. A Simon le costaba verse haciéndose cargo de alguien más que no fuera él pero pensó que, si tuviera una hermana, también sería terriblemente escrupuloso con quién la cortejaba.

Entonces, alguien llamó a la puerta.

—¡Adelante! —dijo Anthony.

En lugar de la sirvienta con el té, apareció Daphne.

—Mamá me ha dicho que estabais de mal humor y que os dejara en paz, pero he pensado que tenía que venir a ver si alguno había matado al otro.

—No —dijo Anthony, con una sonrisa—. Solo unos estrangulamientos de nada.

Daphne no movió ni una pestaña, y eso decía mucho de ella.

—¿Quién ha estrangulado a quién?

—Yo lo estrangulé primero —dijo su hermano—, y luego él me devolvió el favor.

—Ya lo veo —dijo ella, despacio—. Siento mucho haberme perdido la fiesta.

Simon no pudo evitar sonreír.

—Daff —dijo.

Anthony se giró, furioso.

—¿La llamas Daff? —Se giró hacia su hermana—. ¿Le has dado permiso para utilizar tu nombre de pila?

—Claro.

—Pero...

—Creo —interrumpió Simon—, que deberíamos aclararlo todo.

Daphne asintió.

—Creo que tienes razón. Y, si te acuerdas, ya te lo dije.

—Es muy amable de tu parte mencionarlo —dijo Simon.

Ella sonrió, juguetona.

—No pude evitarlo. Con cuatro hermanos, una siempre tiene que aprovechar la ocasión de decir «Ya te lo dije» cuando se presenta.

Simon miró a Daphne y a Anthony.

—No sé a cuál de los dos compadezco más.

—¿Qué demonios está pasando? —preguntó Anthony, y luego añadió—: y, para tu información, compadéceme a mí, porque soy mucho más amable como hermano que ella como hermana.

—¡No es verdad!

Simon la ignoró y se centró en Anthony.

—¿Quieres saber qué demonios está pasando? Pues escucha...

7

Los hombres son como las ovejas. Donde va uno, los demás lo siguen.

REVISTA DE SOCIEDAD DE LADY WHISTLEDOWN,
30 de abril de 1813

Daphne pensó que, después de todo, Anthony se lo había tomado bastante bien. Desde que Simon terminó de explicarle su plan (con, tenía que admitirlo, frecuentes intervenciones por su parte), Anthony solo había levantado la voz siete veces.

Eran unas siete menos de las que Daphne había esperado.

Al final, después de rogarle a su hermano que estuviera callado hasta que Simon y ella hubieran terminado, Anthony asintió, cruzó los brazos y cerró la boca durante el resto de la explicación. Su ceño fruncido bastaría para hacer temblar a las paredes pero, cumpliendo su palabra, no dijo nada.

Hasta que Simon terminó con un:

—Y eso es todo.

Silencio. Silencio sepulcral. Durante unos diez segundos, nadie pronunció una palabra, aunque Daphne hubiera jurado que había oído el crujir de las órbitas oculares mientras movía los ojos de Anthony a Simon.

Y entonces, Anthony dijo:

—¿Estáis locos?

—Ya me esperaba que reaccionaría así —dijo Daphne.

—¿Es que habéis perdido el juicio? —La voz de Anthony se convirtió en un rugido—. No sé quién de los dos es más idiota.

—¿Quieres bajar la voz? —dijo Daphne, casi susurrando—. Mamá va a oírte.

—Mamá va a morirse de un ataque al corazón si se entera de esto —dijo Anthony, sacando fuego por la boca, aunque hablando en voz baja.

—Pero no va a enterarse, ¿verdad? —dijo Daphne.

—No, claro que no —respondió Anthony, levantando la mandíbula—. Porque esta farsa termina aquí y ahora.

Daphne se cruzó de brazos.

—No puedes hacer nada para detenerme.

Anthony miró a Simon.

—Puedo matarlo.

—No seas ridículo.

—Hay quien se ha batido en duelo por mucho menos.

—¡Sí, pero eran idiotas!

—No voy a discutir el calificativo en lo que a él respecta.

—Si puedo decir algo —dijo Simon, tranquilamente.

—¡Es tu mejor amigo! —exclamó Daphne.

—No —dijo Anthony, y esa sílaba salió de su boca con una voz de lo más contenida—. Ya no.

Daphne se giró hacia Simon.

—¿Es que no vas a decir nada?

Simon dibujó una media sonrisa.

—¿Cuándo? Si no me habéis dejado.

Anthony le dijo:

—Quiero que salgas de esta casa.

—¿Antes de poder defenderme?

—También es mi casa —dijo Daphne, bastante alterada—. Y quiero que se quede.

Anthony miró a su hermana y la exasperación se hizo evidente en cada centímetro de su cuerpo.

—Está bien —dijo—. Os doy dos minutos para defenderos. No más.

Daphne miró a Simon, preguntándose si querría utilizar los dos minutos él. Sin embargo, Simon solo se encogió de hombros y dijo:

—Adelante. Es tu hermano.

Daphne respiró hondo, apoyó las manos en las caderas sin darse ni cuenta, y dijo:

—En primer lugar, debo decir que tengo mucho más a ganar en esta alianza que Simon. Él dice que quiere utilizarme para mantener a las demás chicas...

—Y a sus madres —interrumpió Simon.

—Y a sus madres, alejadas. Pero, sinceramente —antes de continuar, miró a Simon—, creo que se equivoca. Las demás chicas no van a dejar de perseguirlo solo porque crean que ha entablado una relación con otra chica, sobre todo si esa chica soy yo.

—¿Y qué hay de malo en que seas tú? —preguntó Anthony.

Daphne abrió la boca para responder pero, justo entonces, vio cómo los dos hombres intercambiaban una mirada.

—¿A qué ha venido eso? —dijo.

—Le he explicado a tu hermano tu teoría de por qué no tienes más pretendientes —le dijo Simon.

—Ya. —Daphne se mordió un labio mientras pensaba si era algo por lo que debía estar enfadada—. Bueno, debería haberlo visto él mismo.

Simon emitió un extraño ruido que perfectamente pudo ser una risa.

Daphne miró muy seria a los dos hombres.

—Espero que mis dos minutos no incluyan todas estas interrupciones.

Simon se encogió de hombros.

—El del tiempo es él.

Anthony se agarró al escritorio para, según Daphne, evitar saltarle a la yugular a Simon.

—Y él —dijo Anthony, en tono amenazador—, va a salir disparado por la ventana si no se calla de una vez.

—Siempre sospeché que los hombres eran idiotas —explicó Daphne—, pero no he tenido la certeza hasta hoy.

Simon sonrió.

—Dejando de lado las interrupciones —dijo Anthony, lanzándole otra mirada asesina a Simon a pesar de que estaba hablando con Daphne—, te queda un minuto y medio.

—Bien —dijo Daphne—. Entonces reduciré toda la conversación a un punto. Hoy he recibido seis visitas. ¡Seis! ¿Recuerdas la última vez que pasó esto?

Anthony la miró sin decir nada.

—Yo no —dijo Daphne, más tranquila—. Porque no ha pasado nunca. Seis hombres han subido por la escalera de la entrada, han llamado a la puerta y le han dado a Humboldt su tarjeta. Seis hombres me han traído flores, se han sentado a hablar conmigo y uno hasta me ha leído una poesía.

Simon sonrió.

—¿Y sabes por qué? —continuó, levantando la voz peligrosamente—. ¿Lo sabes?

Anthony, echando mano de su tardía aunque eficaz sabiduría, no dijo nada.

—Todo es porque él —señaló a Simon— fue lo bastante amable como para fingir estar interesado en mí anoche en el baile de lady Danbury.

Simon, que hasta entonces había estado apoyado tranquilamente en un extremo de la mesa, se levantó.

—Bueno —se apresuró a decir—. Yo tampoco lo pondría así.

Daphne se giró hacia él y lo miró fijamente.

—¿Y cómo lo pondrías?

Simon solo pudo decir:

—Yo...

Porque, enseguida, Daphne añadió:

—Porque te aseguro que a ninguno de estos hombres se le había pasado nunca por la cabeza hacerme una visita.

—Si son tan miopes —dijo Simon—, ¿por qué te preocupas por ellos?

Daphne no dijo nada y retrocedió. Simon tuvo la sensación de que había dicho algo muy, muy inapropiado, pero no estuvo seguro hasta que vio cómo se le humedecían los ojos.

Maldita sea.

Daphne se secó un ojo. Hizo ver que tosía y se tapaba la boca para camuflar el gesto, pero Simon se sintió el hombre más canalla del mundo.

—Mira lo que has hecho —dijo Anthony. Acarició el brazo de su hermana mientras miraba a Simon—. No le hagas caso, Daphne. Es un malnacido.

—A lo mejor —dijo Daphne, entre sollozos—. Pero es un malnacido muy inteligente.

Anthony se quedó de piedra.

Daphne lo miró, irritada.

—Si no querías que lo repitiera, no haberlo dicho.

Anthony suspiró.

—¿De verdad tuviste seis visitas?

Daphne asintió.

—Siete, contando a Hastings.

—Y —dijo Anthony, con mucho tacto—, ¿había alguno con el que te interesaría casarte?

Simon se dio cuenta de que se estaba clavando las uñas en la pierna y se obligó a apoyar las manos en la mesa.

Daphne volvió a asentir.

—Había mantenido una relación previa de amistad con todos. Lo que pasa es que nunca me habían mirado con un interés romántico hasta que apareció Hastings. A lo mejor, si tengo la oportunidad, podría iniciar una relación con alguno de ellos.

—Pero... —dijo Simon y, enseguida, se calló.

—Pero ¿qué? —preguntó Daphne, mirándolo con curiosidad.

Se dio cuenta de que quería decir que si esos hombres solo habían visto los encantos de Daphne porque un duque se había fijado en ella, es que eran imbéciles y que, por lo tanto, no debería ni siquiera plantearse el matrimonio con ninguno de ellos. Sin embargo, teniendo en cuenta que fue él el primero que dijo que su interés haría que los demás se fijaran en ella, bueno, francamente, no era el comentario más adecuado.

—Nada —dijo, levantando la mano—. No me hagas caso.

Daphne lo miró unos instantes, como si esperara que cambiara de opinión, y luego se giró hacia su hermano.

—Entonces, ¿admites que es un plan inteligente?

—Bueno, «inteligente» es un poco exagerado pero —a Anthony parecía saberle mal tener que decir eso—, veo los beneficios que puede comportarte.

—Anthony, tengo que encontrar un marido. Aparte del hecho de que mamá me lo esté repitiendo a cada momento, yo también quiero un marido. Quiero casarme y tener mi propia familia. Lo deseo más de lo que puedas imaginarte. Y, hasta ahora, nadie más o menos aceptable me lo ha propuesto.

Simon no sabía cómo Anthony podía resistirse a esos ojos castaños suplicantes. Y, lógicamente, Anthony se derrumbó allí mismo y dijo:

—Está bien —dijo, cerrando los ojos como si no pudiera creerse lo que estaba diciendo—. Lo acepto.

Daphne dio un salto y se abalanzó sobre su hermano.

—Oh, Anthony, sabía que eras el mejor hermano del mundo. —Le dio un beso en la mejilla—. Solo es que a veces te equivocas.

Anthony miró al techo antes de dirigirse a Simon.

—¿Ves lo que tengo que aguantar? —dijo, ladeando la cabeza.

Lo dijo en el tono en el que un hombre agobiado habla con otro.

Simon se preguntó en qué punto había dejado de ser el seductor a eliminar para volver a ser el buen amigo.

—Pero —dijo Anthony, en voz alta, haciendo que Daphne se quedara quieta—, voy a poner algunas condiciones.

Daphne no dijo nada, solo parpadeó mientras esperaba que su hermano continuara.

—En primer lugar, esto no va a salir de esta habitación.

—De acuerdo —dijo Daphne, rápidamente.

Anthony miró a Simon.

—Por supuesto —dijo él.

—Si mamá supiera la verdad, se llevaría un disgusto enorme.

—En realidad —dijo Simon—, creo que tu madre aplaudiría nuestro ingenio, pero como, obviamente, hace más que la conoces que yo, no diré nada.

Anthony lo atravesó con la mirada.

—En segundo lugar, no estaréis solos nunca, jamás, en ningún caso.

—Bueno, eso será fácil —dijo Daphne—. En cualquier caso, si nuestra relación fuera verdadera, tampoco podríamos hacerlo.

Simon se acordó del breve encuentro que tuvieron en el pasillo de lady Danbury y pensó que era una lástima que no pudiera disfrutar de más tiempo a solas con Daphne, pero reconocía un muro de piedra cuando lo veía, sobre todo si ese muro se llamaba Anthony Bridgerton. Así que asintió y calló.

—En tercer lugar...

—¿Aún hay más condiciones? —preguntó Daphne.

—Si se me ocurren, habrá treinta —dijo Anthony.

—De acuerdo —dijo Daphne, ofendida—. Como quieras.

Por un momento, Simon pensó que Anthony iba a estrangularla.

—¿De qué te ríes? —le preguntó Anthony.

Solo entonces Simon se dio cuenta de que había estado sonriendo.

—De nada —dijo, rápidamente.

—Bien —gruñó Anthony—, porque la tercera condición es esta: si alguna vez, solo una, te descubro en una posición que pueda comprometer a mi hermana... Si alguna vez te veo besándole la mano sin la presencia de un acompañante, te juro que te corto la cabeza.

Daphne parpadeó.

—¿No crees que es un poco excesivo?

Anthony la miró, muy serio.

—No.

—Vale.

—¿Hastings?

A Simon no le quedó otra opción que asentir.

—Bien —dijo Anthony—. Y ahora que hemos terminado con esto —le hizo un gesto bastante brusco con la cabeza a Simon—, puedes irte.

—¡Anthony! —exclamó Daphne.

—Supongo que eso significa que anulas la invitación a cenar de hoy, ¿no? —dijo Simon.

—Sí.

—¡No! —Daphne golpeó a su hermano en el brazo—. ¿Habías invitado a Hastings a cenar? ¿Por qué no nos lo habías dicho?

—Fue hace muchos días —respondió Anthony—. Hace años.

—Fue el lunes —le corrigió Simon.

—Bueno, entonces tienes que quedarte —dijo Daphne, firmemente—. Mamá estará encantada. Y tú —pellizcó a Anthony en el brazo—, deja de pensar la manera de envenenarle la comida.

Antes de que Anthony pudiera responder, Simon agitó la mano en el aire y dijo:

—No te preocupes por mí, Daphne. Olvidas que fuimos juntos a la escuela durante casi diez años. Nunca entendió demasiado bien los principios químicos.

—Voy a matarlo —se dijo Anthony—. Antes de que acabe la semana, voy a matarlo.

—No lo harás —dijo Daphne, sonriendo—. Mañana os habréis olvidado de esto y estaréis fumando juntos en White's.

—No lo creo —dijo Anthony, en tono inquietante.

—Claro que sí. ¿No estás de acuerdo, Simon?

Simon observó la cara de su mejor amigo y se dio cuenta de que había algo nuevo. Algo en sus ojos. Algo serio.

Hacía seis años, cuando Simon se fue de Inglaterra, él y Anthony eran unos críos. Críos que se creían hombres. Jugaban a las cartas, iban con mujeres y se paseaban dándoselas de grandes hombres por las fiestas, cegados por su soberbia, pero ahora eran distintos.

Ahora eran hombres.

Simon había experimentado su propio cambio durante sus viajes. Fue una transformación lenta que fue madurando a medida que se iba enfrentando a nuevos retos. Pero ahora se daba cuenta de que había vuelto recordando al Anthony de veintidós años que había dejado aquí.

Y no le había hecho justicia a su amigo porque él también había crecido. Anthony tenía responsabilidades con las que Simon jamás había soñado. Tenía hermanos a los que guiar, hermanas a las que proteger. Simon tenía un ducado pero Anthony tenía una familia.

Había una gran diferencia y Simon descubrió que no podía culpar a su amigo por comportarse de manera tan sobreprotectora y, hasta cierto punto, testaruda.

—Creo —dijo, lentamente, respondiendo a la pregunta de Daphne— que tu hermano y yo ya no somos los mismos de hace seis años. Y a lo mejor, eso no es tan malo.

Varias horas más tarde, Bridgerton House era un caos.

Daphne se había puesto un vestido de noche de terciopelo verde oscuro que alguien, una vez, le dijo que hacía que le cambiara el color de los ojos y estaba en la entrada intentando encontrar la manera de tranquilizar a su madre.

—No puedo creer —dijo Violet, con una mano apoyada en el pecho— que Anthony se olvidara de decirme que había invitado al duque a cenar. No he tenido tiempo de preparar nada. Nada de nada.

Daphne echó un vistazo al menú que tenía en la mano y que empezaba por una sopa de tortuga, seguía con otros tres platos hasta terminar con cordero con bechamel, seguido, por supuesto, de cuatro postres a elegir. Intentó hablar sin un ápice de sarcasmo.

—No creo que el duque tenga ningún motivo de queja.

—Espero que no —dijo Violet—. Pero si hubiera sabido que venía, me hubiera asegurado de servir también carne de ternera. No se puede invitar a nadie sin ofrecerle ternera.

—Sabe que es una cena informal.

Violet le lanzó una mirada de incredulidad.

—Cuando se invita a un duque, no hay cenas informales.

Daphne observó a su madre. Violet se estaba retorciendo las manos y hacía rechinar los dientes.

—Mamá —le dijo—, no creo que el duque sea de los que espera que alteremos nuestros planes de cena familiar por él.

—A lo mejor él no —dijo Violet—, pero yo sí. Daphne, existen ciertas normas sociales. Y, sinceramente, no puedo entender cómo puedes estar tan tranquila y despreocupada.

—¡No estoy despreocupada!

—No pareces nerviosa. —Violet la miró con suspicacia—. ¿Cómo puedes no estar nerviosa? ¡Por el amor de Dios, este hombre piensa casarse contigo!

Daphne tuvo que hacer un esfuerzo para contenerse.

—Nunca ha dicho eso, madre.

—No tiene que hacerlo. ¿Por qué, si no, habría bailado contigo anoche? Solo hubo otra mujer que tuvo el honor de bailar con él, Penelope Featherington, y las dos sabemos que debió de ser por lástima.

—A mí me gusta Penelope —dijo Daphne.

—Y a mí también —respondió Violet—, y espero ansiosa el día que su madre descubra que una chica de su complexión no puede llevar un vestido de seda naranja, pero ese no es el tema.

—¿Y cuál es el tema?

—¡No lo sé! —Violet casi se echó a llorar.

Daphne agitó la cabeza.

—Voy a buscar a Eloise.

—Sí, ve a buscarla —dijo Violet, distraída—. Y asegúrate de que Gregory va limpio. Nunca se lava detrás de las orejas. Y Hyacinth, ¡Santo Dios!, ¿qué vamos a hacer con ella? Seguro que Hastings no espera a una niña de diez años en la mesa.

—Sí que lo hace —le contestó Daphne, pacientemente—. Anthony le ha dicho que cenaremos toda la familia.

—Muchas familias no dejan que los más pequeños se sienten a la mesa con los mayores —dijo Violet.

—Bueno, entonces es su problema. —Al final, Daphne se desesperó y suspiró fuerte—. Mamá, he hablado con el duque. Entiende que no es una cena formal. Y me dijo, claramente, que le apetecía mucho un cambio. Él no tiene familia, así que nunca ha vivido nada parecido a una comida como las de los Bridgerton.

—¡Que Dios nos asista! —Violet palideció.

—Vamos, mamá —dijo Daphne—. Sé lo que estás pensando y no tienes que preocuparte por si Gregory le tirará las patatas a Francesca por la cabeza. Estoy segura de que ya ha superado esa etapa.

—¡Lo hizo la semana pasada!

—Entonces —dijo Daphne, con tono de eficiencia—, seguro que ha aprendido la lección.

Violet miró a su hija con toda la inseguridad del mundo.

—Está bien —dijo Daphne, recuperando la normalidad—, entonces solo lo amenazaré con matarlo si hace algo que pueda disgustarte.

—La muerte no lo asusta —dijo Violet—. Pero, a lo mejor, puedo amenazarlo con vender su caballo.

—No te creerá.

—No, tienes razón. Soy demasiado buena. —Violet frunció el ceño—. Pero puede que me crea si le digo que le prohibiré dar su paseo diario.

—Eso puede funcionar.

—Bien. Voy a buscarlo y a asustarlo un poco. —Subió dos escalones y se giró—. Tener hijos es todo un desafío.

Daphne sonrió. Sabía que era un desafío que a su madre le encantaba.

Violet se aclaró la garganta, una señal para indicar que lo que iba a decir era más serio.

—Espero que esta cena salga bien, Daphne. Creo que Hastings sería un gran partido para ti.

—¿Sería? —bromeó Daphne—. Creía que los duques siempre eran un buen partido, incluso si tenían dos cabezas y escupían al hablar. —Se rio—. ¡Por las dos bocas!

Violet sonrió.

—A lo mejor te cuesta creerlo, Daphne, pero no quiero que te cases con cualquiera. Puede que te presente a muchos hombres, pero solo lo hago para que tengas el mayor número de pretendientes entre los que escoger un marido —sonrió—. Mi mayor deseo es verte tan feliz como yo lo fui con tu padre.

Y entonces, antes de que Daphne pudiera responder, Violet desapareció.

Daphne se quedó en el vestíbulo, pensando.

A lo mejor este plan con Simon no eran tan buena idea. Su madre se iba a disgustar mucho cuando rompieran su falso compromiso. Simon le había dicho que sería ella la que lo rompería, pero empezaba a preguntarse si no sería mejor al revés. Para ella sería terrible que Simon la dejara, pero al menos así se ahorraría todos los porqués de su madre.

Violet creería que se había vuelto loca al dejar escapar a Simon.

Y Daphne se quedaría pensando si su madre tenía razón.

Simon no estaba preparado para cenar con los Bridgerton. Fue una comida ruidosa y escandalosa, con muchas risas y, afortunadamente, solo un episodio de un guisante volador.

Le pareció que el guisante salió del extremo donde estaba sentada Hyacinth, pero la pequeña parecía tan inocente que a Simon le costaba creer que hubiera sido ella la que le había tirado la legumbre a su hermano.

Afortunadamente, Violet no vio el guisante volador, a pesar de que le voló por encima de la cabeza en un arco perfecto.

Sin embargo, Daphne, que estaba sentada justo delante de él, sí que lo vio, porque inmediatamente se tapó la boca con la servilleta. A juzgar por las arrugas que se le formaron alrededor de los ojos, estaba claro que, detrás de la servilleta de lino, se estaba riendo.

Simon apenas dijo nada durante la cena. Para ser sincero, era mucho más fácil escuchar a los Bridgerton que intentar conversar con ellos, sobre todo teniendo en cuenta las malévolas miradas que le lanzaban Anthony y Benedict.

Simon estaba sentado en el lado de la mesa opuesto a los dos hermanos mayores, y estaba seguro de que no era una casualidad, así que era relativamente fácil ignorarlos y disfrutar de las conversaciones de Daphne con el resto de la familia. De vez en cuando, alguien le hacía una pregunta directa y él respondía, y luego volvía a su posición de silencioso observador.

Al final, Hyacinth, que estaba sentada a la derecha de Daphne, lo miró a los ojos y dijo:

—Usted no es muy hablador, ¿verdad?

Violet se atragantó con el vino.

—El duque —le dijo Daphne—, es mucho más educado que nosotros, que estamos constantemente cambiando de conversación e interrumpiéndonos unos a los otros como si nos diera miedo que no nos fueran a oír.

—A mí no me da miedo que no me vayan a oír —dijo Gregory.

—A mí tampoco —dijo Violet, muy seca—. Gregory, cómete los guisantes.

—Pero Hyacinth...

—Lady Bridgerton —dijo Simon, en voz alta—, ¿le importaría que me sirviera un poco más de estos deliciosos guisantes?

—En absoluto. —Violet le lanzó una mirada aleccionadora a Gregory—. ¿Ves? El duque se come todos sus guisantes.

Gregory se comió todo el plato de legumbres.

Simon sonrió mientras se servía otra cucharada de guisantes, agradecido de que lady Bridgerton hubiera decidido no servir una cena *à la russe*. Habría sido difícil camuflar la acusación de Gregory si hubiera tenido que llamar a un criado para que le sirviera otro plato.

Simon siguió comiendo, porque ya no tenía más remedio que acabárselos todos. Miró a Daphne, que estaba sonriendo. Tenía una luz divertida en los ojos y Simon no tardó demasiado en esbozar, él también, una sonrisa.

—Anthony, ¿por qué frunces el ceño? —preguntó una de las dos otras Bridgerton; Simon creyó que era Francesca, pero era muy difícil de saber si era ella o Eloise. Las dos medianas se parecían mucho, incluso en los ojos azules, iguales a los de su madre.

—No frunzo el ceño —respondió Anthony, pero Simon, que había recibido gran parte de esas muecas durante toda la noche, sabía que estaba mintiendo.

—Sí que lo haces —dijo Francesca o Eloise.

El tono de la respuesta de Anthony fue extremadamente condescendiente.

—Si crees que voy a decir que no, lamento decirte que estás equivocada.

Daphne volvió a reírse detrás de la servilleta.

Simon decidió que la vida era mucho más divertida que nunca.

—Os voy a decir una cosa —anunció de repente Violet—. Creo que esta noche es una de las más agradables del año. A pesar —dijo, mirando a Hyacinth— de que mi hija pequeña tire los guisantes debajo de la mesa.

Simon levantó la mirada del plato justo cuando Hyacinth exclamó:

—¿Cómo lo has sabido?

Violet agitó la cabeza y puso los ojos en blanco.

—Mi pequeña —dijo—, ¿cuándo aprenderás que yo lo sé todo?

En ese instante, Simon decidió que Violet Bridgerton merecía todo su respeto.

Sin embargo, aun así, consiguió confundirlo con una pregunta y una sonrisa.

—Dígame, duque —dijo—. ¿Hace algo mañana?

A pesar del pelo rubio y los ojos azules, cuando le hizo esa pregunta era tan igual a Daphne, que lo dejó aturdido. Y esa debió de ser la razón por la que no pensó antes de responder, tartamudeando:

—N-no. No que yo sepa.

—¡Magnífico! —exclamó Violet, emocionada—. Entonces debe venir con nosotros a Greenwich.

—¿A Greenwich? —repitió Simon.

—Sí, llevamos varias semanas organizando una salida familiar. Habíamos pensado alquilar un barco y comer un pícnic a orillas del Támesis. —Violet le sonrió—. Vendrá, ¿verdad?

—Madre —intervino Daphne—. Estoy segura de que el duque tiene numerosos compromisos.

Violet le lanzó a su hija una sonrisa tan fría que Simon se sorprendió de que ninguno de los dos se quedara helado.

—Bobadas —dijo Violet—. Él mismo acaba de decir que no tiene nada que hacer. —Se giró hacia Simon—. Y también visitaremos el Observatorio Real, así que no tiene que preocuparse porque sea una excursión tonta. No está abierto al público, por supuesto, pero mi difunto marido hizo grandes donaciones, así que tenemos la entrada asegurada.

Simon miró a Daphne. Ella se encogió de hombros y le pidió disculpas con la mirada.

Simon se giró hacia Violet.

—Será un placer.

Violet sonrió y le dio unos golpecitos en el brazo.

Y Simon tuvo la extraña sensación de que acababa de firmar su destino.

8

Ha llegado a oídos de esta autora que, el sábado, toda la familia Bridgerton (¡más un duque!) se embarcaron rumbo a Greenwich.

Y también ha llegado a oídos de esta autora que el mencionado duque, así como determinado miembro de la familia Bridgerton, volvieron a Londres con la ropa empapada.

REVISTA DE SOCIEDAD DE LADY WHISTLEDOWN,
3 de mayo de 1813

—Si te disculpas otra vez —dijo Simon, echando la cabeza hacia atrás y tapándose la cara con las manos—, tendré que matarte.

Daphne le lanzó una irritada mirada desde la silla donde estaba sentada en la cubierta del pequeño barco que su madre había alquilado para llevar a toda la familia, y al duque, claro, a Greenwich.

—Discúlpame —dijo—, si soy lo bastante educada como para pedirte perdón por las obvias manipulaciones de mi madre. Creía que el propósito de esta farsa era no tener que someterte a la merced de estas madres desesperadas.

Simon agitó la mano en el aire mientras se acomodaba todavía más en su silla.

—Solo supondría un problema si no me lo estuviera pasando bien.

Daphne abrió la boca, sorprendida.

—Oh —dijo, estúpidamente, a su parecer—. Me alegro.

Simon se rio.

—Me encanta navegar, aunque solo sea hasta Greenwich, además, después de pasar tanto tiempo en alta mar, me apetece ir a visitar el Observatorio Real para ver el meridiano de Greenwich. —Inclinó la cabeza hacia ella—. ¿Sabes algo sobre la navegación y los meridianos?

Daphne agitó la cabeza.

—Me temo que casi nada. Debo confesar que no sé demasiado bien qué es ese meridiano que hay en Greenwich.

—Es el punto desde donde se miden las longitudes de todo el planeta. Antes, los marineros medían las distancias longitudinales desde su punto de partida pero, en el último siglo, el astrónomo real decidió que Greenwich fuera el punto cero para todas las medidas.

Daphne arqueó las cejas.

—Me parece un poco prepotente por nuestra parte, ¿no crees, eso de posicionarnos como el centro del mundo?

—En realidad, cuando se sale a navegar por alta mar es bastante útil tener un punto de referencia universal.

Ella lo miró, dubitativa.

—¿Y todos estuvieron de acuerdo? Me cuesta creer que los franceses no hubieran preferido París y estoy segura que el Papa hubiera preferido Roma...

—Bueno, no fue algo acordado —dijo Simon, riéndose—. No hubo ningún tratado oficial, si es eso a lo que te refieres. Resulta que el Observatorio Real cada año publica unos mapas con datos perfectamente detallados; se llama el *Almanaque náutico*. Y un marinero tendría que estar loco para salir a navegar sin uno a bordo. Y, como el *Almanaque náutico* mide las longitudes tomando Greenwich como el punto cero..., bueno, pues todo el mundo ha adoptado este sistema.

—Parece que sabes mucho sobre este tema.

Simon se encogió de hombros.

—Si pasas mucho tiempo en un barco, al final acabas aprendiéndolo.

—Bueno, me temo que en la habitación de los niños de mi casa no se enseñaban estas cosas —ladeó la cabeza, pensativa—. Casi toda mi educación se limitó a lo que la institutriz sabía.

—Lástima —dijo Simon, y luego preguntó—: ¿Casi toda?

—Si había algo que me interesara especialmente, solía encontrar libros sobre esa materia en la biblioteca de mi padre.

—Entonces, supongo que las matemáticas abstractas no eran una de esas cosas.

Daphne se rio.

—¿Como tú? No, me temo que no. Mi madre siempre me dijo que era un milagro que supiera sumar dos más dos.

Simon puso cara de sorprendido.

—Sí, ya lo sé —dijo ella, sonriendo—. A los que se os dan bien los números sois incapaces de entender que los simples mortales miremos una página llena de números y no sepamos la respuesta, o cómo conseguirla, inmediatamente. Colin es igual que tú.

Simon sonrió, porque tenía razón.

—Está bien. Entonces, ¿qué materias te gustaban más?

—Déjame pensar... Historia y Literatura. Y fue una suerte, porque la biblioteca estaba llena de libros sobre eso.

Simon bebió un sorbo de limonada.

—La Historia nunca me entusiasmó demasiado.

—¿De verdad? ¿Por qué?

Simon se quedó pensativo, preguntándose si su falta de interés por la historia tendría que ver con su aversión a su ducado y todas las tradiciones que suponía. Su padre siempre había sido tan apasionado con su título.

Sin embargo, solo dijo:

—No lo sé. Supongo que no me gustaba.

Compartieron un agradable silencio mientras la brisa les agitaba el pelo. Entonces, Daphne sonrió y dijo:

—Está bien, no volveré a disculparme, pero solo porque estoy demasiado orgullosa de mi vida como para sacrificarla bajo tus manos sin ningún motivo, pero estoy contenta de que te lo estés pasando bien después de que mi madre casi te obligara a que nos acompañaras.

Simon la miró con sarcasmo.

—Si no hubiera querido venir, no habría nada que tu madre hubiera podido hacer o decir para convencerme.

Daphne se rio.

—Y eso lo dice el hombre que hace ver que me está cortejando, a mí de entre todas las chicas, y todo porque es demasiado educado para rechazar la invitación de las esposas de sus amigos.

Simon se puso serio e hizo una mueca.

—¿Qué quieres decir con «a ti de entre todas las chicas»?

—Bueno, yo... —Parpadeó, sorprendida. No tenía ni idea de lo que quería decir—. No lo sé —dijo, al final.

—Pues deja de decirlo —refunfuñó, y se apoyó en el respaldo de la silla.

Inexplicablemente, los ojos de Daphne se perdieron en algún punto lejano del río mientras hacía grandes esfuerzos por no sonreír. Simon era tan dulce cuando se enfadaba...

—¿Qué estás mirando? —dijo él.

A Daphne le temblaron los labios.

—Nada.

—¿Pues de qué te ríes?

Aquello sí que no se lo iba a decir.

—No me estoy riendo.

—Si no te estás riendo, es que te va a dar un ataque o vas a estornudar.

—Ninguna de las dos cosas —dijo ella—. Solo estoy disfrutando del día.

Simon tenía la cabeza apoyada en el respaldo de la silla, de modo que se giró para mirarla.

—Y la compañía no está nada mal —bromeó.

Daphne miró a Anthony, que estaba apoyado en la barandilla, al otro lado de la cubierta, fulminándolos con la mirada.

—¿Toda la compañía? —preguntó ella.

—Si te refieres a tu beligerante hermano —respondió él—, debo decir que su angustia me parece de lo más divertida.

Daphne intentó reprimir una sonrisa, pero no pudo.

—Eso no es muy amable de tu parte, que digamos.

—Nunca dije que fuera amable. Además, fíjate. —Simon indicó hacia donde estaba Anthony con un levísimo movimiento de cabeza. Aunque pareciera imposible, el gesto de Anthony se torció todavía más—. Sabe que estamos hablando de él. Y eso lo está matando.

—Creía que erais amigos.

—Y lo somos. Esto es lo que los amigos se hacen entre ellos.

—Los hombres están locos.

—En general, sí —añadió él.

Daphne puso los ojos en blanco.

—Pensaba que la primera regla de la amistad era no coquetear con la hermana de tu amigo.

—Ah, pero yo no coqueteo. Solo lo hago ver.

Daphne asintió y miró a Anthony.

—Y, aun así, todo esto lo está matando, a pesar de que sabe la verdad.

—Ya lo sé —sonrió Simon—. ¿No es brillante?

Justo entonces, Violet apareció en la cubierta.

—¡Chicos! Oh, discúlpeme, duque —dijo, cuando lo vio—. No es justo que le meta en el mismo saco que a mis hijos.

Simon sonrió y agitó la mano en el aire, restándole importancia.

—El capitán me ha dicho que ya casi hemos llegado —dijo Violet—. Deberíamos empezar a recoger nuestras cosas.

Simon se levantó y le ofreció la mano a Daphne, que la utilizó agradecida, porque el barco se balanceaba mucho.

—Todavía no me he acostumbrado al movimiento del barco —dijo ella, riéndose y tratando de mantener el equilibrio.

—Y eso que solo estamos en el río —dijo él.

—¡Qué gracioso! Se supone que no debes reírte de mi poca gracia a bordo de un barco.

Mientras hablaba, se giró hacia él y, en ese momento, con el viento agitándole el pelo y las mejillas rosadas del sol, estaba tan encantadora que Simon se olvidó de respirar.

Su gran boca estaba a medio camino entre la risa y la sonrisa, y el sol le teñía el pelo con reflejos rojizos. Allí en el río, lejos de las opulentas fiestas de Londres, rodeados de naturaleza, estaba tan natural y bonita que, el mero hecho de estar a su lado, provocó que Simon no pudiera dejar de sonreír como un tonto.

Si no hubieran estado a punto de llegar al embarcadero y rodeados de su familia, la habría besado allí mismo. Sabía que no podía coquetear con ella, sabía que nunca se casaría con ella pero, aun así, no podía evitar inclinarse hacia ella más y más. No se dio cuenta de lo que estaba haciendo hasta que perdió el equilibrio y tuvo que echarse hacia atrás para no caer.

Desgraciadamente, Anthony lo presenció todo y enseguida se interpuso entre ellos y cogió a Daphne por el brazo con fuerza.

—Como tu hermano mayor —dijo, muy serio—, creo que debo escoltarte a tierra.

Simon hizo una reverencia y se apartó del camino de Anthony, demasiado afectado y enfadado por su momentánea pérdida de control para discutir con su amigo.

El barco atracó junto al embarcadero y la tripulación colocó una estrecha pasarela de madera hasta tierra. Simon observó cómo desembarcaba toda la familia Bridgerton y luego bajó él y los siguió por las verdes laderas del Támesis.

El Observatorio Real estaba en lo alto de la colina, un edificio antiguo construido con ladrillos rojos. Las torres estaban cubiertas de cúpulas grises y Simon tuvo la sensación, como había dicho Daphne, de estar en el centro del mundo. Se dio cuenta de que todo se medía a partir de ahí.

Después de haber recorrido gran parte del planeta, aquella idea le hacía sentir bastante insignificante.

—¿Estamos todos? —dijo la vizcondesa—. Estaros quietos, para que pueda contar que estamos todos. —Empezó a contar cabezas, y acabó consigo misma, exclamando—: ¡Diez! Perfecto, estamos todos.

—Alégrate de que ya no nos pone en línea por edades.

Simon miró a Colin, que estaba a su lado, sonriendo.

—Para mantenernos en orden, funcionó mientras la edad se correspondió con la altura. Pero entonces Benedict pasó a Anthony, y Gregory a Francesca. —Se encogió de hombros—. Y mamá se dio por vencida.

Simon los miró a todos y dijo:

—¿Y yo dónde iría?

—Así, a primera vista, posiblemente cerca de Anthony.

—Dios no lo quiera —dijo Simon.

Colin lo miró con una mezcla de diversión y curiosidad.

—¡Anthony! —exclamó Violet—. ¿Dónde está Anthony?

Anthony se identificó con un malhumorado sonido.

—Oh, aquí estás. Ven, acompáñame.

Anthony dejó a Daphne a regañadientes y se colocó junto a su madre.

—No tiene remedio, ¿no crees? —le susurró Colin a Simon.

Simon decidió que lo mejor sería no contestar.

—Bueno, no la decepciones —dijo Colin—. Después de todas sus maquinaciones, lo mínimo que puedes hacer es ofrecerle tu brazo a Daphne.

Simon se giró y lo miró levantando una ceja.

—Eres igual de malo que tu madre.

Colin solo se rio.

—Sí, excepto que yo no finjo ser sutil.

Daphne escogió ese momento para acercarse a ellos.

—Me he quedado sin acompañante —dijo.

—No me lo creo —respondió Colin—. Bueno, si me perdonáis, voy a buscar a Hyacinth. Si me veo obligado a acompañar a Eloise, volveré a Londres a nado. Desde que cumplió los catorce, está insoportable.

Simon parpadeó, sorprendido.

—¿No volviste de Europa la semana pasada?

Colin asintió.

—Sí, pero su decimocuarto cumpleaños fue hace un año y medio.

Daphne le dio un golpe en el codo.

—Si tienes suerte, no le explicaré lo que acabas de decir.

Colin puso los ojos en blanco y desapareció entre sus hermanos, gritando el nombre de Hyacinth.

Daphne apoyó la mano en la parte interior del codo de Simon y le preguntó:

—¿Ya te hemos asustado lo suficiente?

—¿Perdona?

Ella lo miró con una compungida sonrisa en la cara.

—No hay nada más agotador que una excursión familiar con los Bridgerton.

—Ah, eso. —Simon tuvo que apartarse a la derecha para no chocar con Gregory, que pasó por su lado como una exhalación gritando el nombre de Hyacinth y diciendo algo sobre barro y venganza—. Es, bueno, una nueva experiencia.

—Por decirlo de manera educada, ¿verdad, duque? —dijo Daphne—. Me has dejado impresionada.

—Sí, bueno... —Dio un salto hacia atrás cuando Hyacinth pasó corriendo por su lado y gritando tan fuerte que Simon pensó que todos los perros desde Greenwich hasta Londres empezarían a aullar—. Yo no tengo hermanos.

Daphne suspiró, melancólica.

—Sin hermanos —dijo—. Ahora mismo esas palabras me parecen celestiales. —Siguió con la mirada perdido unos instantes más, luego se irguió y volvió a la realidad—. Sin embargo, en cualquier caso... —Alargó el brazo justo en el instante en el que Gregory pasaba corriendo junto a ella y lo cogió con fuerza por la parte alta del brazo—. Gregory Bridgerton —le riñó—, deberías saber que no puedes ir corriendo así entre la gente. Puedes hacerle daño a alguien.

—¿Cómo lo has hecho? —preguntó Simon.

—¿El qué? ¿Cogerlo?

—Sí.

Ella se encogió de hombros.

—Años de práctica.

—¡Daphne! —gritó Gregory. Todavía lo tenía agarrado por el brazo.

Lo soltó.

—Pero no corras.

Gregory dio dos grandes pasos y salió al trote.

—¿No hay reprimenda para Hyacinth? —preguntó Simon.

Daphne hizo un gesto con la cabeza.

—Al parecer, mi madre se encarga de ella.

Simon vio que Violet estaba riñendo a Hyacinth agitando el dedo índice con bastante vehemencia. Se giró hacia Daphne.

—¿Qué estabas diciendo antes de que Gregory apareciera en escena?

Daphne parpadeó.

—No tengo ni idea.

—Creo que estabas a punto de deshacerte en elogios ante la idea de no tener hermanos.

—Sí, claro —dijo, riéndose, mientras el resto de la familia subía por la colina—. Aunque no te lo creas, iba a decir que, a pesar de que la idea de la soledad eterna pueda resultar tentadora a veces, creo que me sentiría muy sola sin familia.

Simon no dijo nada.

—No me imagino teniendo solo un hijo —dijo Daphne.

—A veces —dijo Simon, triste—, no queda otra opción.

Daphne se sonrojó.

—Lo siento mucho —dijo, parándose en seco sin poder avanzar—. Tu madre. Lo había olvidado...

Simon se quedó a su lado.

—No llegué a conocerla —dijo, encogiéndose de hombros—. Por eso tampoco la eché de menos.

Sin embargo, el dolor se reflejaba en sus pálidos ojos azules, y Daphne supo que estaba mintiendo.

Y, al mismo tiempo, sabía que Simon se creía totalmente aquellas palabras.

Y ella se preguntó qué le habría podido pasar a ese hombre para que se mintiera a sí mismo durante tantos años.

Observó su cara, ladeando un poco la cabeza. El viento le había sonrojado las mejillas y alborotado el pelo. No parecía sentirse cómodo bajo la mirada de Daphne, así que dijo:

—Nos estamos quedando atrás.

Daphne miró hacia lo alto de la colina. Su familia estaba bastante más adelantada que ellos.

—Sí —dijo, irguiéndose—. Será mejor que nos demos prisa.

Sin embargo, mientras caminaba por la colina, no pensaba en su familia ni en el observatorio ni en la longitud. Solo se preguntaba por qué sentía aquella irrefrenable necesidad de abrazar al duque y no soltarlo jamás.

Horas después, todos volvían a estar en las verdes laderas del Támesis, disfrutando del sencillo aunque elegante almuerzo que la cocinera de los Bridgerton había preparado. Como había hecho la noche anterior, Simon apenas dijo nada, y se dedicó a escuchar a la familia de Daphne.

Sin embargo, al parecer Hyacinth tenía otra idea.

—Buenos días, duque —dijo, sentándose a su lado en la manta que habían colocado en el suelo—. ¿Le ha gustado la visita al observatorio?

Simon no pudo reprimir una sonrisa al contestar:

—Mucho, ¿y a usted, señorita Hyacinth?

—Oh, también. Me ha gustado especialmente su conferencia sobre la longitud y la latitud.

—Bueno, yo no lo llamaría una conferencia —dijo Simon, sintiéndose viejo y aburrido con esa palabra.

Al otro lado de la manta, Daphne se estaba riendo de la situación. Hyacinth sonrió de manera insinuante y dijo:

—¿Sabe que Greenwich también tiene su propia historia de amor?

Daphne, la muy traidora, estaba riéndose a carcajadas.

—¿De verdad? —consiguió decir Simon.

—De verdad —respondió Hyacinth, en un tono tan culto que Simon se preguntó si dentro de aquel cuerpo de diez años se escondería un mujer de cuarenta—. Fue aquí donde Sir Walter Raleigh se quitó la capa y la dejó en el suelo para que la reina Isabel no se manchara los pies con los charcos.

—¿Ah, sí? —Simon se levantó y miró a su alrededor.

—¡Duque! —La cara de Hyacinth reflejó la impaciencia de los diez años cuando se puso de pie—. ¿Qué está haciendo?

—Estudiando el terreno —respondió él.

Le lanzó una mirada secreta a Daphne. Lo estaba mirando con regocijo, humor y algo más que lo hizo sentir el hombre más importante del mundo.

—Pero ¿qué está buscando? —insistió Hyacinth.

—Charcos.

—¿Charcos? —Lentamente, se le fue iluminando la cara cuando empezó a entender lo que Simon pretendía—. ¿Charcos?

—Muy cierto. Si voy a tener que echar a perder mi capa para salvar sus zapatos, señorita Hyacinth, me gustaría saberlo de antemano.

—Pero si no lleva capa.

—¡Por todos los santos! —dijo Simon, con una voz que hizo que Daphne explotara de risa a su lado—. ¿No pretenderá que me quite la camisa?

—¡No! —gritó Hyacinth—. ¡No tiene que quitarse nada! No hay ningún charco.

—¡Gracias a Dios! —suspiró Simon, con una mano sobre el pecho para darle más dramatismo—. Las mujeres Bridgerton son muy exigentes, ¿lo sabía?

Hyacinth lo miró con una mezcla de sospecha y alegría. Al final, ganó la sospecha. Apoyó las manos en las caderas y entrecerró los ojos.

—¿Se está burlando de mí?

Simon le sonrió.

—¿A usted qué le parece?

—Me parece que sí.

—Y a mí me parece que he tenido suerte de que no hubiera charcos alrededor.

Hyacinth se quedó pensativa un instante.

—Si decide casarse con mi hermana...

Daphne se atragantó con la tarta.

—... tendrá mi visto bueno.

Simon estaba perplejo.

—Pero si no es así —continuó Hyacinth, con una tímida sonrisa—, le quedaría muy agradecida si me esperara.

Afortunadamente para Simon, que era bastante inexperto con las jóvenes y no tenía ni idea de cómo responder a eso, apareció Gregory y le tiró del pelo a Hyacinth, que salió disparada tras él.

—Nunca creí que diría esto —dijo Daphne, riéndose—, pero creo que mi hermano pequeño acaba de salvarte el pescuezo.

—¿Cuántos años tiene tu hermana? —preguntó Simon.

—Diez, ¿por?

Simon agitó la cabeza.

—Porque, por un momento, habría jurado que tenía cuarenta.

Daphne sonrió.

—A veces, se parece tanto a mi madre que da un poco de miedo.

En ese momento, Violet se levantó y empezó a llamar a sus hijos para volver al barco.

—¡Venga! ¡Se hace tarde!

Simon miró su reloj.

—Solo son las tres.

Daphne se encogió de hombros mientras se levantaba.

—Para ella, ya es tarde. Según mi madre, una dama siempre debería estar en casa a las cinco.

—¿Por qué?

Daphne se agachó para recoger la manta.

—No tengo ni idea. Para prepararse para la cena, supongo. Es una de esas reglas con las que he crecido y que preferí no cuestionar. —Se levantó, con la manta azul contra el pecho—. ¿Estás listo?

Simon le ofreció el brazo.

—Por supuesto.

Caminaron un poco y, entonces, Daphne dijo:

—Te has portado muy bien con Hyacinth. Debes de haber pasado mucho tiempo con niños.

—No —dijo él, serio.

—Oh —dijo ella, con un gesto sorprendido—. Sabía que no tenías hermanos, pero creía que habrías conocido algún niño en tus viajes.

—No.

Daphne se quedó callada, pensando si debería seguir con la conversación. La voz de Simon se había convertido en un sonido duro y prohibitivo, y su cara...

No parecía el mismo hombre que había estado bromeando con Hyacinth hacía diez minutos.

Sin embargo, por alguna razón, a lo mejor porque habían pasado una tarde muy agradable o a lo mejor sencillamente porque hacía buen día, sonrió y dijo:

—Bueno, hayas tratado con niños o no, está claro que se te dan bien. Algunos adultos no saben cómo hablar a los niños, pero tú sí.

Simon no dijo nada.

Daphne le colocó la mano encima del brazo.

—Algún día, serás un padre excelente para algún niño con suerte.

Simon se giró hacia ella y la mirada que le clavó la dejó helada.

—Creo haberte dicho que no tengo ninguna intención de casarme —dijo—. Nunca.

—Pero seguro que...

—Por lo tanto, es muy poco probable que vaya a tener hijos.

—En... Entiendo.

Daphne tragó saliva e intentó sonreír, pero había algo en su interior que le hacía temblar los labios. Y, aunque sabía que su relación era una farsa, sintió una pequeña punzada de desilusión.

Llegaron al embarcadero, junto al resto de los Bridgerton. Algunos ya habían subido a bordo, pero Gregory estaba bailando encima de la pasarela.

—¡Gregory! —gritó Violet, enfadada—. ¡Basta ya!

Gregory dejó de bailar, pero no se movió de donde estaba.

—Sube a bordo o quédate en el embarcadero.

Simon se soltó de Daphne y dijo:

—Esa pasarela parece mojada —empezó a caminar hacia él.

—¡Ya has oído a mamá! —exclamó Hyacinth.

—Hyacinth —se dijo Daphne—, ¿es que no puedes mantenerte al margen de nada?

Gregory le sacó la lengua.

Daphne hizo una mueca y entonces vio que Simon seguía caminando hacia Gregory. Corrió hacia él y le dijo:

—Simon, estoy segura de que estará bien.

—No si resbala y queda atrapado entre las cuerdas —dijo, señalando con la cabeza un montón de cuerdas enredadas que colgaban del barco.

Simon llegó a la pasarela, caminando tranquilamente, como el hombre más despreocupado del mundo.

—¿Vas a moverte para que pueda pasar? —dijo Simon, en un extremo de la plancha.

Gregory parpadeó.

—¿No tienes que acompañar a Daphne?

Simon hizo una mueca y dio un paso adelante pero, justo entonces, Anthony, que ya estaba en el barco, apareció en el otro extremo.

—¡Gregory! —exclamó—. ¡Sube al barco de una vez!

Desde el embarcadero, Daphne observó horrorizada cómo Gregory se giraba sorprendido y perdía el equilibrio. Anthony estiró los brazos para intentar cogerlo, pero Gregory ya tenía el culo en la pasarela, y Anthony solo abrazó el aire.

Anthony intentó no perder el equilibrio mientras Gregory resbalaba pasarela abajo y golpeó a Simon en las piernas.

—¡Simon! —exclamó Daphne, corriendo hacia él.

Simon cayó a las turbias aguas del río mientras a Gregory le salía del alma un:

—Lo siento.

Subió por la pasarela de espaldas, como un cangrejo, sin mirar por dónde iba.

Posiblemente, eso explique que no supiera que Anthony, que ya casi había recuperado el equilibrio, estaba justo detrás de él.

Gregory le dio un manotazo a Anthony en la entrepierna y este se quejó y, antes de que nadie pudiera hacer algo, Anthony estaba en el agua, junto a Simon.

Daphne se tapó la boca con una mano.

Violet la agarró del brazo.

—Te sugiero que no te rías.

Daphne apretó los labios en un intento de obedecer a su madre, pero le costaba mucho.

—¡Pero si tú te estás riendo! —le dijo a su madre.

—No es cierto —mintió Violet. Tenía el cuello tenso por el esfuerzo que estaba haciendo por no reírse—. Además, yo soy una señora. No se atreverían a hacerme nada.

Anthony y Simon salieron indignados del agua, empapados y mirándose el uno al otro.

Gregory siguió subiendo hasta el barco y se escondió.

—A lo mejor deberías interceder —le dijo Violet a Daphne.

—¿Yo? —dijo Daphne.

—Me parece que van a llegar a las manos.

—Pero ¿por qué? Ha sido culpa de Gregory.

—Ya lo sé —dijo Violet, con impaciencia—. Pero son hombres y los dos están furiosos y ofendidos, y no pueden desahogarse con un niño de doce años.

Ya entonces, Anthony estaba diciendo:

—Me habría encargado yo solo.

Y Simon decía:

—Si no lo hubieras asustado...

Violet puso los ojos en blanco y le dijo a Daphne:

—Pronto aprenderás que, ante una situación en que quedan en ridículo, todos los hombres tienen la imperativa necesidad de echarle la culpa a otra persona.

Daphne empezó a caminar para intentar razonar con ellos, pero una simple mirada a sus caras bastó para saber que no podría decir nada para imbuirlos de la inteligencia y sensibilidad con las que una mujer afrontaría una situación así, de modo que sonrió y cogió a Simon por el brazo.

—¿Me ayudas a subir?

Simon miró a Anthony.

Anthony miró a Simon.

Daphne lo estiró del brazo.

—Esto no quedará así, Hastings —dijo Anthony.

—Ni mucho menos —respondió Simon.

Daphne vio que solo buscaban una excusa para llegar a las manos. Lo estiró más fuerte, dispuesta a dislocarle el hombro a Simon si era necesario.

Después de una última mirada asesina, Simon cedió y ayudó a Daphne a subir a bordo.

El camino de vuelta fue muy largo.

Aquella misma noche, mientras Daphne se preparaba para acostarse, estaba bastante inquieta. Sabía con certeza que no podría dormir, así que se puso una bata y bajó a la cocina a buscar un vaso de leche caliente y alguien con quien hablar. Con tantos hermanos, pensó, seguro que todavía habría alguno despierto.

Sin embargo, de camino a la cocina escuchó ruidos en el despacho de Anthony y se asomó. Su hermano mayor estaba en su escritorio, respondiendo correspondencia y con los dedos manchados de tinta. No era habitual encontrarlo allí tan tarde. Había preferido mantener el despacho en Bridgerton House incluso después de trasladarse a su casa de soltero pero, normalmente, despachaba sus asuntos durante el día.

—¿No tienes una secretaria para hacer esas cosas? —le preguntó, con una sonrisa.

Anthony levantó la cabeza.

—La muy tonta se casó y se fue a Bristol —dijo.

—Ya —dijo ella, entrando y sentándose en una silla frente a su hermano—. Eso explica tu presencia aquí a altas horas de la madrugada.

Anthony miró el reloj.

—Las doce de la noche no son altas horas. Además, he estado toda la tarde quitándome el olor a río de encima.

Daphne hizo un esfuerzo por no reír.

—Pero tienes razón —dijo Anthony, suspirando, y dejó la pluma—. Es tarde y no hay nada de esto que no pueda esperar hasta mañana. —Se hundió en la silla y se desperezó—. ¿Qué haces despierta?

—No podía dormir —dijo Daphne, encogiéndose de hombros—. Había bajado por un vaso de leche caliente y te he oído maldecir.

Anthony hizo una mueca.

—Es esta maldita pluma. Te juro que yo... —Sonrió—. Supongo que sí que estaba maldiciendo.

Daphne le devolvió la sonrisa. A sus hermanos nunca les había importado que ella escuchara sus palabrotas.

—¿Te marcharás a casa pronto?

Anthony asintió.

—Aunque esa leche caliente suena bastante bien. ¿Por qué no llamas para que nos la traigan?

Daphne se levantó

—Tengo una idea mucho mejor. ¿Por qué no nos la preparamos nosotros mismos? No somos idiotas. Deberíamos saber calentar un poco de leche. Además, posiblemente los criados ya estén todos acostados.

Anthony la siguió.

—Está bien, pero tendrás que hacerlo todo tú. No tengo ni la más mínima idea de cómo hervir leche.

—Creo que no tenemos que hervirla —dijo Daphne, frunciendo el ceño. Giró la última esquina antes de llegar a la cocina y abrió la puerta.

No se veía nada, excepto lo que la luz de la luna iluminaba.

—Ve a buscar una lámpara mientras yo busco la leche —le dijo a Anthony. Sonrió levemente—. Podrás encontrar una lámpara, ¿verdad?

—Creo que sí —respondió él.

Daphne sonrió para sí mientras buscaba un cazo a tientas. Anthony y ella solían mantener una relación sincera y amigable, y era agradable volver a verlo contento. La última semana había estado de muy mal humor, en gran parte por ella.

Y por Simon, claro, pero Simon casi nunca estaba presente para recibir los sermones de Anthony.

Una luz detrás de ella devolvió la vida a la cocina y Daphne se giró para ver a Anthony sonriendo triunfante.

—¿Has encontrado la leche o tendré que ir a buscar una vaca? —preguntó.

Ella se rio y levantó una botella.

—¡La tengo!

Miró la cocina, un moderno artilugio que la cocinera había comprado a principios de año.

—¿Sabes cómo funciona? —preguntó.

—Ni idea. ¿Y tú? —dijo Anthony.

Daphne agitó la cabeza.

—No. —Alargó la mano y tocó la superficie—. No está caliente.

—¿Ni siquiera un poco?

Volvió a agitar la cabeza.

—De hecho, está más bien fría.

Los dos se quedaron callados un momento.

—¿Sabes una cosa? —dijo Anthony, al final—. La leche fría puede ser bastante refrescante.

—¡Estaba pensando lo mismo!

Anthony sonrió y cogió dos tazas.

—Sirve.

Daphne llenó las tazas y allí se quedaron, sentados en dos taburetes, bebiendo leche fría. Anthony se terminó el vaso enseguida y se sirvió otro.

—¿Quieres más? —le preguntó a Daphne, limpiándose el bigote blanco de leche.

—No, aún me queda la mitad —dijo Daphne, bebiendo otro sorbo.

Se limpió los labios con la lengua y se acomodó en el taburete. Ahora que estaba sola con Anthony, y que él parecía estar de buen humor, creía que era un buen momento para... Bueno, la verdad era que...

«Maldita sea —pensó—. Pregúntaselo.»

—Anthony —dijo, algo dubitativa—. ¿Puedo hacerte una pregunta?

—Claro.

—Es acerca del duque.

Anthony dejó la taza en la mesa dando un buen golpe.

—¿Qué pasa con el duque?

—Ya sé que no te gusta... —Empezó, aunque no pudo terminar la frase.

—No es que no me guste —dijo Anthony, suspirando—. Es uno de mis mejores amigos.

Daphne arqueó las cejas.

—Cualquiera lo diría después de haberos visto hoy.

—No confío en él cuando se trata de mujeres. Y si se trata de ti, menos.

—Anthony, supongo que sabes que eso es una de las mayores tonterías que has dicho en la vida. Puede que el duque haya sido un vividor y, por lo que sé, es posible que aún lo sea, pero nunca me seduciría, aunque solo sea porque soy tu hermana.

Anthony no parecía demasiado convencido.

—Aunque no existiera ningún código de honor masculino sobre estas cosas —insistió Daphne, reprimiendo las ganas de poner los ojos en blanco—, él sabe que si me toca lo matarás. No es estúpido.

Anthony se abstuvo de añadir algo al último comentario y dijo:

—¿Qué es lo que querías preguntarme?

—En realidad —dijo, lentamente—, me preguntaba si sabrías por qué el duque es tan contrario al matrimonio.

Anthony derramó la leche por la mesa.

—¡Por el amor de Dios, Daphne! Creía que estábamos de acuerdo en que todo esto era una farsa. ¿Por qué piensas en casarte con él?

—¡No lo hago! —dijo ella, pensando que a lo mejor estaba mintiendo, aunque no quiso examinar más profundamente sus sentimientos para estar segura—. Solo es por curiosidad —dijo, a la defensiva.

—Será mejor que sea cierto y ni siquiera te plantees la idea de casarte con él —dijo Anthony, muy serio—, porque aquí y ahora te digo que nunca se casará contigo. Nunca. ¿Me has entendido? No se casará contigo.

—Tendría que ser medio tonta para no entenderte —dijo ella.

—Bien. Final de la discusión.

—¡No! —exclamó ella—. Todavía no me has respondido a mi pregunta.

Anthony le lanzó una mirada desde el otro lado de la mesa.

—¿Por qué no quiere casarse? —insistió.

—¿Por qué te interesa tanto? —le preguntó su hermano.

Daphne se temía que la verdad se acercaba bastante a las acusaciones de Anthony, pero se limitó a decir:

—Por curiosidad; además, tengo derecho a saberlo porque, si no encuentro un pretendiente aceptable pronto, cuando el duque me deje me convertiré en una paria.

—Creía que serías tú la que iba a dejarlo a él —dijo Anthony.

Daphne se rio.

—¿Quién se lo iba a creer?

Anthony no salió en su defensa inmediatamente, y eso a Daphne la molestó un poco. Sin embargo, Anthony dijo:

—No sé por qué Hastings no quiere casarse. Solo sé que ha mantenido esa opinión desde que lo conozco.

Daphne abrió la boca para decir algo, pero Anthony la interrumpió.

—Y siempre lo ha dicho de un modo que dudo de que sea una promesa sin fundamento de un soltero agobiado por las pretendientes.

—¿Y eso qué quiere decir?

—Quiere decir que, a diferencia de la mayoría de hombres, cuando él dice que nunca se casará, lo dice en serio.

—Entiendo.

Anthony suspiró, cansado, y Daphne vio unas pequeñas líneas de preocupación alrededor de sus ojos que nunca había visto.

—Elige a un hombre de tu nuevo grupo de pretendientes y olvídate de Hastings —dijo—. Es un buen hombre, pero no es para ti.

Daphne se quedó con la primera parte de la frase.

—Pero piensas que es un buen...

—No es para ti —repitió Anthony.

Sin embargo, Daphne no pudo evitar pensar que quizá, solo quizá, su hermano estaba equivocado.

9

El duque de Hastings fue visto, una vez más, con la señorita Bridgerton (Daphne Bridgerton para los que, como a esta autora, les cueste diferenciar a todas las hermanas Bridgerton). Ha pasado ya mucho tiempo desde que esta autora vio una pareja tan enamorada como esta.

Sin embargo, es extraño que, a excepción de la excursión familiar a Greenwich, que relatábamos en estas páginas hace diez días, solo se les vea juntos en bailes y fiestas. Esta autora sabe de buena tinta que, aunque el duque visitó a la señorita Bridgerton en su casa hace dos semanas, no lo ha vuelto a hacer y, además, ¡no se les ha visto paseando juntos por Hyde Park ni una sola vez!

Revista de sociedad de lady Whistledown,

14 de mayo de 1813

Dos semanas después, Daphne estaba en Hampstead Heath, entre las columnas del salón de lady Trowbridge, apartada de todo el mundo. Le gustaba estar allí.

No quería ser el centro de la fiesta. No quería encontrarse con las decenas de hombres que ahora matarían por un baile con ella. Honestamente, no quería estar en ese baile.

Porque Simon no estaba.

Pero eso no quería decir que no fuera a bailar en toda la noche. Todas las predicciones de Simon referentes a su creciente popularidad eran ciertas y Daphne, que siempre había sido la chica que gustaba a todos pero que nadie adoraba, se había convertido de la noche a la mañana en la sensación de la temporada. Todos los que se molestaban en dar su opinión al respecto, que era todo el mundo, declaraban que siempre habían sabido que Daphne era especial y que estaban esperando que los demás se dieran cuenta. Lady Jersey le dijo a todo el que quiso escucharla que ella había predicho el éxito de Daphne hacía meses y que el único misterio era por qué nadie le había hecho caso antes.

Y todo aquello, por supuesto, eran tonterías. Aunque Daphne nunca había sido objeto del desprecio de lady Jersey, ninguno de los Bridgerton recordaba haberla escuchado referirse a Daphne, como lo hacía ahora, como «El tesoro del futuro».

Sin embargo, aunque ahora tenía la tarjeta de baile llena a los pocos minutos de llegar a una fiesta y aunque los hombres se pelearan por traerle un vaso de limonada, la primera vez que le pasó, estuvo a punto de echarse a reír a carcajada limpia, descubrió que ninguna noche era memorable a menos que Simon estuviera allí.

No importaba que a él le pareciera necesario mencionar, al menos una vez cada noche, su completa oposición a la institución del matrimonio. Aunque, muy a su favor, normalmente lo mencionaba junto con su agradecimiento a Daphne por salvarlo de las garras de todas esas madres desesperadas. Y tampoco importaba que, a veces, se quedara callado o fuera maleducado con determinados miembros de la sociedad.

Solo importaban los momentos en que estaban casi solos, porque nunca estaban los dos solos, pero que podían hacer lo que quisieran. Una divertida conversación en una esquina, un vals alrededor del salón. Daphne podía mirarlo a los pálidos ojos y olvidarse que estaba rodeada de quinientos testigos, todos inexplicablemente interesados en el estado de su cortejo.

Y casi olvidaba que ese cortejo era todo fachada.

Daphne no había vuelto a intentar hablar de Simon con Anthony. La hostilidad de su hermano salía a relucir siempre que el nombre de Simon aparecía en la conversación. Y cuando se encontraban..., bueno, Anthony lo trataba con cordialidad, pero de ahí no pasaba.

Y, aun a pesar de toda esa rabia, Daphne todavía veía destellos de su amistad entre ellos. Ella solo esperaba que cuando todo esto terminara, y ella estuviera casada con algún aburrido aunque afable conde que nunca la hiciera estremecer, los dos hombres volvieran a ser amigos.

A petición de Anthony, Simon decidió no asistir a todos los eventos sociales a los que Violet y Daphne habían confirmado su presencia. Anthony dijo que la única razón por la que había consentido aquella ridícula farsa era para que Daphne encontrara un marido entre los nuevos pretendientes. Desafortunadamente, según Anthony y, afortunadamente para Daphne, ninguno de esos jóvenes se atrevía a acercarse a ella si Simon estaba presente.

«Ya veo el bien que te está haciendo esto», fueron las palabras exactas de Anthony.

En realidad, fueron acompañadas de bastantes palabras malsonantes que Daphne nunca se atrevió a repetir. Desde el incidente en el río, Anthony había invertido mucho tiempo lanzando improperios hacia la persona de Simon.

Sin embargo, Simon entendió el juego de Anthony y le dijo a Daphne que quería que encontrara un marido apropiado.

Así que Simon desapareció.

Y Daphne se quedó destrozada.

Supuso que tendría que haber sabido que, tarde o temprano, aquello iba a pasar. Debería haber sabido los peligros de ser cortejada, aunque no fuera de verdad, por el hombre que la sociedad había bautizado como el «irresistible duque».

Todo empezó cuando Philipa Fatherington lo describió como «irresistiblemente apuesto» y como el concepto de hablar en voz baja no existía en la cabeza de Philipa, todo el mundo la escuchó. En pocos minutos, el recién llegado se convirtió en el príncipe azul de la temporada, y ahí nació el irresistible duque.

A Daphne el nombre le pareció tristemente irónico, porque el duque irresistible le estaba destrozando el corazón.

Y no era culpa de Simon. Él la trataba con mucho respeto, honor y sentido del humor. Incluso Anthony tuvo que admitir que no le daba ningún motivo de queja. Simon nunca intentaba quedarse a solas con Daphne y sus contactos se habían limitado a un casto beso en la mano enguantada, y para mayor desespero de Daphne, aquello solo había sucedido dos veces.

Se habían convertido en la mejor compañía para el otro, compartiendo desde largos silencios hasta la más divertida de las conversaciones. Cada fiesta, bailaban juntos dos veces, el máximo permitido sin escandalizar a la sociedad.

Y Daphne supo, sin ninguna duda, que se estaba enamorando.

La situación no podía ser más irónica. Había empezado a pasar cada vez más tiempo en compañía de Simon para atraer a más hombres. Por su parte, Simon había empezado a pasar cada vez más tiempo con Daphne para evitar el matrimonio.

Pensándolo bien, se dijo Daphne, apoyándose en la pared, la ironía era exquisitamente dolorosa.

Aunque Simon seguía expresando en voz alta su aversión al matrimonio, en ocasiones Daphne lo veía observarla de una manera que cualquiera diría que la deseaba. Jamás había vuelto a repetir los atrevidos comentarios que le había hecho antes de saber que era una Bridgerton, pero a veces lo veía mirarla con el mismo deseo y la misma fiereza que aquella primera noche. Obviamente, cuando se sentía observado apartaba la mirada, pero aquello ya era suficiente para erizarle la piel y cortarle la respiración a Daphne.

¡Y esos ojos! A todos les gustaba ese color parecido al hielo y cuando Daphne lo observaba mientras hablaba con otra gente, entendía por qué. Simon no era tan locuaz con los demás como con ella. Cortaba las palabras, hablaba en un tono más brusco y sus ojos reflejaban la dureza de su carácter.

Sin embargo, cuando reían juntos, los dos burlándose de alguna estúpida norma social, le brillaban los ojos. Eran más cálidos y acogedores. Incluso, en los momentos más felices, Daphne creía que iban a derretirse.

Suspiró y se hundió todavía más en la pared. Tenía la sensación de que, en los últimos días, cada vez había más momentos felices.

—Daff, ¿qué haces escondiéndote aquí?

Daphne levantó la mirada y vio que Colin se acercaba, con su habitual sonrisa engreída en la atractiva cara. Desde su regreso a Londres, había arrasado por toda la ciudad, y Daphne podía fácilmente citar una decena de chicas que estaban seguras de estar enamoradas de él y que se morían por disfrutar de sus atenciones. Sin embargo, no estaba preocupada porque su hermano se encaprichara con alguna de ellas, porque todavía tenía que probar muchas flores antes de sentar la cabeza.

—No me escondo —lo corrigió—. Evito a determinadas personas.

—¿A quién? ¿A Hastings?

—Claro que no. Además, esta noche no ha venido.

—Sí que ha venido.

Como se trataba de Colin, cuyo principal objetivo en la vida, aparte de correr detrás de las chicas y apostar a los caballos, claro, era atormentar a su hermana, Daphne quiso ignorarlo, pero acabó sucumbiendo y preguntó:

—¿De verdad?

Colin asintió e hizo un gesto con la cabeza señalando la entrada del baile.

—Lo vi entrar no hace ni un cuarto de hora.

Daphne entrecerró los ojos.

—¿Te estás burlando de mí? Porque él me dijo claramente que esta noche no iba a venir.

—¿Y por qué has venido tú? —Colin se cubrió las mejillas con las manos y abrió la boca, fingiendo estar sorprendido.

—Porque sí —respondió ella—. Mi vida no gira en torno a Hastings.

—¿Ah, no?

Daphne tuvo la sensación de que su hermano se lo decía en serio.

—No, por supuesto que no —dijo ella.

Puede que su vida no girara en torno a Hastings, pero sus pensamientos sí.

Los ojos verde esmeralda de Colin adquirieron una seriedad poco habitual en él.

—Estás por él, ¿verdad?

—No sé qué quieres decir.

Colin sonrió, seguro de sí mismo.

—Ya lo descubrirás.

—¡Colin!

—Mientras tanto —dijo él, mirando hacia la puerta—, ¿por qué no vas a buscarlo? Estoy convencido de que mi compañía palidece ante la perspectiva de la de él. ¿Ves? Hasta tus pies se están alejando de mí.

Daphne miró al suelo, horrorizada de que su cuerpo la traicionara de aquella manera.

—¡Ja! Te he hecho mirar.

—Colin Bridgerton —dijo Daphne—. A veces te prometo que creo que no puedes tener más de tres años.

—Eso es interesante —dijo él, riéndose—. Porque querría decir que estarías en la tierna edad de un año y medio, hermanita.

A falta de una respuesta lo bastante seca, Daphne se limitó a mirarlo con el ceño fruncido.

Sin embargo, Colin solo pudo reírse.

—Una expresión muy atractiva, Daff, pero estoy segura de que tus mejillas preferirían sustituirla por una sonrisa. El irresistible duque viene hacia aquí.

Daphne se dijo que no tropezaría dos veces con la misma piedra. No iba a hacerla mirar.

Colin se acercó a ella y le susurró:

—Esta vez va en serio, Daff.

Daphne mantuvo la mueca.

Colin se rio.

—¡Daphne! —La voz de Simon. Justo en su oreja.

Daphne se giró.

Colin se rio con más ganas.

—Deberías confiar más en tu hermano favorito, Daff.

—¿Él es tu hermano favorito? —preguntó Simon, arqueando una incrédula ceja.

—Solo porque Gregory me puso un sapo en la cama ayer por la noche —respondió Daphne—. Y Benedict perdió el derecho a serlo el día que decapitó a mi muñeca preferida.

—Me pregunto qué habrá hecho Anthony para no optar a tan honorable título —murmuró Colin.

—¿No tienes que ir a ningún sitio? —le preguntó Daphne.

Colin se encogió de hombros.

—En realidad, no.

—¿No me acabas de decir —preguntó Daphne, entre dientes— que le habías prometido un baile a Prudence Featherington?

—¡Dios, no! Lo has debido de escuchar mal.

—A lo mejor mamá te está buscando. Es más, creo que la he oído llamarte.

Para su desgracia, Colin se rio.

—No deberías ser tan obvia —le dijo en voz baja, aunque no tan baja como para que Simon no pudiera oírlos—. Descubrirá que te gusta.

El cuerpo de Simon se sacudió con un poco disimulado regocijo.

—No es su compañía la que intento asegurar —dijo Daphne, mordaz—. Es la tuya la que quiero evitar.

Colin se colocó una mano en el corazón.

—Me matas, Daff. —Se giró hacia Simon—. ¡Cómo me mata!

—Te has equivocado de profesión, Bridgerton —dijo Simon, que estuvo genial—. Deberías haber sido actor.

—Habría sido interesante —respondió Colin—. Aunque a mi madre le hubiera dado algo. —Se le iluminó la mirada—. Tengo una idea. Justo ahora que empezaba a aburrirme. Buenas noches a los dos. —Se inclinó y se fue.

Daphne y Simon se quedaron callados mientras observaban cómo Simon se perdía entre el gentío.

—El próximo grito que oigas —dijo Daphne—, seguro que será mi madre.

—¿Y el sonido seco será el golpe de su cuerpo contra el suelo cuando se desmaye?

Daphne asintió, sonriendo muy a su pesar.

—Pero, bueno. —Hizo una pausa y continuó—. No esperaba verte esta noche.

Simon se encogió de hombros y la chaqueta del impecable traje negro se arrugó un poco

—Estaba aburrido.

—¿Estabas aburrido y decidiste venir hasta Hampstead Heath para asistir al baile anual de lady Trowbridge? —Daphne arqueó las cejas. Hampstead Heath estaba a unos diez kilómetros de Mayfair, como mínimo una hora si la carretera estaba en buenas condiciones y más en noches como esa, en la que todo el mundo se dirigía al mismo sitio—. Perdóname si empiezo a cuestionarme tu salud mental.

—Yo también estoy empezando a cuestionármela —dijo él.

—Bueno, en cualquier caso —dijo ella, con un suspiro de felicidad—, me alegro de que hayas venido. Ha sido una noche espantosa.

—¿De verdad?

Ella asintió.

—Me han avasallado con preguntas sobre ti.

—Bueno, esto se pone interesante.

—Yo no iría tan deprisa. La primera ha sido mi madre. Quiere saber por qué nunca vienes a verme por la tarde.

Simon frunció el ceño.

—¿Crees que es necesario? Pensaba que mi total dedicación a ti en estas fiestas bastaría para perpetrar nuestro engaño.

Daphne se sorprendió a sí misma al reprimir una mueca de frustración. Simon no tenía que decirlo como si aquello fuera un trabajo muy pesado para él.

—Tu total dedicación habría bastado para engañar a cualquiera menos a mi madre. Y posiblemente no habría dicho nada si tu ausencia diurna no hubiera aparecido en *Whistledown*.

—¿De verdad? —preguntó Simon, muy interesado.

—Sí. Así que será mejor que vengas mañana por la tarde o todo el mundo empezará a hacerse preguntas.

—Me gustaría saber quiénes son los espías de esa señora —murmuró Simon—. Y entonces los contrataría para mí.

—¿Para qué necesitas espías?

—Para nada. Pero me parece una lástima dejar que tanto talento se desperdicie en eso.

Daphne dudó de que lady Whistledown estuviera de acuerdo en que ese talento se desperdiciaba, sin embargo, no quería empezar una discusión sobre los méritos y deméritos de aquella revista, así que no dijo nada.

—Y luego —continuó—, después de mi madre, vinieron los demás y eso fue peor.

—¡Dios nos asista!

Ella le lanzó una mirada mordaz.

—Todas eran mujeres excepto uno y, aunque todos han expresado públicamente que se alegran por mi felicidad, claramente intentaban adivinar las probabilidades que había de que no acabáramos juntos.

—Supongo que les has dicho a todos que estoy desesperadamente enamorado de ti, ¿verdad?

Daphne sintió una sacudida en su interior.

—Sí —mintió, ofreciéndole una sonrisa tremendamente dulce—. Al fin y al cabo, tengo que mantener una reputación.

Simon se rio.

—Y dime, ¿quién fue el único hombre que te interrogó?

Daphne se puso seria.

—En realidad, era otro duque. Un hombre mayor de lo más extraño que dice que era un buen amigo de tu padre.

Los músculos de la cara de Simon se tensaron de inmediato.

Daphne se encogió de hombros y no se percató del cambio en la expresión de Simon.

—Me empezó a decir lo «buen duque» que era tu padre. —Daphne se rio mientras intentaba imitar la voz del hombre—. No tenía ni idea de que los duques teníais que salir en defensa de los demás. Bueno, tampoco queremos que un duque incompetente desmerezca su título, ¿no?

Simon no dijo nada.

Daphne empezó a darse golpecitos con un dedo en la mejilla mientras pensaba.

—¿Sabes? Nunca te he oído mencionar a tu padre.

—Eso es porque no me gusta hablar de él —dijo Simon, muy seco.

Ella parpadeó, preocupada.

—¿Te pasa algo?

—No —dijo él, con la voz cortada.

—Oh. —Daphne se dio cuenta de que se estaba mordiendo el labio inferior y se obligó a parar—. Entonces, no lo mencionaré.

—He dicho que no me pasa nada.

Daphne se mantuvo imperturbable.

—Claro.

Se produjo un largo e incómodo silencio. Daphne se entretuvo con la tela del vestido antes de decir:

—Las flores que lady Trowbridge ha usado para decorar la casa son preciosas, ¿no te parece?

Simon siguió con la mirada las rosas rosas y blancas que Daphne estaba tocando.

—Sí.

—Me pregunto si las cultivará ella.

—No tengo ni idea. —Otro incómodo silencio.

—Los rosales son muy difíciles de cuidar.

Esta vez, la respuesta se limitó a un sonido gutural.

Daphne se aclaró la garganta y entonces, cuando Simon ni siquiera la miraba, preguntó:

—¿Has probado la limonada?

—No bebo limonada.

—Bueno, pues yo sí —respondió ella, muy seca, porque ya había soportado bastante—. Y tengo sed. Así que, si me disculpas, voy a buscar un vaso de refresco y te dejo aquí con tu mal humor. Estoy segura de que encontrarás a alguien más divertido que yo.

Se giró para marcharse, pero no pudo dar ni un paso porque sintió una fuerte mano que la agarraba por el brazo. Bajó la vista, fascinada por un momento por la visión de la mano enguantada de Simon, apoyada en la seda anaranjada de su vestido. La miró fijamente, casi deseando que se moviera, que le recorriera el brazo hasta la parte desnuda del codo.

Sin embargo, Simon no iba a hacerlo. Solo hacía esas cosas en sueños.

—Daphne, por favor —dijo—. Mírame.

Hablaba en voz baja y con una intensidad que la hizo estremecer.

Se giró y, cuando sus ojos se encontraron, Simon dijo:

—Por favor, acepta mis disculpas.

Ella asintió.

Sin embargo, Simon sentía la necesidad de explicarse más.

—Yo no... —Tosió un poco para aclararse la garganta—. No me llevaba bien con mi padre. Y no... no me gusta hablar de él.

Daphne lo miró fascinada. Nunca lo había visto tan inseguro.

Simon suspiró, irritado. Daphne pensó que era muy extraño, pero parecía que estaba irritado consigo mismo.

—Cuando lo has mencionado... —Agitó la cabeza, como si quisiera cambiar el rumbo de la conversación—. Se me graba en la memoria. No puedo dejar de pensar en él. Me-me-me pone muy furioso.

—Lo siento —dijo ella, consciente que su rostro reflejaría su confusión. Pensaba que debía decir algo más, pero no sabía las palabras que tenía que usar.

—Contigo no —dijo él, rápidamente, y cuando sus pálidos ojos azules se centraron en ella, parecieron más relajados. Su cara también se relajó un poco, sobre todo las líneas que se le habían acentuado alrededor de la boca. Tragó saliva—. Me enfado conmigo mismo.

—Y, al parecer, también con tu padre —dijo ella, suavemente.

Él no dijo nada. Daphne no esperaba que lo hiciera. Simon todavía la tenía cogida del brazo, así que ella le cubrió la mano con la suya.

—¿Te gustaría salir a tomar el aire? —le preguntó—. Parece que lo necesitas.

Él asintió.

—Tú quédate. Si sales conmigo a la terraza, Anthony me cortará la cabeza.

—Anthony puede decir misa —dijo Daphne, irritada—. Estoy harta de su vigilancia constante.

—Solo intenta ser un buen hermano.

—¿De qué lado estás?

Ignorando esa pregunta, Simon dijo:

—Está bien. Pero solo un paseo. Con Anthony puedo, pero si acuden todos tus hermanos, soy hombre muerto.

A unos cuantos metros, había una puerta que daba a la terraza. Daphne la señaló y la mano de Simon descendió por su brazo hasta llegar al codo.

—Además, posiblemente haya decenas de parejas en la terraza —dijo ella—, así que no podrá decir nada.

Sin embargo, antes de que pudieran salir, oyeron una voz masculina a su espaldas:

—¡Hastings!

Simon se detuvo y se giró, triste de lo familiarizado que estaba con el nombre de su padre. Dentro de poco, pensaría en él como su propio nombre.

Sin saber por qué, aquella idea lo disgustaba.

Un señor mayor con un bastón se les acercó.

—Es el duque del que te he hablado —dijo Daphne—. Middlethorpe, creo.

Simon solo asintió, porque no tenía ganas de hablar.

—¡Hastings! —exclamó el señor, dándole unos golpecitos en el brazo—. Llevaba mucho tiempo deseando conocerte. Soy Middlethorpe. Era muy amigo de tu padre.

Simon asintió, de un modo tan preciso que parecía un militar.

—Te echó de menos, ¿sabes? Durante tus viajes.

Simon sintió que la ira iba creciendo en su interior y aquello le paralizó la lengua. Sabía, sin ningún tipo de duda, que si intentaba hablar, sonaría igual que cuando tenía ocho años.

Y, por nada del mundo, quería avergonzarse así delante de Daphne.

Sin saber cómo, quizá porque nunca había tenido demasiados problemas con las vocales, dijo:

—Oh.

Se alegró de que su voz sonara seca y condescendiente.

Sin embargo, si el hombre se percató del rencor en su voz, lo pasó por alto.

—Estuve con él cuando murió —dijo Middlethorpe.

Simon no dijo nada.

Daphne, bendita sea, intervino en la conversación con un compasivo:

—¡Dios mío!

—Me pidió que te diera unos mensajes. En casa, tengo varias cartas.

—Quémelas.

Daphne se sorprendió y cogió a Middlethorpe por el brazo.

—Oh, no, no lo haga. A lo mejor no quiere leerlas ahora, pero seguro que en el futuro cambiará de opinión.

Simon la atravesó con la mirada y se giró hacia Middlethorpe.

—He dicho que las queme.

—Yo... eh... —Middlethorpe parecía totalmente confundido. Debía de saber que el duque y su hijo no se llevaban bien, pero obviamente el difunto duque no le había explicado la verdadera naturaleza de su relación. Miró a Daphne, reconociendo a una posible aliada, y le dijo—: Aparte de las cartas, me dijo que le explicara varias cosas. Podría decírselas ahora.

Sin embargo, Simon había soltado a Daphne y había salido a la terraza.

—Lo siento —le dijo Daphne a Middlethorpe, sintiendo la necesidad de disculpar el atroz comportamiento de Simon—. Estoy segura de que no era su intención ser tan brusco.

La expresión de Middlethorpe le confesó que él sabía que aquella había sido exactamente su intención.

Sin embargo, Daphne dijo:

—Es un poco sensible cuando se trata de su padre.

Middlethorpe asintió.

—El duque ya me advirtió de que reaccionaría así. Pero, mientras me lo decía, se rio y dijo algo del orgullo de los Basset. Debo confesar que no creí que lo dijera en serio.

Daphne miró nerviosa hacia la puerta.

—Al parecer, sí que lo hacía —dijo—. Será mejor que vaya con él.

Middlethorpe asintió.

—Por favor, no queme las cartas —dijo ella.

—Nunca se me habría ocurrido. Pero...

Daphne ya se iba hacia la terraza, pero se detuvo al ver que el hombre tenía algo más que decir.

—¿Qué sucede?

—Ya soy mayor y estoy enfermo —dijo él—. Los médicos dicen que no me queda demasiado tiempo. ¿Podría dejarle a usted las cartas?

Daphne lo miró sorprendida y horrorizada. Sorprendida porque no podía creerse que le confiara una correspondencia tan personal a una chica joven a la que apenas conocía. Y horrorizada porque sabía que, si las aceptaba, Simon jamás la perdonaría.

—No lo sé —dijo, indecisa—. No estoy segura de ser la persona indicada.

Los ancianos ojos de Middlethorpe se arrugaron como los de alguien que sabe lo que va a decir.

—Creo que usted es exactamente la persona más indicada —dijo—. Además, creo que sabrá encontrar el momento adecuado para dárselas. ¿Puedo hacérselas llegar a su casa?

Daphne asintió. No sabía qué otra cosa hacer.

Middlethorpe levantó el bastón y señaló hacia la terraza.

—Será mejor que vaya con él.

Daphne lo miró, asintió y se fue. La terraza estaba iluminada por unos pocos apliques en la pared, así que estaban casi en la penumbra y solo vio a Simon ayudada por la luz de la luna. Estaba de pie, muy enfadado, con los brazos cruzados sobre el pecho. Estaba mirando el interminable prado que se extendía frente a la terraza, pero Daphne tenía serias dudas de que viera más allá de su propia rabia.

Avanzó sigilosamente hacia él, agradeciendo la brisa fresca, porque dentro del salón el calor era asfixiante. Escuchó algunas voces y supo que no estaban solos, sin embargo, no vio a nadie. Obviamente, los demás invitados habían preferido esconderse en algún oscuro e íntimo rincón. O, a lo mejor, habían descendido por la escalera y estaban sentados en los bancos que había debajo.

Mientras se acercaba a él, Daphne pensó que podría decir algo como «Has sido muy maleducado con el duque» o «¿Por qué estás tan enfadado con tu padre?» pero, al final, decidió que no era el momento de indagar en los sentimientos de Simon, así que, cuando llegó a su lado, se apoyó en la barandilla y dijo:

—Ojalá pudiera ver las estrellas.

Simon la miró, primero con sorpresa y después con curiosidad.

—En Londres no se ven nunca —continuó ella, hablando en voz baja—. Las luces de la ciudad son demasiado brillantes o la niebla ya está muy baja. O, a veces, el aire está demasiado contaminado para ver a través de él. —Se encogió de hombros y miró al cielo, que estaba tapado—. Esperaba poder verlas aquí pero, por desgracia, las nubes no quieren colaborar.

Se quedaron callados un buen rato. Entonces, Simon se aclaró la garganta y dijo:

—¿Sabías que las estrellas son completamente distintas en el hemisferio sur?

Daphne no se había dado cuenta de lo tensa que estaba hasta que sintió que, ante esa pregunta, su cuerpo se relajaba. Simon estaba intentando retomar la noche donde la habían dejado, y ella estaba encantada. Lo miró, burlona, y dijo:

—Estás bromeando.

—No. Míralo en un libro de astronomía.

—Hum...

—Y lo más interesante —continuó Simon, cada vez más relajado— es que, aunque no seas un experto en astronomía, y no lo soy...

—Y, obviamente —lo interrumpió Daphne, con una sonrisa—, yo tampoco.

Simon la cogió de la mano y sonrió, y Daphne respiró satisfecha de ver que sus ojos habían recuperado la alegría. Entonces, la satisfacción se convirtió en algo más intenso: felicidad. Felicidad porque había sido ella la que había borrado las sombras de sus ojos. Quería disiparlas para siempre.

Si Simon la dejara...

—Verías la diferencia —dijo él—. Y eso es lo más extraño. Nunca me preocupé por aprender las constelaciones pero, cuando estaba en África, miraba al cielo y la noche era tan clara... Nunca había visto un cielo así.

Daphne lo observaba, fascinada.

—Miraba al cielo —dijo él, agitando la cabeza—, y era raro.

—¿Cómo puede ser raro el cielo?

Él se encogió de hombros y levantó una mano.

—No lo sé. Pero lo era. Las estrellas no estaban en su sitio.

—Supongo que me gustaría ver el cielo desde el hemisferio sur —dijo Daphne, melancólica—. Si fuera una mujer exótica y atrevida, el tipo de mujer sobre la que los hombres escriben poesía, supongo que me gustaría viajar.

—Ya eres el tipo de mujer sobre la que los hombres escriben poesía —le recordó Simon, en un tono sarcástico—. Lo que pasa es que era una poesía muy mala.

Daphne se rio.

—No te rías de mí. Fue muy emocionante. Mi primer día con seis pretendientes en casa y Neville Binsby me escribió una poesía.

—Siete pretendientes —dijo él—, incluyéndome a mí.

—Siete incluyéndote a ti. Pero tú no cuentas.

—Me matas —bromeó él, imitando a Colin—. ¡Cómo me matas!

—Quizá deberías plantearte empezar una carrera en el teatro.

—Quizá no —respondió él.

Daphne sonrió.

—Quizá no. Pero lo que iba a decirte es que, aunque soy una chica inglesa de lo más aburrida, no tengo ningún deseo de ir a ningún sitio. Aquí soy feliz.

Simon agitó la cabeza y una extraña luz, casi eléctrica, le iluminó los ojos.

—No eres aburrida. Y —redujo la voz a un suspiro emocional— me alegro de que seas feliz. No he conocido a demasiadas personas realmente felices.

Daphne lo miró y, lentamente, se dio cuenta de que Simon se había acercado a ella. Dudaba de que él se hubiera dado cuenta, pero su cuerpo tendía a acercarse al de ella, y Daphne descubrió que no podía apartar la mirada de él.

—¿Simon? —susurró.

—Aquí hay gente —dijo él, con la voz ahogada.

Daphne se giró hacia las esquinas de la terraza. Las voces que se oían antes habían desaparecido, pero también podía ser que les estuvieran escuchando.

Delante de sus ojos, el jardín la estaba llamando. Si estuvieran en Londres, no podrían ir más allá de la terraza, porque no habría sitio, pero lady Trowbridge se enorgullecía de ser diferente y siempre ofrecía el baile anual en su segunda residencia en Hampstead Heath. Estaba relativamente cerca de Mayfair, pero podría haber sido perfectamente otro mundo. Elegantes casas rodeadas de grandes extensiones verdes y, en el jardín de lady Trowbridge, había muchos árboles y flores, arbustos y setos... Muchos rincones oscuros donde una pareja podía perderse.

Daphne sintió que algo salvaje se apoderaba de ella.

—Demos un paseo por el jardín —dijo, suavemente.

—No podemos.

—Tenemos que hacerlo.

—No podemos.

La desesperación en la voz de Simon le dijo todo lo que necesitaba saber. La quería. La deseaba. Estaba loco por ella.

Daphne tuvo la sensación de que su corazón había empezado a cantar *La flauta mágica* y daba saltos de alegría.

Y pensó: ¿y si lo besaba? ¿Qué pasaría si se adentraran en el jardín, levantara la cara y dejara que sus labios tocaran los de ella? ¿Vería él lo mucho que lo quería? ¿Vería lo mucho que podría llegar a quererla? Y a lo mejor, solo a lo mejor, vería lo feliz que lo haría.

Entonces quizás dejaría de hablar de lo decidido que estaba a no pasar por la vicaría.

—Voy a dar un paseo por el jardín —dijo ella—. Si quieres, puedes acompañarme.

Mientras se alejaba, lentamente para que él pudiera seguirla, lo escuchó maldecir desde lo más profundo de su alma, y luego escuchó sus pasos detrás de ella.

—Daphne, esto es una locura —dijo Simon, pero la voz ronca delataba que más que convencerla a ella, intentaba convencerse a sí mismo.

Ella no dijo nada, solo siguió adentrándose en las profundidades del jardín.

—¡Por el amor de Dios, Daphne! ¿Quieres escucharme? —La cogió con fuerza por la muñeca y la obligó a mirarlo—. Le hice una promesa a tu hermano —dijo, salvaje—. Me hice una promesa a mí mismo.

Ella esbozó la sonrisa de la mujer que se sabe deseada.

—Entonces, márchate.

—Sabes que no puedo hacerlo. No puedo dejarte sola en el jardín. Alguien podría intentar sobrepasarse.

Daphne se encogió de hombros e intentó soltarse de su mano.

Sin embargo, los dedos de Simon la apretaron todavía más.

Así, aunque ella sabía que no era su intención, no opuso resistencia y se dejó llevar por el tirón, acercándose a él hasta que entre los dos solo quedó un palmo.

La respiración de Simon se aceleró.

—No lo hagas, Daphne.

Ella intentó decir algo ocurrente, algo seductor. Sin embargo, la valentía le falló en el último momento. Nunca la habían besado y ahora que había invitado a Simon a que fuera el primero, no sabía qué hacer.

La mano de Simon se aflojó un poco pero enseguida volvió a cerrarse con fuerza sobre su muñeca, llevándola consigo detrás de un gran seto.

Susurró su nombre, le acarició la mejilla.

Daphne abrió los ojos y separó los labios.

Y, al final, fue inevitable.

10

Un beso ha arruinado a más de una dama.

Revista de sociedad de lady Whistledown,

14 de mayo de 1813

Simon no estaba seguro de en qué momento supo que iba a besarla. Posiblemente, era algo que nunca supo, solo algo que sintió.

Hasta el último momento, había sido capaz de convencerse de que solo la había llevado detrás de aquel seto para regañarla, para reprenderla por su comportamiento tan despreocupado que solo podía traerles graves problemas a los dos.

Sin embargo, había sucedido algo o, a lo mejor, llevaba sucediendo desde hacía mucho y él se había esforzado en ignorarlo. Los ojos de Daphne eran distintos, casi brillaban. Y había abierto la boca, solo un poco, aunque lo suficiente para que Simon no pudiera dejar de mirarla.

Su mano empezó a subir por el brazo, por encima del guante blanco, por encima de la piel del codo y, al final, por encima de las mangas del vestido. La rodeó por la espalda y la atrajo hacia sí, eliminando por completo la distancia que los separaba. Quería tenerla más cerca. Quería tenerla a su alrededor, encima de él, debajo de él. La quería tanto que le daba miedo.

La amoldó a su cuerpo y la rodeó con los brazos. La notaba de arriba abajo contra su cuerpo. Era bastante más baja que él, así que sus pechos le quedaban a la altura de las costillas y el muslo de Simon...

Se estremeció de deseo.

El muslo de Simon estaba entre las piernas de Daphne, sintiendo en su propia piel el calor que desprendía.

Simon gruñó, un primitivo sonido que mezclaba necesidad y frustración. Sabía que no podría hacerla suya esa noche, que no podría hacerla suya nunca, y necesitaba que aquellas caricias le duraran toda la vida.

La seda del vestido de Daphne era suave y fina debajo de los dedos de Simon y, a medida que le recorría la espalda, notaba cada línea de su cuerpo.

Entonces, sin saber por qué, no lo sabría en la vida, se separó de ella. Solo un poco, pero fue suficiente para que el aire fresco corriera entre los dos cuerpos.

—¡No! —exclamó ella, y Simon se preguntó si Daphne tenía alguna idea de la invitación que le acababa de hacer con esa sencilla palabra.

Le cogió la cara con las dos manos y la miró fijamente hasta que sintió que se perdía en ella. Estaba demasiado oscuro para diferenciar los colores exactos de aquella cara inolvidable, pero Simon sabía que los labios eran suaves y rosados, con un toque anaranjado en las comisuras. Sabía que los ojos tenían mil matices de marrones, con un precioso círculo verde que constantemente lo invitaba a mirarlo más de cerca para ver si realmente estaba allí o era un producto de su imaginación.

Pero el resto, cómo sería abrazarla, cómo sería saborearla, solo podía imaginárselo.

Y Dios sabía que lo había imaginado. A pesar de su actitud serena, a pesar de las promesas que le había hecho a Anthony, se moría por ella. Cuando la veía al otro lado de una sala llena de gente, la piel le quemaba y, cuando la veía en sueños, su cuerpo se encendía.

Y ahora, ahora que la tenía en sus brazos, ahora que la respiración de Daphne era entrecortada por el deseo y que sus ojos brillaban con una pasión que seguro no podía entender, ahora creía que iba a estallar.

De modo que besarla se convirtió en un asunto de supervivencia. Era muy sencillo. Si no la besaba, si no la devoraba, moriría. Podía parecer melodramático, pero en aquel instante Simon habría jurado que era así. El deseo que sentía en el estómago estallaría y se lo llevaría con él.

La necesitaba hasta ese extremo.

Cuando, al final, cubrió su boca con sus labios, no fue nada suave. Tampoco fue cruel, pero tenía el pulso demasiado acelerado, demasiado urgente, y el beso fue el de un amante hambriento, no el de un educado pretendiente.

Le habría abierto la boca a la fuerza, pero ella también se dejó llevar por la pasión del momento y, cuando la lengua de Simon empezó a abrirse camino, ella no opuso resistencia.

—¡Oh, Dios mío, Daphne! —gruñó, cubriéndole las nalgas con las manos, acercándola más y más, invadido por la necesidad de hacerle sentir a ella la fuerza que se había originado en su entrepierna—. No sabía... Nunca soñé...

Pero era mentira. Lo había soñado. Lo había soñado con todos los detalles. Pero cualquier sueño quedaba en nada comparado con la realidad.

Cada roce, cada movimiento hacía que la deseara más y, cada segundo que pasaba, sentía que su cuerpo y su mente libraban una batalla cada vez más dura. Ya no importaba lo que estaba bien o lo que era adecuado. Todo lo que importaba era que ella estaba en sus brazos y que la deseaba con todas sus fuerzas.

Y su cuerpo se dio cuenta de que ella también lo deseaba.

Las manos le recorrieron todo el cuerpo, la boca la devoró. No parecía saciarse de ella.

Sintió que la mano enguantada de Daphne subía con cautela hasta la parte alta de su espalda, deteniéndose en la nuca. Por donde pasaba, Simon sentía que la piel se estremecía y, después, quemaba.

Y quería más. Sus labios abandonaron su boca y bajaron por el cuello hacia el hueco encima de las clavículas. Ante cada caricia, Daphne emitía un gemido, y eso hacía que el deseo de Simon creciera todavía más.

Con las manos temblorosas, acarició el borde del escote del vestido. Era una tela muy delicada y sabía que solo necesitaría un ligero movimiento para que la delicada seda se deslizara bajo la turgencia de sus pechos.

Era una visión a la que no tenía derecho, un beso que no le correspondía, pero no podía evitarlo.

Le dio la oportunidad de detenerlo. Se movió con una lentitud agonizante, deteniéndose antes de desnudarla para darle una última oportunidad de decir que no. Sin embargo, Daphne arqueó la espalda y soltó un suspiró de lo más suave y seductor.

Simon estaba perdido.

Dejó caer la tela del vestido y en un sorprendente y estremecedor momento de deseo, la observó. Y entonces, mientras su boca descendía para acariciar su premio, escuchó:

—¡Cabrón!

Daphne, al reconocer la voz antes que Simon, se asustó y se apartó.

—¡Dios mío! —suspiró—. ¡Anthony!

Su hermano estaba a dos metros de ellos y se acercaba corriendo. Tenía las cejas arrugadas por la furia y, cuando se abalanzó sobre Simon, emitió un gutural grito de guerra distinto a todo lo que Daphne había oído en su vida. No parecía ni humano.

Apenas tuvo tiempo de cubrirse antes de que Anthony se abalanzara sobre Simon con tanta fuerza que, por el golpe del brazo de uno de los dos, ella también fue a parar al suelo.

—¡Te mataré, maldito...! —El resto de improperios que Anthony dijo se perdieron en el aire cuando Simon le dio la vuelta y se colocó encima de él, cortándole la respiración.

—¡Anthony, no! ¡Basta! —gritó Daphne, agarrándose el corpiño del vestido, a pesar de que ya se lo había vuelto a atar y no había peligro de que cayera.

Sin embargo, Anthony estaba poseído. Golpeó a Simon; la rabia se le reflejaba en la cara, en los puños, en los sonidos tan primitivos que emitía.

En cuanto a Simon, se defendía de los golpes pero no los devolvía.

Daphne, que hasta ahora había estado allí quieta, como una idiota, se dio cuenta de que tenía que intervenir. De otro modo, Anthony mataría a Simon allí mismo, en el jardín de lady Trowbridge. Se agachó para intentar separar a su hermano del hombre que quería, pero justo en ese momento los dos rodaron por el suelo, golpearon a Daphne en las rodillas y la enviaron contra el seto.

—¡Aaaaaaaahhhhhhhh! —gritó, dolorida en más partes del cuerpo de las que creía posible.

El grito debió de contener una nota de agonía porque los dos hombres se detuvieron de inmediato.

—¡Oh, Dios mío! —Simon, que estaba encima de Anthony, fue el primero en reaccionar—. ¡Daphne! ¿Estás bien?

Ella se quejó, intentando no moverse. Tenía zarzas clavadas por todo el cuerpo y cada movimiento abría más las heridas.

—Creo que está herida —le dijo Simon a Anthony, muy preocupado—. Tenemos que levantarla recta. Si la doblamos, se hará más daño.

Anthony asintió, dejando momentáneamente de lado su enfado con Simon. Daphne estaba herida y ella iba antes que nada.

—No te muevas, Daff —dijo Simon, con una voz suave y dulce—. Voy a rodearte con los brazos. Luego te levantaré y te sacaré de ahí. ¿De acuerdo?

Ella agitó la cabeza.

—Te vas a pinchar.

—No te preocupes por mí. Llevo manga larga.

—Déjame a mí —dijo Anthony.

Pero Simon lo ignoró. Mientras Anthony estaba de pie sin poder hacer nada, Simon metió las manos entre las zarzas del seto muy despacio e intentó separar las ramas de la piel dolorida de Daphne. Sin embargo, cuando llegó a las mangas, tuvo que detenerse porque algunas ramas se habían metido dentro del vestido y estaban clavadas en la piel.

—No puedo quitártelas todas —dijo—. Se te va a romper el vestido.

Daphne asintió con un movimiento entrecortado.

—No me importa —dijo—. Ya está destrozado.

—Pero... —Aunque Simon había llevado a cabo el proceso de bajarle el vestido hasta la cintura, ahora se sentía incómodo diciendo que era posible que se le rompiera cuando la levantara. Se giró hacia Anthony y dijo—: Necesitará tu abrigo.

Anthony ya se lo estaba quitando.

Simon se giró hacia Daphne y la miró fijamente.

—¿Estás lista? —le preguntó, dulcemente.

Ella asintió y, quizá fue una imaginación suya, pero tuvo la sensación de que estaba mucho más calmada ahora que lo miraba fijamente a los ojos.

Después de asegurarse de que no quedaba ninguna zarza enganchada a su piel, la acabó de rodear con los brazos.

—A la de tres —dijo.

Ella volvió a asentir.

—Una... Dos...

La levantó y la atrajo hacia sí con tanta fuerza que los dos rodaron por el suelo.

—¡Dijiste a la de tres! —gritó Daphne.

—Mentí. No quería que te tensaras.

Daphne hubiera seguido con la discusión pero, justo entonces, vio que tenía el vestido destrozado y se apresuró a cubrirse con los brazos.

—Coge esto —dijo Anthony, dándole su abrigo.

Daphne lo aceptó de inmediato y se envolvió en él. A él le quedaba de maravilla, pero a ella le iba tan grande que parecía una capa.

—¿Estás bien? —le preguntó, con brusquedad.

Ella asintió.

—Bien. —Anthony se giró hacia Simon—. Gracias por sacarla de ahí.

Simon no dijo nada, solo hizo un gesto con la cabeza.

Anthony volvió a mirar a Daphne.

—¿Estás segura de que estás bien?

—Me duele un poco —dijo ella—. En casa tendré que poner un ungüento, pero no es nada grave.

—Bien —repitió Anthony.

Entonces cerró el puño y lo estampó en la cara de Simon, tirando al suelo a su desprevenido amigo.

—Eso —dijo Anthony, furioso— es por deshonrar a mi hermana.

—¡Anthony! —gritó Daphne—. ¡Basta ya de tonterías! Él no me ha deshonrado.

Anthony se giró y la miró fijamente.

—Te vi los...

A Daphne se le revolvió el estómago y solo entonces fue consciente de que Simon la había desnudado. ¡Dios santo, Anthony le había visto los pechos! ¡Su hermano! Aquello iba contra natura.

—Levántate —gritó Anthony—, para que pueda volver a pegarte.

—¿Estás loco? —gritó Daphne, interponiéndose entre él y Simon, que todavía estaba en el suelo, con la mano sobre el ojo morado—. Anthony, te juro que si le vuelves a pegar, no te lo perdonaré jamás.

Anthony la apartó.

—El próximo —dijo— es por traicionar nuestra amistad.

Lentamente, ante el horror de Daphne, Simon se puso en pie.

—¡No! —gritó ella, colocándose delante de Simon.

—Apártate, Daphne —le dijo Simon, suavemente—. Esto es entre nosotros dos.

—¡No es verdad! Por si no lo recordáis, soy yo la que... —Dejó la frase a medias porque vio que ninguno de los dos la estaba escuchando.

—Apártate, Daphne —dijo Anthony, más brusco. Ni siquiera la miró, porque tenía los ojos fijos en los de Simon.

—¡Esto es ridículo! ¿No podemos hablarlo como personas adultas? —Miró a Simon y a su hermano y, al final, otra vez a Simon—. ¡Por el amor de Dios, Simon! ¡Tienes un ojo horrible!

Se le acercó y le tocó el ojo, que estaba sangrando.

Simon se quedó inmóvil, sin mover ni un músculo mientras ella le tocaba el ojo, preocupada. Sus dedos le rozaron la piel, un contacto que le calmaba el dolor. Ese contacto le dolía, aunque esta vez no era de deseo. Tenerla a su lado era tan agradable; era tan buena, honorable y pura...

Y estaba a punto de hacer lo más deshonroso de su vida.

Cuando Anthony terminara de vaciar su rabia contra él y le pidiera que se casara con su hermana, diría que no.

—Apártate, Daphne —dijo, con una voz que sonó extraña incluso a sus oídos.

—No, yo...

—¡Apártate! —gritó él.

Ella se apartó, rozando con la espalda el seto en el que se había quedado enganchada, y miró horrorizada a los dos hombres.

Simon sonrió a Anthony.

—Pégame.

Aquello pareció sorprender a Anthony.

—Hazlo —dijo Simon—. Sácalo.

Anthony relajó la mano. Sin mover la cabeza, miró a Daphne.

—No puedo —dijo—. No cuando está ahí pidiéndomelo.

Simon dio un paso adelante, acercándose peligrosamente.

—Pégame. Házmelo pagar.

—Lo pagarás en el altar —respondió Anthony.

Daphne dio un grito ahogado que llamó la atención de Simon. ¿De qué se sorprendía? ¿Acababa de entender las consecuencias de, si no sus acciones, su estupidez al permitir ser descubiertos?

—No lo obligaré —dijo Daphne.

—Yo sí —dijo Anthony.

Simon agitó la cabeza.

—Mañana por la mañana ya me habré marchado.

—¿Te vas? —preguntó Daphne.

El tono dolido de su voz se clavó como un cuchillo de culpabilidad en el corazón de Simon.

—Si me quedo, estarás empeñada por mi presencia para siempre. Será mejor que me vaya.

El labio inferior de Daphne estaba tembloroso. Simon no podía soportar que temblara. De sus labios solo salió una palabra: su nombre, y lo dijo con una melancolía que a Simon se le partió el corazón.

Simon tardó unos segundos en poder decir:

—No puedo casarme contigo, Daff.

—¿No puedes o no quieres? —preguntó Anthony.

—Las dos cosas.

Anthony volvió a pegarle.

Simon cayó al suelo, sorprendido por la fuerza del golpe en la mandíbula. Pero se merecía cada golpe y cada moratón. No quería mirar a Daphne, no quería encontrarse con sus ojos, pero ella se arrodilló a su lado y le colocó la mano en el hombro para ayudarlo a ponerse de pie.

—Lo siento, Daff —dijo, obligándose a mirarla. Le dolía todo el cuerpo y no podía mantener el equilibrio, solo veía con un ojo y, aun así, ella había acudido en su ayuda después de que él la rechazara, y eso se lo debía—. Lo siento mucho.

—Guárdate tus patéticas palabras —le dijo Anthony—. Te veré al alba.

—¡No! —exclamó Daphne.

Simon miró a Anthony y asintió. Entonces miró a Daphne y dijo:

—Si p-pudiera ser cualquiera, Daff, serías tú. Te lo p-prometo.

—¿De qué estás hablando? —preguntó ella, con los ojos llenos de ira—. ¿Qué quieres decir?

Simon cerró el ojo y suspiró. A esa hora, al día siguiente, ya estaría muerto, porque no iba a disparar contra Anthony y dudaba de que Anthony se hubiera calmado lo suficiente como para disparar al aire.

Y, aun así, de un modo extraño y patético, conseguiría lo que siempre quiso. Por fin se vengaría de su padre.

Curiosamente, sin embargo, no era así como lo había pensado. Había pensado... Bueno, no sabía qué había pensado. La mayoría no intentaba predecir cómo sería su muerte, pero sabía que no quería morir así. No quería morir con los ojos de su mejor amigo inundados de odio. No quería morir en un campo desierto al alba.

No quería morir deshonrado.

Las manos de Daphne, que le habían estado acariciando tan delicadamente el ojo, se apoyaron en sus hombros y lo zarandearon. Aquello hizo que abriera el humedecido ojo y vio su cara, muy cerca y muy furiosa.

—¿Qué te pasa, Simon? —le preguntó. Tenía una cara que nunca había visto, con los ojos llenos de rabia, angustia y desesperación—. ¡Te va a matar! Os reuniréis en algún campo perdido y te matará. Y te comportas como si quisieras que lo hiciera.

—N-no q-q-quiero m-morir —dijo, demasiado cansado para preocuparse por el tartamudeo—. P-pero no puedo casarme contigo.

Las manos de Daphne le resbalaron por los brazos y ella se alejó. La mirada de dolor y rechazo en sus ojos era casi insoportable. Estaba tan abatida, envuelta en el abrigo de su hermano, con ramas de zarza colgadas del pelo. Cuando abrió la boca para hablar, parecía que las palabras le salían directamente del alma.

—Siempre he sabido que no era la mujer por la que los hombres suspiraban, pero nunca pensé que alguien prefiriera morir antes que casarse conmigo.

—¡No! —gritó Simon, levantándose a pesar de que le dolía el cuerpo entero—. Daphne, no es así.

—Ya has dicho bastante —dijo Anthony, interponiéndose entre ambos.

Colocó las manos encima de los hombros de su hermana y la separó del hombre que le había roto el corazón y, posiblemente, dañado su reputación para siempre.

—Solo una cosa más —dijo Simon, odiando la mirada suplicante y patética que sabía que debía de tener.

Pero tenía que hablar con Daphne. Asegurarse de que lo entendía.

Sin embargo, Anthony agitó la cabeza.

—Espera. —Simon colocó una mano encima del brazo del que una vez fue su mejor amigo—. No puedo arreglar esto. He hecho... —suspiró con rabia, intentando aclarar sus pensamientos—. He hecho una promesa. Sé que no puedo arreglarlo, pero puedo decirle...

—¿Decirle qué? —preguntó Anthony, imperturbable.

Simon apartó la mano de la manga de Anthony y se la pasó por el pelo. No podía decírselo a Daphne, no lo entendería. O peor, sí que lo entendería y, entonces, Simon solo tendría su compasión. Al final, dándose cuenta de que Anthony lo estaba mirando impaciente, dijo:

—A lo mejor puedo arreglarlo un poco.

Anthony no se movió.

—Por favor. —Y Simon se preguntó si alguna vez había querido decir algo con tanta intensidad como ahora.

Anthony no se movió durante un rato pero, al final, se apartó.

—Gracias —dijo Simon, con voz solemne, mirando a Anthony brevemente antes de concentrarse en Daphne.

Había pensado que a lo mejor no querría mirarlo a la cara y castigarlo con su rechazo, pero se encontró con que Daphne lo miró con la barbilla bien alta, con los ojos desafiantes. Nunca la había admirado tanto.

—Daff —empezó a decir, sin estar muy seguro de lo que iba a decir, pero con la confianza de que las palabras saldrían por sí solas—. N-no es por ti. Si pudiera ser cualquiera, serías tú. Pero si te casaras conmigo, te destruirías. Nunca podría darte lo que quieres. Te morirías día a día, y yo no sería capaz de soportarlo.

—Nunca podrías hacerme daño —susurró ella.

Él agitó la cabeza.

—Tienes que confiar en mí.

Sus ojos fueron cálidos y verdaderos cuando dijo:

—Confío en ti. Pero no sé si tú confías en mí.

Sus palabras fueron como un puñetazo en el estómago, y Simon se sintió el ser más bajo del mundo.

—Por favor, entiende que nunca quise herirte.

Ella se quedó inmóvil tanto tiempo que Simon se preguntó si había dejado de respirar. Pero entonces, sin mirar a su hermano, dijo:

—Ahora me gustaría irme a casa.

Anthony la rodeó con el brazo y le dio la vuelta, como si quisiera protegerla con evitar que lo mirara.

—Te llevaré a casa —dijo, suavemente—. Te meteré en la cama y te daré un vaso de coñac.

—No quiero coñac —dijo ella, muy brusca—. Solo quiero pensar.

A Simon le dio la sensación de que aquel comentario molestó un poco a Anthony, pero lo único que hizo fue apretarla contra sí y dijo:

—De acuerdo.

Y Simon se quedó allí, golpeado y ensangrentado, hasta que Anthony y Daphne desaparecieron en la noche.

11

El baile anual que lady Trowbridge ofreció en Hampstead Heath la noche del sábado fue, como siempre, uno de los puntos álgidos de la temporada de chismorreos. Esta autora vio a Colin Bridgerton bailar con las tres hermanas Featherington (por separado, claro), aunque debemos reconocer que no parecía demasiado complacido con su destino. Además, también se pudo ver a Nigel Berbrooke cortejando a una joven que no era Daphne Bridgerton; quizá, por fin, el señor Berbrooke se ha dado cuenta de la futilidad de su persecución.

Y hablando de la señorita Daphne Bridgerton: abandonó la fiesta bastante temprano. Benedict Bridgerton dijo a los curiosos que su hermana se había marchado por un dolor de cabeza, aunque esta autora la vio al principio de la noche hablando con el anciano duque de Middlethorpe y parecía gozar de una salud estupenda.

REVISTA DE SOCIEDAD DE LADY WHISTLEDOWN,

17 de mayo de 1813

Por supuesto, fue imposible dormir.

Daphne iba de un lado a otro de su habitación, dejando huellas en la alfombra azul y blanca que tenía desde que era pequeña. Tenía mil cosas en la cabeza, pero había algo que estaba claro: tenía que detener ese duelo como fuera.

Sin embargo, era lo bastante lista como para no infravalorar las dificultades que eso conllevaba. En primer lugar, los hombres acostumbraban a comportarse como idiotas cuando se trataba de cosas como el honor o los duelos, y dudaba de que Anthony o Simon apreciaran su intervención. En segundo lugar, no tenía ni idea de dónde se iban a batir en duelo. No lo habían acordado en el jardín de lady Trowbridge. Suponía que Anthony le enviaría una misiva a Simon a través de un sirviente. O a lo mejor era Simon el que tenía que escoger un lugar, al ser él el retado. Estaba segura de que en los duelos también había un protocolo, pero lo desconocía.

Se acercó a la ventana y descorrió la cortina. Para la alta sociedad, la noche todavía era joven; pero Anthony y ella habían vuelto a casa temprano. Por lo que sabía, Benedict, Colin y su madre todavía estaban en el baile. El hecho de que no hubieran vuelto, Daphne y Anthony llevaban ya un par de horas en casa, era buena señal. Si alguien hubiera presenciado la escena con Simon en el jardín, seguro que la voz hubiera corrido como pólvora y su madre habría vuelto a casa inmediatamente.

A lo mejor, Daphne podía pasar la noche únicamente con el vestido destrozado, y no su reputación.

Sin embargo, lo que menos le preocupaba era su buen nombre. Quería que su familia regresara por otra razón: no podía detener aquel duelo ella sola. Solo una loca cruzaría Londres a altas horas de la madrugada para intentar razonar con dos hombres beligerantes ella sola. Necesitaría ayuda.

Mucho se temía que Benedict se pondría del lado de Anthony; en realidad, le sorprendería si no fuera su testigo.

Pero Colin... Colin a lo mejor lo veía como ella. Posiblemente refunfuñaría y diría que Simon se merecía que le dispararan, pero Daphne sabía que si se lo rogaba, la ayudaría.

Y tenían que detener el duelo. Daphne no entendía qué le había pasado a Simon por la cabeza, seguramente tenía algo que ver con su padre. Ya hacía tiempo que ella se había dado cuenta de que había algún demonio interno que lo estaba torturando. Intentaba aparentar que estaba bien, sobre todo con ella, pero Daphne le había visto demasiadas veces una mirada desesperada en los ojos. Además, tenía que haber alguna razón por la que se quedara callado tan a menudo. A veces, le daba la sensación de que ella era la única persona con la que estaba realmente relajado y era capaz de reír, bromear y hablar.

Y quizá también Anthony. Bueno, Anthony sí, pero antes de que pasara todo esto.

Sin embargo, y a pesar de la actitud fatalista de Simon en el jardín, Daphne no creía que quisiera morir.

Escuchó ruido de ruedas en la entrada, corrió hacia la ventana y vio el carruaje de los Bridgerton camino a las caballerizas.

Con las manos entrelazadas, fue al otro lado de la habitación y pegó la oreja contra la puerta. No podía bajar abajo; Anthony creía que estaba dormida o, al menos, en la cama dándole vueltas a lo que había hecho esta noche.

Le había dicho que no le diría nada a su madre. O, al menos, no hasta saber lo que Violet sabía. El hecho de que regresaran tan tarde hizo creer a Daphne que no habían suscitado demasiados comentarios sobre ella, pero eso no quería decir que pudiera relajarse. Habría cuchicheos. Siempre los había. Y los cuchicheos, si no se frenaban a tiempo, rápidamente se convertían en clamores.

Daphne sabía que, tarde o temprano, tendría que enfrentarse a su madre. Violet oiría algo. Alguien se encargaría de que oyera algo. Ella solo esperaba que para cuando los rumores llegaran a oídos de su madre, y la mayoría fueran desgraciadamente ciertos, ella ya estuviera prometida con un duque.

La gente lo perdonaría todo si estaba relacionada con un duque.

Y ese sería el argumento principal de la estrategia de Daphne para salvarle la vida a Simon. A lo mejor él no quería salvarse, pero podía salvarla a ella.

Colin Bridgerton avanzó por el pasillo de puntillas, andando muy despacio por encima de la alfombra que cubría el suelo. Su madre se había ido a la cama y Benedict estaba con Anthony en el despacho de este. Sin embargo, no estaba interesado en ninguno de ellos; a quien quería ver era a Daphne.

Llamó cuidadosamente a la puerta, esperanzado por el hilo de luz que veía por debajo de la puerta. Obviamente, tenía las velas encendidas y como sabía que su hermana era terriblemente sensible a la luz y no podía dormir sin antes apagar todas las luces, entonces tenía que estar despierta.

Y si estaba despierta, tendría que hablar con él.

Levantó la mano para volver a llamar, pero se abrió la puerta y Daphne lo hizo pasar.

—Tengo que hablar contigo —dijo ella, casi susurrando y muy preocupada.

—Yo también tengo que hablar contigo.

Daphne le hizo entrar y, después de mirar a un lado y otro del pasillo, cerró la puerta.

—Estoy metida en un buen lío —dijo.

—Lo sé.

Se quedó blanca como la nieve.

—¿Lo sabes?

Colin asintió, poniendo por una vez una cara seria.

—¿Te acuerdas de Macclesfield?

Ella asintió. Era un joven conde que su madre había querido presentarle hacía quince días. La misma noche que conoció a Simon.

—Bueno, pues te vio desaparecer en los jardines con Hastings.

Daphne sintió que tenía la garganta más seca que nunca pero, al final, consiguió decir:

—¿De veras?

Colin asintió, sonriendo.

—No dirá nada. Estoy seguro. Somos amigos desde hace casi diez años. Pero, si él te vio, pudo hacerlo cualquiera. Lady Danbury nos estaba mirando bastante extrañada mientras el conde me explicaba lo que había visto.

—¿Lady Danbury me vio? —preguntó Daphne, muy exaltada.

—No lo sé. Solo sé que me estaba mirando como si estuviera al corriente de todos mis pecados.

Daphne ladeó la cabeza.

—Ella es así. Además, si vio algo, dudo de que lo diga.

—¿Lady Danbury? —preguntó Colin, incrédulo.

—Puede que sea una bruja, pero no es la clase de persona que va arruinando la vida de la gente por placer. Si vio algo, vendrá a decírmelo en persona.

Colin no parecía demasiado convencido.

Daphne se aclaró la garganta varias veces mientras intentaba encontrar la manera de formular la siguiente pregunta.

—¿Qué es lo que vio Macclesfield, exactamente?

Colin la miró, intrigado.

—¿Qué quieres decir?

—Lo que he dicho —dijo Daphne, bastante enfadada y bastante nerviosa después de toda la noche en ascuas—. ¿Qué vio?

Colin se irguió y levantó la barbilla.

—Lo que te he dicho —respondió—. Te vio adentrarte en el jardín con Hastings.

—¿Eso es todo?

—¿Eso es todo? —repitió Colin. Abrió los ojos y luego los entrecerró—. ¿Qué demonios ha pasado en el jardín?

Daphne se dejó caer en una butaca y se tapó la cara con las manos.

—Colin, estoy metida en un buen enredo.

Él no dijo nada, así que, al final, Daphne se secó los ojos, aunque no estaba llorando, y levantó la mirada. Su hermano parecía más mayor y más masculino que nunca. Tenía los brazos cruzados, las piernas ligeramente separadas y los ojos, que normalmente estaban alegres y sonrientes, eran cortantes como las esmeraldas. Obviamente, había esperado que lo mirara antes de hablar.

—Ahora que has terminado con tu escena de autocompasión —dijo, bruscamente—, explícame qué ha pasado entre tú y Hastings en el jardín.

—No utilices ese tono conmigo —dijo Daphne—, y no me acuses de autocompasión. Por el amor de Dios, un hombre va a morir mañana. Tengo derecho a estar triste.

Colin cogió una silla y se sentó delante de ella, mirándola inmediatamente con una inmensa preocupación.

—Será mejor que me lo expliques todo.

Daphne asintió y empezó a explicarle lo que había pasado. Sin embargo, no entró en detalles. Colin no necesitaba saber lo que Anthony había visto; con decirle que los había descubierto en una situación comprometedora habría bastante.

Terminó con un:

—¡Y ahora van a batirse en duelo y Simon va a morir!

—No lo sabes, Daphne.

Ella agitó la cabeza, miserable.

—No le disparará a Anthony. Estoy segura. Y Anthony... —Se le cortó la voz, y tuvo que tragar un par de veces antes de continuar—. Anthony está muy furioso. No creo que rectifique.

—¿Qué quieres hacer?

—No lo sé. Ni siquiera sé dónde va a celebrarse el duelo. ¡Solo sé que tengo que detenerlo!

Colin maldijo en voz baja y luego, más tranquilo, dijo:

—No sé si podrás, Daphne.

—¡Tengo que hacerlo! —exclamó ella—. Colin, no puedo quedarme aquí mirando las musarañas mientras Simon muere. —Hizo una pausa, y continuó—: Le quiero.

Colin palideció.

—¿Incluso después de que te haya rechazado?

Ella asintió.

—No me importa si eso me hace parecer una imbécil y patética. No puedo evitarlo. Le quiero. Y él me necesita.

Colin dijo:

—Si esto fuera cierto, ¿no crees que habría aceptado casarse contigo cuando Anthony se lo pidió?

Daphne agitó la cabeza.

—No. Hay algo más que yo no sé. No sé cómo explicártelo, pero era como si una parte de él sí que quisiera casarse conmigo. —Notó que se iba poniendo cada más nerviosa, con la respiración entrecortada, pero continuó—: No lo sé, Colin. Pero si le hubieras visto la cara, lo entenderías. Estoy convencida.

—No conozco a Hastings como Anthony —dijo Colin—. Ni como tú. Pero nunca he oído nada de ningún secreto oscuro de su pasado. ¿Estás segura de que...? —No pudo continuar. Dejó caer la cabeza entre las manos y, cuando volvió a hablar, lo hizo con un tono de lo más dulce—. ¿Estás segura de que esos sentimientos hacia ti no son imaginaciones tuyas?

Daphne no se ofendió. Sabía que esa historia parecía una fantasía. Pero, en su corazón, sabía que tenía razón.

—No quiero que muera —dijo, en voz baja—. Al fin y al cabo, eso es lo único que importa.

Colin asintió, pero le hizo una última pregunta:

—¿No quieres que muera o no quieres cargar con las culpas de su muerte?

Daphne se levantó, muy seria.

—Creo que será mejor que te vayas. —Utilizando sus últimas energías para mantener una voz serena—. No puedo creerme que me hayas preguntado eso.

Pero Colin no se fue. Alargó un brazo y apretó la mano de su hermana.

—Te ayudaré, Daff. Sabes que haría lo que fuera por ti.

Y Daphne se abalanzó sobre él y soltó todas las lágrimas que había estado reprimiendo.

Media hora más tarde, ya se le habían secado los ojos y tenía la cabeza más clara. Se había dado cuenta de que necesitaba llorar. Había ido guardando demasiadas cosas en su interior: sentimientos, confusión, dolor y rabia. Tenía que sacarlo. Pero ya no había tiempo para las emociones. Tenía que mantener la cabeza fría y fija en el objetivo.

Colin había ido al despacho a sonsacarles a Anthony y a Benedict lo que pudiera. Había coincidido con Daphne en que, seguramente, Anthony le pediría a Benedict que actuara de testigo. Su trabajo era conseguir que le dijeran dónde iba a celebrarse el duelo. Daphne no tenía ninguna duda de que Colin lo conseguiría. Siempre había sido capaz de sonsacarle cualquier cosa a quien había querido.

Daphne se puso el traje de montar más viejo y cómodo que tenía. No tenía ni idea de cómo iba a salir la mañana, pero lo último que quería era tropezar con lazos y encajes.

Alguien llamó a la puerta y, antes de que pudiera llegar al pomo, Colin entró. Él también se había quitado el traje de fiesta.

—¿Te lo han dicho? —preguntó Daphne, impaciente.

Colin asintió.

—No tenemos mucho tiempo. Supongo que querrás llegar antes que nadie, ¿no?

—Si Simon llega antes que Anthony, a lo mejor puedo convencerlo de que se case conmigo antes de que nadie desenfunde las armas.

Colin suspiró.

—Daff —dijo—, ¿te has planteado la posibilidad de que, a lo mejor, no lo consigues?

Daphne tragó saliva.

—Intento no pensar en eso.

—Pero...

Daphne lo interrumpió.

—Si lo pienso —dijo, preocupada—, me descentro; pierdo los nervios y no puedo hacer eso. Por Simon, no puedo hacerlo.

—Espero que sepa lo que vales —dijo Colin—. Porque si no lo sabe, yo mismo le dispararé.

—Será mejor que nos vayamos —dijo ella.

Colin asintió y se fueron.

Simon fue por Broad Walk hasta el rincón más remoto y lejano de Regent's Park. Anthony le había propuesto arreglar sus asuntos lejos de Mayfair, y a él le había parecido bien. El sol aún no había salido, claro, y era muy poco probable que se encontraran a nadie por la calle pero, aun así, no había ninguna razón para batirse en duelo en Hyde Park.

No es que a Simon le preocupara que los duelos fueran ilegales. Después de todo, no estaría allí para pagar las consecuencias.

Sin embargo, no era una manera agradable de morir. Pero tampoco veía demasiadas alternativas. Había profanado el cuerpo de una dama con la que no podía casarse, y ahora debía pagar por ello. Simon sabía lo que podía pasar antes de besar a Daphne.

Mientras se dirigía hacia el lugar indicado, vio que Anthony y Benedict ya habían desmontado y lo estaban esperando. El aire les agitaba el pelo y lo miraban con una expresión adusta.

Casi tan adusta como el corazón de Simon.

Detuvo el caballo a pocos metros de los hermanos Bridgerton y desmontó.

—¿Dónde está tu testigo? —preguntó Benedict.

—No me preocupé de traer uno —dijo Simon.

—¡Pero tienes que tener un testigo! Sin testigo, un duelo no es un duelo.

Simon se encogió de hombros.

—No me pareció necesario. Habéis traído las pistolas. Confío en vosotros.

Anthony se acercó a él.

—No quiero hacer esto —dijo.

—No tienes otra opción.

—Pero tú sí —dijo Anthony, impaciente—. Podrías casarte con ella. A lo mejor no la quieres, pero sé que la aprecias mucho. ¿Por qué no lo haces?

Simon se planteó explicárselo todo; las razones por las que había jurado que nunca se casaría ni tendría hijos. Pero no lo entendería. Los Bridgerton no, porque para ellos la familia solo era algo bueno y verdadero. No conocían las palabras crueles y los sueños rotos. No conocían el horroroso sentimiento del rechazo.

Entonces se le ocurrió decir algo cruel que hiciera enfurecer a Anthony y Benedict para acabar con todo aquello lo antes posible. Sin embargo, eso implicaría despreciar a Daphne, y eso sí que no podía hacerlo.

De modo que, al final, miró a Anthony Bridgerton, el hombre que había sido su amigo desde los primeros años en Eton, y le dijo:

—Solo quiero que sepas que no es por Daphne. Tu hermana es la mujer más maravillosa que jamás he conocido.

Y después, con un breve asentimiento hacia Anthony y Benedict, cogió una de las pistolas de la caja que Benedict había dejado en el suelo y empezó a caminar hacia el otro lado.

—¡Eeeeeespeeeeeeraaaaaad!

Simon se giró. ¡Dios santo, era Daphne!

Estaba abalanzada sobre la yegua y se acercaba al trote hasta donde estaban ellos. Por un breve momento, Simon se olvidó de la rabia que sentía porque había interrumpido el duelo y se quedó maravillado por lo espléndida que estaba en la silla de montar.

Sin embargo, cuando detuvo el caballo delante de él y desmontó, se puso muy furioso.

—¿Qué demonios crees que estás haciendo? —le preguntó.

—¡Salvándote la vida! —Lo miró con los ojos encendidos de rabia y Simon se dio cuenta de que nunca la había visto tan enfadada.

Casi tan enfadada como él.

—Daphne, eres una inconsciente. ¿No te das cuenta de lo peligroso que ha sido aparecer así? —Sin darse cuenta de lo que hacía, la cogió por los hombros y empezó a temblar—. Uno de los dos podría haberte disparado.

—Oh, por favor —dijo ella, quitándole importancia—. Si ni siquiera habíais llegado a vuestras posiciones.

Tenía razón, pero Simon estaba demasiado furioso para dársela.

—Y venir aquí a estas horas —gritó—. Deberías ser más prudente.

—Soy prudente —respondió ella—. Colin me ha acompañado.

—¿Colin? —Simon empezó a buscar en todas las direcciones al pequeño de los Bridgerton—. ¡Voy a matarlo!

—¿Antes o después de que Anthony te atraviese el pecho con una bala?

—Antes, te juro que antes —dijo Simon—. ¿Dónde está? ¡Bridgerton!

Tres cabezas se giraron hacia él.

Simon empezó a caminar hacia ellos, con odio en los ojos.

—El idiota.

—Creo —dijo Anthony, levantando la barbilla hacia Colin—, que se refiere a ti.

Colin lo miró, desafiante.

—¿Y qué se suponía que tenía que hacer? ¿Dejarla en casa ahogándose en lágrimas?

—¡Sí! —dijeron los tres hombres a la vez.

—¡Simon! —gritó Daphne, corriendo detrás de él—. ¡Vuelve aquí!

Simon miró a Benedict.

—Llévatela de aquí.

Benedict parecía indeciso.

—Hazlo —le ordenó Anthony.

Benedict no se movió, solo miraba de un lado a otro; a sus hermanos, a su hermana y al hombre que la había deshonrado.

—¡Por el amor de Dios! —dijo Anthony.

—Daphne se merece defenderse —dijo Benedict, y se cruzó de brazos.

—¿Qué diablos os pasa a vosotros dos? —gritó Anthony, refiriéndose a sus dos hermanos menores.

—Simon —dijo Daphne, casi ahogada después de la carrera por el campo—. Tienes que escucharme.

Simon intentó ignorar los tirones que le daba en la manga.

—Daphne, déjalo. No puedes hacer nada.

Daphne miró suplicante a sus hermanos. Colin y Benedict estaban con ella, pero no podían hacer nada para ayudarla. Sin embargo, Anthony todavía parecía un perro enrabiado.

Al final, hizo lo único que se le ocurrió para retrasar el duelo. Le dio un puñetazo a Simon.

En el ojo bueno.

Simon gritaba de dolor mientras retrocedía.

—¿Por qué has hecho eso?

—Tírate al suelo, tonto —le dijo ella en voz baja. Si estaba en el suelo, Anthony no sería capaz de dispararle.

—¡No voy a tirarme al suelo! —dijo Simon, tapándose el ojo—. Derribado por una mujer. Intolerable.

—¡Hombres! —gruñó ella—. Todos unos idiotas. —Se giró hacia sus hermanos, que la miraban con idénticas caras de sorpresa—. ¿Qué estáis mirando? —dijo.

Colin empezó a aplaudir.

Anthony le dio un codazo en el costado.

—¿Sería posible que pudiera hablar un momento con el duque? —dijo, casi susurrando.

Colin y Benedict asintieron y se alejaron. Anthony no se movió.

Daphne lo miró.

—Te pegaré a ti también.

Y lo habría hecho, pero Benedict volvió y casi le desencajó el brazo a su hermano del tirón que le dio.

Daphne miró a Simon, que se estaba tapando el ojo con una mano, como si así pudiera hacer desaparecer el dolor.

—No puedo creerme que me golpearas —dijo él.

Daphne miró a sus hermanos para asegurarse de que no los oían.

—En ese momento, me ha parecido una buena idea.

—No sé qué esperabas conseguir —dijo él.

—Pensaba que sería bastante obvio.

Simon suspiró y, en ese instante, parecía cansado, triste y mucho mayor.

—Ya te he dicho que no puedo casarme contigo.

—Tienes que hacerlo.

Las palabras de Daphne sonaron tan desesperadas que Simon la miró, asustado.

—¿Qué quieres decir? —dijo, haciendo gala de un gran control en momentos desesperados.

—Quiero decir que nos han visto.

—¿Quién?

—Macclesfield.

Simon se relajó visiblemente.

—No dirá nada.

—¡Pero había más gente! —Se mordió el labio. No era una mentira. Podrían haber habido más. De hecho, posiblemente hubiera más gente.

—¿Quién?

—No lo sé —admitió ella—. Pero me han llegado rumores. Y mañana lo sabrá todo Londres.

Simon soltó tantas palabras malsonantes seguidas que Daphne retrocedió un paso.

—Si no te casas conmigo —dijo ella, en voz baja—, estaré perdida.

—Eso no es cierto —dijo él, aunque sin demasiada convicción.

—Es cierto, y tú lo sabes. —Se obligó a mirarlo. Todo su futuro, ¡y la vida de él!, estaba en juego en ese momento. No podía fallar—. Nadie me querrá. Me enviarán a algún rincón perdido del país...

—Sabes que tu madre nunca haría eso.

—Pero nunca me casaré. —Dio un paso adelante, obligándolo a sentirla cerca—. Seré para siempre un objeto de segunda mano. Nunca tendré un marido, nunca tendré hijos...

—¡Basta! —gritó Simon—. ¡Por el amor de Dios, basta!

Anthony, Benedict y Colin empezaron a correr hacia ellos cuando escucharon el grito, pero la mirada helada de Daphne los detuvo.

—¿Por qué no puedes casarte conmigo? —le preguntó suavemente—. Sé que me quieres. ¿Qué te pasa?

Simon escondió la cara entre las manos y empezó a apretarse la frente con los dedos. Le dolía la cabeza. Y Daphne..., Dios, no dejaba de acercarse más y más. Daphne levantó la mano y le acarició el hombro, la mejilla. Simon no lo resistiría. No iba a resistirlo.

—Simon —le imploró—, sálvame.

Y allí estuvo perdido.

12

*Un duelo, un duelo, un duelo. ¿Hay algo más emocionante, más romántico...
o más estúpido?*

*Ha llegado a oídos de esta autora que, a principios de semana, se produjo
un duelo en Regent's Park. Como se trata de una actividad ilegal, esta autora
no revelará el nombre de los implicados, aunque expresa su más profundo rechazo hacia la violencia.*

*Por supuesto, mientras se publica este acontecimiento, parece que los dos
idiotas (me niego a llamarlos «caballeros» porque eso implicaría cierto nivel
de inteligencia; una cualidad que, si alguna vez poseyeron, obviamente olvi-
daron esa mañana) están sanos y salvos.*

*Una se pregunta si algún ángel sensible y racional les sonrió aquella fa-
tídica mañana.*

*Si fuera así, esta autora cree que ese ángel debería repartir su influencia
entre muchos más hombres. Con eso lograríamos una sociedad más pacífica y
afable y así mejoraríamos este mundo de un modo inimaginable.*

REVISTA DE SOCIEDAD DE LADY WHISTLEDOWN,
19 de mayo de 1813

Simon levantó sus devastados ojos y la miró.

—Me casaré contigo —dijo, en voz baja—, pero has de saber que...

No pudo terminar la frase porque ella dio un grito y se abalanzó sobre él.

—Simon, no te arrepentirás —dijo, mucho más relajada. Tenía los ojos
empañados de lágrimas, pero estaba rebosante de alegría—. Te haré feliz. Te
lo prometo. Te haré muy feliz. No te arrepentirás.

—¡Basta! —dijo él, separándola. Aquella alegría desmedida era demasiado para él—. Tienes que escucharme.

La cara de Daphne adquirió una expresión muy seria.

—Primero escucha lo que tengo que decirte —dijo él—, y luego decide si quieres casarte conmigo.

Daphne se mordió el labio inferior y asintió.

Simon respiró hondo, aunque estaba temblando. ¿Cómo decírselo? ¿Qué iba a decirle? No podía decirle la verdad. Al menos, no toda. Pero Daphne tenía que entender que... si se casaba con él...

Renunciaría a mucho más de lo que jamás había soñado.

Simon tenía que darle la oportunidad de rechazarlo. Ella se lo merecía. Tragó saliva porque tenía el sentimiento de culpabilidad a flor de piel. Ella se merecía mucho más que eso, pero eso era todo lo que le podía dar.

—Daphne —dijo, tranquilizándose un poco, como siempre, al pronunciar su nombre—, si te casas conmigo...

Ella dio un paso adelante y levantó la mano, aunque tuvo que esconderla ante la mirada de precaución de Simon.

—¿Qué pasa? —le susurró ella—. No puede ser tan horrible como...

—No puedo tener hijos.

Ya está. Ya lo había dicho. Y era casi la verdad.

Daphne abrió la boca pero, aparte de eso, su cuerpo no daba ninguna otra señal de que lo hubiera oído.

Sabía que esas palabras serían brutales, pero no había otra manera de hacerla entrar en razón.

—Si te casas conmigo, nunca tendrás hijos. Nunca podrás tener un niño en los brazos y saber que es fruto del amor. Nunca...

—¿Cómo lo sabes? —lo interrumpió Daphne, con una voz natural y extrañamente alta.

—Lo sé.

—Pero...

—No puedo tener hijos —repitió él, cruelmente—. Necesito que lo entiendas.

—De acuerdo.

Le temblaban los labios, como si no estuviera segura de si tenía algo que decir, y le parecía que las pestañas se movían más rápido de lo normal.

Simon la miró a la cara, aunque no pudo leer las emociones como siempre lo hacía. Normalmente, las expresiones de Daphne eran tan transparentes que podía verle hasta el alma. Pero ahora estaba perdida y helada.

Estaba enfadada, eso sí que lo sabía. Pero no tenía ni idea de lo que iba a decir. Ni idea de cómo iba a reaccionar.

Y Simon tenía la extraña sensación de que ni ella misma lo sabía.

Se percató de una presencia a su lado y se giró para ver a Anthony, con una mezcla en la cara de rabia y preocupación.

—¿Hay algún problema? —dijo, suavemente, fijando la mirada en la expresión torturada de su hermana.

Antes de que Simon respondiera, Daphne dijo:

—No.

Todos los ojos se centraron en ella.

—No habrá ningún duelo —dijo—. El duque y yo nos casamos.

—De acuerdo. —Parecía que Anthony quería reaccionar con mucho más alivio, pero la solemne cara de Daphne mantuvo una cierta quietud en el ambiente—. Se lo diré a los demás —dijo, y se alejó.

Simon sintió una oleada de algo extraño en los pulmones. Aire. Había estado aguantando la respiración y ni siquiera se había dado cuenta.

Y también sentía algo más. Algo cálido y terrible, algo triunfante y maravilloso. Era emoción, pura y dura, una extraña mezcla de alivio, alegría, deseo y miedo. Y él, que se había pasado gran parte de su vida evitando tales sentimientos, no sabía qué hacer con ellos.

Miró a Daphne.

—¿Estás segura? —le preguntó, casi en un suspiro.

Ella asintió, con una cara carente de cualquier tipo de emoción.

—Tú lo vales.

Y se alejó lentamente hacia su caballo.

Y Simon se quedó allí preguntándose si acababa de subir al cielo o había descendido al más oscuro rincón del infierno.

Daphne se pasó el resto de día rodeada de su familia. Naturalmente, todos estaban muy emocionados por la noticia de su compromiso. Todos menos sus hermanos mayores, claro, que estaban un poco apagados. Y no los culpaba. Ella también estaba algo apagada. Los acontecimientos de primera hora los había dejado exhaustos.

Se decidió que la boda se celebraría lo antes posible. A Violet la habían informado de que habrían podido ver a Daphne besándose con Simon en los jardines de lady Trowbridge, y aquello bastó para que mandara de inmediato una petición al arzobispo solicitando una licencia especial. Luego, Violet se sumergió en un torbellino de preparativos; dijo que solo porque fuera a ser una boda íntima no tenía por qué ser austera.

Eloise, Francesca y Hyacinth, tremendamente emocionadas ante la perspectiva de vestirse de damas de honor, bombardearon a su hermana a preguntas. ¿Cómo se le había declarado Simon? ¿Se había puesto de rodillas? ¿De qué color llevaría el vestido? ¿Cuándo iba a darle el anillo Simon?

Daphne intentó responder, pero no podía concentrarse en eso y, cuando cayó la noche, sus respuestas se habían reducido a monosílabos. Al final, cuando Hyacinth le preguntó qué rosas quería para el ramo y Daphne respondió «tres», sus hermanas se dieron por vencidas y la dejaron sola.

El alcance de sus acciones la había dejado sin palabras. Había salvado la vida de un hombre. Se había comprometido en matrimonio con el hombre que adoraba. Y había accedido a una vida sin hijos.

Todo en un mismo día.

Se rio, un poco desesperada. Se preguntó qué haría al día siguiente.

Pensaba que ojalá pudiera saber qué le había pasado por la cabeza en esos últimos momentos antes de girarse hacia Anthony y decirle que no habría ningún duelo pero, honestamente, no creía que pudiera recordarlo. Fuera lo que fuera, no fueron palabras, frases o pensamientos conscientes. Fue como si estuviera rodeada de color. Rojos y amarillos con un toque anaranjado donde se encontraban. Puro sentimiento e instinto. No hubo razón ni lógica.

Y de algún modo, mientras todas esas sensaciones se apoderaban de ella, supo lo que tenía que hacer. Podía vivir sin los hijos que todavía no habían nacido, pero no podía vivir sin Simon. Los hijos eran amorfos, seres desconocidos que no podía ver ni tocar.

Simon, en cambio, era real y estaba allí. Sabía qué se sentía al acariciarle la mejilla y al reír delante de él. Conocía el dulce sabor de sus besos y el gesto irónico de su sonrisa.

Y lo quería.

Y, aunque apenas se atrevía a pensarlo, quizá Simon estaba equivocado. Quizá sí que podía tener hijos. Quizás un médico incompetente había fallado en el diagnóstico o quizá Dios estaba esperando el momento adecuado para materializar un milagro. Seguramente, no podría tener una familia como la suya, pero con un solo hijo ya se sentiría completa.

A Simon no le mencionaría nada de esto. Si creía que todavía albergaba alguna esperanza de tener hijos, no se casaría con ella. Estaba segura. Le había costado mucho ser tan brutalmente sincero. No le hubiera permitido tomar una decisión sin antes saber todas las consecuencias.

—¿Daphne?

Daphne, que estaba sentada en el sofá del salón, levantó la mirada y vio a su madre observándola con cara de preocupación.

Violet se sentó a su lado.

—Pensaba que estarías más contenta. Sé lo mucho que quieres a Simon.

Daphne miró a su madre muy sorprendida.

—No es difícil adivinarlo —le dijo Violet—. Es un buen hombre. Has sabido escoger.

Daphne esbozó una sonrisa. Era cierto; había sabido escoger. Y sería muy feliz en su matrimonio. Si Dios no los bendecía con un hijo..., bueno, a lo mejor ella también era estéril. Sabía de varios matrimonios que nunca habían tenido hijos y dudaba de que ninguno de ellos lo supiera antes de pronunciar sus votos matrimoniales. Además, con siete hermanos, seguro que no le faltarían sobrinos y sobrinas con los que jugar.

Era mejor vivir con el hombre al que quería, que tener hijos con uno al que no quisiera.

—¿Por qué no te acuestas un rato? —dijo Violet—. Pareces muy cansada. No me gusta verte con esas ojeras en la cara.

Daphne asintió y se puso de pie. Seguro que su madre tenía razón. Necesitaba dormir.

—Seguro que me sentiré mejor dentro de un par de horas —dijo, bostezando.

Violet se levantó y la cogió del brazo.

—No creo que puedas llegar a tu habitación sola —dijo, sonriendo mientras acompañaba a Daphne por la escalera—. Y, sinceramente, dudo de que te veamos dentro de un par de horas. Daré órdenes explícitas a todos de que nadie te moleste hasta mañana por la mañana.

Daphne asintió, casi dormida.

—De acuerdo —murmuró, entrando en su habitación—. Mañana está bien.

Violet la tendió en la cama y le quitó los zapatos, pero nada más.

—Tendrás que dormir con esta ropa —dijo y le dio un suave beso en la frente—. No podría moverte lo suficiente como para quitártela.

La respuesta de Daphne fue un resoplido.

Simon también estaba agotado. No sucedía cada día que un hombre se resignara a morir. Y que luego lo salvara, ¡y se comprometiera!, con la mujer con la que había soñado las dos últimas semanas.

Si no tuviera los dos ojos morados y un buen golpe en la mandíbula, creería que lo había soñado.

¿Daphne se daba cuenta de lo que había hecho? ¿A lo que estaba renunciando? Era una chica sensata y poco dada a soñar despierta, así que era bastante improbable que hubiera aceptado casarse con él sin haber contemplado todas las consecuencias.

Sin embargo, había tomado la decisión en un minuto. ¿Cómo podía haberlo pensado todo en tan solo un minuto?

A menos que estuviera enamorada de él. ¿Renunciaría al sueño de formar una familia por amor?

O, a lo mejor, lo hacía por culpabilidad. Si él hubiera muerto en ese duelo, estaba seguro de que Daphne pensaría que había sido culpa suya. Demonios, Daphne le gustaba. Era una de las personas más extraordinarias que había conocido. No creía que pudiera vivir con su muerte en su conciencia. A lo mejor, ella sentía lo mismo respecto a él.

Sin embargo, fueran cuales fueran sus motivos, la verdad es que el próximo sábado —lady Bridgerton ya le había enviado una nota comunicándole que no sería un noviazgo largo— estaría unido a Daphne para siempre.

Y ella a él.

Ahora ya no había marcha atrás. Daphne nunca se echaría atrás a estas alturas, y él tampoco. Y, para sorpresa de él, aquella realidad casi fatalista lo hacía sentirse...

Bien.

Daphne sería suya. Ella ya conocía sus defectos, sabía lo que no podría darle y, aun así, lo había escogido a él.

Aquello le abrigaba el corazón más de lo que hubiera creído nunca.

—¿Señor?

Simon levantó la mirada desde el sillón del despacho donde estaba hundido. No es que necesitara hacerlo, porque ya sabía que era su mayordomo.

—¿Sí, Jeffries?

—Lord Bridgerton ha venido a verle. ¿Quiere que le diga que no está en casa?

Simon se levantó, casi sin fuerzas.

—No te creerá.

Jeffries asintió.

—Muy bien, señor. —Dio tres pasos y se giró—. ¿Está seguro de que quiere recibir a alguien? Parece un poco... eh... indispuesto.

—Si te refieres a los ojos morados, lord Bridgerton es el responsable del más grande.

Jeffries parpadeó como un búho.

—¿El más grande, señor?

Simon esbozó una media sonrisa. No era sencillo. Le dolía mucho la cara.

—Me doy cuenta de que es difícil ver la diferencia, pero el ojo derecho está un poco peor que el izquierdo.

Jeffries se inclinó un poco, curioso.

—Confía en mí.

El mayordomo recuperó su postura.

—Por supuesto. ¿Quiere que lleve a lord Bridgerton al salón?

—No, hazlo pasar aquí —y ante el claro nerviosismo de Jeffries, Simon dijo—: Y no tienes que preocuparte por mi seguridad. No creo que, a estas alturas, lord Bridgerton vaya a darme otro puñetazo. Aunque creo que le costaría un poco encontrar alguna parte ilesa donde dármelo.

Jeffries abrió los ojos y se fue.

Al cabo de un momento, Anthony Bridgerton entró por la puerta. Miró a Simon y le dijo:

—Estás horrible.

Simon arqueó una ceja, algo no demasiado sencillo dado su estado.

—¿Y te sorprende?

Anthony se rio. Fue un sonido algo triste y apagado, pero todavía conservaba la esencia de aquel viejo amigo que fue. Una sombra de su vieja amistad. Le sorprendió lo agradecido que estaba por eso.

Anthony le señaló los ojos.

—¿Cuál es el mío?

—El derecho —respondió Simon, cubriéndoselo con la mano—. Daphne pega bastante fuerte para ser chica, pero no es tan fuerte y grande como tú.

—Aun así —dijo Anthony, acercándose para observar el «regalo» de su hermana—, ha hecho un buen trabajo.

—Deberías estar orgulloso de ella —gruñó Simon—. Me duele mucho.

—Mejor.

Entonces se quedaron en silencio, con tantas cosas que decirse y sin saber por dónde empezar.

—Nunca quise que las cosas fueran así —dijo Anthony, al final.

—Yo tampoco.

Anthony se inclinó sobre la mesa de Simon, y este se movió incómodo en el sillón.

—No fue fácil para mí dejar que la cortejaras.

—Sabías que no era real.

—Tú lo hiciste real ayer por la noche.

¿Qué podía decir? ¿Que la seductora había sido ella y no él? ¿Que había sido ella la que había insistido en salir a la terraza y adentrarse en el jardín? Nada de eso importaba. Él era mucho más experimentado que ella. Debería haberla detenido.

No dijo nada.

—Espero que podamos olvidarnos de esto —dijo Anthony.

—Seguro que a Daphne le gustaría mucho.

Anthony entrecerró los ojos.

—¿Y ahora tu principal objetivo en la vida es cumplir sus deseos?

«Todos menos uno —pensó Simon—. Todos menos el que realmente importa.»

—Ya sabes que haré todo lo que esté en mi mano para hacerla feliz —dijo, pausadamente.

Anthony asintió.

—Si le haces daño...

—Nunca le haré daño —dijo Simon, con los ojos brillantes.

Anthony lo miró larga y fijamente.

—Estaba dispuesto a matarte por deshonrarla. Si le rompes el corazón, te garantizo que nunca más encontrarás la paz mientras vivas. Y no será mucho, te lo prometo.

—¿Lo suficiente para provocarme un dolor insoportable? —preguntó Simon, suavemente.

—Exacto.

Simon asintió. A pesar de que Anthony le estaba jurando torturarlo y matarlo, Simon no podía evitar respetarlo por eso. La devoción hacia una hermana era de lo más honroso.

Simon se preguntó si Anthony vería algo en él que nadie más veía. Se conocían desde hacía mucho tiempo. ¿Podría Anthony adivinar algo de lo que escondía en los más oscuros rincones de su alma? ¿La angustia y la furia que tanto intentaba esconder?

Y si lo hacía, ¿era por eso que estaba tan preocupado por su hermana?

—Te doy mi palabra —dijo— de que haré todo lo que esté a mi alcance para que Daphne esté segura y feliz.

Anthony asintió brevemente.

—Más te vale —se separó de la mesa y se dirigió hacia la puerta—. Porque si no, esta vez nadie podrá salvarte.

Se marchó.

Simon hizo una mueca y se hundió en la butaca. ¿Desde cuándo su vida era tan complicada? ¿Desde cuándo los amigos eran enemigos y los flirteos se convertían en lujuria?

¿Y qué iba a hacer con Daphne? No quería hacerle daño; en realidad, no podía soportar hacerle daño y, a pesar de todo, estaba destinado a hacérselo casándose con ella. La deseaba, suspiraba por el día que pudiera tenerla debajo de su cuerpo y pudiera penetrarla lentamente hasta que ella gritara su nombre...

Se estremeció. Esos pensamientos no podían ser buenos para la salud.

—¿Señor?

Jeffries otra vez. Simon estaba demasiado cansado para levantar la mirada, así que se limitó a hacer un gesto con la mano.

—Quizá le gustaría retirarse a su dormitorio, señor.

Simon miró el reloj, pero solo porque no tenía que mover la cabeza para hacerlo. Apenas eran las siete de la tarde. Todavía era temprano para acostarse.

—Es temprano —dijo.

—Sí —dijo el mayordomo—, pero pensaba que quizá querría descansar.

Simon cerró los ojos. Jeffries tenía razón. A lo mejor, lo que necesitaba era descansar en su colchón de plumas y sábanas de hilo. Podría irse a su habitación, donde seguramente pasaría una noche sin ver a ningún Bridgerton.

En su estado, podría dormir varios días seguidos.

13

¡El duque de Hastings y la señorita Bridgerton se casan!

Esta autora aprovecha la oportunidad para recordarles, queridos lectores, que esta boda ya se predijo en esta columna. Ha quedado demostrado que cuando en esta columna se predice un nuevo noviazgo entre una dama y un caballero, las apuestas de los clubes de hombres cambian en cuestión de horas, y siempre a favor del matrimonio.

Aunque esta autora no tenga permiso para entrar en White's, tiene motivos para creer que las apuestas oficiales del matrimonio entre el duque y la señorita Bridgerton estaban 2 a 1.

REVISTA DE SOCIEDAD DE LADY WHISTLEDOWN,
19 de mayo de 1813

La semana pasó en un abrir y cerrar de ojos. Daphne no vio a Simon durante días. Si Anthony no le hubiera dicho que había estado en Hastings House arreglando los detalles del contrato de matrimonio, Daphne habría pensado que se había fugado del país.

Para sorpresa de Anthony, Simon no había aceptado ni un penique como dote. Al final, los dos decidieron que Anthony pondría el dinero que su padre había dejado para la boda de Daphne en una cuenta aparte de la que él sería el fideicomisario. Ella podría gastarlo o guardarlo para lo que quisiera.

—Puedes dárselo a tus hijos —dijo Anthony.

Daphne sonrió. Era eso o echarse a llorar.

Unos días más tarde, Simon fue a Bridgerton House por la tarde. Faltaban dos días para la boda.

Daphne esperó en el salón después de que Humboldt anunciara su visita. Se sentó en el sofá, con la espalda recta y las manos juntas encima de las rodillas. Estaba segura de que parecía el modelo de mujer inglesa.

Notó unas cosquillas nerviosas en el estómago.

Se miró las manos y vio que se estaba clavando las uñas en las palmas y que se estaba dejando señales rojas.

Se rio. Nunca antes había estado nerviosa por ver a Simon. En realidad, posiblemente ese era el aspecto más destacable de su amistad. Incluso cuando lo había visto mirarla con ojos ardientes y estaba segura de que sus ojos reflejaban la misma necesidad, había estado cómoda con él. De acuerdo, el estómago le daba saltos y la piel le ardía, pero aquellas señales eran de deseo, no de incomodidad. Primero y más importante, Simon había sido su amigo y Daphne sabía que la felicidad que sentía siempre que él estaba cerca no era nada común.

Confiaba en que, entre los dos, volvieran a ser los mismos de antes pero, después de la escena en Regent's Park, se temía que eso llegaría más tarde que pronto.

—Buenos días, Daphne.

Simon apareció en la puerta y llenó el salón con su maravillosa presencia. Bueno, igual no era tan maravillosa como siempre. Todavía tenía los ojos morados y el golpe de la mandíbula estaba adquiriendo una impresionante tonalidad verdosa.

Pero eso era mejor que una bala en el corazón.

—Simon —respondió ella—. Me alegro de verte. ¿Qué te trae por Bridgerton House?

Simon la miró sorprendido.

—¿No estamos comprometidos?

Ella se sonrojó.

—Sí, claro.

—Tenía entendido que los hombres tienen que ir a visitar a sus prometidas. —Se sentó delante de ella—. ¿No dijo nada al respecto lady Whistledown?

—No creo —dijo Daphne—. Pero seguro que mi madre, sí.

Los dos se rieron y, por un momento, Daphne creyó que todo volvería a ser como antes pero, cuando las risas desaparecieron, un incómodo silencio se apoderó de la habitación.

—¿Te encuentras mejor de los ojos? —preguntó ella—. No parecen tan hinchados.

—¿De verdad? —Simon se acercó a un espejo bastante grande—. Yo más bien creo que se han vuelto impresionantemente azules.

—Morados.

Él se inclinó y se miró en un espejo que había en la pared.

—De acuerdo, morados, aunque supongo que sería discutible.

—¿Te duelen?

Simon sonrió.

—Solo cuando alguien me da un puñetazo.

—Entonces, intentaré reprimirme —dijo ella, con una sonrisa malvada—. Será difícil, pero lo intentaré.

—Sí —dijo él—. Ya me han dicho varias veces que provoco esa reacción en las mujeres.

Daphne sonrió, aliviada. Si podían reírse de eso, seguro que todo volvería a ser como antes.

Simon se aclaró la garganta.

—Tenía un motivo para venir a verte.

Daphne lo miró, expectante, y esperó a que continuara.

Él sacó del bolsillo una caja de una joyería.

—Esto es para ti.

Se quedó sin respiración cuando cogió la caja de terciopelo.

—¿Estás seguro?

—Creo que los anillos de compromiso suelen ser habituales en esta situación —dijo él.

—¡Oh, qué tonta! No me di cuenta...

—¿De que era un anillo de compromiso? ¿Qué pensabas que era?

—No pensaba —admitió ella.

Simon nunca le había hecho ningún regalo. Se había quedado tan conmovida por el gesto que se había olvidado completamente de que le debía un anillo de compromiso.

«Debía». No le gustaba esa palabra, ni siquiera le gustaba pensar en ella. Pero sabía que era lo que debió de pensar Simon al comprarlo.

Aquello la deprimió un poco.

Se obligó a sonreír.

—¿Es una antigüedad de tu familia?

—¡No! —dijo él, con tanta vehemencia que Daphne parpadeó.

—Oh.

Otro silencio.

Él tosió y dijo:

—Pensé que te gustaría tener algo solo tuyo. Todas las joyas de la familia Hastings se eligieron para otra persona. Esto lo he elegido yo para ti.

Daphne pensó que no se deshizo allí mismo de puro milagro.

—Eso es muy bonito —dijo, melancólica.

Simon se removió en el asiento, cosa que no sorprendió a Daphne. A los hombres no les gustaba que se hablara de ellos en ese tono.

—¿No vas a abrirlo? —dijo él.

—Sí, sí, claro. —Daphne agitó un poco la cabeza mientras volvía a la realidad—. ¡Qué tonta!

Tenía los ojos vidriosos y, después de parpadear varias veces para aclararse la vista, deshizo el lazo y abrió la caja.

Y solo pudo decir:

—¡Dios mío! —E, incluso eso, salió entre suspiros.

En la caja había un aro de oro blanco adornado con una esmeralda tallada que tenía, a cada lado, un perfecto diamante. Era la joya más bonita que había visto en su vida; brillante pero elegante, preciosa pero sin ser opulenta.

—Es preciosa —susurró—. Me encanta.

—¿Seguro? —Simon se quitó los guantes, se inclinó y lo sacó de la caja—. Porque es tu anillo. Lo vas a tener que llevar tú y debería ir acorde con tus gustos, no con los míos.

Daphne dijo, con la voz un poco temblorosa:

—Obviamente, tenemos los mismos gustos.

Simon respiró hondo, relajado, y la cogió de la mano. No se había dado cuenta de lo mucho que significaba para él que a Daphne le gustara el anillo hasta ese momento. Odiaba sentirse tan nervioso al estar junto a ella cuando, durante las últimas semanas, habían sido tan buenos amigos. Odiaba que se quedaran callados sin saber qué decir mientras, antes, ella era la única persona con la que nunca había sentido la necesidad de hacer pausas para hablar bien.

Y no es que ahora tuviera ningún problema para hablar. Es que no sabía qué decir.

—¿Me permites? —le preguntó.

Daphne asintió y empezó a quitarse el guante.

Pero Simon la detuvo y empezó a hacerlo él. Dio un ligero tirón en el extremo de cada dedo y luego, lentamente, le quitó el guante. Fue un gesto tremendamente erótico y una versión abreviada de lo que quería hacer con ella: quitarle todas y cada una de las piezas de ropa que la cubrían.

Daphne respiró acelerada cuando el extremo del guante le rozó los dedos. Aquel sonido hizo que Simon la deseara todavía más.

Con manos temblorosas, le deslizó en anillo por el dedo hasta su sitio.

—Es perfecto —dijo ella, moviendo la mano de un lado a otro para ver cómo reflejaba la luz.

Sin embargo, Simon no la soltó. Mientras ella se movía, las dos manos se rozaban, creando un calor muy agradable. Entonces, Simon se acercó la mano de Daphne a los labios y depositó un casto beso en los nudillos.

—Me alegro —dijo—. Te queda muy bien.

Los labios de Daphne se abrieron y formaron un esbozo de la gran sonrisa que Simon había aprendido a adorar. A lo mejor fue un esbozo de que todo iría bien entre ellos.

—¿Cómo supiste que me gustaban las esmeraldas? —preguntó ella.

—No lo sabía —dijo él—. Me recordaron a tus ojos.

—A mis... —ladeó la cabeza y la boca dibujó lo que solo podía ser una sonrisa irónica—. Simon, yo tengo los ojos marrones.

—En gran parte, sí —la corrigió.

Daphne se giró hasta que pudo verse en el mismo espejo que él había usado antes y parpadeó varias veces.

—No —dijo, lentamente, como si hablara con alguien de poco intelecto—. Son marrones.

Él alargó un brazo y le rozó la parte inferior del ojo con un dedo, frotándole las pestañas como en un beso de mariposa.

—Por fuera, no.

Ella lo miró incrédula, aunque un poco esperanzada. Respiró hondo y se levantó.

—Voy a mirarlo mejor.

Simon observó divertido cómo se levantaba, se acercaba al espejo y se examinaba los ojos. Parpadeó, abrió los ojos y volvió a parpadear.

—¡Dios mío! —exclamó—. ¡Nunca lo había visto!

Simon se levantó y se colocó junto a ella, inclinándose sobre la mesa que había delante del espejo.

—Pronto aprenderás que siempre tengo razón.

Ella le lanzó una mirada sarcástica.

—¿Cómo lo has visto?

Él se encogió de hombros.

—Los he mirado muy de cerca.

—Eres... —decidió no terminar la frase y, en lugar de eso, volvió a mirarse al espejo—. ¿Qué te parece? —dijo—. Tengo los ojos verdes.

—Bueno, yo no diría tanto.

—Hoy —dijo ella—, me niego a creer que sean de otro color que no sea verde.

Simon sonrió.

—Como quieras.

Ella suspiró.

—Colin siempre me ha dado mucha envidia. Unos ojos tan bonitos desperdiciados en un hombre.

—Estoy seguro de que las damas que se enamoren de él, no estarán de acuerdo con eso.

Daphne le lanzó una sonrisa cómplice.

—Sí, pero ellas no importan, ¿no?

Simon reprimió un risa.

—Si tú lo dices, no.

—Pronto aprenderás —dijo ella— que siempre tengo razón.

Esta vez, Simon sí que soltó una carcajada. No pudo evitarlo. Al final, paró y se dio cuenta de que Daphne estaba callada. Lo estaba mirando con calidez aunque, al mismo tiempo, tenía una sonrisa nostálgica en los labios.

—Ha estado bien —dijo ella, colocando su mano encima de la de Simon—. Como antes, ¿no te parece?

Él asintió y giró la mano para tomar la de ella y apretarla.

—Volverá a ser así, ¿no? —dijo ella, con los ojos temerosos—. Volveremos a ser como antes, ¿verdad? Todo volverá a ser igual.

—Sí —dijo él, aunque sabía que no era cierto. A lo mejor serían felices, pero nada volvería a ser lo mismo.

Ella sonrió, cerró los ojos y apoyó la cabeza en su hombro.

—Bien.

Simon miró su imagen reflejada en el espejo un rato. Y casi creyó que sería capaz de hacerla feliz.

El día siguiente por la noche, la última noche de Daphne como señorita Bridgerton, Violet llamó a su puerta.

Daphne estaba sentada en su cama, con recuerdos de su infancia repartidos encima de la colcha.

—¡Pasa! —dijo.

Violet asomó la cabeza, con una extraña sonrisa dibujada en los labios.

—Daphne —dijo, algo preocupada—. ¿Tienes un momento?

Daphne miró a su madre, inquieta.

—Claro.

Se levantó mientras su madre entraba en su habitación. La piel de Violet iba en total consonancia con el color amarillo del vestido.

—¿Estás bien, mamá? —le preguntó Daphne—. Pareces mareada.

—Estoy bien. Es que... —Violet se aclaró la garganta y se armó de valor—. Ha llegado la hora de que hablemos.

—Oh —dijo Daphne, entre suspiros, con el corazón acelerado.

Llevaba tiempo esperándolo. Todas sus amigas le habían dicho que la noche antes de casarte, tu madre te revelaba todos los secretos del matrimonio. En el último momento, las madres aceptaban a las hijas en el club de las mujeres y les confesaban todas las deliciosas verdades que tan escrupulosamente callaban frente a los oídos de las chicas solteras. Algunas de sus amigas ya se habían casado y Daphne y las demás habían intentado que les dijeran lo que nadie más les decía, pero las jóvenes señoras casadas solo reían y les decían: «Pronto lo descubriréis».

Pronto era ahora, y Daphne estaba impaciente.

En cambio, Violet parecía que fuera a devolver la cena de los últimos días en cualquier momento.

Daphne dio unos golpecitos en la cama.

—¿Quieres sentarte aquí, mamá?

Violet parpadeó, distraída.

—Sí, sí, perfecto. —Se sentó, aunque casi en el límite del colchón. No parecía demasiado cómoda.

Daphne decidió apiadarse de ella y empezar la conversación.

—¿Es sobre el matrimonio? —preguntó.

El movimiento de cabeza de Violet fue casi imperceptible.

Daphne hizo un esfuerzo para reprimir el tono de fascinación escondido.

—¿La noche de bodas?

Esta vez, Violet consiguió mover la barbilla arriba y abajo un par de centímetros.

—No sé muy bien cómo decirte esto. Es algo muy indiscreto e íntimo.

Daphne intentó tener paciencia. Seguro que, tarde o temprano, su madre iría al grano.

—Verás —dijo Violet, titubeante—, hay cosas que debes saber. Cosas que sucederán mañana por la noche. Cosas —tosió— que implican a tu marido.

Daphne se inclinó, con los ojos muy abiertos.

Violet se echó hacia atrás, claramente incómoda con el interés de Daphne.

—Verás, tu marido..., es decir, Simon, claro..., porque él va a ser tu marido...

Como Violet parecía no ir a ningún sitio, Daphne la interrumpió.

—Sí, Simon será mi marido.

Violet hizo una mueca; sus ojos azules miraban hacia todas partes menos a su hija.

—Esto es muy difícil para mí.

—Ya lo veo —dijo Daphne.

Violet respiró hondo y se sentó mejor, con la espalda recta.

—En tu noche de bodas —dijo—, tu marido esperará que cumplas con tu deber matrimonial.

Aquello no era nada que Daphne no supiera antes.

—Tendrás que consumar tu matrimonio.

—Claro —dijo Daphne.

—Él se acostará contigo.

Daphne asintió. Eso también lo sabía.

—Y te hará... —Violet buscaba la palabra agitando las manos en el aire— cosas íntimas.

Daphne abrió ligeramente la boca. Por fin la cosa se ponía interesante.

—He venido a decirte —dijo Violet, con una voz un poco más brusca— que el deber matrimonial no tiene por qué ser doloroso.

Pero ¿qué era?

Violet tenía las mejillas ardiendo.

—Sé que a algunas mujeres el, eh, acto les parece algo desagradable, pero...

—¿De verdad? —preguntó Daphne, curiosa—. Entonces, ¿por qué veo tantas doncellas irse a solas con los lacayos?

Inmediatamente, a Violet le salió la vena de propietaria de una casa.

—¿Qué doncellas hacen eso?

—No intentes cambiar de tema —le advirtió Daphne—. Llevo toda la semana esperando esto.

Su madre se quedó sin respiración un momento.

—¿De verdad?

La mirada de Daphne decía: «¿qué esperabas?».

—Por supuesto.

Violet suspiró y dijo:

—¿Qué estaba diciendo?

—Me estabas explicando que a algunas mujeres les parece desagradable realizar el deber matrimonial.

—Exacto. Bien.

Daphne miró las manos de su madre y vio que casi había destrozado el pañuelo.

—Lo que quiero que sepas —dijo Violet, muy deprisa, como si quisiera acabar con eso cuanto antes— es que no tiene por qué serlo. Si dos personas se quieren... y creo que el duque te quiere mucho...

—Y yo a él —añadió Daphne.

—Claro. Claro. Bien, verás, como los dos os queréis, posiblemente será un momento muy bonito y especial. —Violet empezó a moverse hacia los pies de la cama—. Y no debes estar nerviosa. Estoy segura de que el duque será un caballero.

Daphne se acordó del beso de Simon y pensó que «caballero» no era la primera palabra que le venía a la cabeza.

—Pero...

De repente, Violet se levantó.

—Muy bien. Buenas noches. Eso es lo que quería decirte.

—¿Eso es todo?

Violet se fue hacia la puerta.

—Eh, sí —parpadeó, sintiéndose culpable—. ¿Esperabas algo más?

—¡Sí! —Daphne corrió detrás de su madre y se colocó delante de la puerta para que no pudiera escapar—. ¡No puedes irte sin explicarme algo más!

Violet miró a la ventana desesperadamente. Daphne agradeció que su habitación estuviera en el segundo piso, si no habría jurado que su madre habría saltado por ella.

—Daphne —dijo Violet, con la voz apagada.

—Pero ¿qué hago?

—Tu marido lo sabrá —dijo Violet.

—Mamá, no quiero hacer el ridículo.

Violet hizo una mueca.

—No lo harás. Confía en mí. Los hombres son...

Daphne se agarró con fuerza a esa frase inacabada.

—¿Los hombres son qué? ¿Qué, mamá? ¿Qué ibas a decir?

A estas alturas, Violet estaba totalmente colorada y tenía el cuello y las orejas sonrosados.

—Los hombres son muy fáciles de complacer —dijo—. No quedará decepcionado.

—Pero...

—¡Pero ya basta! —dijo Violet, firmemente—. Ya te he dicho lo que mi madre me dijo a mí. No te pongas nerviosa y haz lo suficiente como para quedarte en estado.

Daphne se quedó boquiabierta.

—¿Qué?

Violet estaba muy nerviosa.

—¿He olvidado esa parte?

—¡Mamá!

—Está bien. Tu deber matrimonial, eh, la consumación, eh, es cómo se hacen los hijos.

Daphne se apoyó en la pared.

—O sea, que tú lo hiciste ocho veces.

—¡No!

Daphne parpadeó, confundida. Las explicaciones de su madre eran muy vagas y todavía seguía sin saber qué era eso del deber matrimonial.

—Pero ¿no se supone que, para tener ocho hijos, tendrías que haberlo hecho ocho veces?

Violet empezó a abanicarse con furia.

—Sí. ¡No! Daphne, esto es muy personal.

—Pero ¿cómo pudiste tener ocho hijos si...?

—Lo hice más de ocho veces —dijo Violet, con una cara como si quisiera que la tierra la tragara en ese mismo instante.

Daphne miró a su madre, incrédula.

—¿De verdad?

—A veces —dijo Violet, casi sin mover los labios y sin levantar la mirada del suelo—, la gente lo hace solo porque quiere.

Daphne abrió los ojos como platos.

—¿Ah, sí?

—Eh..., sí.

—¿Como cuando un hombre y una mujer se besan?

—Sí, exacto —dijo Violet, respirando aliviada—. Es muy parecido a... —Entrecerró los ojos y recuperó el tono de voz normal—. Daphne, ¿has besado al duque?

Daphne palideció.

—A lo mejor —susurró.

Violet agitó el dedo índice delante de su hija.

—Daphne Bridgerton, no puedo creerme que hayas hecho algo así. ¡Sabes que te advertí que no debías permitir que los hombres se tomaran esas libertades!

—Ahora ya no importa. Voy a casarme con él.

—Aun así... —Violet suspiró—. No importa. Tienes razón. Vas a casarte, y con un duque nada menos; si te besó, bueno, era de esperar.

Daphne se quedó mirando a su madre. Mantener aquel tipo de conversaciones no iba para nada con ella.

—Bueno —dijo Violet—, si ya no tienes más preguntas, te dejaré con tus, eh... —Miró todas las cosas que Daphne tenía encima de la cama—. Con lo que estabas haciendo.

—¡Pero sí que tengo más preguntas!

Sin embargo, Violet ya estaba en la puerta.

Y Daphne, por muchas ganas que tuviera de descubrir los secretos del deber matrimonial, no estaba dispuesta a hacerlo en el pasillo delante de toda la familia y los sirvientes.

Además, la charla con su madre la había dejado algo preocupada. Violet le había dicho que el acto matrimonial era un requisito indispensable para tener hijos. Si Simon no podía tener hijos, ¿querría decir que tampoco podrían realizar las intimidades de las que le había hablado su madre?

Y, maldita sea, ¿en qué consistían esas intimidades? Daphne sospechaba que tenían que ver con los besos, porque la sociedad hacía especial hincapié en que las chicas jóvenes guardaran sus labios puros y castos. Y también, pensó, sonrojándose al recordar la noche en el jardín con Simon, debían estar relacionadas con los pechos de una mujer.

Daphne hizo una mueca. Su madre prácticamente le había ordenado que no estuviera nerviosa, pero era imposible no estarlo, no cuando iba a firmar ese contrato sin tener ni idea de cómo llevar a cabo sus deberes.

¿Y Simon? Si no podía consumar el matrimonio, ¿sería un matrimonio de verdad?

Aquello era suficiente para hacer de Daphne una novia muy inquieta.

Al final, recordó muy pocos detalles del día de la boda. Vio las lágrimas en los ojos de su madre, que le resbalaron por las mejillas, y recordó la voz ronca de Anthony cuando la entregó a Simon. Hyacinth esparció los pétalos de rosa demasiado deprisa y, cuando llegó al altar, ya no le quedaban. Gregory estornudó tres veces antes de pronunciar los votos.

Y recordó la cara de concentración de Simon mientras repetía sus votos. Pronunció cada sílaba lenta y cuidadosamente. Los ojos le ardían y hablaba en voz baja, pero sincera. A Daphne le pareció que no había otra cosa más importante que las palabras que Simon pronunció delante del arzobispo.

Se tranquilizó pensando que ningún hombre que pronunciara sus votos tan de corazón podía plantearse el matrimonio como una mera conveniencia.

«Lo que Dios ha unido, que no lo separe el hombre.»

Daphne se estremeció, lo que la obligó a balancearse ligeramente. En unos momentos, pertenecería a ese hombre para siempre.

Simon se giró y la miró fijamente, preguntándole con los ojos: «¿Estás bien?».

Ella asintió, un movimiento de barbilla tan discreto que solo él lo vio. Daphne vio un brillo especial en sus ojos... ¿Podía ser alivio?

«Yo os declaro...»

Gregory estornudó por cuarta, quinta y sexta vez, obligando al arzobispo a hacer una pausa antes del «marido y mujer». Daphne sintió una oleada de felicidad apoderarse de ella. Sin embargo, apretó los labios e intentó mantener la compostura. Al fin y al cabo, el matrimonio era una institución solemne y no debía ser tomada a broma.

Miró a Simon y vio que él la estaba mirando de una forma muy extraña. Tenía sus pálidos ojos azules fijos en su boca y la comisura de los labios le temblaba.

Daphne sintió que no podría reprimir mucho más esa oleada de felicidad.

«Puedes besar a la novia.»

Simon la cogió con desesperación y la besó con tanto ímpetu que los presentes exclamaron sorprendidos.

Y entonces, los dos pares de labios, los del novio y los de la novia, empezaron a reír, aunque seguían mezclados.

Violet Bridgerton dijo que había sido el beso más extraño que jamás había visto.

Gregory Bridgerton, cuando dejó de estornudar, dijo que había sido asqueroso.

El arzobispo, que ya empezaba a ser mayor, se quedó perplejo.

Sin embargo, Hyacinth Bridgerton, que a los diez años no debería saber nada de besos, parpadeó y dijo:

—Creo que ha sido muy bonito. Si ahora se ríen, posiblemente se reirán siempre. —Se giró a su madre—. Eso es algo bueno, ¿no?

Violet cogió la mano de su hija pequeña y la apretó.

—La risa siempre es bonita, Hyacinth. Gracias por recordárnoslo.

Y así empezó a correr el rumor de que los nuevos duques de Hastings eran la pareja más feliz y enamorada que se había casado en años. Después de todo, ¿quién recordaba una boda con tantas risas?

14

Nos han dicho que la boda del duque de Hastings con la antigua señorita Bridgerton, aunque fue íntima, fue muy festiva. La señorita Hyacinth Bridgerton (de diez años) le confesó a la señorita Felicity Featherington (también de diez años) que el novio y la novia no dejaron de reír en toda la ceremonia. La señorita Felicity se lo dijo a su madre y esta, a todo el mundo.

Esta autora confiará en la palabra de la señorita Hyacinth, ya que no recibió una invitación para acudir al feliz acontecimiento.

REVISTA DE SOCIEDAD DE LADY WHISTLEDOWN,
24 de mayo de 1813

No habría viaje de novios. Después de todo, no habían tenido demasiado tiempo para preparar la boda. En lugar de eso, Simon lo había arreglado todo para que pasaran algunas semanas en Clyvedon Castle, el feudo ancestral de los Basset. A Daphne le pareció bien porque se moría de ganas de escaparse de Londres y de los escrutiñadores ojos y oídos de la sociedad inglesa.

Además, tenía mucha curiosidad por conocer el lugar donde se había criado Simon.

Se lo imaginó de pequeño. ¿Había sido tan irrefrenable como era con ella? ¿O había sido un niño tranquilo y reservado como se mostraba delante de los demás?

El nuevo matrimonio salió de Bridgerton House entre vítores y abrazos, y Simon ayudó a Daphne a subir al carruaje. A pesar de que era verano, el aire era fresco y Simon le cubrió las piernas con una manta. Daphne se rio.

—¿No te parece excesivo? —dijo—. No creo que coja frío. Hasta tu casa hay muy poco trayecto.

Él la miró, extrañado.

—Nos vamos a Clyvedon.

—¿Esta noche?

Daphne no pudo ocultar su sorpresa. Creía que partirían al día siguiente. Clyvedon estaba cerca de Hastings, en la costa sureste de Inglaterra. Además, ya era bien entrada la tarde y eso quería decir que llegarían al castillo de madrugada.

No era la noche de bodas que Daphne había imaginado.

—¿No sería mejor pasar esta noche en Londres y viajar mañana a Clyvedon? —preguntó.

—Ya está todo arreglado —dijo él.

—Ah..., está bien —dijo Daphne, haciendo esfuerzos para esconder su decepción. Estuvo callada durante un buen rato, mientras el carruaje se ponía en movimiento. Cuando llegaron a la esquina de Park Lane, preguntó—: ¿Pararemos en alguna posada?

—Claro —respondió Simon—. Tendremos que cenar. No estaría bien hacerte pasar hambre en nuestro primer día de casados, ¿no crees?

—¿Y pasaremos la noche en la posada? —insistió ella.

—No, iremos... —Simon cerró la boca y luego relajó la expresión. Se giró hacia ella y la miró con una cara muy tierna—. Soy un bruto, ¿verdad?

Ella se sonrojó. Siempre que la miraba así, se sonrojaba.

—No, no, es que me sorprendió que...

—No, tienes razón. Pasaremos la noche en la posada. Conozco una que está bastante bien y nos queda a medio camino. Tienen comida caliente y las camas están limpias. —Le tocó la barbilla—. No abusaré de ti obligándote a hacer todo el viaje hasta Clyvedon en un día.

—No es que no pueda aguantarlo —dijo, sonrojándose todavía más por las palabras que iba a pronunciar—. Es que nos acabamos de casar y, si no nos paramos en una posada, tendremos que pasar la noche en el carruaje, y...

—No digas más —dijo él, colocándole un dedo sobre los labios.

Daphne asintió, agradecida. No le apetecía hablar de su noche de bodas así. Además, parecía que lo propio era que fuera el hombre el que sacara el tema. Después de todo, de los dos, Simon era el experto.

Ella no podía ser más inexperta en ese tema. Su madre, entre todo el rollo del hilo y la aguja, no le había dicho nada. Bueno, excepto lo de engendrar a los hijos, y en eso tampoco entró en detalles. Sin embargo, por otro lado, quizás...

Daphne contuvo la respiración. ¿Y si Simon no podía... o si no quería?

No, decidió, Simon quería. Es más, la quería a ella. No se había imaginado el fuego en sus ojos y los latidos acelerados de su corazón aquella noche en el jardín.

Miró por la ventana, observando cómo Londres se difuminaba entre el paisaje. Una mujer podría volverse loca si se obsesionaba con esas cosas. Iba a sacárselo de la cabeza. Nunca más pensaría en eso.

Bueno, al menos hasta la noche.

Su noche de bodas.

Esa idea la hizo estremecer.

Simon miró a Daphne, su mujer, se recordó, aunque todavía le costaba creérselo. Nunca había planeado tener una mujer. En realidad, había planeado no tener ninguna. Pero allí estaba, con Daphne Bridgerton... No, Daphne Basset. Era la duquesa de Hastings, eso es lo que era.

Posiblemente, eso era lo más raro de todo. Su ducado no había tenido nunca una duquesa. Y el título sonaba extraño, viejo.

Simon suspiró y se deleitó observando el perfil de Daphne. Entonces, frunció el ceño.

—¿Tienes frío? —preguntó.

Estaba temblando.

Daphne tenía los labios separados, así que Simon vio cómo la lengua subía hasta el paladar para pronunciar una «n», pero rectificó y dijo:

—Sí. Bueno, solo un poco. No tienes que...

Simon la arropó con la manta un poco más, preguntándose por qué iba a mentirle en algo tan trivial como eso.

—Ha sido un día muy largo —dijo, y no porque lo sintiera aunque, cuando se paró a pensarlo, sí que había sido un día muy largo, sino porque le pareció lo más adecuado en ese momento.

Había estado pensando mucho en lo más apropiado en cada momento. Intentaría ser un buen marido. Era lo mínimo que ella se merecía. Había muchas cosas que, desgraciadamente, no podría darle como, por ejemplo, una felicidad plena, pero haría lo posible para que estuviera segura, protegida y fuera relativamente feliz.

Lo había elegido a él, se recordó. Incluso después de saber que no podría darle hijos, lo había elegido. Lo menos que podía hacer por ella era ser un buen marido.

—Lo he disfrutado —dijo ella, suavemente.

Simon parpadeó y la miró, sorprendido.

—¿Cómo dices?

Ella esbozó una sonrisa. Una sonrisa que Simon quisiera contemplar eternamente, cálida y divertida pero con cierta picardía. Hizo que la entrepierna de Simon ardiera de deseo, y lo único que podía hacer para concentrarse en sus palabras era contemplarla.

—Has dicho que había sido un día muy largo. Y yo he dicho que lo he disfrutado.

Él la miró sin decir nada.

La cara de Daphne se torció con una frustración tan encantadora que Simon notó una sonrisa a punto de aparecer en sus labios.

—Tú has dicho que había sido un día muy largo —repitió ella—. Y yo he dicho que lo he disfrutado. —Cuando él siguió sin decir nada, ella resopló y añadió—: A lo mejor lo entiendes mejor si te digo que las palabras «sí» y «pero» estaban implícitas. Síiiiii, pero lo he disfrutado.

—Entiendo —dijo él, con toda la solemnidad que pudo.

—Me temo que entiendes muchas cosas —dijo ella—, pero que ignoras la mitad, como mínimo.

Él arqueó un ceja, lo que hizo que ella mostrara su descontento, lo que hizo que él quisiera besarla.

Cualquier cosa hacía que quisiera besarla.

En realidad, empezaba a ser bastante doloroso.

—Deberíamos estar en la posada cuando anochezca —dijo él, muy resuelto, como si estuviera hablando de negocios y aquello pudiera relajar la tensión.

Obviamente, no fue así. Lo único que consiguió fue recordarle que había retrasado la noche de bodas un día. Un día de deseo, de necesidad, de tener que soportar que su cuerpo la pidiera a gritos. Pero estaría loco si la hiciera suya en una pensión de carretera, por muy limpia y aseada que estuviera.

Daphne se merecía algo mejor. Sería su primera y única noche de bodas, y él quería que fuera perfecta.

Ella lo miró, sorprendida por el repentino cambio de tema.

—Me alegro.

—Las carreteras no son muy seguras de noche —añadió él, intentando pasar por alto que era él quien pretendía hacer todo el camino hasta Clyvedon de noche.

—No —dijo ella.

—Y tendremos hambre.

—Sí —dijo ella, algo desconcertada por la obsesión de Simon con la parada en la posada.

Simon no podía culparla, pero discutía hasta la saciedad sobre la parada o la cogía y la tomaba allí mismo.

Y aquello no era una opción.

Así que dijo:

—La comida es muy buena.

Ella parpadeó y dijo:

—Ya lo has dicho.

—Cierto —dijo él, y tosió—. Creo que voy a dormir un rato.

Ella abrió los ojos y, en realidad, adelantó toda la cara cuando preguntó:

—¿Ahora?

Simon asintió.

—Parece que me repito pero ya te he dicho, como tú muy bien me has recordado, que ha sido un día muy largo.

—Es verdad. —Lo observó, curiosa, cómo intentaba encontrar la mejor postura. Y al final le preguntó—: ¿Estás seguro de que vas a poder dormir con el carruaje en marcha? ¿No te molesta el traqueteo?

Él se encogió de hombros.

—Soy capaz de dormirme donde sea. Es algo que aprendí en mis viajes.

—Pues es una suerte —murmuró ella.

—Y que lo digas —asintió él.

Entonces, cerró los ojos y, durante casi tres horas, hizo ver que dormía.

Daphne lo miraba. Fijamente. No estaba durmiendo. Con siete hermanos, se sabía de memoria todos los trucos y Simon no estaba dormido.

Respiraba muy tranquilo y emitía los sonidos exactos de cuando uno duerme.

Pero Daphne se la sabía larga.

Cada vez que se movía, hacía un ruido inesperado o respiraba demasiado fuerte, Simon movía la barbilla. Era casi imperceptible, pero lo hacía. Y cuando bostezaba y respiraba, veía cómo Simon movía las pupilas debajo de los párpados cerrados.

Sin embargo, era de admirar porque había conseguido mantener la farsa más de dos horas.

Ella no duraba más de veinte minutos.

Daphne pensó que si quería hacerse el dormido, ella no iba molestarlo; Dios la libre de interrumpir tan maravillosa interpretación.

Con un último y sonoro bostezo, solo para verlo mover las pupilas, se giró hacia la ventana y descorrió la cortina de terciopelo para poder ver el paisaje. El sol estaba rojizo sobre el horizonte, con un tercio todavía asomándose a la tierra.

Si Simon había acertado en la estimación del tiempo hasta la posada, y tenía la sensación de que así era, ya que a los que les gustaban las matemáticas siempre acertaban en esas cosas, deberían estar a mitad de camino de Clyvedon y bastante cerca de la posada.

Cerca de su noche de bodas.

Por el amor de Dios, tendría que dejar de pensar en esos términos tan melodramáticos. Aquello era ridículo.

—¿Simon?

Él no se movió. Eso la irritó.

—¿Simon? —repitió, un poco más alto.

Vio cómo torcía la comisura de los labios, pero no se movió. Daphne estaba segura de que estaba decidiendo si lo había dicho lo bastante fuerte como para terminar con la farsa.

—¡Simon! —le dio un golpe, bastante fuerte, justo donde el brazo se une al pecho.

Seguro que estaría de acuerdo con ella en que nadie seguiría durmiendo después de eso.

Abrió los ojos e hizo un sonido bastante curioso, una respiración profunda como si se acabara de despertar.

Era muy bueno, pensó Daphne, admirada.

Simon bostezó.

—¿Daff?

Daphne no se andó con rodeos.

—¿Hemos llegado?

Él intentó desperezarse de la inexistente pereza.

—¿Qué?

—¿Si hemos llegado?

—Ahhh... —Miró el carruaje, aunque ella no sabía qué buscaba—. ¿No estamos en marcha todavía?

—Sí, pero podríamos estar cerca.

Simon suspiró y miró por la ventana. Su ventana estaba orientada hacia el este, así que estaba mucho más oscuro que de lo que veía Daphne desde la suya.

—Oh —dijo, sorprendido—. En realidad, está allí arriba.

Daphne se esforzó en no sonreír.

El carruaje se detuvo y Simon salió. Intercambió algunas palabras con el cochero, seguramente para informarlo de que habían cambiado de planes y que se quedarían a pasar la noche aquí. Después, volvió hasta la puerta de Daphne y le ofreció la mano para ayudarla a bajar.

—¿Tiene tu aprobación? —le preguntó, señalando la posada.

Daphne no sabía cómo iba a aprobarla si no la veía por dentro pero, en cualquier caso, dijo que sí. Simon la llevó hasta dentro y la dejó junto a la puerta mientras él fue a hablar con el dueño.

Daphne se quedó mirando los que iban y venían. Primero pasó un matrimonio joven, que parecía de la pequeña nobleza, al que acompañaron a un comedor privado. También había una madre subiendo la escalera con sus cuatro hijos; Simon estaba discutiendo con el dueño de la posada y había un caballero alto y desgarbado apoyado en una...

Daphne se giró hacia su marido. ¿Simon estaba discutiendo con el dueño de la posada? Estiró el cuello. Los dos hablaban en voz baja pero estaba claro que Simon estaba enfadado. Parecía que el dueño iba a fundirse de la vergüenza de no poder satisfacer al duque de Hastings.

Daphne frunció el ceño. Aquello no pintaba bien.

¿Debería intervenir?

Los observó discutir un poco más y luego decidió que sí, que debía intervenir.

Con pasos que no eran dubitativos, pero que tampoco se podrían definir como determinados, se acercó a su marido.

—¿Hay algún problema? —preguntó.

Simon la miró brevemente.

—Creía que estabas esperando en la puerta.

—Así era —sonrió—. Pero me he movido.

Simon hizo una mueca y se volvió a girar hacía el dueño.

Daphne tosió un poco, solo para comprobar si Simon le hacía caso. No fue así. Ella frunció el ceño. No le gustaba que la ignoraran.

—¿Simon? —dijo, dándole unos golpecitos en la espalda—. ¿Simon?

Él se giró, lentamente, y la miró con cara de pocos amigos.

Daphne volvió a sonreír, todo inocencia.

—¿Cuál es el problema?

El dueño levantó las manos pidiendo perdón y habló antes de que Simon pudiera dar ninguna explicación.

—Solo me queda una habitación libre —dijo, en tono suplicante—. No sabía que el duque iba a honrarnos con su presencia esta noche. Si lo hubiera sabido, no le habría dado la habitación a la señora Weatherby y sus hijos. Le aseguro —se inclinó y miró a Daphne arrepentido—, que los habría mandado a otra pensión.

La última frase fue acompañada de un despectivo gesto con las manos que a Daphne no le gustó nada.

—¿La señora Weatherby es la que acaba de entrar con cuatro niños?

El dueño asintió.

—Si no fuera por los niños...

Daphne lo interrumpió porque no quería oír el resto de una frase que, indudablemente, implicaba echar a la calle a una mujer sola en plena noche.

—No veo ninguna razón por la que no podamos arreglarnos con una habitación. Tampoco somos tan importantes.

A su lado, Simon apretó la mandíbula hasta que Daphne le oyó rechinar los dientes.

¿Quería habitaciones separadas? La sola idea valía para que una recién casada se sintiera lo bastante despreciada.

El dueño miró a Simon y esperó su aprobación. Simon asintió y el dueño juntó las manos encantado, y también aliviado porque no había nada peor para un negocio que un duque descontento con el servicio. Cogió la llave y salió de detrás del mostrador.

—Si hacen el favor de seguirme...

Simon dejó que Daphne pasara primero, así que ella subió la escalera detrás del dueño. Después de girar un par de esquinas, llegaron a una habitación amplia, muy bien amueblada y con vistas al pueblo.

—Bueno —dijo Daphne, cuando el dueño se fue—. A mí me parece perfecta.

La respuesta de Simon fue un gruñido.

—¡Qué elocuente! —murmuró Daphne, y después desapareció detrás del biombo.

Simon la miró un rato hasta que fue consciente de dónde se había metido.

—¿Daphne? —dijo, con voz ahogada—. ¿Te estás cambiando de ropa?

Ella asomó la cabeza.

—No. Solo estaba echando un vistazo.

Simon sintió los latidos del corazón fuerte como tambores.

—Mejor —dijo—. Tendremos que bajar a cenar temprano.

—Claro —dijo ella, sonriendo; una sonrisa bastante segura y confiada, según Simon—. ¿Tienes hambre?

—Mucha.

La sonrisa de Daphne vaciló un poco ante esa cortante respuesta. Simon se recriminó su actitud en silencio. Que estuviera enfadado consigo mismo no quería decir que tuviera que pagarlo con ella. Ella no había hecho nada malo.

—¿Y tú? —preguntó, más suave.

Salió de detrás del biombo y se sentó a los pies de la cama.

—Un poco —dijo. Tragó saliva, muy nerviosa—. Aunque no sé si podré comer algo.

—La última vez que vine la comida era excelente. Te aseguro que...

—No me preocupa la comida —lo interrumpió—, sino mis nervios.

Simon la miró sin entender nada.

—Simon —dijo ella, intentando esconder su impaciencia, aunque según Simon, no lo consiguió—, nos hemos casado hoy.

Por fin todo tuvo sentido.

—Daphne —dijo él, amablemente—. No tienes que preocuparte.

Daphne parpadeó.

—¿No?

Simon respiró hondo. Ser un marido amable y cuidadoso no era tan fácil como parecía.

—No consumaremos nuestro matrimonio hasta que lleguemos a Clyvedon.

—¿No?

Simon abrió los ojos, sorprendido. ¿Eran imaginaciones suyas o Daphne parecía decepcionada?

—No voy a acostarme contigo en una posada de carretera —dijo—. Te respeto más que eso.

—¿No? ¿Sí?

Simon contuvo la respiración. Estaba decepcionada.

—Hum, no.

Ella se inclinó.

—¿Y por qué no?

Simon la miró unos instantes, se sentó en la cama y la miró. Ella lo miraba con los ojos marrones como platos; unos ojos llenos de ternura, curiosidad y algo de duda. Se pasó la lengua por los labios, seguramente por los nervios, pero el frustrado cuerpo de Simon reaccionó al seductor movimiento con una rigidez inmediata.

Ella sonrió, vergonzosa, y sin mirarlo a los ojos, dijo:

—No me importaría.

Simon se quedó helado y su cuerpo le gritó: «¡Cógela! ¡Llévatela a la cama! ¡Haz algo, pero ponla debajo de ti!».

Y entonces, justo cuando la urgencia empezaba a ganarle terreno al honor, ella pegó un grito, se puso de pie, se tapó la boca con la mano y se puso de espaldas a él.

Simon, que justo había alargado un brazo y se había inclinado para abrazarla, cayó de cara encima de la cama.

—¿Daphne? —dijo con la boca pegada al colchón.

—Debería haberlo sabido —dijo ella, lloriqueando—. Lo siento mucho.

¿Lo sentía? Simon se sentó derecho. ¿Estaba lloriqueando? ¿Qué estaba pasando? Daphne nunca lloriqueaba.

Ella se giró y lo miró con ojos temblorosos. Simon se hubiera preocupado más, pero es que no tenía ni idea de qué le pasaba a Daphne. Y como no tenía ni idea, dio por sentado que no sería nada serio.

Una actitud muy arrogante, pero cierta.

—Daphne —dijo, con dulzura—, ¿qué te pasa?

Daphne se sentó a su lado y le acarició la mejilla.

—Soy tan insensible —susurró—. Debería haberlo sabido. No tendría que haber dicho nada.

—¿Qué deberías haber sabido? —dijo él.

Daphne apartó la mano.

—Que no puedes... Que no podrías...

—¿Que no puedo qué?

Ella bajó la mirada y la fijó en las manos que tenía encima de las rodillas.

—Por favor, no me hagas decirlo —dijo.

—Esta debe de ser la razón —murmuró Simon— por la que los hombres evitan el matrimonio.

Aquellas palabras eran para él pero, desafortunadamente, Daphne las escuchó y se echó a llorar.

—¿Qué diablos te pasa? —preguntó él, más serio, al final.

—Que no puedes consumar el matrimonio —susurró ella.

Fue un milagro que su erección no se derrumbara en ese mismo momento. Honestamente, no sabía ni cómo se las había arreglado para decir:

—¿Perdón?

Ella dejó caer la cabeza.

—Igualmente seré una buena esposa. No se lo diré a nadie, te lo juro.

Desde que era pequeño, cuando tartamudeaba a cada palabra, no se había vuelto a encontrar en una situación en la que no pudiera articular una palabra, como ahora.

¿Daphne creía que era impotente?

—¿Por-por-por qué? —¿Otro tartamudeo? ¿O simplemente la sorpresa? Sería la sorpresa. Su cerebro no podía pensar en otra palabra que no fuera esa.

—Ya sé que los hombres sois muy sensibles con ese tema —dijo ella, despacio.

—¡Sobre todo cuando no es verdad! —exclamó él.

Daphne levantó la cabeza.

—¿No lo es?

Simon entrecerró los ojos.

—¿Te lo dijo tu hermano?

—¡No! —Ella apartó la mirada de su cara—. Mi madre.

—¿Tu madre? —Simon se quedó boquiabierto. Seguro que ningún hombre había tenido que soportar aquello en su noche de bodas—. ¿Tu madre te dijo que yo era impotente?

—¿Es esa la palabra? —preguntó ella, curiosa. Sin embargo, ante la penetrante mirada de Simon, se apresuró a añadir—: No, no, no lo dijo con esas mismas palabras.

—¿Y qué fue —preguntó Simon, recalcando cada palabra— lo que dijo, exactamente?

—Bueno, no demasiado —admitió Daphne—. En realidad, fue muy raro, pero me dijo que el acto matrimonial...

—¿Lo llamó «acto»?

—¿No es así como todo el mundo lo llama?

Simon agitó la mano en el aire y dijo:

—¿Qué más te dijo?

—Me dijo que el, eh, como quieras llamarlo...

A Simon le pareció encantador que, en tales circunstancias, todavía echara mano del sarcasmo.

—... está, de alguna manera, relacionado con la procreación y...

—¿De alguna manera? —interrumpió Simon.

—Bueno, sí. —Daphne frunció el ceño—. La verdad es que no me dio demasiados detalles.

—Ya lo veo.

—Hizo lo que pudo —dijo Daphne, que pensó que lo mínimo que podía hacer era salir en defensa de su madre—. Para ella fue muy difícil.

—Cualquiera diría que, después de ocho hijos, ya lo tendría más que superado.

—No creo —dijo ella, agitando la cabeza—. Además, cuando le pregunté si había participado en ese... —lo miró un poco desesperada—, no sé de qué otra manera llamarlo si no es «acto».

—Sigue —dijo él, con la voz ahogada.

Daphne parpadeó, preocupada.

—¿Estás bien?

—Sí —dijo él.

—No lo pareces.

Simon agitó una mano en el aire para que continuara.

—Bueno —dijo ella, lentamente—. Le pregunté si eso quería decir que ella había participado en ese acto ocho veces y se puso muy colorada y...

—¿Le preguntaste eso? —estalló Simon, sin poder reprimirse.

—Sí. —Daphne entrecerró los ojos—. ¿Te estás riendo?

—No —dijo él, entrecortadamente.

Daphne hizo una mueca.

—Pues parece que te estés riendo.

Simon agitó la cabeza.

—Está bien —continuó Daphne, claramente contrariada—. A mí me pareció que la pregunta tenía sentido, porque tiene ocho hijos. Pero entonces me dijo que...

Simon agitó la cabeza y levantó una mano, con una expresión que ni siquiera él sabía si era de reír o llorar.

—No me lo digas. Te lo ruego.

—Oh. —Daphne no supo qué decir, así que se limitó a quedarse con las manos juntas sobre el regazo y a cerrar la boca.

Al final, escuchó que Simon respiraba hondo y le decía:

—Sé que voy a arrepentirme de preguntártelo. De hecho, ya me estoy arrepintiendo, pero ¿por qué pensabas que era —se estremeció— incapaz de consumar nuestro matrimonio?

—Bueno, dijiste que no podías tener hijos.

—Daphne, hay muchas, muchas otras razones por las que una pareja no puede tener hijos.

Daphne tuvo que obligarse a dejar de rechinar los dientes.

—Detesto lo estúpida que me siento en este momento —dijo.

Él se inclinó y la tomó de las manos.

—Daphne —dijo, suavemente, masajeándole los dedos—, ¿tienes alguna idea de lo que pasa entre un hombre y una mujer?

—No —dijo, sinceramente—. Creerías que, con tres hermanos mayores, sabría algo y por fin creía que iba a saberlo anoche cuando mi madre me dijo que...

—No digas nada más —dijo él, con una voz muy extraña—. Ni una palabra más. No lo soportaría.

—Pero...

Simon hundió la cara entre las manos y, por un momento, Daphne creyó que estaba llorando. Sin embargo, mientras ella estaba allí sentada castigándose a sí misma por haber hecho llorar a su marido en su noche de bodas, se dio cuenta de que se estaba riendo.

El muy desconsiderado.

—¿Te estás riendo de mí? —exclamó ella.

Simon agitó la cabeza, sin levantarla.

—Entonces, ¿de qué te ríes?

—Oh, Daphne —dijo—. Tienes tanto que aprender...

—Nunca dije lo contrario —gruñó ella.

Si la gente no se preocupara tanto por mantener a las chicas jóvenes tan ignorantes respecto a las realidades del matrimonio, se evitarían escenas como esta.

Él se inclinó, apoyó los codos en las rodillas y la miró profundamente.

—Puedo enseñarte —susurró.

A Daphne le dio un vuelco el estómago.

Sin apartar la mirada de sus ojos, Simon le cogió una mano y se la acercó a los labios.

—Te aseguro —dijo, recorriéndole un dedo con la lengua— que soy perfectamente capaz de satisfacerte en la cama.

De repente, a Daphne le costaba respirar. ¿Y desde cuándo hacía tanto calor en esa habitación?

—No-no sé muy bien lo que quieres decir.

Él la atrajo contra su cuerpo.

—Ya lo sabrás.

15

Londres ha estado de lo más tranquilo esta semana, ahora que nuestro duque favorito y la duquesa favorita del duque se han ido a la costa. Esta autora les puede explicar que vieron al señor Nigel Berbrooke invitando a bailar a la señorita Penelope Featherington o que la señorita Featherington, a pesar de la alegre mirada de su madre casi forzándola a aceptar y su aceptación posterior, no parecía excesivamente alegre.

Pero ¿quién quiere oír hablar del señor Berbrooke o la señorita Penelope? No nos engañemos. Todos estamos ansiosos por saber algo del duque y la duquesa.

Revista de sociedad de lady Whistledown,
28 de mayo de 1813

Era como volver a estar en el jardín de lady Trowbridge, pensó Daphne, aunque esta vez no habría interrupciones, ni hermanos mayores, ni temor de ser descubiertos; solo un marido y una mujer y una promesa de pasión desbordada.

Los labios de Simon encontraron los suyos, suaves pero penetrantes. Con cada caricia, cada movimiento de lengua, Daphne sentía escalofríos por todo el cuerpo y pequeños espasmos de deseo que cada vez eran más frecuentes.

—¿Te he dicho alguna vez —le susurró Simon— lo enamorado que estoy de la comisura de tus labios?

—N-no —dijo Daphne temblorosa, sorprendida de que Simon se hubiera fijado en eso alguna vez.

—La adoro —murmuró él y, a continuación, empezó a demostrárselo.

Le mordisqueó el labio inferior hasta que, con la lengua, le recorrió la línea de la comisura.

Le hacía cosquillas y Daphne abrió la boca y se rio.

—¡Para! —dijo, riéndose.

—Jamás —dijo él. Se retiró y le tomó la cara entre las manos—. Tienes la sonrisa más bonita que he visto en mi vida.

La reacción inicial de Daphne fue decir: «No seas tonto», pero luego se lo pensó mejor, ¿por qué arruinar un momento así?, y dijo:

—¿De verdad?

—Sí. —Simon depositó un beso en la nariz de su mujer—. Cuando sonríes, te ocupa la mitad de la cara.

—¡Simon! —exclamó ella—. Eso suena horrible.

—Es encantador.

—Deforme.

—Deseable.

Daphne se puso seria pero, al mismo tiempo, no podía dejar de sonreír.

—Obviamente, no tienes ni idea de los cánones de belleza femeninos.

Simon arqueó una ceja.

—En lo relativo a ti, a partir de ahora solo importan mis cánones.

Por un momento, Daphne no supo qué decir y luego estalló a reír.

—Oh, Simon —dijo—, parecías tan feroz. Tan maravillosa, perfecta y absurdamente feroz.

—¿Absurdo? —repitió él—. ¿Me estás llamando absurdo?

Daphne apretó los labios para reprimir otra risa, pero no lo consiguió.

—Es casi tan malo como que te llamen impotente —gruñó.

Daphne se puso seria inmediatamente.

—Simon, sabes que yo no... —no insistió más y dijo—: Lo siento mucho.

—No lo sientas —dijo él, agitando la mano en el aire para restarle importancia—. A quien tendría que matar es a tu madre, pero tú no tienes que excusarte por nada.

Daphne soltó una risita.

—Mamá hizo lo que pudo y si yo no hubiera estado tan confundida por lo que dijiste...

—Encima, ¿es culpa mía? —dijo él, en tono burlón. Pero luego, su rostro adquirió una expresión más seductora. Se acercó a ella, se inclinó sobre ella para que Daphne tuviera que echarse hacia atrás—. Supongo que tendré que esforzarme el doble para demostrarte mis capacidades.

La rodeó con una mano y la sujetó mientras la tendía en la cama. Daphne sintió que se quedaba sin respiración cuando se perdió en sus ojos azules. Cuando uno estaba tendido, el mundo parecía distinto. Más oscuro y peligroso. Y muy emocionante porque Simon estaba encima de ella, acaparando toda su visión.

Y, en ese momento, cuando él redujo la distancia entre ellos, se convirtió en todo su mundo.

Esta vez el beso no fue tierno. No le hizo cosquillas, la devoró; no tanteó, poseyó.

Bajó las manos y le cubrió las nalgas, apretándola contra su erección.

—Esta noche —susurró, con la voz ronca y cálida junto a la oreja de Daphne—, serás mía.

Daphne empezó a respirar más deprisa, cada sonido más inapreciable. Simon estaba tan cerca, cada centímetro de su cuerpo cubriéndola. Había imaginado esta noche miles de veces desde que él aceptó casarse con ella en Regent's Park, pero nunca pensó que el peso de su cuerpo sobre el suyo fuera tan excitante. Simon era grande y estaba muy musculado; era imposible escapar de ese ataque seductor, ni que Daphne hubiera querido.

Era muy extraño sentir tanta felicidad por tener tan poco poder. Podía hacer con ella lo que quisiera, y ella se dejaría.

Sin embargo, cuando el cuerpo de Simon se estremeció y abrió la boca para pronunciar su nombre y lo único que pudo decir fue «D-D-Daph...», ella se dio cuenta de que también tenía un poder. Simon la quería tanto que no podía ni respirar, la deseaba tanto que apenas podía articular palabra.

Y, sin saber cómo, al ser consciente de ese poder, descubrió que su cuerpo sabía qué tenía que hacer. Levantó las caderas en busca de él y, mientras las manos de Simon le subían la falda hasta la cintura, ella lo rodeó con las piernas para acercarlo más al centro de su feminidad.

—Dios mío, Daphne —dijo Simon, entrecortadamente, levantándose un poco y apoyándose sobre los codos—. Quiero... No puedo...

Daphne lo rodeó por la espalda, intentando acercarlo otra vez. Hacía frío en el vacío que su cuerpo había dejado.

—No puedo ir despacio —gruñó.

—No me importa.

—A mí sí —la pasión se reflejaba en sus ardientes ojos—. Estamos perdiendo la cabeza.

Daphne lo miró, intentando recuperar el aliento. Simon se había sentado en la cama y sus ojos le estaban recorriendo el cuerpo entero mientras una mano le recorría las piernas hasta la rodilla.

—Antes que nada —murmuró—, tenemos que hacer algo con tu ropa.

Daphne resopló sorprendida mientras Simon se levantaba y la hacía ponerse de pie. Le temblaban las piernas y era incapaz de mantener el equilibrio, pero Simon la sostuvo, arremangándole la falda con las dos manos. Le susurró al oído:

—Es más difícil desnudarte si estás tumbada en la cama.

Con una mano le cubrió la nalga y empezó a masajearla con movimientos circulares.

—La cuestión es —dijo él, divertido—: ¿te saco el vestido por arriba o por abajo?

Daphne rezó para que no esperara que se lo dijera ella, porque era incapaz de articular palabra.

—O —dijo Simon, lentamente, metiendo un dedo debajo del corsé— ¿las dos cosas?

Y entonces, antes de que ella pudiera reaccionar, le dejó caer la parte del vestido de modo que quedó atrapada en la cintura. Si no fuera por la fina camisola de seda, estaría totalmente desnuda.

—Vaya, vaya. Esto sí que es una sorpresa —dijo Simon, acariciándole un pecho por encima de la seda—. No es que sea una mala sorpresa, por supuesto. La seda nunca es tan suave como la piel, pero tiene sus ventajas.

Daphne contuvo la respiración mientras observaba cómo Simon movía la camisola de lado a lado, provocando que la fricción le endureciera los pezones.

—No tenía ni idea —suspiró Daphne, acalorada.

Simon empezó a acariciarle el otro pezón.

—¿Ni idea de qué?

—De que eras tan malvado.

Simon sonrió, lenta y ampliamente. Sus labios se acercaron a sus oídos y susurraron:

—Eras la hermana de mi mejor amigo. Totalmente prohibida. ¿Qué querías que hiciera?

Daphne se estremeció de deseo. La respiración de Simon le acariciaba el oído, pero la sensación le recorría todo el cuerpo.

—No podía hacer nada —continuó él, apartando un tirante de la camisola—. Excepto imaginarte.

—¿Pensabas en mí? —suspiró Daphne, emocionándose con la idea—. ¿Te imaginaste esto?

Le apretó con más fuerza la mano contra la cadera.

—Cada noche. Cada momento antes de dormirme, hasta que me ardía la piel y mi cuerpo me pedía que lo liberara.

Daphne sintió que le desfallecían las piernas, pero Simon la sujetó con fuerza.

—Y cuando estaba dormido —se acercó al cuello, y Daphne no supo si la estaba acariciando o besando—, entonces sí que lo pasaba mal.

Daphne soltó un gemido, incoherente y lleno de deseo.

El segundo tirante cayó mientras los labios de Simon se acercaron al hueco entre los pechos.

—Pero esta noche... —susurró, apartando la seda hasta descubrir un pecho, y luego el otro—. Esta noche todos mis sueños se harán realidad.

Daphne apenas tuvo tiempo de resoplar antes de que la boca de Simon encontrara su pecho y empezara a lamerle el pezón endurecido.

—Esto es lo que quería hacer en el jardín de lady Trowbridge —dijo—. ¿Lo sabías?

Ella agitó con fuerza la cabeza, apoyándose en sus hombros. Se balanceaba de lado a lado, y apenas podía mantener la cabeza erguida. Espasmos de puro deseo le recorrían el cuerpo haciéndole perder la respiración, el equilibrio y hasta el juicio.

—Claro que no lo sabías —dijo él—. Eres tan inocente...

Con sus hábiles dedos, Simon le sacó el resto de la ropa hasta que Daphne quedó desnuda en sus brazos. Con suavidad, porque sabía que debía estar tan nerviosa como excitada, la dejó en la cama.

Cuando empezó a desnudarse, sus movimientos fueron más torpes. Tenía la piel ardiendo y el cuerpo agitado de deseo. Ella estaba en la cama, una tentación como no había visto otra. Su piel brillaba sonrosada a la luz de las velas y el pelo, que hacía mucho que había perdido la forma, le caía alrededor de la cara.

Los mismos dedos que la habían desnudado con tanta presteza, ahora parecían atontados a la hora de desabotonar sus propios botones.

Cuando se disponía a quitarse los pantalones, vio que Daphne se estaba tapando con las sábanas.

—No —dijo Simon, con una voz irreconocible.

Los ojos de Daphne encontraron los suyos y él dijo:

—Yo seré tu manta.

Se quitó toda la ropa y, sin darle tiempo a decir nada, se tendió en la cama, cubriéndola con su cuerpo. Oyó que ella resoplaba por la sorpresa, pero luego su cuerpo se relajó.

—Shhh. —La meció, acariciándole el cuello mientras, con una mano, hacía movimientos circulares sobre el muslo—. Confía en mí.

—Confío en ti —dijo ella, temblorosa—. Es que...

La mano de Simon subió hasta la cadera.

—¿Es que qué?

Simon se imaginó la mueca de Daphne mientras decía:

—Es que me gustaría no ser tan ignorante en este momento.

Simon empezó a reírse.

—¡Para! —exclamó ella, golpeándolo en el hombro.

—No me río de ti —insistió Simon.

—Te estás riendo —dijo ella—, y no me digas que te ríes conmigo porque esa excusa no funciona.

—Me reía —dijo él, suavemente, apoyándose en los codos para mirarla a la cara—, porque estaba pensando en lo mucho que me alegro de que seas tan ignorante. —Se acercó a ella y le dio un tierno beso—. Es un honor ser el único hombre que te ha tocado así.

Los ojos de Daphne brillaron con tanta pureza que Simon se rindió a sus pies.

—¿De verdad? —susurró ella.

—Sí —respondió él, sorprendido de lo grave que sonaba su voz—. Aunque honor es solo la mitad de lo que siento.

Ella no dijo nada, pero sus ojos eran terriblemente curiosos.

—Mataré al próximo hombre que se atreva a mirarte de reojo —dijo él.

Para su sorpresa, Daphne se echó a reír.

—Oh, Simon —resopló—. Es maravilloso ser el objeto de esos celos irracionales. Gracias.

—Ya me darás las gracias luego —dijo él.

—Y, a lo mejor —murmuró ella, con unos ojos insoportablemente seductores—, tú también me las darás a mí.

Simon notó que separaba los muslos cuando volvió a dejarse caer, con su erección dura, contra ella.

—Ya lo hago —dijo, difuminando las palabras en su piel mientras le besaba el hueco del hombro—. Créeme, ya lo hago.

Nunca había estado tan agradecido por el control de su cuerpo que tanto le había costado aprender. Todo su cuerpo pedía hundirse en ella y hacerla suya, pero él sabía que esta noche, su noche de bodas, era para Daphne, no para él.

Era su primera vez. Él era su primer amante, su único amante, pensó con una ferocidad poco habitual en él, y era responsabilidad suya asegurarse de que Daphne solo sintiera un placer exquisito.

Sabía que lo deseaba. Tenía la respiración entrecortada y lo miraba con pasión. Simon no podía soportar mirarla a la cara porque, cada vez que veía sus labios medio abiertos, crecía la necesidad de penetrarla y hacerla suya.

Así que, en lugar de eso, la besó. La besó por todas partes e ignoró los fuertes latidos de su corazón cada vez que la oía resoplar o gemir de deseo. Y entonces, por fin, cuando ella se estremeció y se retorció debajo de él, y él supo que estaba loca por él, escurrió la mano entre sus piernas y la tocó.

Lo único que salía de la boca de Simon era el nombre de su mujer e, incluso eso, salía entre resoplidos. Daphne estaba más que preparada para él, más caliente y húmeda de lo que Simon jamás hubiera imaginado. Sin embargo, para asegurarse, o sencillamente porque no podía resistir el perverso impulso de torturarse, metió un dedo dentro de su cuerpo, comprobando su calidez, acariciándola por dentro.

—¡Simon! —exclamó ella, retorciéndose bajo su cuerpo.

Ya tenía los músculos tensos y Simon supo que ya estaba lista. Apartó la mano de golpe, ignorando las quejas de Daphne.

Se sirvió de sus muslos para separar los de ella y, con un gemido, se colocó en posición para penetrarla.

—P-Puede que te duela un poco —susurró, agitadamente—, pero te p-prometo que...

—Hazlo —dijo, meneando la cabeza de lado a lado.

Y así lo hizo. Con un poderoso movimiento, la penetró. Sintió cómo se abrían sus músculos, pero ella no dio ninguna señal de dolor.

—¿Estás bien? —dijo, tensando todos sus músculos para no moverse dentro de ella.

Daphne asintió, soltando el aire despacio.

—Es muy extraño —admitió.

—Pero ¿no te duele? —preguntó él, casi avergonzado por la desesperación de sus palabras.

Ella agitó la cabeza, con una pequeña y femenina sonrisa en la cara.

—No me duele —dijo—. Pero antes... cuando has... con el dedo...

Incluso a la luz de las velas, Simon apreció que se había sonrojado.

—¿Es esto lo que quieres? —dijo, retirándose hasta que solo estaba dentro de ella a medias.

—¡No! —gritó ella.

—Entonces, a lo mejor es esto —dijo él, volviendo a penetrarla del todo.

Ella resopló.

—Sí. No. Las dos cosas.

Simon empezó a moverse dentro de ella, con un ritmo deliberadamente lento. Con cada empujón, ella soltaba un gemido y él se volvía loco.

Y entonces los gemidos se convirtieron en gritos y los resoplos en respiraciones entrecortadas, y Simon supo que estaba cerca del éxtasis. Se movió más deprisa, rechinando los dientes mientras luchaba por mantener el control sobre su cuerpo mientras ella caía en una espiral de pasión.

Daphne pronunció su nombre, luego lo gritó y, al final, toda ella se tensó debajo de él. Se agarró a sus hombros y levantó las caderas de la cama con una fuerza que Simon casi no podía creer. Al final, con un último y poderoso empujón, ella alcanzó el orgasmo y se dejó llevar por el poder de su propia liberación.

En contra de su buen juicio, Simon la penetró una última vez, hundiéndose en ella hasta el fondo y saboreando la dulzura de su cuerpo.

Después, dándole un beso terriblemente apasionado, se apartó y se derramó en las sábanas, junto a ella.

Esa fue la primera de muchas noches de pasión. Los recién casados fueron a Clyvedon y allí, para mayor vergüenza de Daphne, se encerraron en la habitación de matrimonio durante más de una semana.

Por supuesto, la vergüenza no fue tanta porque Daphne solo hizo un intento desganado por, realmente, salir de la habitación.

Cuando salieron de su reclusión de luna de miel, a Daphne le enseñaron Clyvedon, y lo necesitaba porque, el día que llegaron, lo único que pudo ver fue el camino de la puerta principal al dormitorio ducal. También se pasó varias horas presentándose a los sirvientes de más rango. Obviamente, la habían presentado oficialmente al llegar pero a Daphne le pareció mejor conocer de manera más individualizada a los miembros más importantes del servicio.

Como Simon solo había pasado allí su niñez, muchos de los sirvientes que se habían incorporado más tarde no lo conocían, pero los que ya estaban en Clyvedon cuando era pequeño parecía, a los ojos de Daphne, que sentían una auténtica devoción por él. Mientras paseaba por el jardín con Simon se rio de eso y, de repente, empezó a sentirse el blanco de una mirada totalmente cortante.

—Viví aquí hasta que fui a Eton —fue todo lo que dijo Simon, como si aquello bastara como explicación.

Daphne se sintió muy incómoda por el tono imperturbable que había utilizado Simon.

—¿Nunca viajabas a Londres? Cuando éramos pequeños, nosotros...

—Viví aquí, exclusivamente.

Su tono indicaba que deseaba, no, requería, que la conversación terminara ahí; sin embargo, haciendo caso omiso a la advertencia, decidió seguir con el tema.

—Debiste de ser un niño muy cariñoso —dijo, con una voz descaradamente risueña—. O, quizás, un niño de lo más travieso para haber despertado esa devoción eterna en el servicio.

Simon no dijo nada.

Daphne insistió.

—A Colin también le pasa. Cuando era pequeño, era como un diablillo pero tan insoportablemente encantador que los sirvientes lo adoraban. Un día...

Se calló y se quedó con la boca abierta. No tenía demasiado sentido continuar porque Simon se había dado la vuelta y se había marchado.

Las rosas no le interesaban lo más mínimo. Y tampoco nunca había reflexionado sobre las violetas, pero ahora Simon estaba apoyado en una baranda de madera admirando los famosos jardines florales de Clyvedon como si se planteara seriamente una carrera de horticultor.

Y todo porque no podía soportar las preguntas de Daphne sobre su infancia.

Sin embargo, la verdad era que odiaba los recuerdos. Despreciaba todo y todos los que le recordaban a aquella época. La única razón por la que había traído aquí a Daphne era porque era la única de sus residencias que estaba a dos días de viaje desde Londres y estaba lista para vivir en ella.

Los recuerdos hacían renacer los sentimientos. Y Simon no quería volver a sentirse como aquel niño pequeño. No quería recordar las muchas veces que le había enviado cartas a su padre y había esperado en vano una respuesta. No quería recordar las amables sonrisas de los sirvientes; sonrisas que siempre iban acompañadas de ojos de lástima. Lo querían, sí, pero también lo compadecían.

Y, bueno, el hecho de que ellos también odiaran a su padre por lo que le estaba haciendo nunca fue gran consuelo. Nunca había sido, y sinceramente seguía sin ser, tan noble que no le satisficiera un poco la poca popularidad de su padre entre el servicio, pero eso nunca borró el bochorno o la incomodidad.

O la vergüenza.

Quería que lo admiraran, no que lo compadecieran. Y no fue hasta que viajó por el mundo sin título nobiliario que consiguió empezar a saborear el éxito.

Había hecho un viaje muy largo; había ido hasta el mismo infierno antes de volver a ser el de siempre.

Aunque, claro, Daphne no tenía la culpa de esto. Simon sabía que ella no tenía ningún motivo oculto para interrogarlo sobre su infancia. ¿Cómo iba a tenerlo? No sabía nada de sus ocasionales dificultades en el habla. Se había esforzado mucho para que ella no se diera cuenta.

No, pensó, no se había tenido que esforzar demasiado. Siempre se había sentido muy cómodo con ella, se sentía libre. Desde que la conocía, casi no había tartamudeado, excepto durante algún episodio de rabia y enfurecimiento.

Y cuando estaba con Daphne, la vida era cualquier cosa menos rabia y enfurecimiento.

Se apoyó todavía más en la barandilla, curvando la espalda por el peso de la culpabilidad. Había sido muy maleducado con ella. Al parecer, estaba destinado a hacerlo una y otra vez.

—¿Simon?

Había notado su presencia incluso antes de que dijera su nombre. Daphne se acercó por detrás de él, caminando suave y silenciosamente por la hierba, pero Simon sabía que estaba ahí. Pudo oler su fragancia y escuchar el viento enredado en su pelo.

—Estas rosas son muy bonitas —dijo ella.

Simon sabía que aquella era su manera de intentar suavizar su mal carácter de antes. Sabía que Daphne se moría por seguir haciéndole preguntas. Sin embargo, y a pesar de su edad, era muy lista y, aunque a él le gustaba burlarse de ella por eso, sabía mucho sobre los hombres y sus cambios de humor. Daphne no le preguntaría nada más. Al menos por hoy.

—Dicen que las plantó mi madre —respondió él.

Esas palabras salieron de su boca con más brusquedad de la deseada, pero él esperaba que Daphne supiera apreciar su verdadera intención. Cuando ella no dijo nada, Simon añadió, a modo de explicación:

—Murió al dar a luz.

Ella asintió.

—Lo había oído. Lo siento.

Simon se encogió de hombros.

—No la conocí.

—Eso no quiere decir que no fuera una pérdida importante.

Simon se acordó de su niñez. No había ningún modo de saber si su madre habría entendido mejor que su padre sus dificultades al hablar, pero supuso que tampoco se habría portado peor que su padre.

—Sí —dijo—. Supongo que lo fue.

Un poco más tarde, mientras Simon se encargaba de los asuntos de las propiedades con el contable, Daphne decidió que podría ir a conocer mejor a la señora Colson, el ama de llaves. Aunque todavía no había hablado con Simon de dónde iban a fijar su residencia, Daphne creyó que, en algún momento, siempre volverían a Clyvedon y si había aprendido algo de su madre era que una señora debía tener una buena relación laboral con el ama de llaves.

Y no es que Daphne tuviera miedo de no llevarse bien con la señora Colson. La había conocido brevemente cuando Simon le había presentado al servicio y, en esos pocos instantes, le había dado la sensación de ser una persona muy amable y habladora.

Se presentó en la puerta del despacho de la señora Colson, una pequeña habitación junto a la cocina, un poco antes de la hora del té. El ama de llaves, una señora bastante guapa de unos cincuenta años, estaba en el escritorio elaborando los menús de la semana.

Daphne golpeó la puerta abierta.

—¿Señora Colson?

El ama de llaves levantó la cabeza e, inmediatamente, se puso en pie.

—Señora —dijo, haciendo una pequeña reverencia—. Debería haberme llamado.

Daphne sonrió, incómoda, porque todavía no se acostumbraba al cambio de trato de mera señorita a duquesa.

—Pasaba por aquí —dijo, para explicar su poca ortodoxa aparición en los dominios de los sirvientes—. Pero, si tiene un momento, me gustaría que pudiéramos conocernos mejor. Usted ha vivido aquí muchos años y yo espero hacerlo en un futuro.

La señora Colson respondió con una sonrisa al cálido tono de Daphne.

—Por supuesto, señora. ¿Hay algo en particular que le apetecería saber?

—No. Pero, si quiero llevar esta casa como es debido, aún tengo que aprender muchas cosas. ¿Le parece bien si vamos a tomar el té al salón amarillo? Me gusta mucho la decoración. Además, toca el sol. Esperaba poder convertirlo en mi salón personal.

La señora Colson la miró de una manera un tanto extraña.

—A la difunta duquesa también le gustaba mucho.

—Oh —dijo Daphne, sin saber si aquello debería hacerla sentirse incómoda.

—Me he encargado personalmente de ese salón todos estos años —continuó la señora Colson—. Cambié la tapicería hace tres años —dijo, levantando la barbilla, satisfecha—. Fui a Londres a buscar la misma tela.

—Entiendo —dijo Daphne, saliendo del despacho—. El difunto duque debió de querer mucho a su mujer para ordenar un mantenimiento tan detallado de su salón favorito.

La señora Colson le respondió sin mirarla a los ojos.

—Fue decisión mía —dijo, pausadamente—. El duque siempre me daba un presupuesto para el mantenimiento de la casa y a mí me pareció un buen uso del dinero.

Daphne se esperó mientras el ama de llaves llamaba a una doncella y le daba instrucciones para el té.

—Es una habitación preciosa —dijo Daphne, cuando empezaron a caminar juntas—. Y, aunque el actual duque no llegó a conocer a su madre, estoy segura de que le gustará mucho que usted haya tomado esa decisión.

—Es lo mínimo que podía hacer —dijo la señora Colson, a medida que avanzaban por el pasillo—. Después de todo, yo no siempre serví a la familia Basset.

—¿No? —preguntó Daphne, curiosa.

Los sirvientes de alto rango solían ser muy leales y servían a una misma familia durante generaciones.

—No, yo era la doncella personal de la duquesa —dijo, deteniéndose en la puerta del salón amarillo para que Daphne pasara primero—. Y, antes de eso, su dama de compañía. Mi madre fue su niñera. La familia de la duquesa era tan buena que incluso me dejó compartir las clases que ella tomaba.

—Debían de quererse mucho —dijo Daphne.

La señora Colson asintió.

—Cuando murió, ocupé varios puestos hasta convertirme en ama de llaves.

Daphne le sonrió y se sentó en el sofá.

—Siéntese, por favor —dijo, señalando la silla que había delante de ella.

La señora Colson se mostró dubitativa ante tanta familiaridad, pero acabó tomando asiento.

—Cuando murió lo sentí muchísimo —dijo. Miró a Daphne temerosa—. Espero que no le importe que le explique esto.

—Claro que no —dijo Daphne, inmediatamente. Se moría de ganas de saber más cosas sobre la infancia de Simon. Él decía muy poco pero ella sentía que significaba mucho para él—. Por favor, continúe. Me encantaría escuchar más cosas de la difunta duquesa.

A la señora Colson se le humedecieron los ojos.

—Era la persona más buena que ha habido. Ella y el duque, bueno, no fue un matrimonio por amor, pero se apreciaban. A su manera, eran amigos. —Miró a Daphne—. Los dos conocían perfectamente cuáles eran sus obligaciones como duques y se tomaron sus responsabilidades muy en serio.

Daphne asintió.

—Ella estaba decidida a darle un hijo. Siguió intentándolo incluso después de que los médicos le dijeran que no lo hiciera. Cada mes, cuando veía que no estaba en estado, lloraba desconsolada en mis brazos.

Daphne volvió a asentir, deseando que el movimiento ocultara su expresión tensa. Le costaba escuchar historias sobre una mujer que no podía tener hijos sin que le afectaran. Pero se dijo que tendría que ir acostumbrándose. Sería mucho peor tener que responder a las preguntas que llegarían.

Porque llegarían, indudablemente. Preguntas lastimosamente educadas y dolorosamente compasivas.

Sin embargo, por fortuna, la señora Colson no se percató del gesto de Daphne. Se sorbió la nariz antes de continuar.

—Siempre decía que cómo iba a ser una buena duquesa si no podía engendrar un heredero. Aquello me rompía el corazón. Cada mes igual.

Daphne se preguntó si su corazón también se rompería cada mes. Posiblemente no. Ella, al menos, ya sabía de antemano que no iba a tener hijos. La madre de Simon veía sus esperanzas truncadas cada cuatro semanas.

—Y, claro —continuó el ama de llaves—, todo el mundo hablaba como si fuera culpa de ella. ¿Cómo podían saberlo, dígame? No siempre es por impedimento de la mujer. A veces es el hombre el que no puede procrear.

Daphne no dijo nada.

—Yo siempre se lo decía, pero ella seguía sintiéndose culpable. Yo le dije... —El ama de llaves se sonrojó ligeramente—. ¿Puedo hablarle con franqueza?

—Por favor.

La señora Colson asintió.

—Bueno, le dije lo que me había dicho mi madre: «Un útero no crecerá sin una semilla fuerte y sana».

Daphne permaneció inexpresiva.

—Pero entonces, por fin, nació el señorito Simon. —La señora Colson soltó un suspiro maternal y miró a Daphne, avergonzada—. Le ruego que me disculpe. No debería llamarlo así. Ahora es el duque.

—No se preocupe por mí —dijo Daphne, contenta de tener algo de lo que reírse.

—Es difícil cambiar de costumbres a mi edad —dijo, suspirando—. Y me temo que una parte de mí siempre lo recordará como aquel pobre niño. —Miró a Daphne y agitó la cabeza—. No lo habría pasado tan mal si la duquesa no hubiera muerto.

—¿Pasado mal? —dijo Daphne, deseando que eso sirviera de empujón para que la señora Colson siguiera explicándole cosas.

—El duque nunca lo comprendió —dijo el ama de llaves, con energía—. Se enfadaba con él y lo llamaba estúpido y...

Daphne levantó la cabeza.

—¿El duque pensaba que Simon era estúpido? —la interrumpió.

Aquello era absurdo. Simon era una de las personas más inteligentes que conocía. Una vez le había preguntado cosas sobre sus estudios en Oxford y se había quedado asombrada de que en su clase de matemáticas ni siquiera utilizaran números.

—El difunto duque no veía más allá de su nariz —dijo la señora Colson, con un resoplido—. Nunca le dio una oportunidad al chico.

Daphne notaba que se inclinaba hacia delante, como si no quisiera perderse ni una de las palabras del ama de llaves. ¿Qué le había hecho el duque a Simon? ¿Era por eso que siempre se ponía de mal humor cuando alguien mencionaba a su padre?

La señora Colson sacó un pañuelo y se secó los ojos.

—Debería haber visto lo duro que trabajaba ese niño para mejorar. Se me rompía el alma al verlo.

Daphne tenía las uñas clavadas en el sofá. La señora Colson daba rodeos y no iba a ningún sitio.

—Pero nada de lo que hiciera era lo bastante bueno para el duque. Es mi opinión, claro, pero...

Justo en ese momento, se abrió la puerta y apareció la doncella con el té. Daphne estuvo a punto de gritar de frustración. Entre que dejaron la bandeja en la mesa y sirvieron el té, pasaron unos dos minutos, y mientras tanto la señora Colson le preguntó cuántas pastas quería y si las quería normales o con cobertura de azúcar.

Daphne tuvo que apartar las manos del sofá porque estaba destrozando la tapicería que la señora Colson había cuidado con tanto esmero. Al final, cuando la doncella se fue, la señora Colson bebió un sorbo de té y dijo:

—Bueno, ¿qué le estaba diciendo?

—Me estaba hablando del difunto duque —dijo Daphne, rápidamente—. Que nada de lo que hiciera mi marido era lo bastante bueno para él y que en su opinión...

—¡Dios mío! Me estaba escuchando atentamente —dijo la señora Colson—. Me alaba.

—Pero ¿decía...?

—Sí, claro. Solo iba a decir que, durante mucho tiempo, he creído que el duque no le perdonó a su hijo que no fuera perfecto.

—Pero, señora Colson —dijo Daphne—, nadie es perfecto.

—Claro que no, pero... —Los ojos del ama de llaves miraron al vacío un momento con una expresión de total desprecio hacia el difunto duque—. Si lo hubiera conocido, lo entendería. Había esperado tanto tiempo un hijo. Y, en su opinión, el nombre de los Basset era sinónimo de perfección.

—¿Y mi marido no era el hijo que quería? —preguntó Daphne.

—No quería un hijo. Quería una pequeña y perfecta réplica suya.

Daphne no pudo contener más su curiosidad.

—Pero ¿por qué el duque repudiaba tanto a Simon? ¿Qué había hecho?

La señora Colson abrió los ojos y se colocó una mano encima del pecho.

—¿No lo sabe? —dijo—. Claro, ¿cómo iba a saberlo?

—¿El qué?

—Que no podía hablar.

Daphne se quedó boquiabierta.

—¿Cómo dice?

—No podía hablar. No dijo una palabra hasta los cuatro años y, entonces, todo fueron tartamudeos. Cada vez que abría la boca me moría de la pena.

Sabía que, en su interior, se escondía un niño brillante. Lo único es que no podía decir bien las palabras.

—Pero si ahora habla muy bien —dijo Daphne, sorprendida por el tono defensivo que había utilizado—. Nunca lo he oído tartamudear. O, si lo he hecho, n-n-nunca me he dado cuenta. ¿Ve? Yo misma acabo de hacerlo. Cuando estamos alterados, todos tartamudeamos un poco.

—Se esforzó mucho por mejorar. Siete años, lo recuerdo. Durante siete años, no hizo otra cosa que practicar con su niñera. —La señora Colson se puso pensativa—. ¿Cómo se llamaba? Ah, sí, la niñera Hopkins. Era una santa. Se dedicó en cuerpo y alma a ese niño como si fuera suyo. En aquella época, yo era la ayudante del ama de llaves, pero me solía dejar entrar y ayudarla con las clases.

—¿Y le costaba? —susurró Daphne.

—Algunos días, pensaba que explotaría de la frustración. Pero era muy testarudo. Sí señor, era un chico muy testarudo. Nunca he visto a nadie tan entregado a una tarea. —La señora Colson agitó la cabeza con tristeza—. Y su padre seguía rechazándolo. Se me...

—Rompía el corazón —dijo Daphne, terminando la frase por ella—. A mí me habría pasado lo mismo.

La señora Colson bebió un sorbo de té durante el largo e incómodo silencio que se produjo.

—Muchas gracias por permitirme tomar el té con usted, señora —dijo, malinterpretando el silencio de Daphne—. Ha sido muy poco habitual por su parte invitarme, pero muy...

Daphne la miró mientras el ama de llaves buscaba la palabra adecuada.

—Amable —dijo, la señora Colson, al final—. Ha sido muy amable.

—Gracias —murmuró Daphne, distraída.

—Pero no le he dicho nada de Clyvedon —dijo, de repente, la señora Colson.

Daphne agitó la cabeza.

—Otro día, quizás —dijo.

Ahora tenía muchas cosas en las que pensar.

La señora Colson, consciente de que Daphne deseaba estar sola, se levantó, hizo una reverencia y, sigilosamente, se marchó.

16

El asfixiante calor que ha hecho esta semana en Londres ha sido un verdadero impedimento para los actos sociales. Esta autora vio cómo la señorita Prudence Featherington se desmayaba en el baile de Huxley, pero es imposible saber si fue por el calor o por la presencia de Colin Bridgerton, que ya ha roto más de un corazón desde su regreso del continente.

Lady Danbury también ha caído víctima de las sofocantes temperaturas y se fue de Londres hace varios días, alegando que su gato (una criatura con mucho pelo) no soportaba el calor. Es de suponer que se habrá refugiado en su casa de campo de Surrey.

Cualquiera diría que a los duques de Hastings no les han afectado las altas temperaturas; están en la costa, donde la brisa marina siempre se agradece. Sin embargo, esta autora no puede estar segura porque, en contra de lo que muchos piensan, no tiene espías en todas las familias y, mucho menos, fuera de Londres.

REVISTA DE SOCIEDAD DE LADY WHISTLEDOWN,
2 de junio de 1813

Era extraño, pensó Simon, que no llevaban casados ni quince días y ya habían adquirido unas rutinas y costumbres muy agradables. Ahora mismo, él estaba descalzo en la puerta de su vestidor aflojándose la corbata mientras observaba a su mujer peinándose.

Y el día anterior había hecho lo mismo. Había algo extrañamente natural en esa situación.

Y las dos veces, pensó maliciosamente, había planeado seducirla y llevársela a la cama para hacerle el amor. Ayer, por supuesto, lo había conseguido.

Una vez aflojada la corbata, la dejó caer al suelo y dio un paso adelante.

Hoy también lo conseguiría.

Se detuvo al lado de Daphne y se apoyó en el tocador. Ella lo miró y parpadeó.

Simon le acarició la mano y los diez dedos quedaron alrededor del mango del cepillo.

—Me gusta ver cómo te cepillas el pelo —dijo—, pero me gusta más hacerlo yo mismo.

Daphne lo miró fijamente. Lentamente, soltó el cepillo.

—¿Has acabado con las cuentas? Estuviste con el contable mucho tiempo.

—Sí, fue un trabajo duro pero necesario, y... —Se quedó inmóvil—. ¿Qué estás mirando?

Daphne apartó los ojos de su cara.

—Nada —dijo ella, con la voz claramente entrecortada.

Simon agitó levemente la cabeza; un movimiento más dirigido a él que a ella, y luego empezó a peinarla. Por un momento, le había parecido que Daphne le estaba mirando la boca.

Intentó controlar la necesidad de tartamudear. Cuando era pequeño, la gente siempre le miraba la boca. Lo miraban con una fascinación horrorizada, mirándolo ocasionalmente a los ojos, pero siempre acababan volviendo a la boca, como si no pudieran creerse que un niño con un aspecto tan normal pudiera producir esos sonidos.

Pero ahora debía haber sido su imaginación. ¿Por qué iba Daphne a mirarle la boca?

Le pasó el cepillo suavemente por el pelo, acariciándolo también con los dedos.

—¿Te lo has pasado bien con la señora Colson? —le preguntó.

Daphne se estremeció. Fue un movimiento muy pequeño y pudo controlarlo bastante bien, pero Simon igualmente se dio cuenta.

—Sí —dijo—. Sabe muchas cosas de la casa.

—Ya lo creo. Ha vivido aquí desde siem... ¿Qué estás mirando?

Daphne dio un salto en la silla.

—Estoy mirando al espejo —dijo.

Y era cierto, pero Simon tenía la mosca detrás de la oreja. Daphne tenía los ojos fijos en un punto.

—Como te decía —dijo ella, bastante brusca—, estoy segura de que la señora Colson me será de gran ayuda para aprender a llevar Clyvedon. Es una propiedad muy grande y tengo mucho que aprender.

—No te esfuerces demasiado —dijo él—. No nos quedaremos mucho tiempo.

—¿No?

—Creí que querríamos fijar nuestra residencia en Londres. —Y ante la mirada de sorpresa de Daphne, añadió—: Así estarás más cerca de tu familia, incluso cuando se vayan al campo. Pensé que te gustaría.

—Sí, claro —dijo ella—. Los echo de menos. Nunca me había separado de ellos tanto tiempo. Aunque siempre he sabido que, cuando me casara, tendría mi familia y...

Se produjo un silencio algo extraño.

—Bueno, ahora tú eres mi familia —dijo ella, con una voz un poco triste.

Simon suspiró mientras seguía peinándola.

—Daphne —dijo—, tu familia siempre será tu familia. Yo nunca podré ocupar su lugar.

—No —dijo ella. Se giró hacia él y, con unos ojos ardientes, le susurró—: Pero puedes ser algo más.

Y Simon se dio cuenta de que sus intentos de seducción no iban a ir a ningún sitio porque su mujer estaba intentando seducirlo a él.

Daphne se levantó y dejó caer la bata de seda. Debajo, llevaba un camisón a juego que dejaba entrever casi tanto como lo que escondía.

Una de las grandes manos de Simon empezó a acariciarle un pecho y sus oscuros dedos contrastaban con el verde salvia del camisón.

—Este color te gusta mucho, ¿no? —dijo él, con la voz ronca.

Ella sonrió y él se olvidó de respirar.

—Va a juego con mis ojos —dijo ella, riéndose—. ¿Recuerdas?

Simon le devolvió la sonrisa, aunque no supo cómo. Nunca antes había creído que fuera posible sonreír cuando uno estaba a punto de morir por falta de oxígeno. A veces, la necesidad de tocarla era tan grande que solo mirarla le dolía.

La acercó a su cuerpo. Tenía que hacerlo. Si no, se habría vuelto loco.

—¿Me estás diciendo —dijo él, cerca de su cuello— que lo compraste solo para mí?

—Por supuesto —dijo ella, con la voz ahogada porque Simon le estaba acariciando la oreja con la lengua—. ¿Quién más me lo va a ver puesto?

—Nadie —dijo él, rodeándola con los brazos y apretándola contra su erección—. Nadie. Nunca.

Ella lo miró, divertida por el repentino ataque de posesión.

—Además —añadió—, es parte de mi ajuar.

Simon gruñó.

—Me encanta tu ajuar. Lo adoro. ¿Te lo había dicho?

—No con esas palabras —gimió ella—, pero no era difícil adivinarlo.

—Básicamente —dijo él, empujándola hacia la cama y quitándose la camisa—, me gustas sin tu ajuar.

Lo que Daphne quería decir, y quería decir algo porque ya había abierto la boca, se perdió en el aire cuando llegó a la cama.

Simon la cubrió en un segundo. Puso una mano a cada lado de las caderas y las fue subiendo hasta colocarle los brazos encima de la cabeza. Se detuvo en los antebrazos.

—Eres muy fuerte —dijo—. Más fuerte que la mayoría de las mujeres.

Daphne le lanzó una pícara mirada.

—No me importan las demás mujeres.

Entonces, con un movimiento muy rápido, la cogió por las muñecas y se las inmovilizó encima de la cabeza.

—Pero no tanto como yo.

Ella inspiró de golpe, sorprendida, un sonido que Simon encontraba especialmente seductor y enseguida le rodeó las dos muñecas con una mano, dejando la otra libre para recorrerle el cuerpo.

Y eso hizo.

—Si no eres la mujer perfecta —gruñó, arremangando el camisón hasta la cintura—, entonces el mundo es...

—Basta —dijo ella, temblorosa—. Sabes que no soy perfecta.

—¿No? —dijo él, con una sonrisa malvada mientras deslizaba la mano hasta debajo de una nalga—. Debes de estar mal informada porque esto... —le dio un apretón— es perfecto.

—¡Simon!

—Y en cuanto a estos. —Se incorporó y le cubrió un pecho con la mano, jugando con el pezón a través de la seda—. Bueno, creo que no tengo que decirte lo que pienso de estos.

—Estás loco.

—Es posible —dijo él—, pero tengo un gusto excelente. Y tú... —se aba-lanzó sobre ella y le mordió la boca— sabes bastante bien.

Daphne se rio sin poder evitarlo.

Simon arqueó las cejas.

—¿Te estás riendo de mí?

—Normalmente, lo haría —dijo ella—. Pero no cuando me tienes cogida de las dos manos.

La mano libre de Simon empezó a desabrocharse los pantalones.

—Obviamente, me casé con una mujer con gran sentido común.

Daphne lo miró con orgullo y amor mientras veía cómo las palabras sa-lían de su boca sin ningún esfuerzo. Al oírlo hablar ahora, nadie se creería que de pequeño tartamudeaba.

—Soy muy feliz por haberme casado contigo —dijo ella, en una oleada de ternura—. Estoy muy orgullosa de que seas mío.

Simon se quedó quieto, sorprendido por aquellas palabras tan serias. Habló con voz grave.

—Yo también estoy orgulloso de que seas mía. —Estiró los pantalones—. Y te lo demostraría si pudiera quitarme estos malditos pantalones.

Daphne sintió otra carcajada en la garganta.

—A lo mejor, si usaras las dos manos... —sugirió.

Simon la miró, muy travieso.

—Pero eso querría decir soltarte.

Ella ladeó la cabeza.

—¿Y si te prometo que no moveré los brazos?

—No te creo.

Daphne sonrió, maliciosamente.

—¿Y si te prometo que los moveré?

—Bueno, eso suena más interesante. —Saltó de la cama y se quitó los pantalones en menos de tres segundos. Se tendió de lado junto a ella—. Bue-no, ¿por dónde íbamos?

Daphne volvió a reírse.

—Justo por aquí, creo.

—Ajá —dijo él, con una divertida expresión acusatoria—. No estabas prestando atención. Estábamos —se colocó encima de ella— justo aquí.

La risa se convirtió en una carcajada.

—¿Nadie te ha dicho que no debes reírte de un hombre cuando está intentando seducirte?

Si había alguna posibilidad de dejar de reír, se esfumó con esas palabras.

—Oh, Simon —dijo—. Te quiero.

Simon se quedó helado.

—¿Qué?

Daphne sonrió y le acarició la mejilla. Ahora lo entendía mucho mejor. Después de sufrir tanto rechazo de pequeño, posiblemente no entendía que fuera merecedor de amor. Y, seguramente, no sabía cómo devolverlo. Pero ella sabría esperar. Por él, esperaría para siempre.

—No tienes que decir nada —le susurró—. Solo tienes que saber que te quiero.

En los ojos de Simon había una mezcla de alegría y miedo. Daphne se preguntó si alguien le había dicho «Te quiero» alguna vez. Había crecido sin una familia, sin el amor y el cariño que para ella eran normales.

Cuando logró decir algo, tenía la voz totalmente rota.

—D-Daphne, yo...

—Shhh —dijo ella, cubriéndole los labios con un dedo—. No digas nada. Espera hasta que estés bien.

Y entonces se preguntó si había pronunciado las peores palabras posibles porque, ¿alguna vez estaba bien Simon al hablar?

—Solo bésame —le susurró ella con urgencia para dejar atrás aquel extraño momento—. Por favor, bésame.

Y Simon lo hizo.

La besó con una intensidad feroz, ardiendo con la pasión y el deseo que fluía entre los dos. No quedó un lugar que labios y manos no recorrieran hasta que el camisón acabó a los pies de la cama con las sábanas.

Sin embargo, a diferencia de las otras noches, Daphne no quedó como un pelele en sus brazos. Aquel día tenía muchas cosas en la cabeza y nada, ni siquiera los más ardientes deseos de su cuerpo, podían detener el frenético ritmo de sus pensamientos. Flotaba en el deseo, cada nervio expertamente excitado por Simon y, aun así, su cabeza seguía analizándolo todo.

Cuando Simon la miró con esos ojos, tan azules que incluso a la luz de las velas brillaban, ella se preguntó si aquella intensidad se debía a emociones que no sabía expresar con palabras. Cuando pronunció su nombre entre gemidos, Daphne no podía evitar escucharlo atentamente por si tartamudeaba. Y cuando la penetró y echó la cabeza hacia atrás tensando todos los músculos del cuello, Daphne se preguntó por qué parecía que estaba sufriendo.

¿Sufriendo?

—¿Simon? —preguntó, mezclando el deseo y la preocupación—. ¿Estás bien?

Él asintió y apretó los dientes. Se hundió en ella, moviendo las caderas lentamente, y le susurró al oído:

—Te voy a dar placer.

No sería tan difícil, pensó Daphne, conteniendo la respiración cuando Simon le cubrió un pezón con la boca. Nunca era tan difícil. Simon parecía saber exactamente cómo tocarla, cuándo moverse y cuándo provocarla quedándose quieto. Simon colocó los dedos entre los dos cuerpos y la acarició en su parte más íntima hasta que las caderas de Daphne se movieron al mismo ritmo y con la misma fuerza que las suyas.

Daphne sintió que su cuerpo se dejaba llevar hacia esa pérdida de conciencia tan familiar. Y le gustaba tanto...

—Por favor —le rogó él, colocando la otra mano debajo de ella para apretarla todavía más contra él—. Necesito que... ¡Ahora, Daphne, ahora!

Y ella lo hizo. El mundo explotó a su alrededor y ella cerró los ojos tan fuerte que vio puntos de luz y estrellas. Escuchó música... o a lo mejor solo fueron sus gemidos y gritos cuando alcanzó el orgasmo, que eran más potentes que el latido de su propio corazón.

Simon, con un gruñido que parecía que se lo arrancaban directamente del alma, se separó de ella justo un segundo antes de derramarse encima de las sábanas, como siempre.

Dentro de unos instantes, Simon la giraría y la abrazaría. Era un ritual que Daphne había llegado a adorar. Él la abrazaría fuerte; la espalda de ella contra su pecho y hundiría su cara en su pelo. Y luego, cuando la respiración entrecortada se calmara, se dormirían.

Pero esta noche fue distinto. Esta noche, Daphne estaba un poco nerviosa. Estaba cansada y saciada, pero algo estaba mal. Había algo que le rondaba por la cabeza y le remordía el inconsciente.

Simon se giró y se colocó junto a ella, llevándola hacia la parte limpia de la cama. Siempre hacía lo mismo, sirviéndose de su cuerpo como barrera para que ella nunca estuviera en contacto con su semen. Ella pensaba que era muy considerado por su parte y...

Daphne abrió los ojos. Estuvo a punto de gritar.

«Un útero no crecerá sin una semilla fuerte y sana.»

Daphne no le había dado importancia a las palabras de la señora Colson. Se había quedado demasiado impactada por la historia de la infancia de Simon, demasiado preocupada pensando cómo podía llenar su vida de amor para borrar de su recuerdo los malos momentos.

Se sentó en la cama, con las sábanas en la cintura. Con manos temblorosas, encendió la vela de la mesilla de noche.

Simon, que estaba dormido, abrió un ojo.

—¿Qué pasa?

Ella no dijo nada, solo miró la mancha húmeda del otro lado de la cama. Su semen.

—¿Daff?

Simon le había dicho que no podía tener hijos. Le había mentido.

—Daphne, ¿qué te pasa? —se sentó.

En su cara se reflejaba la preocupación.

¿Aquello también sería mentira?

Ella alargó un dedo.

—¿Qué es eso? —preguntó, en una voz casi inaudible.

—¿Qué es qué? —Los ojos de Simon seguían la dirección del dedo y solo veían la cama—. ¿De qué estás hablando?

—¿Por qué no puedes tener hijos, Simon?

Simon abrió los ojos. No dijo nada.

—¿Por qué, Simon? —Daphne estaba casi gritando.

—Los detalles no importan, Daphne.

Hablaba en voz baja y suave, con un pequeño tono de condescendencia. Daphne sintió que algo dentro de ella se rompía.

—¡Fuera! —dijo.

Simon abrió la boca, sorprendido.

—Es mi dormitorio.

—Entonces, me iré yo. —Salió de la cama, envuelta con una sábana.

Simon dio un salto y se levantó de inmediato.

—No te atrevas a salir de esta habitación —le dijo.

—Me mentiste.

—Yo nunca...

—Me mentiste —gritó ella—. Me mentiste y no te lo voy a perdonar nunca.

—Daphne...

—Te aprovechaste de mi estupidez. —Soltó un suspiro muy profundo, de aquellos que salen del fondo de la garganta antes de que esta se cierre—. Debiste de alegrarte mucho cuando viste lo poco que sabía de las relaciones matrimoniales.

—Se llama «hacer el amor», Daphne —dijo él.

—No, entre nosotros, no.

Simon se estremeció ante el rencor de su voz. Estaba de pie y desnudo en medio de la habitación, intentando encontrar una manera de salvar la situación. Todavía no estaba seguro de lo que ella sabía, o creía saber.

—Daphne —dijo, despacio para evitar que sus emociones se apoderaran de sus palabras—, quizá deberías explicarme, exactamente, de qué va todo esto.

—Oh, ¿quieres jugar a ese juego? —dijo ella, con sorna—. De acuerdo, deja que te explique una historia. Érase una vez, había...

La rabia de su voz era como un cuchillo cortante en el cuello de Simon.

—Daphne —dijo, cerrando los ojos y meneando la cabeza—, no hagas esto.

—Érase una vez, había una chica joven. La llamaremos Daphne.

Simon se fue al vestidor y cogió una bata. Había ciertas cosas que un hombre no quería discutir completamente desnudo.

—Daphne era muy, muy estúpida.

—¡Daphne!

—Está bien —dijo ella, agitando la mano en el aire—. Ignorante. Era muy, muy ignorante.

Simon se cruzó de brazos.

—Daphne no sabía nada de lo que sucedía entre un hombre y una mujer. No sabía lo que hacían, solo que lo hacían en una cama y que, eventualmente, el resultado de eso sería un hijo.

—Ya basta, Daphne.

La única señal que demostraba que lo había oído era la rabia reflejada en los ojos.

—Pero, además, no sabía cómo se hacía ese hijo, así que, cuando su marido le dijo que no podía tener hijos...

—Te lo dije antes de casarnos. Te di la oportunidad de echarte atrás. No lo olvides —dijo él, acalorado—. No te atrevas a olvidarlo.

—¡Me hiciste sentir lástima por ti!

—¡Qué bien! Justo lo que un hombre quiere escuchar.

—¡Por el amor de Dios, Simon! —dijo ella—. Ya sabes que no me casé contigo por eso.

—Entonces, ¿por qué?

—Porque te quería —respondió, aunque la amargura de su voz le quitó romanticismo a la declaración—. Y porque no quería verte morir, algo que parecías estúpidamente dispuesto a hacer.

Simon no tenía ninguna respuesta preparada, así que resopló y la miró.

—Pero no intentes hacer ver que esto va sobre mí —dijo ella, furiosa—. Yo no mentí. Tú dijiste que no podías tener hijos, pero la verdad es que no quieres.

Simon no dijo nada, pero sabía que tenía la verdad reflejada en los ojos. Ella dio un paso hacia él, controlando un poco la rabia.

—Si de verdad no pudieras tener hijos, no importaría dónde fuera a parar tu semen, ¿no es así? No estarías tan atento cada noche de depositarlo en cualquier sitio menos dentro de mí.

—No sabes nada de es-esto, Daphne —dijo Simon en voz baja y furioso.

Daphne se cruzó de brazos.

—Entonces, explícamelo.

—Nunca tendré hijos —dijo, entre dientes—. Nunca. ¿Lo puedes entender?

—No.

Simon sintió que la rabia se apoderaba de él, le revolvía el estómago y le quemaba la piel. No era rabia hacia ella, ni siquiera hacia él mismo. Era, como siempre, rabia hacia el hombre cuya presencia, o la ausencia de ella, siempre había conseguido controlar su vida.

—Mi padre —dijo Simon, haciendo un gran esfuerzo para mantener el control— no era un hombre cariñoso.

Daphne le aguantó la mirada.

—Ya sé lo de tu padre —dijo.

Aquello lo cogió por sorpresa.

—¿Qué sabes?

—Sé que te hizo mucho daño. Que te rechazó. —Había algo en sus ojos; no era lástima pero era algo parecido—. Sé que creía que eras estúpido.

El corazón de Simon dio un vuelco. No sabía cómo era capaz de hablar, ni siquiera estaba seguro de cómo podía respirar, pero consiguió decir:

—Entonces, sabes lo de...

—¿Tu tartamudeo? —dijo ella, terminando la frase por él.

Él le dio las gracias en silencio. Irónicamente, «tartamudeo» era una palabra que nunca había conseguido pronunciar.

Daphne se encogió de hombros.

—Era un idiota.

Simon la miró boquiabierto, incapaz de comprender cómo Daphne podía dar por terminada la rabia de décadas con tal afirmación.

—No lo entiendes —dijo, agitando la cabeza—. No podrías hacerlo. No con una familia como la tuya. Lo único que le preocupaba era la sangre. La sangre y el título. Y cuando nací y resultó que no era perfecto... Daphne, ¡le dijo a la gente que estaba muerto!

Daphne palideció.

—No sabía que había ido así —susurró.

—Fue peor —dijo él—. Le envié cartas. Cientos de cartas, rogándole que viniera a visitarme. No respondió ni una sola vez.

—Simon...

—¿S-sabías que no hablé hasta los cuatro años? ¿No? Bueno, pues lo hice. Y cuando venía, me zarandeaba y me amenazaba con sacarme la voz a golpes. Ese era mi p-padre.

Daphne intentó pasar por alto que estaba empezando a tartamudear. Intentó ignorar el dolor que sentía en el estómago, la rabia que nacía en ella por la manera tan brutal en que habían tratado a Simon.

—Pero ahora ya se ha ido —dijo ella, con la voz temblorosa—. Se ha ido y tú estás aquí.

—Dijo que no s-soportaba verme. Había rezado muchos años por tener un heredero. No un hijo —dijo, levantando la voz peligrosamente—. Un heredero. ¿Y p-para qué? Hastings iría a parar a un tonto. ¡Su preciado ducado s-sería para un idiota!

—Pero estaba equivocado —dijo Daphne.

—¡No me importa si estaba equivocado! —gritó Simon—. Lo único que le importaba era el título. Nunca, ni una sola vez, pensó en mí, en cómo debía sentirme, ¡atrapado con una boca que no f-funcionaba!

Daphne retrocedió, incómoda con tanta rabia. Era la furia desatada después de varias décadas conteniéndola.

De repente, Simon se acercó a ella y le habló a escasos centímetros de la cara.

—Pero, ¿sabes una cosa? —preguntó, con una voz irreconocible—. Quien ríe el último, ríe mejor. Él pensó que no podía haber nada peor que ver cómo Hastings iba a parar a manos de un tonto...

—Simon, no eres...

—¿Me estás escuchando? —gritó.

Daphne, muy asustada, retrocedió hasta la puerta y cogió el pomo por si tenía que escapar.

—Ya sé que no soy tonto —dijo él, muy seco—. Y, al final, creo qu-que él también lo supo. Y estoy seguro de que eso lo dejó m-morir en paz. Hastings estaba a salvo. N-no importaba que yo ya no sufría como lo había hecho. Hastings..., eso era lo que importaba.

Daphne se sintió mal. Sabía lo que venía a continuación.

Simon sonrió. Una expresión muy cruel que ella nunca antes había visto.

—Pero Hastings muere conmigo —dijo—. Todos esos primos que quería hacer herederos... —Se encogió de hombros y se rio—. Todos tuvieron hijas. ¿Qué te parece?

Miró a Daphne.

—Quizá por eso mi p-padre reconoció, al final, que no era tonto. Sabía que yo era su única esperanza.

—Sabía que se había equivocado —dijo Daphne, tranquilamente.

De repente, recordó las cartas que el duque de Middlethorpe le había dado. Las que había escrito el padre de Simon. Las había dejado en Bridgerton House, en Londres. Y así estaban bien, porque de este modo no tenía que decidir qué hacer con ellas ahora.

—No importa —dijo Simon, con ligereza—. Cuando me muera, el título se extinguirá. Y nada podría hacerme más f-feliz.

Y con eso, salió de la habitación por el vestidor, porque Daphne bloqueaba la puerta.

Ella se sentó en una silla, todavía envuelta con la sábana que había arrancado de la cama. ¿Qué iba a hacer?

Sintió que le temblaba todo el cuerpo y no podía controlarlo. Y entonces, se dio cuenta de que estaba llorando. En silencio.

Dios, ¿qué iba a hacer?

17

Decir que los hombres son tercos como mulas sería insultar a las mulas.

Revista de sociedad de lady Whistledown,

2 de junio de 1813

Al final, Daphne hizo lo único que sabía hacer. Los Bridgerton siempre habían sido una familia muy escandalosa, y ninguno de ellos era muy dado a guardar secretos o rencor.

Así que intentó hablar con Simon. Razonar con él.

Por la mañana —no tenía ni idea de dónde había dormido Simon; aunque sí sabía dónde no lo había hecho: en su cama— lo encontró en el despacho. Era una habitación oscura y terriblemente masculina, seguramente decorada por el padre de Simon. Daphne estaba muy sorprendida de que estuviera a gusto allí porque odiaba todo lo que le recordaba al difunto duque.

Sin embargo, Simon no estaba a disgusto. Estaba sentado en la butaca del escritorio, con las dos piernas insolentemente apoyadas encima de la piel que protegía la preciosa madera de la mesa. En la mano tenía una piedra pulida que hacía girar una y otra vez. En la mesa, junto a él, había una botella de whisky y Daphne supo que llevaba allí toda la noche.

Sin embargo, no había bebido demasiado. Daphne lo agradeció.

La puerta estaba entreabierta, de modo que no llamó. Pero tampoco fue tan atrevida como para entrar directamente sin decir nada.

—¿Simon? —dijo, de pie, cerca de la puerta.

Él la miró y arqueó una ceja.

—¿Estás ocupado?

Dejó la piedra en la mesa.

—Obviamente, no.

Daphne señaló la piedra.

—¿Es de tus viajes?

—Del Caribe. Un recuerdo de la playa.

Daphne vio que hablaba perfectamente. No había ni rastro del tartamudeo de la noche anterior. Ahora estaba más tranquilo. Tanto que casi dolía.

—¿La playa del Caribe es muy distinta de la de aquí? —preguntó.

Simon levantó una arrogante ceja.

—Hace más calor.

—Oh. Bueno, eso ya lo suponía.

La miró fijamente.

—Daphne, sé que no has venido para hablar del tiempo en el Caribe.

Tenía razón, sí, pero Daphne sabía que no iba a ser una conversación fácil y no creía que fuera una cobarde por querer retrasarla unos minutos.

Respiró hondo.

—Tenemos que hablar de lo que pasó ayer por la noche.

—Estoy seguro de que crees que tenemos que hacerlo.

Daphne hizo un esfuerzo por no abalanzarse sobre él y quitarle aquella impasible expresión de la cara.

—No es que lo crea. Lo sé.

Simon se quedó callado un rato y luego dijo:

—Lamento mucho que sientas que he traicionado...

—No es eso, exactamente.

—... pero debes recordar que intenté evitar este matrimonio.

—Es una bonita manera de decirlo, sí señor —musitó ella.

Simon habló como si estuviera dando un discurso.

—Sabes que nunca quise casarme.

—Ese no es el problema, Simon.

—Es exactamente el problema. —De repente, bajó las piernas al suelo, se levantó y la silla, que se había estado balanceando sobre las dos patas posteriores, cayó hacia atrás haciendo mucho ruido—. ¿Por qué crees que quería evitar el matrimonio con tanta determinación? Era porque no quería tener una esposa y después hacerle daño negándole los hijos.

—Nunca pensaste en tu esposa potencial —respondió Daphne—. Solo pensabas en ti.

—A lo mejor —dijo él—, pero cuando esa esposa potencial fuiste tú, todo cambió.

—Al parecer, no —dijo ella, ácidamente.

Simon se encogió de hombros.

—Sabes que te tengo en la más alta estima. Nunca quise hacerte daño.

—Pues ahora me lo estás haciendo —susurró ella.

Simon tuvo un momento de remordimiento, pero enseguida lo sustituyó por determinación.

—Si lo recuerdas, rechacé casarme contigo incluso cuando tu hermano me lo pidió. Incluso —hizo una pausa— cuando significaba mi propia muerte.

Daphne no lo contradijo. Los dos sabían que habría muerto en aquel duelo. No importaba lo que sentía por él ahora, lo mucho que lo despreciaba por permitir que los recuerdos lo consumieran de aquella manera, Simon tenía demasiado honor como para haberle disparado a Anthony.

Y Anthony valoraba demasiado el honor de su hermana como para haberle disparado en otro sitio que no fuera el corazón.

—Lo hice —dijo Simon— porque sabía que nunca podría ser un buen marido para ti. Sabía que querías tener hijos. Me lo habías dicho en numerosas ocasiones, y no te culpo. Vienes de una familia numerosa y cariñosa.

—Tú también podrías tener una familia así.

Simon continuó como si no la hubiera oído.

—Pero entonces, cuando interrumpiste el duelo y me rogaste que me casara contigo, te lo advertí. Te dije que no quería tener hijos...

—Me dijiste que no podías tenerlos —interrumpió ella, muy enfadada—. Hay una gran diferencia.

—Para mí, no —dijo Simon, muy frío—. No puedo tener hijos. Mi alma no me lo permitiría.

—Entiendo.

Daphne notó que algo en su interior se marchitaba, y mucho se temía que era su corazón. No sabía cómo se suponía que tenía que discutir contra eso. El odio que Simon sentía por su padre era mucho mayor que cualquier atisbo de amor que pudiera sentir por ella.

—Muy bien —dijo ella, con voz ahogada—. Está claro que no es un tema del que estés dispuesto a hablar abiertamente.

Simon asintió.

Ella le devolvió el gesto.

—Entonces, que tengas un buen día.

Y se fue.

Simon estuvo solo gran parte del día. No quería ver a Daphne porque solo conseguía hacerlo sentir culpable. Y no dejaba de decirse que no es que tuviera algo por lo que sentirse así. Le había explicado muy claramente antes de la boda a Daphne que no podía tener hijos. Le había dado la oportunidad de echarse atrás, y ella había escogido casarse con él. Él no la había obligado a nada. No era culpa suya si ella lo había malinterpretado y había entendido que físicamente no podía concebir un hijo.

Sin embargo, aunque lo perseguía un molesto sentimiento de culpabilidad cada vez que pensaba en ella (algo que hacía durante casi todo el día) y aunque se le revolvía el estómago cada vez que recordaba su cara atormentada (y eso quería decir que se pasaba el día con el estómago malo), sentía que se había quitado un gran peso de encima.

Los secretos pueden resultar mortificadores y ahora ya no había ninguno entre ellos. Seguro que eso tenía que ser algo bueno.

Cuando anocheció, casi se había convencido de que él no había hecho nada malo. Casi. Había aceptado este matrimonio a sabiendas de que le rompería el corazón a Daphne, y aquello nunca le había gustado demasiado. Quería a Daphne. Demonios, posiblemente la quería más que a cualquier otra persona que había conocido, y por eso se había mostrado tan reacio a casarse con ella. No quería destrozarle sus sueños. No quería privarla de la familia que ella tanto deseaba. Se había preparado para apartarse de su camino y ver cómo se casaba con otro, alguien que pudiera darle una casa llena de hijos.

De repente, se estremeció de arriba abajo. La imagen de Daphne con otro hombre no era tan soportable como lo había sido hacía un mes.

Claro que no, pensó, intentando utilizar la parte racional del cerebro. Ahora era su mujer. Era suya.

Ahora todo era distinto.

Sabía lo mucho que quería tener hijos y se había casado con ella, sabiendo de antemano que no iba a darle ninguno.

«Pero —se dijo— se lo advertiste.» Ella sabía perfectamente dónde se metía.

Simon, que se había pasado el día en su despacho, jugueteando con aquella estúpida piedra, de repente se levantó. No la había decepcionado. No era así. Le había dicho que no tendrían hijos y ella, aun así, había aceptado casarse con él. Entendía que pudiera enfadarse un poco al saber las razones, pero no podía decir que había aceptado el matrimonio con falsas esperanzas o expectativas.

Se levantó. Ya era hora de que tuvieran otra charla, esta vez a instancias suyas. Daphne no había bajado a cenar y lo había dejado solo, en silencio, con el único ruido del tenedor contra la porcelana de la vajilla. No había visto a su mujer desde primera hora de la mañana; demasiadas horas.

Daphne era su mujer, se dijo. Debería poder verla siempre que le diera la gana.

Se fue por el pasillo y abrió de par en par la puerta del dormitorio ducal, totalmente preparado para darle un buen sermón sobre algo; estaba seguro de que el tema se le ocurriría cuando empezara a hablar, pero no estaba allí.

Simon parpadeó varias veces, incrédulo. ¿Dónde demonios estaba? Era casi medianoche. Debería estar en la cama.

—¿Daphne? —gritó, dirigiéndose al vestidor—. ¿Daphne?

No hubo respuesta. No se veía luz entre el suelo y la puerta. Era imposible que se cambiara a oscuras.

Abrió la puerta. Tampoco estaba allí.

Simon tocó la campana. Muy fuerte. Entonces, salió al pasillo a esperar al sirviente que hubiera tenido la mala suerte de responder a su llamada.

Fue una de las doncellas, una chica rubia y menuda cuyo nombre no recordaba. Lo miró a la cara y palideció.

—¿Dónde está mi mujer? —gritó.

—¿Su mujer, señor?

—Sí —respondió él, impaciente—. Mi mujer.

La chica lo miró sin decir nada.

—Supongo que ya sabe de quién le hablo. Es más o menos de su altura, con el pelo largo y oscuro... —Él hubiera seguido, pero la cara tan horrorizada de la chica le hizo avergonzarse de su sarcasmo. Respiró hondo—. ¿Sabe dónde está? —preguntó, más calmado, aunque nadie calificaría ese tono como amable.

—¿No está en la cama, señor?

Simon movió la cabeza hacia el dormitorio vacío.

—Está claro que no.

—Pero la señora no duerme aquí, señor.

Simon arqueó las cejas a la vez.

—¿Cómo dice?

—¿No se ha...? —La doncella abrió los ojos, horrorizada.

Simon estaba convencido de que buscaba alguna escapatoria. Eso o a alguien que la salvara de su mal carácter.

—Suéltelo —gritó él.

—¿No se ha trasladado al dormitorio de la duquesa?

—¿El dormitorio de la...? —Simon tuvo que controlar una oleada de rabia que le subía por la garganta—. ¿Desde cuándo?

—Desde hoy, supongo, señor. Todos creímos que dormirían en habitaciones separadas al final de su luna de miel.

—Lo creyeron, ¿eh?

La doncella empezó a temblar.

—Señor, sus padres lo hicieron y...

—¡Nosotros no somos mis padres! —exclamó.

La doncella retrocedió de golpe.

—Y —añadió Simon, muy serio— yo no soy mi padre.

—Cla-claro señor.

—¿Le importaría indicarme qué habitación ha escogido mi mujer como dormitorio de la duquesa?

La doncella señaló con un tembloroso dedo una puerta al final del pasillo.

—Gracias. —Se alejó unos pasos y luego se giró—. Ya puede retirarse.

Estaba seguro de que los sirvientes ya tendrían suficiente tema de conversación al día siguiente con el cambio de dormitorio de Daphne, y no necesitaba darles más carnaza permitiendo que la doncella presenciara lo que sabía que iba a ser una discusión en toda regla.

Simon esperó hasta que la chica desapareció por la escalera y entonces se fue, fuera de sí, hacia la nueva habitación de Daphne. Se detuvo frente a la puerta, pensó en lo que iba a decir y se dio cuenta de que no lo sabía, así que llamó.

Nada.

Volvió a llamar.

Nada.

Levantó el puño para volver a llamar cuando pensó que a lo mejor no habría cerrado la puerta con llave. ¿No parecería un estúpido si...?

Giró el pomo.

La había cerrado con llave. Simon empezó a maldecir en silencio. Era gracioso, pero cuando maldecía nunca tartamudeaba.

—¡Daphne! ¡Daphne! —Su voz estaba en un punto medio entre la llamada y el grito—. ¡Daphne!

Al final, escuchó pasos en la habitación.

—¿Sí?

—Déjame entrar.

Un silencio, y luego:

—No.

Simon se quedó mirando la puerta de madera con la boca abierta. Nunca se le había ocurrido que Daphne podría desobedecer una orden directa. ¡Era su mujer, maldita sea! ¿No había prometido obediencia?

—Daphne —dijo, furioso—, abre la puerta ahora mismo.

Debía de estar muy cerca de la puerta porque Simon la escuchó suspirar antes de decir:

—Simon, la única razón para dejarte entrar sería si quisiera compartir mi cama contigo, y no quiero, así que te agradecería, bueno, todos en esta casa te agradecerían, que te fueras a tu habitación y te acostaras.

Simon se quedó boquiabierto. Empezó a calcular mentalmente cuánto pesaría la puerta y el impulso que tendría que tomar para echarla abajo.

—Daphne —dijo, tan pausado que se asustó incluso a él mismo—, si no abres la puerta ahora mismo la tiraré abajo.

—No lo harás.

No dijo nada, solo se cruzó de brazos y miró la puerta fijamente, convencido de que ella sabría exactamente la cara que tenía en esos momentos.

—No lo harás, ¿verdad?

Él decidió que el silencio era la respuesta más eficaz.

—Me gustaría que no lo hicieras —añadió ella, casi en un ruego.

Simon miró la puerta, incrédulo.

—Te harás daño —añadió ella.

—Entonces abre la maldita puerta —gritó él.

Se quedaron en silencio hasta que se oyó el ruido de la llave. Simon era lo bastante reflexivo como para no abrir la puerta de golpe, porque sabía que Daphne debía de estar muy cerca. Entró despacio y la encontró a unos dos metros de él, con los brazos cruzados y las piernas separadas, como los militares.

—Nunca jamás vuelvas a cerrarme una puerta —dijo él, amenazador.

Daphne se encogió de hombros. ¡Se encogió de hombros!

—Quería privacidad.

Simon avanzó un poco.

—Quiero que trasladen tus cosas a nuestro dormitorio por la mañana. Y tú vendrás esta misma noche.

—No.

—¿Qué diablos quieres decir con eso?

—¿Qué diablos crees que quiero decir con eso? —respondió ella.

Simon no sabía si estaba más enfadado porque lo estaba desafiando o porque estaba maldiciendo en voz alta.

—No —dijo ella, más tranquila— quiere decir no.

—¡Eres mi mujer! —gritó él—. Dormirás conmigo. En mi cama.

—No.

—Daphne, te lo advierto...

Daphne entrecerró los ojos.

—Tú has decidido negarme algo. Bueno, pues yo también he decidido negarte algo: a mí.

Simon se quedó mudo. Totalmente mudo.

Sin embargo, ella continuó. Caminó hasta la puerta y, con un gesto bastante brusco, le indicó que saliera.

—Sal de mi dormitorio.

Simon empezó a temblar de rabia.

—Este dormitorio es mío —dijo—. Tú eres mía.

—Aquí no hay nada tuyo excepto el título de tu padre —respondió ella—. Ni siquiera tú mismo.

A Simon, de la ira, le empezaron a silbar los oídos. Retrocedió un paso, temeroso de que, si no lo hacía, era capaz de hacerle daño a Daphne.

—¿Qué demonios quieres d-decir?

Ella volvió a encogerse de hombros, maldita sea.

—Descúbrelo tú mismo —dijo.

Todas las buenas intenciones de Simon cayeron en saco roto porque caminó hacia ella y la cogió por los brazos con mucha fuerza. Sabía que le estaba haciendo daño, pero no podía hacer nada contra la rabia que le corría por las venas.

—Explícate —dijo, entre dientes porque no podía ni mover la mandíbula—. Ahora.

Los ojos de Daphne encontraron los de él con una mirada tan explícita que Simon estuvo a punto de derretirse.

—No eres tú mismo —dijo ella, sencillamente—. Tu padre sigue dirigiéndote desde la tumba.

Simon se estremeció, pero no dijo nada.

—Tus acciones, tus decisiones... —continuó Daphne, con ojos llenos de tristeza— no tienen nada que ver contigo, con lo que quieres o lo que necesitas. Simon, todo lo que haces, cada palabra que dices, solo es para vengarte de él. —Al final, terminó la frase con la voz totalmente rota—. Y ni siquiera está vivo.

Simon se acercó a ella con una mirada extraña y rapaz.

—No todo lo que hago —dijo, casi susurrando—. No cada palabra que digo.

Daphne se puso un poco nerviosa por aquella expresión en sus ojos.

—¿Simon? —preguntó, dubitativa.

De repente, el valor que la había empujado a enfrentarse a él, un hombre que era dos veces más grande y tres veces más fuerte, desapareció.

El dedo índice de Simon descendió por el brazo de su mujer. Daphne llevaba una bata de seda, pero igualmente sentía el ardor de su piel. Él se acercó más y le cubrió la nalga con una mano.

—Cuando te toco así —susurró, su voz peligrosamente cerca del oído de Daphne—, no tiene nada que ver con él.

Daphne se estremeció, odiándose por quererlo. Odiándolo por hacer que lo quisiera.

—Cuando mis labios te acarician la oreja —dijo, mordiéndole el lóbulo—, no tiene nada que ver con él.

Daphne intentó zafarse de él, pero cuando le colocó las manos en los hombros para separarse, solo pudo agarrarse a él con más fuerza.

Él empezó a empujarla, lenta e inexorablemente, hacia la cama.

—Y cuando te llevo a la cama —añadió, con la voz ardiendo contra el cuello de Daphne— y estamos piel con piel, solo estamos los dos...

—¡No! —gritó ella, separándose de él con todas sus fuerzas.

Simon retrocedió, sorprendido.

—Cuando me llevas a la cama —dijo ella—, nunca estamos solo los dos. Tu padre siempre está presente.

Simon, que había metido las manos por debajo de las grandes mangas de la bata, le clavó los dedos contra la carne. No dijo nada, pero tampoco era necesario. El frío odio que se reflejaba en sus ojos lo decía todo.

—¿Puedes mirarme a la cara —susurró ella— y decirme que cuando te apartas de mí para derramarte encima de las sábanas estás pensando en mí?

Simon tenía todos los músculos de la cara tensos y la estaba mirando fijamente a la boca.

Daphne agitó la cabeza y se soltó de sus manos, que se habían aflojado.

—Me lo suponía —dijo, en voz baja.

Se alejó de él y de la cama. Estaba segura de que, si lo decidía, Simon podría seducirla. La besaría y la acariciaría hasta llevarla al éxtasis, y entonces, por la mañana, ella lo odiaría.

Y se odiaría a sí misma todavía más.

La habitación estaba en silencio mientras cada uno de ellos estaba a un lado. Simon estaba de pie con los brazos a los lados, con una expresión entre sorpresa, dolor y rabia. Pero sobre todo, pensó Daphne, sintiendo una punzada en el corazón, ya que cuando lo miró a los ojos parecía confundido.

—Creo —dijo ella, suavemente— que sería mejor que te marcharas.

Él levantó la mirada.

—Eres mi mujer.

Ella no dijo nada.

—Legalmente, eres mía.

Daphne lo miró y dijo:

—Es cierto.

Simon redujo el espacio que los separaba a nada en un segundo y apoyó las manos en sus hombros.

—Puedo hacer que me quieras —le susurró.

—Lo sé.

Habló todavía más bajo, con un toque de urgencia.

—Y, aunque no pudiera, eres mía. Me perteneces. Podría obligarte a dejarme quedar.

Daphne se sintió como una mujer de cien años cuando dijo:

—Nunca harías algo así.

Y Simon sabía que tenía razón, así que se alejó de ella y salió de la habitación.

18

¿Son imaginaciones de esta autora o los caballeros de la alta sociedad londi-
nense están bebiendo más de la cuenta últimamente?

Revista de sociedad de lady Whistledown,
4 de junio de 1813

Simon salió y se emborrachó. No solía hacerlo demasiado a menudo. En realidad, no era algo que le gustara especialmente, pero de todos modos lo hizo.

Junto al mar, a pocos kilómetros de Clyvedon, había muchos bares. Y
también había muchos marineros buscando pelea. Dos de ellos encontraron
a Simon.

Los apaleó a los dos.

Sentía una rabia en su interior que había estado alimentando su alma
durante años. Ahora, por fin había encontrado una vía de escape y había
necesitado muy poca provocación para hacer saltar la chispa.

Para entonces, ya estaba muy borracho así que, cuando golpeaba las caras coloradas de los marineros, no los veía a ellos, sino a su padre. Cada puñetazo iba dirigido a aquella eterna mirada de rechazo. Y le gustaba. Nunca
se había considerado un hombre particularmente violento pero, demonios,
le gustaba.

Cuando acabó con los dos marineros, nadie más se atrevió a acercársele.
La gente del pueblo sabía reconocer la fuerza pero, ante todo, sabía reconocer la rabia. Y todos sabían que, de las dos cosas, la segunda era realmente
mortal.

Simon se quedó en el bar hasta que alumbraron las primeras luces del
alba. Bebía directamente de la botella que había pagado y cuando llegó la

hora de marcharse, se levantó con algún que otro problema, se metió la botella en el bolsillo y se fue a casa.

De camino, siguió bebiendo; aquel whisky de mala calidad le quemaba el cuello. Y a medida que se iba emborrachando más y más, solo tenía una cosa en la cabeza.

Quería recuperar a Daphne.

Era su mujer, maldita sea. Se había acostumbrado a tenerla cerca. No podía coger y marcharse de su habitación así como así.

La recuperaría. La seduciría y se la ganaría y...

Simon eructó, algo bastante poco atractivo. Bueno, tendría que bastar con seducirla y ganársela, porque estaba demasiado borracho para pensar en otra cosa.

Cuando llegó al castillo de Clyvedon estaba muy, muy ebrio. Y, cuando se presentó en la puerta de Daphne, hizo tanto ruido que podría haber despertado a los muertos.

—¡Daphneeeeeeeeeeeeee! —gritó, intentando ocultar la nota de desesperación que había en su voz. Tampoco hacía falta sonar tan patético.

Frunció el ceño, pensativo. Por otro lado, si sonaba desesperado, tendría más posibilidades de que ella abriera la puerta. Gimoteó un par de veces, y luego volvió a gritar:

—¡Daphneeeeeeeeee!

Cuando no obtuvo respuesta inmediatamente, se apoyó en la puerta, básicamente, porque su sentido del equilibrio estaba nadando en whisky.

—Oh, Daphne —dijo, suspirando, con la frente apoyada en la puerta de madera—. Si tú...

Se abrió la puerta y Simon cayó al suelo.

—¿Tenías que...? ¿Tenías que abrir tan... tan rápido? —farfulló.

Daphne, que seguía de pie, con el camisón, miró el deshecho humano que había en el suelo y casi no reconoció a su marido.

—Dios mío, Simon —dijo—. ¿Qué te ha...? —Se arrodilló para ayudarlo, pero retrocedió de golpe cuando olió su aliento—. ¡Estás borracho! —dijo, acusándolo.

Simon asintió.

—Así es.

—¿Dónde has estado? —preguntó ella.

Parpadeó y luego la miró como si nunca hubiera escuchado esa estúpida pregunta.

—Fuera, pensando —dijo, y eructó.

—Simon, deberías estar en la cama.

Volvió a asentir, aunque esta vez con más vigor y entusiasmo.

—Sí, es cierto.

Intentó levantarse, pero solo pudo ponerse en cuclillas, porque luego cayó otra vez hacia atrás.

—Hum... —dijo, mirándose las piernas—. Hum... ¡Qué raro! —Levantó la cabeza para mirar a Daphne terriblemente confundido—. Habría jurado que eran mis piernas.

Daphne puso los ojos en blanco.

Simon intentó levantarse otra vez, con el mismo resultado.

—Me parece que las piernas no me funcionan demasiado bien —dijo.

—¡Lo que no te funciona bien es el cerebro! —exclamó Daphne—. ¿Qué voy a hacer contigo?

Simon la miró y sonrió.

—¿Quererme? Dijiste que me querías, ¿recuerdas? —Frunció el ceño—. No creo que puedas retirarlo ahora.

Daphne suspiró. Debería estar furiosa con él, ¡maldita sea, lo estaba!, pero era difícil mantener unos niveles de enfado normales cuando tenía tan mal aspecto.

Además, con tres hermanos mayores, ya tenía algo de experiencia con los borrachos. Solo tenía que dormir, nada más. Se levantaría con un dolor de cabeza horrible, que posiblemente se lo merecería, e insistiría en tomarse algún mejunje que estaba convencido de que lo curaría.

—¿Simon? —preguntó, pacientemente—. ¿Estás muy borracho?

Él sonrió.

—Mucho.

—Me lo imaginaba —dijo ella, entre dientes. Se agachó y le pasó las manos por debajo de los brazos—. Venga, levántate; tenemos que ir a la cama.

Pero él no se movió; se quedó ahí sentado mirándola con la cara más tonta que pudo.

—¿Por qué tengo que levantarme? —dijo—. ¿No puedes sentarte aquí conmigo? —Le abrazó las piernas—. Siéntate conmigo, Daphne.

—¡Simon!

Él dio unos golpecitos en la alfombra, a su lado.

—Aquí abajo se está muy bien.

—No, Simon, no puedo sentarme contigo —dijo ella, soltándose—. Tienes que acostarte. —Intentó moverlo otra vez, pero no pudo—. Por todos los santos —dijo, agotada, para sí misma—, ¿por qué has tenido que salir a emborracharte?

Se suponía que él no debía haberla escuchado pero lo hizo, porque la miró con la cabeza ladeada y dijo:

—Quería recuperarte.

Daphne abrió la boca, sorprendida. Los dos sabían lo que tenía que hacer para recuperarla, pero Daphne pensó que estaba demasiado ebrio para mantener una conversación sobre ese tema. De modo que lo cogió del brazo y dijo:

—Hablaremos de eso mañana, Simon.

Él parpadeó varias veces a gran velocidad.

—Creo que ya es mañana. —Giró la cabeza de un lado a otro, buscando la ventana. Las cortinas estaban corridas, pero la luz del nuevo día asomaba entre las costuras—. ¿Ves? Ya es mañana.

—Entonces, hablaremos por la noche —dijo ella, un poco desesperada. Estaba tan cansada de intentar levantarlo que sentía como si le hubieran pasado el corazón por un molino de viento; no creía que pudiera aguantar mucho más—. Simon, por favor, dejémoslo por ahora.

—Verás, Daphne... —Agitó la cabeza, como si quisiera aclararse un poco.

Daphne no pudo reprimir una sonrisa.

—Dime, Simon.

—El problema... —Se rascó la cabeza—. No lo entiendes.

—¿Qué no entiendo? —dijo ella, con ternura.

—Por qué no puedo hacerlo —dijo.

Levantó la cara para mirarla a los ojos y Daphne estuvo a punto de abalanzarse sobre él al ver la mirada tan triste de sus ojos.

—Nunca quise hacerte daño, Daff —dijo, sinceramente—. Lo sabes, ¿verdad?

Ella asintió.

—Ya lo sé, Simon.

—Bien, porque la verdad es que... —Respiró tan hondo que se le estremeció todo el cuerpo—. No puedo hacer lo que tú quieres.

Daphne no dijo nada.

—Toda mi vida —dijo él, con tristeza—, él siempre ha ganado. ¿Lo sabías? Siempre ha ganado él. Y esta vez voy a ganar yo. —Con un gran y extraño movimiento, dibujó un arco horizontal con el brazo y se señaló el pecho con el dedo pulgar—. Yo. Por una vez, quiero ganar yo.

—Simon —susurró ella—, ganaste hace tiempo. En el momento en que superaste sus expectativas, ganaste. Cada vez que superabas tus miedos, hacías un nuevo amigo o viajabas a un nuevo país, estabas ganando. Hiciste todo lo que él nunca quiso que hicieras. —Se le quebró la voz y se encogió de hombros—. Le ganaste. Ya está. ¿Por qué no quieres verlo?

Simon meneó la cabeza.

—No quiero convertirme en lo que él quería —dijo—. Y aunque... —hipó— y aunque nunca esperó nada de m-mí, lo que qu-quería era un hijo perfecto, alguien que se convirtiera en un d-duque perfecto, que se c-casara con la duquesa perfecta y tuvieran hijos p-perfectos.

Daphne se mordió el labio inferior. Ya volvía a tartamudear. Debía de estar realmente enfadado. Sintió que se le rompía el alma por él, por el niño que no quería otra cosa que la aprobación de su padre.

Simon ladeó la cabeza y la miró con una sorprendente mirada.

—Le habrías gustado.

—Oh —dijo Daphne, sin saber demasiado bien cómo tomárselo.

—Y... —se encogió de hombros y la miró, riéndose—, de todos modos, me casé contigo.

Parecía tan sincero que era difícil no abrazarlo y darle cariño. Pero no importaba el dolor que sintiera o había sentido, porque lo estaba enfocando todo muy mal. La mejor venganza contra su padre sería, sencillamente, vivir una vida plena y feliz, y alcanzar todas las metas que su padre tanto se había esforzado en negarle.

Daphne se tragó su frustración. No veía cómo Simon podía llevar una vida feliz si todas sus decisiones se basaban en amargar los deseos de un hombre muerto.

Pero no quería pensar en eso. Estaba cansada y él estaba ebrio, y no era el mejor momento.

—Vamos a acostarte —dijo, al final.

Él la miró un buen rato con los ojos llenos de las ganas de cariño acumuladas durante años.

—No me dejes —susurró.

—Simon —dijo ella.

—Por favor. Él se marchó. Todo el mundo se marchó. Luego me marché yo. —La cogió de la mano—. Tú quédate.

Ella asintió y se puso de pie.

—Puedes dormir en mi cama —dijo—. Estoy segura de que te encontrarás mejor por la mañana.

—Pero, ¿te quedarás conmigo?

Era un error. Ella lo sabía pero, aun así, dijo:

—Me quedaré aquí contigo.

—Bien. —Se puso de pie como pudo—. Porque no podría... de verdad. —Suspiró y la miró, angustiado—. Te necesito.

Daphne lo llevó hasta la cama y estuvo a punto de caer encima de él cuando lo acostó.

—No te muevas —le dijo, arrodillándose para quitarle las botas.

Ya lo había hecho antes con sus hermanos, de modo que sabía que tenía que tirar del talón, no de la punta, pero eran muy justas y acabó rodando por el suelo cuando el calzado cedió.

—¡Dios mío! —dijo, levantándose para repetir el proceso con la otra bota—. Y luego dicen que las mujeres somos esclavas de la moda.

Simon hizo un ruido que pareció un ronquido.

—¿Estás dormido? —preguntó Daphne, incrédula.

Tiró de la otra bota, que costó un poco menos de sacar; entonces le levantó las piernas, que pesaban como dos muertos, y se las colocó encima de la cama.

Simon parecía más joven y tranquilo con los mechones de pelo rozándole las mejillas. Daphne se acercó a él y le apartó el pelo de la frente.

—Buenas noches, amor mío.

Pero, cuando se giró para marcharse, Simon estiró un brazo y la cogió por la muñeca.

—Dijiste que te quedarías.

—¡Pensaba que estabas dormido!

—Eso no te da derecho a romper tu promesa.

La estiró con fuerza y Daphne, al final, no se resistió y se estiró junto a él. Estaba allí y era suyo y, por mucha incertidumbre que sintiera sobre su futuro, en ese momento no pudo resistirse a su cariñoso abrazo.

Daphne se despertó una hora más tarde, sorprendida de haberse quedado dormida. Simon estaba a su lado, roncando suavemente. Los dos estaban vestidos: Simon, con la ropa que apestaba a whisky, y Daphne con el camisón.

Con cuidado, le acarició la mejilla.

—¿Qué voy a hacer contigo? —susurró—. Te quiero, ya lo sabes. Te quiero, pero odio lo que te estás haciendo. —Respiró hondo, temblorosa—. Y a mí. Odio lo que me estás haciendo.

Él se movió un poco y, por un momento, Daphne tuvo miedo de haberlo despertado.

—¿Simon? —dijo, y suspiró tranquila cuando él no respondió.

Sabía que no debería haber dicho en voz alta palabras que no estaba segura de que Simon estuviera preparado para escuchar, pero parecía tan inocente allí dormido... Era mucho más fácil confesarle sus más íntimos pensamientos cuando estaba así.

—Oh, Simon —dijo, suspirando, y cerró los ojos contra las lágrimas que le resbalaban por las mejillas.

Debería levantarse. Estaba convencida de que debería levantarse y dejarlo solo. Entendía por qué era tan contrario a traer un niño a este mundo, pero no lo había perdonado y, sobre todo, no compartía su opinión. Si se despertaba y la encontraba allí entre sus brazos, podría pensar que estaba de acuerdo con su idea de familia.

Muy despacio, intentó separarse de él. Pero Simon la abrazó con más fuerza y, con la voz dormida, dijo:

—No.

—Simon, yo...

La atrajo más y Daphne vio que estaba totalmente excitado.

—¿Simon? —dijo, abriendo los ojos—. ¿Estás despierto?

Su respuesta fue un gruñido somnoliento y, aunque no hizo ningún intento de seducción, la atrajo más hacia él.

Daphne parpadeó sorprendida. Nunca se había dado cuenta de que un hombre podía desear a una mujer estando dormido.

Ella se giró para mirarlo a la cara, luego alargó la mano y le acarició la mandíbula. Simon emitió un gruñido. Un sonido profundo que hizo perder la cabeza a Daphne. Lentamente, le desabotonó la camisa, con una única pausa para acariciarle el ombligo.

Él se acomodó un poco más y Daphne tuvo una extraña y arrolladora sensación de poder. Lo tenía bajo su control. Estaba dormido, profundamente dormido por la borrachera, así que podía hacer con él lo que quisiera.

Podía obtener de él lo que quisiera.

Una rápida mirada a su cara le dijo que seguía durmiendo, así que empezó a desabotonarle los pantalones. La erección era total y poderosa, y ella le tomó el duro miembro con una mano, sintiendo los fuertes latidos del corazón en las venas.

—Daphne —dijo él. Abrió los ojos y gimió primitivamente—. Oh, Dios. Es increíble.

—Shhh —dijo ella, quitándose el camisón—. Déjame a mí.

Él se colocó boca arriba con los puños cerrados a los lados, mientras ella lo acariciaba. Le había enseñado mucho en las dos escasas semanas de matrimonio y, por eso, no tardó demasiado en retorcerse de deseo y respirar entrecortadamente.

Y, Dios la asista, ella también lo deseaba. Se sentía tan poderosa encima de él. Tenía el control y era la sensación más afrodisíaca que había conocido. Sintió un cosquilleo en el estómago, luego un nudo y entonces supo que lo necesitaba.

Quería tenerlo dentro, llenándola, dándole todo lo que un hombre tiene que darle a una mujer.

—Oh, Daphne —dijo él, agitando la cabeza de un lado a otro—. Te necesito. Te necesito ahora.

Ella se colocó encima de él y se apoyó en sus hombros mientras se sentaba a horcajadas encima. Con la mano, lo guio hasta ella, que ya estaba húmeda de deseo.

Simon se arqueó debajo de ella y Daphne, lentamente, se deslizó hacia abajo hasta que Simon la había penetrado casi totalmente.

—Más —gruñó él—. Ahora.

Daphne echó la cabeza hacia atrás y pegó sus caderas a las suyas. Lo agarraba con fuerza por los hombros mientras recuperaba las respiración. Simon estaba completamente dentro de ella y Daphne creyó que se moriría del placer que sentía. Nunca se había sentido tan plena ni tan mujer.

Apoyó las rodillas en el colchón mientras empezó a moverse, arqueando el cuerpo. Se puso las manos encima del estómago mientras se retorcía y luego, en un momento dado, las subió y se cubrió los pechos con ellas.

Simon emitió un gemido gutural mientras la observaba, con la mirada fija en ella mientras el pecho subía y bajaba con respiraciones entrecortadas.

—¡Dios mío! —dijo, con la voz ahogada—. ¿Qué me estás haciendo? ¿Qué has...? —Entonces Daphne se acarició un pezón y el cuerpo de Simon se levantó con fuerza—. ¿Dónde has aprendido eso?

Ella lo miró y le sonrió, descarada.

—No lo sé.

—Más —gruñó Simon—. Quiero mirarte.

Daphne no sabía demasiado bien qué hacer, así que se dejó llevar por el instinto. Empezó a girar las caderas contra las de Simon en movimientos circulares, haciendo que los pechos se movieran de arriba abajo. Se los cubrió con las manos, los apretó, jugueteó con los pezones entre los dedos, y todo sin apartar la ojos de Simon.

Él empezó a mover las caderas cada vez con más fuerza y se agarró a las sábanas. Y Daphne se dio cuenta de que estaba a punto de alcanzar el orgasmo. Siempre estaba demasiado preocupado por darle placer a ella y por asegurarse de que ella alcanzara el clímax antes de concederse ese privilegio a él mismo, pero esta vez sería él quien lo alcanzara primero.

Ella estaba cerca, pero no tanto como él.

—¡Oh, Dios! —exclamó, de repente, Simon—. Voy a... No puedo.

Miró a Daphne con ojos suplicantes e hizo un débil intento por separarse.

Daphne se hundió contra él con todas sus fuerzas.

Él se derramó en su interior, levantando las caderas con tanto ímpetu que también la levantó a ella. Daphne lo rodeó con los brazos para aferrarse todavía más a él. Esta vez, no iba a perderlo. No iba a perder esta oportunidad.

En ese momento, Simon abrió los ojos para darse cuenta de lo que había hecho, aunque ya era demasiado tarde. No había ninguna manera de frenar el poder del clímax. Si hubiera estado encima de ella, a lo mejor habría encontrado fuerzas para separarse pero, al estar debajo y observarla juguetear con su cuerpo y encendiéndolo de deseo, no pudo controlar la fuerza de su propio deseo.

Mientras apretaba los dientes y su cuerpo se sacudía, sintió las manos de Daphne que lo rodeaban y lo aferraban con fuerza hacia ella. Vio la expresión de puro éxtasis en la cara de Daphne y entonces, de repente, se dio cuenta... Lo había hecho a propósito. Lo había planeado todo.

Daphne lo había excitado mientras dormía, se había aprovechado de su embriaguez y lo había apretado contra ella hasta que se había derramado en su interior.

Abrió los ojos y la miró fijamente.

—¿Cómo has podido? —susurró.

Ella no dijo nada, pero Simon vio que le cambió la cara y supo que lo había oído.

Simon se la quitó de encima justo cuando empezó a notar que los músculos de ella se tensaban alrededor de su cuerpo, negándole de manera salvaje el placer que él acababa de disfrutar.

—¿Cómo has podido? —repitió—. Lo sabías. Sabías qu-que yo-yo-yo...

Daphne se había acurrucado a los pies de la cama, con las piernas apretadas contra el pecho, obviamente decidida a no dejar escapar ni una gota de él.

Simon maldijo en voz baja mientras salió de la cama de un salto. Abrió la boca para insultarla, para castigarla por haberlo traicionado, por haberse aprovechado de él, pero se le cerró la garganta, la lengua le pesaba mucho y no podía ni empezar una palabra, así que ni pensar en terminarla.

—T-t-tú... —consiguió decir, al final.

Daphne lo miró, horrorizada.

—¿Simon? —susurró.

Él no quería eso. No quería que ella lo mirara como si fuera un bicho raro. Maldita sea, se sintió como cuando tenía siete años. No podía hablar. No podía hacer funcionar la boca. Estaba perdido.

El rostro de Daphne se impregnó de preocupación. Una preocupación protectora y no deseada.

—¿Estás bien? —preguntó—. ¿Puedes respirar?

—N-n-n-n-n... —Estaba lejos del «No me compadezcas» que quería gritarle.

Sentía la presencia burlona de su padre cerrándole la garganta e inmovilizándole la lengua.

—¿Simon? —corrió a su lado, muy asustada—. ¡Simon, di algo!

Alargó un brazo para acariciarle la espalda, pero él se lo rechazó.

—¡No me toques! —exclamó.

Daphne retrocedió.

—Supongo que hay cosas que sí puedes decir —dijo ella, muy triste.

Simon se odiaba a sí mismo, odiaba la voz que lo había abandonado y odiaba a su mujer porque tenía el poder para reducir su control a nada. Esta pérdida del habla, el nudo en la garganta, la extraña sensación... Había trabajado mucho toda su vida para eliminarlos y ahora ella los había hecho aparecer otra vez, y con fuerza.

No podía dejar que le hiciera esto. No podía permitir que Daphne lo convirtiera en lo que había sido una vez.

Intentó decir su nombre, pero no consiguió nada.

Tenía que marcharse. No podía mirarla. No podía estar con ella. Ni siquiera quería estar con él pero, desgraciadamente, aquello no tenía remedio.

—N-no t-te ac-acerques —le dijo, señalándola con el dedo mientras se ponía los pantalones—. ¡T-t-t-tú has hecho esto!

—¿El qué? —gritó Daphne, envolviéndose con una sábana—. Simon, basta ya. ¿Qué he hecho? Me deseabas. Sabes que me deseabas.

—¡E-e-esto! —exclamó, señalándose la boca. Luego, señalándole la barriga, añadió—. ¡E-e-eso!

Y entonces, incapaz de soportar verla más, salió de la habitación.

Ojalá pudiera escapar de él mismo con la misma facilidad.

Diez horas después, Daphne encontró una nota:

Asuntos urgentes requieren mi presencia en otra propiedad. Confío en que, si tus intentos de concepción dan su fruto, me lo notifiques.

Mi asistente te dará mi dirección, por si la necesitas.

Simon

La hoja de papel se escurrió entre los dedos de Daphne y cayó lentamente al suelo. Se le escapó un sollozo y se tapó la boca con las manos, como si así pudiera detener la oleada de emociones que sentía.

La había dejado. La había dejado de verdad. Sabía que estaba enfadado y que, quizá, nunca la perdonaría, pero nunca se había planteado que fuera a dejarla.

Había pensado, incluso cuando salió hecho una fiera del dormitorio, que podrían solucionar sus diferencias, pero ahora ya no estaba tan segura.

A lo mejor había sido demasiado idealista. Egoístamente, había pensado que podría curarlo, que podría llenarle el corazón. Pero ahora se daba cuenta de que se había atribuido más valor del que en realidad tenía. Creía que su amor era tan puro y bueno que Simon olvidaría inmediatamente tantos años de resentimiento y dolor que le habían amargado la vida.

Se había creído demasiado importante. Y ahora se sentía muy estúpida.

Había cosas que quedaban fuera de su alcance. En su apacible vida, nunca hasta ahora se había dado cuenta de eso. No esperaba que le sirvieran el mundo en bandeja de plata, pero siempre había creído que si se esforzaba lo suficiente por conseguir algo, obtendría una recompensa.

Pero esta vez no había sido así. Simon estaba fuera de su alcance.

Mientras Daphne bajaba al salón amarillo, parecía que la casa estaba desierta. Se preguntó si los sirvientes se habrían enterado de la marcha de su marido y la estaban evitando a propósito. Seguramente, escucharon los gritos de la noche anterior.

Daphne suspiró. El dolor es mucho menos llevadero cuando se tiene un pequeño ejército de testigos.

O testigos invisibles, sería más adecuado, pensó mientras tocaba la campana. No los oía pero sabía que estaban allí, susurrando a sus espaldas y compadeciéndola.

Resultaba irónico pensar que, hasta ahora, nunca había prestado atención a los chismes del servicio. Pero ahora —se dejó caer en el sofá con un pequeño gemido—, se sentía desdichadamente sola. ¿Qué otra cosa se suponía que debía pensar?

—¿Señora?

Daphne levantó la mirada y vio a una doncella joven esperando en la puerta. La chica hizo una pequeña reverencia y miró a Daphne un poco a la expectativa.

—Té, por favor —dijo Daphne, pausadamente—. Sin galletas, solo té.

La doncella asintió y se fue.

Mientras esperaba que la chica regresara, Daphne se acarició el abdomen y bajó la cabeza. Cerró los ojos y rezó una oración:

—Por favor, Dios mío, por favor; haz que haya quedado embarazada.

A lo mejor no tendría otra oportunidad.

No se arrepentía de sus actos. Suponía que debería hacerlo, pero no era así.

No lo había planeado. No lo había mirado mientras dormía y pensado: «Seguramente, todavía estará ebrio. Puedo hacerle el amor, obtener su semen y él nunca lo sabrá».

No había ocurrido así.

No sabía demasiado bien cómo había ocurrido pero, en un momento, estaba encima de él y, al momento siguiente, se dio cuenta de que Simon no iba a poder retirarse a tiempo y se aseguró de que no podría...

O, a lo mejor... Cerró los ojos. Muy fuerte. A lo mejor, había sido al revés. A lo mejor sí que se había aprovechado de algo más que del momento; a lo mejor se había aprovechado de él.

No lo sabía. Todo había pasado muy deprisa. El tartamudeo de Simon, su deseo desesperado por tener un hijo, el odio de Simon hacia su padre... Tenía tantas cosas en la cabeza que era incapaz de establecer los límites de una y otra.

Y se sentía tan sola...

Oyó la puerta y se giró, esperando ver a la tímida doncella con la bandeja del té pero, en su lugar, entró la señora Colson. Tenía la cara demacrada y la preocupación reflejada en los ojos.

Daphne le sonrió.

—Esperaba a la doncella —dijo.

—Tenía que atender unos asuntos en la habitación de al lado, así que decidí traerle el té yo misma —dijo la señora Colson.

Daphne sabía que mentía, pero asintió de todos modos.

—La doncella dijo que no quería galletas —añadió la señora Colson—, pero sé que no ha desayunado, así que le he traído unas cuantas de todos modos.

—Se lo agradezco —dijo Daphne, sin reconocer el sonido de su voz. Le parecía muy plana, como si fuera de otra persona.

—No me supone ningún problema, se lo aseguro. —Pareció que el ama de llaves quería decir algo más pero, al final, se irguió y preguntó—: ¿Necesitará algo más?

Daphne negó con la cabeza.

La señora Colson se fue hacia la puerta y, por un momento, Daphne estuvo a punto de llamarla. Casi pronunció su nombre y le pidió que se sentara con ella y se tomara una taza de té. Entonces, habría podido explicarle su secreto y sus miserias, y habría podido llorar.

Y no porque fuera particularmente íntima con ella, sino porque no tenía a nadie más.

Pero no lo hizo y la señora Colson se fue.

Daphne cogió una galleta y la mordió. A lo mejor, pensó, era hora de volver a casa.

19

Hoy han visto a la nueva duquesa de Hastings en Mayfair. Philipa Feathe-rington vio a la anterior señorita Daphne Bridgerton tomando un poco el aire por los alrededores de su casa. La señorita Featherington la llamó, pero la duquesa hizo ver que no la había oído.

Y sabemos que lo hacía ver porque uno tendría que ser sordo para no oír los gritos de la señorita Featherington.

REVISTA DE SOCIEDAD DE LADY WHISTLEDOWN,
9 de junio de 1813

Con el paso de los días, Daphne descubrió que el dolor de cabeza era continuo. La punzada de dolor que sentía con cada respiración daba paso a un dolor más amortiguado como los que uno casi puede ignorar, aunque no del todo.

Se marchó de Clyvedon al día siguiente de la partida de Simon, y se fue a Londres con la intención de volver a Bridgerton House. Sin embargo, volver a casa de su familia supondría aceptar que había fracasado, de modo que, en el último momento, le dijo al cochero que se dirigiera a Hastings House. Si necesitaba a su familia la tendría cerca, pero ahora era una mujer casada y tenía que estar en su casa.

Así que se presentó al servicio, que la aceptó sin rechistar, aunque no sin mucha curiosidad, y se zambulló en su nueva vida de esposa abandonada.

Su madre fue la primera visita que recibió. Daphne no se había molestado en comunicarle a nadie más su regreso a Londres, así que aquello no fue una gran sorpresa.

—¿Dónde está? —preguntó Violet, directamente.

—Mi marido, supongo.

—No, tu tío abuelo Edmund —dijo Violet, muy irónica—. Claro que hablo de tu marido.

Daphne no miró a los ojos a su madre cuando dijo:

—Creo que está atendiendo otros asuntos en una de sus propiedades del campo.

—¿Crees?

—Bueno, lo sé —corrigió Daphne.

—¿Y sabes por qué no estás con él?

A Daphne se le pasó por la cabeza mentirle a su madre. Quiso negar descaradamente lo evidente y explicarle a su madre alguna tontería sobre una emergencia con los arrendatarios o una enfermedad del ganado o cualquier otra cosa. Pero, al final, le empezaron a temblar los labios, a resbalarle lágrimas por las mejillas y, con un hilo de voz, dijo:

—Porque no quiso llevarme con él.

Violet le cogió las manos.

—Oh, Daff —dijo, suspirando—. ¿Qué ha pasado?

Daphne se dejó caer en el sofá llevándose a su madre consigo.

—Más de lo que podría explicar.

—¿Quieres intentarlo?

Daphne agitó la cabeza. Nunca, ni una vez en su vida, le había escondido algo a su madre. Siempre lo había podido hablar todo con ella.

Sin embargo, esto no.

Le dio unos golpecitos en la mano.

—Estaré bien.

Violet no pareció demasiado convencida.

—¿Estás segura?

—No —dijo Daphne, mirando al suelo—. Pero tengo que creérmelo.

Violet se fue y Daphne se cubrió el abdomen con la mano y rezó.

Colin fue el siguiente en ir a verla. Una semana después, Daphne volvió de un rápido paseo por el parque y se lo encontró en el salón, con los brazos cruzados y muy furioso.

—Ah —dijo Daphne, quitándose los guantes—. Veo que te has enterado de mi regreso.

—¿Qué demonios está pasando? —preguntó él.

Daphne vio claro que Colin no había heredado la sutileza de su madre.

—¡Habla! —exclamó.

Ella cerró los ojos un momento. Solo un momento para intentar amortiguar el dolor de cabeza que la llevaba persiguiendo durante días. No quería explicarle sus problemas a Colin. Ni siquiera quería decirle lo poco que le había dicho a su madre, aunque supuso que ya lo sabía. Las noticias volaban en Bridgerton House.

—¿Y con eso quieres decir que...?

—Quiero decir —dijo Colin—: ¿Dónde está tu marido?

—Está ocupado en otro lugar —respondió Daphne. Sonaba mucho mejor que «Me ha dejado».

—Daphne... —El tono de Colin iba cargado de advertencia.

—¿Has venido solo? —preguntó ella, ignorando la pregunta.

—Anthony y Benedict estarán en el campo todo el mes, si es eso lo que quieres saber —dijo Colin.

Daphne estuvo a punto de suspirar aliviada. Lo último que necesitaba en esos momentos era enfrentarse a sus hermanos mayores. Ya había evitado que Anthony matara a Simon una vez y no estaba segura de poder volver a hacerlo. Sin embargo, antes de que pudiera decir algo, Colin añadió:

—Daphne, te ordeno que me digas ahora mismo dónde está escondido ese bastardo.

Daphne notó que enfurecía. Ella tenía el derecho a llamar a su marido como quisiera, pero su hermano, no.

—Supongo que cuando dices «ese bastardo» te refieres a mi marido —dijo ella, muy seria.

—¡Maldita sea! ¡Claro que sí!

—Voy a tener que pedirte que te marches.

Colin la miró como si, de repente, a su hermana le hubieran salido cuernos.

—¿Cómo dices?

—No tengo ninguna intención de discutir mi matrimonio contigo, así que si no puedes guardarte tu opinión cuando nadie te la ha pedido, tendrás que marcharte.

—No puedes pedirme que me vaya —dijo él, incrédulo.

Ella se cruzó de brazos.

—Es mi casa.

Colin la miró y luego miró alrededor, el salón de la duquesa de Hastings, y luego volvió a mirar a Daphne como si acabara de darse cuenta de que su hermana pequeña, a la que siempre había visto como la extensión alegre de sí mismo, se había convertido en toda una mujer.

Alargó el brazo y la cogió de la mano.

—Daff —dijo—, dejaré que manejes la situación como a ti te parezca mejor.

—Gracias.

—Por ahora —la advirtió Colin—. No creas que dejaré que esta situación continúe así indefinidamente.

Pero no lo haría, pensó Daphne media hora después de que Colin se hubiera marchado. La situación no podía continuar así indefinidamente. Dentro de quince días tendría la respuesta a todo.

Cada mañana, Daphne se levantaba conteniendo la respiración. Incluso antes de la fecha señalada, se mordía el labio inferior, rezaba una oración y levantaba las sábanas buscando manchas de sangre.

Y cada mañana solo veía sabanas blancas impolutas.

Una semana después del día que le tenía que venir la menstruación, empezó a albergar esperanzas. Sus ciclos nunca habían sido puntuales, de modo que, pensó, todavía podía venirle. Sin embargo, nunca se le había retrasado tanto...

Una semana después, se despertaba cada día sonriendo y se aferraba a su secreto como si fuera un tesoro. Todavía no estaba preparada para compartirlo con nadie. Ni con su madre, ni con sus hermanos ni mucho menos con Simon.

No se sintió demasiado culpable por escondérselo. Después de todo, él le había negado su semen. Pero, lo más importante, temía que su reacción fuera muy negativa y no estaba preparada para dejar que su decepción le arruinara su alegría. Sin embargo, le hizo llegar una misiva a su asistente pidiéndole la dirección de Simon.

Y entonces, por fin, a la tercera semana, se cargó de valor y se sentó en la mesa para escribirle una carta.

Desgraciadamente para ella, la cera todavía no se había secado cuando su hermano Anthony, que obviamente había regresado de su estancia en el campo, entró como un tornado en la habitación. Daphne estaba arriba, en sus habitaciones privadas, donde se suponía que no debía recibir ninguna visita, así que prefirió no pensar en cuántos sirvientes habría golpeado Anthony por el camino.

Estaba furioso, y Daphne sabía que no debía provocarlo, pero siempre conseguía sacarle el sarcasmo, así que preguntó:

—¿Cómo has subido aquí? ¿No tengo un mayordomo?

—Lo tenías —gruñó él.

—Oh, Dios mío.

—¿Dónde está?

—Aquí no, obviamente. —No tenía ningún sentido hacer ver que no sabía de quién estaba hablando.

—Voy a matarlo.

Daphne se levantó.

—¡No, no lo harás!

Anthony, que hasta ahora se había quedado junto a la puerta con las manos apoyadas en las caderas, avanzó hacia ella.

—Antes de que se casara contigo, le hice una promesa a Hastings, ¿lo sabías? Daphne agitó la cabeza.

—Le recordé que había estado dispuesto a matarlo por arruinar tu reputación y que se preparara si se atrevía a romperte el corazón.

—Y no lo ha hecho, Anthony. —Se cubrió el abdomen con la mano—. Todo lo contrario, más bien.

Sin embargo, nunca pudo saber si a Anthony le extrañaron sus palabras porque él estaba mirando fijamente los papeles encima de la mesa.

—¿Qué es eso? —preguntó.

Daphne siguió la dirección de su mirada y vio los primeros intentos de escribir la carta.

—Nada —dijo, cogiendo las pruebas.

—Le estás escribiendo una carta, ¿verdad? —La oscura expresión de Anthony se volvió amenazadora—. Oh, por el amor de Dios, no intentes mentirme. Vi su nombre en el encabezamiento.

Daphne hizo una bola con los papeles y los tiró a la basura.

—No es asunto tuyo.

Anthony miró la papelera como si fuera a abalanzarse sobre ella y recuperar las cartas sin terminar. Al final, miró a Daphne y dijo:

—No voy a dejar que se salga con la suya así como así.

—Anthony, esto no es de tu incumbencia.

Ni siquiera se molestó en responderle.

—Lo encontraré, ya lo sabes. Lo encontraré y lo mataré...

—Oh, por favor —estalló, al final, Daphne—. Es mi matrimonio, Anthony, no el tuyo. Y si interfieres en mis asuntos te prometo que nunca jamás volveré a dirigirte la palabra.

Lo estaba mirando fijamente, con la voz firme y Anthony pareció algo sorprendido por sus palabras.

—Está bien —dijo—. No lo mataré.

—Gracias —respondió Daphne, sarcásticamente.

—Pero lo encontraré —juró Anthony—. Y le dejaré claro mi opinión.

Daphne lo miró y vio que hablaba en serio.

—De acuerdo —dijo, y cogió la carta cerrada que había escondido en el cajón—. Dejaré que le entregues esto.

—Bien —alargó la mano para coger el sobre.

Daphne lo apartó.

—Pero solo si me prometes dos cosas.

—¿Que son...?

—En primer lugar, tienes que prometerme que no la leerás.

Anthony la miró tremendamente ofendido de que se le hubiera pasado por la cabeza.

—Esa expresión tan honorable no funciona conmigo —dijo Daphne, riéndose—. Anthony Bridgerton, te conozco y sé que lo leerías a la primera oportunidad que tuvieras.

Anthony la miró.

—Pero también sé —continuó ella— que nunca romperías una promesa explícita que me hubieras hecho. Así que necesito que me lo prometas, Anthony.

—Todo esto no es necesario, Daff.

—¡Prométemelo! —ordenó ella.

—Está bien —refunfuñó Anthony—. Te lo prometo.

—Bien —dijo ella, y le dio la carta. Anthony la miró un buen rato.

—En segundo lugar —dijo Daphne, en voz alta, obligándolo a prestarle atención—, tienes que prometerme que no le harás daño.

—Un momento, Daphne —dijo Anthony—. Me pides demasiado.

Ella levantó la mano.

—Me quedaré la carta.

Él se la escondió detrás de la espalda.

—Ya me la has dado.

Ella sonrió.

—No sabes la dirección.

—La descubriré —dijo él.

—No, no podrás y lo sabes —respondió Daphne—. Tiene muchas propiedades. Tardarías semanas en descubrir en cuál está.

—¡Ajá! —dijo Anthony triunfalmente—. Está en una de sus propiedades. Querida, me acabas de dar una pista fundamental.

—¿Es un juego? —preguntó Daphne, incrédula.

—Dime dónde está.

—No a menos que me prometas... Nada de violencia, Anthony. —Cruzó los brazos—. Lo digo en serio.

—Está bien —murmuró él.

—Dilo.

—Eres una mujer muy dura, Daphne Bridgerton.

—Ahora es Daphne Basset y he tenido buenos maestros.

—Lo prometo —dijo, rápidamente.

—Necesito algo más que eso —dijo Daphne. Descruzó los brazos e hizo un gesto con la mano derecha como si quisiera tirar de sus palabras—. Prometo no...

—Prometo no hacerle daño al idiota de tu marido —dijo Anthony—. Ya está. ¿Satisfecha?

—Mucho —dijo ella.

Abrió un cajón y sacó la carta que había recibido hacía pocos días del asistente de Simon.

—Toma.

Anthony la cogió con un gesto malhumorado. La leyó y levantó la mirada.

—Volveré dentro de cuatro días.

—¿Te vas hoy? —preguntó Daphne, sorprendida.

—No sé cuánto tiempo podré contener mis impulsos violentos.

—Entonces vete, no pierdas tiempo.

Y se fue.

—Dame una buena razón por la que no debería sacarte los pulmones por la boca.

Simon levantó la mirada del escritorio y vio a un Anthony Bridgerton cubierto de polvo de viaje.

—Yo también me alegro de verte, Anthony —dijo.

Anthony entró en el despacho hecho una furia, apoyó las manos en la mesa y se inclinó hacia Simon en actitud amenazadora.

—¿Te importaría decirme por qué mi hermana está en Londres, llorando a mares cada noche, mientras tú estás en...? —Miró a su alrededor—. ¿Dónde demonios estamos?

—En Wiltshire —respondió Simon.

—¿Mientras tú estás en Wiltshire perdiendo el tiempo en una propiedad sin importancia?

—¿Daphne está en Londres?

—Se supone que, como marido suyo, deberías saberlo.

—Podrías suponer muchas cosas —dijo Simon—, pero te equivocarías con casi todas.

Ya hacía dos meses que se había marchado de Clyvedon. Dos meses desde que había mirado a Daphne sin poder articular palabra. Dos meses de total vacío.

Sinceramente, a Simon le extrañaba que Daphne hubiera tardado tanto en ponerse en contacto con él, aunque para ello hubiera escogido al beligerante de su hermano mayor. Simon no sabía por qué, pero pensaba que lo haría mucho antes, aunque solo fuera para cantarle las cuarenta. Daphne no era el tipo de mujer que se quedaba callada cuando se enfadaba; casi había esperado que lo siguiera hasta allí y le explicara de seis maneras distintas lo estúpido que era.

Y, en verdad, pasado un mes, le hubiera gustado.

—Si no le hubiera prometido a Daphne que no te pondría la mano encima —dijo Anthony, interrumpiendo los pensamientos de Simon—, te cortaría la cabeza.

—Estoy seguro de que no fue una promesa fácil de hacer —dijo Simon.

Anthony se cruzó de brazos y miró a Simon fijamente.

—Ni fácil de mantener —dijo.

Simon se aclaró la garganta mientras buscaba alguna manera de preguntar por Daphne sin parecer demasiado obvio. La echaba de menos. Se sentía como un idiota y un estúpido, pero la echaba de menos. Echaba de menos su risa y su olor y cómo, en mitad de la noche, siempre acababa enredando sus piernas con las de él.

Simon estaba acostumbrado a estar solo, pero no estaba acostumbrado a esta soledad.

—¿Te ha enviado para hacerme volver? —preguntó, al final.

—No. —Anthony se metió la mano en el bolsillo, sacó un pequeño sobre de color marfil y lo dejó encima de la mesa—. La encontré buscando un mensajero para entregarte esto.

Simon miró el sobre, horrorizado. Solo podía querer decir una cosa. Intentó decir algo neutro, como «entiendo», pero tenía la garganta bloqueada.

—Le dije que sería un placer traértelo yo mismo —dijo Anthony, con una buena dosis de sarcasmo.

Simon lo ignoró. Cogió el sobre deseando que Anthony no viera que le temblaban las manos.

Pero Anthony lo vio.

—¿Qué diablos te pasa? —le preguntó, de golpe—. Estás hecho un asco.

Simon se guardó el sobre en el bolsillo.

—Siempre eres una visita excelente —dijo.

Anthony lo miró fijamente, con una mezcla entre rabia y preocupación reflejada en el rostro. Después de aclararse la garganta varias veces, dijo, en un tono muy suave:

—¿Estás enfermo?

—Claro que no.

Anthony palideció.

—¿Es Daphne? ¿Está enferma?

Simon levantó la cabeza de golpe.

—Que yo sepa, no. ¿Por qué? ¿Parece enferma? ¿Es que ha...?

—No, está bien. —A Anthony se le llenaron los ojos de curiosidad—. Simon —dijo, al final—, ¿qué estás haciendo aquí? Es obvio que la quieres. Y, por mucho que me cueste entenderlo, ella parece que también te quiere.

Simon se apretó la sien con los dedos para intentar aliviar el dolor de cabeza que parecía perseguirlo.

—Hay cosas que no sabes —dijo, al final, cerrando los ojos por el dolor—. Cosas que no entenderías.

Anthony se quedó callado un buen rato. Al final, cuando Simon abrió los ojos, Anthony se levantó y se dirigió hacia la puerta.

—No te obligaré a volver a Londres —dijo, en voz baja—. Debería, pero no voy a hacerlo. Daphne necesita saber que vuelves por ella, no porque su hermano mayor te haya puesto una pistola en la espalda.

Simon estuvo a punto de decir que fue por eso que se casó con ella, pero se mordió la lengua. No era verdad. Al menos, no del todo. En otras circunstancias, se habría arrodillado frente a ella rogándole que se casara con él.

—Sin embargo —dijo Anthony—, deberías saber que la gente está empezando a hablar. Daphne volvió a Londres sola, apenas dos semanas después de la rápida ceremonia. Lo está llevando con buena cara, pero tiene que ser doloroso. Es cierto que todavía nadie se le ha acercado y la ha insultado, pero todos tenemos un límite a la hora de soportar la lástima de los demás. Y esa maldita Whistledown ha estado escribiendo cosas sobre ella.

Simon frunció el ceño. No llevaba mucho tiempo en Inglaterra, pero le bastaba para saber que la ficticia lady Whistledown podía provocar grandes dosis de dolor y angustia.

Anthony, disgustado, maldijo.

—Ve al médico, Hastings. Y luego vuelve con tu mujer —Y se fue.

Simon sacó el sobre y se lo quedó mirando un rato antes de abrirlo. Ver a Anthony le había causado mucha impresión. Saber que había estado con Daphne lo hizo estremecerse de dolor.

¡Maldita sea! No sabía que la iba a echar tanto de menos.

Sin embargo, eso no quería decir que no estuviera enfadado con ella. Le había robado algo que él nunca había querido darle. Él no quería hijos. Se lo había dicho. Daphne se había casado con él sabiéndolo. Y lo había engañado.

¿O no? Se rascó con fuerza los ojos y la frente mientras intentaba recordar los detalles exactos de aquella desgraciada mañana. Daphne fue la que llevó la voz cantante en la cama, pero recordaba perfectamente haberla animado a seguir. No debería haber alentado algo que sabía que no podría parar.

Seguramente no estaría embarazada, pensó. ¿No había tardado más de diez años su madre en dar a luz a un hijo sano?

Pero, por la noche, solo en su cama, se enfrentaba a toda la verdad. No había huido solo porque Daphne lo hubiera desobedecido o porque cabía la posibilidad de haber engendrado un hijo.

Había huido porque no soportaba lo que le había pasado con ella. Su mujer lo había reducido al estúpido tartamudo de su niñez. Lo había dejado sin palabras y había recuperado aquel horrible sentimiento de no poder decir lo que sentía.

No sabía si podría vivir con ella otra vez si eso implicaba volver a ser ese niño que apenas podía articular palabra. Intentaba acordarse de su noviazgo, de su falso noviazgo, mejor dicho, y de lo fácil que era estar y hablar con ella. Pero cada recuerdo estaba teñido de dolor por la conclusión a donde los había llevado: al dormitorio de Daphne aquella terrible mañana, con Simon hablando a trompicones.

Y se odiaba cuando le pasaba eso.

De modo que había huido a otro lugar ya que, como duque, poseía una infinidad de propiedades. Esta casa estaba en Wiltshire y no estaba exageradamente lejos de Clyvedon. Podría volver allí en un día y medio de viaje. Le gustaba pensar que, si podía volver tan rápido, no podía considerarse una huida en toda regla.

Y ahora parecía que tendría que regresar.

Respiró hondo y sacó la carta. Desdobló el papel y leyó:

> *Simon:*
>
> *Mis esfuerzos, como tú los llamaste, han dado su fruto. Me he trasladado a Londres, así estaré cerca de mi familia. Esperaré aquí recibir noticias tuyas.*
>
> *Tuya,*
>
> *Daphne*

Simon no estaba seguro de cuánto tiempo se quedó allí sentado, casi sin respiración, sosteniendo el papel entre los dedos. Y entonces, al final, sintió la caricia de la brisa, o la luz cambió o quizá fue un ruido de la casa, pero algo lo despertó del ensueño y lo hizo levantarse. Salió al pasillo y llamó al mayordomo.

—Que preparen el carruaje —le ordenó cuando apareció—. Me voy a Londres.

20

Parece que el matrimonio de la temporada se ha echado a perder. La duquesa de Hastings regresó a Londres hace dos meses y esta autora todavía no ha visto por ningún lado a su marido, el duque.

Se rumorea que no está en Clyvedon, el castillo donde la feliz pareja pasó la luna de miel. En realidad, esta autora no encuentra por ninguna parte a nadie que la pueda informar de su paradero. Si la duquesa lo sabe, no se lo ha dicho a nadie y, es más, apenas se presenta la oportunidad de preguntárselo porque solo acepta la compañía de su extensa familia.

Por supuesto, el objetivo e incluso el deber de esta autora es descubrir las razones de este distanciamiento, aunque esta autora debe confesar que incluso ella está perpleja. Parecían tan enamorados...

REVISTA DE SOCIEDAD DE LADY WHISTLEDOWN,
2 de agosto de 1813

El viaje duró dos días, que fueron dos días más de los que a Simon le hubiera gustado estar a solas con sus pensamientos. Se había llevado varios libros para entretenerse durante el largo viaje, pero cada vez que abría uno, se quedaba abierto encima de las rodillas.

Era difícil concentrarse en otra cosa que no fuera Daphne.

Y era todavía más difícil concentrarse en otra cosa que no fuera su futura paternidad.

Cuando llegó a Londres, dio órdenes al cochero de que fuera directamente a Bridgerton House. Llevaba la ropa de viaje y seguramente podría ir a cambiarse, pero en los dos últimos días no había hecho otra cosa que repasar mentalmente lo que quería decirle a Daphne, así que no tenía demasiado sentido retrasarlo más de la cuenta.

Sin embargo, cuando llegó a Bridgerton House descubrió que no estaba allí.

—¿Qué quiere decir? —preguntó Simon, furioso, sin pensar que el mayordomo no había hecho nada para ganarse su ira—. ¿La duquesa no está aquí?

El mayordomo lo miró fijamente y le dijo:

—Quiero decir, señor, que no está en casa.

—Tengo una carta de mi mujer... —Simon empezó a buscar por los bolsillos pero, maldita sea, no encontraba el papel—. Bueno, en alguna parte tengo una carta de mi mujer —dijo—. Y en ella me comunica que se ha trasladado a Londres.

—Y así es, señor.

—¿Y dónde demonios está? —gritó Simon.

El mayordomo se limitó a arquear una ceja.

—En Hastings House, señor.

Simon cerró la boca. Había pocas cosas más humillantes que quedar en ridículo ante un mayordomo.

—Después de todo —continuó el mayordomo, disfrutando de la situación—, está casada con usted, ¿no es cierto?

Simon lo miró.

—Debe de estar bastante seguro de su posición.

—Bastante.

Simon asintió, ya que su honor no le permitía darle las gracias al mayordomo, y se fue, sintiéndose el mayor estúpido del mundo. Claro que se había ido a Hastings House. Al fin y al cabo, no lo había abandonado; solo quería estar cerca de su familia.

Si hubiera podido, él mismo se habría golpeado de vuelta al carruaje.

Sin embargo, dentro del carruaje sí que lo hizo. Hastings House estaba al otro lado de Grosvenor Park. Habría tardado la mitad si hubiera ido a pie.

Pero al llegar a su casa descubrió que eso tampoco hubiera solucionado gran cosa porque, cuando abrió la puerta y entró, descubrió que su mujer tampoco estaba en casa.

—Está montando —dijo Jeffries.

Simon miró al mayordomo, incrédulo.

—¿Montando? —repitió.

—Sí, señor. Montando. A caballo —respondió el mayordomo.

Simon empezó a pensar cuál sería el castigo por estrangular a un mayordomo.

—¿Y dónde ha ido? —exclamó.

—A Hyde Park, creo.

La sangre empezó a bombearle con más fuerza y se enfureció. ¿Montando? ¿Es que se había vuelto loca? Estaba embarazada, por el amor de Dios. Incluso él sabía que una mujer embarazada no debía montar a caballo.

—Ensíllame un caballo —ordenó Simon—. Inmediatamente.

—¿Alguno en especial? —preguntó Jeffries.

—Uno rápido —respondió Simon—. Y deprisa. O no, mejor, lo haré yo mismo. —Se giró y salió de la casa.

Pero, camino a los establos, empezó a aligerar el paso presa del pánico y acabó corriendo.

No era lo mismo que cabalgar a horcajadas, pensó Daphne, pero así también iba deprisa.

De pequeña, en el campo, se ponía unos pantalones de Colin y acompañaba a sus hermanos en sus largas cabalgatas. A su madre le solía dar un desvanecimiento cada vez que veía llegar a su hija mayor llena de barro y con algún moratón nuevo, pero a Daphne nunca le importó. Nunca preguntaba adónde iban o de qué huían. Lo único que quería era sentir la velocidad.

En la ciudad, obviamente, no podía ponerse unos pantalones, así que tuvo que conformarse con montar a mujeriegas, pero si salía muy temprano, cuando la alta sociedad aún dormía, y se aseguraba de ir por algún remoto rincón de Hyde Park, cambiaba de silla, montaba a horcajadas y hacía que el caballo corriera muy deprisa. El viento le deshacía el moño y la hacía llorar pero, al menos, podía olvidar otras cosas.

A lomos de su yegua favorita, se sentía libre. Era la mejor medicina para un corazón roto.

Ya hacía mucho rato que había dejado atrás al mozo al hacer ver que no lo oía mientras este le gritaba: «¡Espere, Señora! ¡Espere!».

Ya se disculparía con él más tarde. Los mozos de Bridgerton House ya estaban acostumbrados a sus escapadas y, además, sabían que era una buena amazona. Pero, este mozo nuevo, que era de Hastings House, seguramente estaría preocupado.

Daphne sintió una punzada de culpabilidad, pero desapareció enseguida. Necesitaba estar sola. Necesitaba ir rápido.

Cuando llegó a una zona más arbolada redujo el ritmo un poco y respiró la fresca brisa de otoño. Cerró los ojos un momento, empapándose de los sonidos y olores del parque. Se acordó de un hombre ciego que conoció una vez y que le había dicho que, desde que se quedó ciego, los otros cuatro sentidos se le habían agudizado. Ahora, allí sentada, lo entendió perfectamente.

Escuchó atentamente lo que la rodeaba; primero identificó el piar de los pájaros, después los rápidos desplazamientos de las ardillas mientras iban en busca de nueces para el invierno, y luego...

Frunció el ceño y abrió los ojos. Maldita sea. Identificó perfectamente el ruido de un caballo aproximándose.

Daphne no quería compañía. Quería estar a solas con sus pensamientos y su dolor y, sobre todo, no quería dar explicaciones a un desconocido de por qué estaba sola en el parque. Oyendo con atención, adivinó por dónde venía el otro jinete y salió corriendo hacia el otro lado.

Hizo que la yegua fuera al trote y pensó que si conseguía desviarse del camino del otro jinete, pasaría de largo y no la vería. Sin embargo, fuera donde fuera, parecía perseguirla.

Daphne fue un poco más deprisa, más de lo que debería haber ido por esta zona. Había muchas ramas y árboles caídos. Pero ella empezaba a estar asustada. Podía sentir su pulso latiendo con fuerza en los oídos mientras cientos de ideas horribles le pasaban por la cabeza.

¿Y si el jinete no era, como ella había supuesto al principio, alguien de la alta sociedad? ¿Y si era un criminal? ¿O un borracho? Era temprano; la gente no solía salir a pasear a esa hora. Si gritaba, ¿quién iba a oírla? ¿Se habría alejado mucho del mozo? ¿Se habría quedado donde lo había dejado o habría intentado seguirla? Y si lo había hecho, ¿habría ido en la misma dirección?

¡Su mozo! Estuvo a punto de gritar aliviada. Tenía que ser el mozo. Obligó a la yegua a dar media vuelta para intentar ver al jinete. La librea de los Hastings era roja, muy vistosa; seguramente podría verlo si...

¡Crac!

Se quedó sin aire de golpe cuando una rama le golpeó en medio del pecho. Soltó un grito ahogado y sintió que la yegua se movía hacia delante sin ella. Y entonces caía... caía...

Cayó al suelo con un golpe seco y las hojas otoñales que cubrían el suelo tampoco hicieron demasiado para amortiguar el golpe. Inmediatamente, se colocó en posición fetal como si, al hacerse lo más pequeña posible, pudiera también reducir lo máximo el dolor.

Dios, le dolía mucho. Maldición, le dolía por todas partes. Cerró los ojos y se concentró en la respiración. En su cabeza repetía palabras malsonantes que nunca se hubiera atrevido a decir en voz alta. Pero le dolía. Maldita sea, le dolía al respirar.

Pero tenía que hacerlo. Tenía que respirar.

«Respira, Daphne —se ordenó—. Respira. Respira. Puedes hacerlo.»

—¡Daphne!

Ella no respondió. Los únicos sonidos que le salían de la boca eran gemidos. Incluso los gruñidos estaban fuera de su alcance.

—¡Daphne! ¡Dios mío, Daphne!

Escuchó que alguien bajaba de un caballo y entonces escuchó movimiento en las hojas alrededor de su cuerpo.

—¿Daphne?

—¿Simon? —susurró, incrédula.

No tenía sentido que estuviera allí, pero era su voz. Y a pesar de que todavía no había abierto los ojos, podía sentirlo. El aire era distinto cuando él estaba cerca.

Simon empezó a acariciarla con cuidado, mirando si tenía algún hueso roto.

—Dime dónde te duele —dijo.

—Por todas partes —dijo ella.

Simon maldijo en voz baja, pero las manos seguían tocándola con mucha delicadeza.

—Abre los ojos —dijo, pausadamente—. Mírame. Concéntrate en mi cara.

Ella agitó la cabeza.

—No puedo.

—Claro que puedes.

Daphne oyó que se quitaba los guantes y luego sintió sus cálidos dedos sobre su sien, aliviando el dolor. Después le acarició las cejas y, luego, la nariz.

—Shhh —dijo Simon, suavemente—. Déjalo salir. Deja que el dolor salga. Abre los ojos, Daphne.

Muy despacio, y con gran dificultad, lo hizo. Lo único que vio fue la cara de Simon y, por un momento, se olvidó de todo lo que había sucedido entre ellos, de todo excepto del hecho de que lo quería y que estaba allí y que estaba aliviando el dolor.

—Mírame —insistió Simon—. Mírame y no cierres los ojos.

Daphne consiguió asentir, aunque fuera un movimiento casi imperceptible. Se centró en sus ojos y dejó que la intensidad de su mirada la mantuviera viva.

—Ahora quiero que te relajes —dijo Simon.

Hablaba en un tono suave aunque contundente, y era exactamente lo que ella necesitaba. Mientras hablaba, se iba asegurando de que no tenía ningún hueso roto ni ningún esguince.

Y lo hizo a tientas, porque no apartó la mirada de su cara ni un segundo.

Al parecer, solo tenía moratones y el susto de haberse quedado sin respiración, pero toda precaución era poca, y con el bebé...

Palideció de golpe. En su preocupación por Daphne, se había olvidado del bebé. De su hijo.

El hijo de los dos.

—Daphne —dijo, despacio—. ¿Crees que ya estás bien?

Ella asintió.

—¿Todavía te duele?

—Un poco —dijo ella, tragando saliva mientras parpadeaba—. Pero me siento mejor.

—¿Estás segura?

Daphne volvió a asentir.

—Bien —dijo él, tranquilamente. Se quedó callado un buen rato y entonces, gritó—: ¡¿Se puede saber qué demonios estabas haciendo?!

Daphne se quedó boquiabierta y dejó de parpadear. Hizo un intento de decir algo, pero Simon la interrumpió.

—¿Qué diablos haces por aquí sin mozo? ¿Y por qué ibas al trote por un terreno tan peligroso como este? —frunció el ceño—. Y, por el amor de Dios, Daphne, ¿qué estabas haciendo encima de un caballo?

—¿Montando? —respondió Daphne.

—¿Es que no te preocupa nuestro hijo? ¿Es que no te has parado ni un momento a pensar en su seguridad?

—Simon —dijo Daphne, con un hilo de voz.

—¡Una mujer embarazada no debería ni acercarse a un caballo! Deberías ser más prudente.

Cuando Daphne lo miró, lo hizo con unos ojos que parecían mucho más viejos.

—¿Y a ti qué te importa? —le preguntó, impasible—. No querías este hijo.

—No, es cierto, pero ahora que está aquí no quiero que lo mates.

—Bueno, pues no te preocupes —dijo, mordiéndose el labio—. No está aquí.

Simon contuvo la respiración.

—¿Qué quieres decir?

Daphne apartó la mirada de su cara.

—No estoy embarazada.

—¿No estás...? —No pudo terminar la frase. Sintió una cosa muy extraña. No creía que fuera decepción, pero no estaba demasiado seguro—. ¿Me mentiste? —susurró.

Daphne agitaba la cabeza negando con fuerza, mientras se sentaba frente a él.

—¡No! —gritó—. No, no te mentí. Lo juro. Creí que me había quedado embarazada. De verdad que lo creí. Pero... —empezó a sollozar y cerró los ojos mientras las lágrimas empezaban a resbalarle por las mejillas. Se apretó las piernas contra el pecho y hundió la cabeza entre las rodillas.

Simon nunca la había visto así, tan dolida. La miró y se sintió terriblemente impotente. Solo quería que se sintiera mejor y no ayudaba mucho saber que la causa de ese dolor era él.

—Pero ¿qué, Daff? —preguntó.

Cuando, al final, lo miró, tenía unos ojos inmensos y llenos de dolor.

—No lo sé. Quizá quería un hijo con tantas fuerzas que, inconscientemente, mi cuerpo no siguió con sus ciclos. El mes pasado estaba tan feliz. —Suspiró temblorosa, a punto de volver a sollozar—. Esperé y esperé, incluso lo tenía todo preparado por si era una falsa alarma, pero no pasó nada.

—¿Nada? —Simon nunca había oído algo así.

—Nada. —Daphne esbozó una sonrisa temblorosa—. Nunca en mi vida me había alegrado tanto por nada.

—¿Tenías náuseas?

Daphne negó con la cabeza.

—No me notaba distinta. La única diferencia es que no sangraba. Pero, hace dos días...

Simon le cogió una mano.

—Lo siento, Daphne.

—No, no lo sientes —dijo ella, con amargura, mientras retiraba la mano violentamente—. No hagas ver algo que no sientes. Y, por el amor de Dios, no vuelvas a mentirme. Nunca quisiste este hijo —soltó una risotada—. ¿Este hijo? Dios mío, hablo como si de verdad hubiera existido. Como si fuera algo más que un producto de mi imaginación. —Bajó la mirada y, cuando volvió a levantarla, estaba muy triste—. Y de mis sueños.

Simon movió varias veces los labios antes de comenzar a hablar.

—No me gusta verte tan triste.

Daphne lo miró con una mezcla de incredulidad y dolor.

—No sé qué otra cosa te esperabas.

—Yo-yo-yo... —Tragó saliva, intentó tranquilizarse y, al final, dijo lo único que sentía en lo más profundo de su corazón—: Quiero recuperarte.

Ella no dijo nada. Simon rogó en silencio que dijera algo, pero ella no lo hizo. Y Simon maldijo su silencio porque significaba que tendría que seguir hablando.

—Cuando nos peleamos —dijo, lentamente— perdí el control —N-no podía hablar. —Cerró los ojos, angustiado, porque sentía que se le volvía a cerrar la garganta. Al final, después de un largo suspiro, continuó—: Me odio a mí mismo cuando me pasa.

Daphne ladeó la cabeza mientras fruncía el ceño.

—¿Es por eso que te fuiste?

Simon asintió.

—¿No fue por... por lo que hice?

La miró a los ojos.

—No me gustó lo que hiciste.

—Pero ¿no te fuiste por eso? —insistió ella.

Hubo un largo silencio y entonces él dijo:

—No me fui por eso.

Daphne se apretó las rodillas contra el pecho, considerando esas palabras. Todo este tiempo, había pensado que la había abandonado porque la odiaba, odiaba lo que había hecho, pero la verdad era que se odiaba a sí mismo.

Suavemente, dijo:

—Sabes que no te infravaloro cuando tartamudeas.

—Yo sí que lo hago.

Ella asintió lentamente. Claro que lo hacía. Era orgulloso y testarudo, y todo el mundo lo admiraba. Los hombres querían parecerse a él y las mujeres flirteaban a su alrededor. Y mientras tanto, él estaba horrorizado cada vez que tenía que hablar.

Bueno, no siempre, pensó. Cuando estaban juntos, hablaba sin problemas y respondía tan deprisa que era imposible que se concentrara en cada palabra.

Puso una mano encima de la de él.

—No eres el niño que tu padre pensaba que eras.

—Ya lo sé —dijo él, pero no la miró.

—Simon, mírame —le ordenó ella. Cuando lo hizo, Daphne repitió—: No eres el niño que tu padre pensaba que eras.

—Ya lo sé —repitió él, extrañado y un poco enfadado.

—¿Estás seguro? —le preguntó ella, pausadamente.

—¡Maldita sea, Daphne, ya lo sé...! —Se calló y empezó a temblar. Por un momento, Daphne pensó que iba a llorar. Pero las lágrimas que se le acumulaban en los ojos nunca llegaron a caer y, cuando la miró, solo pudo decir—: Lo odio, Daphne. Lo o-o-o...

Daphne le tomó la cara entre las manos y lo obligó a mirarla.

—Está bien —dijo—. Parece que fue un hombre horroroso. Pero tienes que olvidarlo.

—No puedo.

—Sí puedes. Está bien sentir odio, pero no puedes permitir que sea lo que rija tu vida. Incluso ahora estás dejando que él dicte tus acciones.

Simon apartó la cara.

Daphne lo soltó pero apoyó las manos en sus rodillas. Necesitaba estar en contacto con él. Era extraño, pero sentía que si lo dejaba ahora, lo perdería para siempre.

—¿Te has parado alguna vez a pensar si querías una familia? ¿Si querías tener hijos? Serías un padre maravilloso, Simon y, aun así, nunca te has permitido ni planteártelo. Crees que así te estás vengando de él, pero lo que en realidad estás haciendo es dejar que te siga controlando desde la tumba.

—Si le doy un nieto, gana él —susurró Simon.

—No. Si tú tienes un hijo, ganas tú —dijo Daphne—. Ganamos todos.

Simon no dijo nada, pero Daphne vio que estaba temblando.

—Si no quieres hijos porque no los quieres, es una cosa. Pero si te estás negando el placer de la paternidad por un hombre muerto, es que eres un cobarde.

Daphne hizo una mueca cuando dijo la última palabra, pero tenía que decirlo.

—En algún momento, tendrás que dejarlo atrás y seguir con tu vida. Tienes que dejar atrás el odio y...

Simon agitó la cabeza, con la mirada perdida.

—No me pidas eso. Es todo lo que tengo. ¿No lo ves? ¡Es todo lo que tengo!

—No te entiendo.

Habló un poco más alto.

—¿Por qué crees que aprendí a hablar correctamente? ¿Qué crees que me motivó? Fue el odio. Solo fue odio, para que aprendiera que se había equivocado.

—Simon...

Simon se rio, burlón.

—¿No es gracioso? Lo odio. Lo odio con todas mis fuerzas y, a pesar de todo, es la única razón que me ha hecho seguir adelante.

Daphne negó con la cabeza.

—Eso no es cierto —dijo—. Habrías seguido adelante de cualquier modo. Eres tozudo y brillante, y te conozco. Aprendiste a hablar por ti, no por él. —Cuando vio que Simon no decía nada, añadió—: Si te hubiera demostrado su amor, todo hubiera sido más fácil.

Simon empezó a agitar la cabeza, pero Daphne lo interrumpió alzando la mano y cogiéndole la cara.

—A mí, de pequeña, solo me demostraron amor y devoción. Confía en mí, así todo es más fácil.

Simon se quedó inmóvil un buen rato, respirando profundamente mientras se tranquilizaba. Al final, cuando Daphne empezaba a temerse que lo estaba perdiendo, levantó la cabeza y la miró.

—Quiero ser feliz —dijo.

—Y lo serás —le prometió ella, abrazándolo—. Lo serás.

21

¡El duque de Hastings ha vuelto!

REVISTA DE SOCIEDAD DE LADY WHISTLEDOWN,
6 de agosto de 1813

Simon no dijo nada en el camino de vuelta. Encontraron a la yegua de Daphne pastando tranquilamente a unos treinta metros y, aunque Daphne insistió en que podía montar, Simon dijo que no le importaba. Así que ató la yegua a su caballo, subió a Daphne a la silla y él se sentó detrás de ella. Y así se fueron hasta Grosvenor Square.

Además, necesitaba abrazarla.

Empezaba a darse cuenta de que tenía que abrazarse a algo en la vida y a lo mejor Daphne tenía razón; a lo mejor el odio no era la mejor solución. Quizá, solo quizá, podía aprender a abrazarse al amor.

Cuando llegaron a Hastings House, salió un mozo a encargarse de los caballos y Simon y Daphne subieron la escalera y entraron en casa.

Y allí se encontraron frente a los tres hermanos Bridgerton.

—¿Qué diablos estáis haciendo en mi casa? —preguntó Simon.

Lo que más quería en ese momento era subir la escalera y hacerle el amor a su mujer y, en lugar de eso, se había encontrado con aquel beligerante trío. Estaban de pie con la misma postura: piernas separadas, manos en las caderas y la barbilla levantada. Si no estuviera tan enfadado con ellos por verlos allí, seguramente habría tenido tiempo de preocuparse.

Simon no tenía ninguna duda de que, si llegaban a las manos, podría con uno, incluso con dos, pero ante los tres era hombre muerto.

—Hemos oído que habías vuelto —dijo Anthony.

—Así es —respondió Simon—. Ahora marcharos.

—No tan rápido —dijo Benedict, cruzándose de brazos.

Simon se giró hacia Daphne.

—¿A cuál de los tres deberías disparar primero?

Daphne miró a sus hermanos con el ceño fruncido.

—No tengo ninguna preferencia.

—Tenemos algunas peticiones antes de que te puedas quedar con Daphne —dijo Colin.

—¿Qué? —exclamó Daphne.

—¡Es mi mujer! —gritó Simon, más fuerte que Daphne.

—Primero fue nuestra hermana —dijo Anthony—, y la has hecho infeliz.

—Esto no es asunto vuestro —insistió Daphne.

—Tú eres asunto nuestro —dijo Benedict.

—Es mi asunto —dijo Simon—, así que fuera de mi casa de una vez.

—Cuando los tres tengáis vuestros propios matrimonios, entonces podréis venir a darme consejos —dijo Daphne, enfadada—. Pero, hasta entonces, guardaros vuestros impulsos de entrometeros.

—Lo siento, Daff —dijo Anthony—, pero en esto no vamos a cambiar de opinión.

—¿En qué? —dijo ella—. Aquí no tenéis ninguna opinión. ¡No es asunto vuestro!

Colin dio un paso adelante.

—No nos iremos hasta que estemos convencidos de que te quiere.

Daphne palideció de golpe. Simon nunca le había dicho que la quería. Se lo había demostrado, de mil maneras, pero nunca se lo había dicho con palabras. Y quería que, cuando lo hiciera, fuera porque lo sintiera y no porque los estúpidos de sus hermanos lo hubieran obligado.

—Colin, no lo hagas —susurró, odiando el tono de súplica de su voz—. Tienes que dejar que pelee mis propias batallas.

—Daff...

—Por favor —le rogó ella.

Simon se interpuso entre los dos.

—Si nos disculpas —le dijo a Colin y, por extensión, a Anthony y a Benedict.

Se llevó a Daphne al otro lado del recibidor para hablar en privado. Le hubiera gustado poder ir a otra habitación, pero estaba seguro de que esos tres los hubieran seguido.

—Siento mucho lo de mis hermanos —dijo Daphne, un poco alterada—. Son unos idiotas y no tenían ningún derecho a invadir tu casa. Si pudiera renegar de ellos, lo haría, te lo juro. Y después de esto, no me extrañaría que no quisieras tener hijos nunca...

Simon la hizo callar con un dedo en los labios.

—En primer lugar, es nuestra casa, no mi casa. Y en cuanto a tus hermanos, me sacan de quicio, pero solo lo hacen por amor. —Se inclinó un poco, pero lo suficiente para que Daphne pudiera sentir su respiración en la piel—. ¿Y quién puede culparlos?

A Daphne se le paró el corazón.

Simon se acercó todavía más, hasta que su nariz rozó la de Daphne.

—Te quiero, Daff —susurró.

Daphne volvió a sentir los latidos de su corazón, aunque ahora muy acelerados.

—¿De verdad?

Simon asintió, acariciándola con la nariz.

—No pude evitarlo.

Daphne sonrió.

—Eso no es muy romántico.

—Es la verdad —dijo él, encogiéndose de hombros—. Sabes mejor que nadie que yo no quería nada de esto. No quería una esposa, no quería una familia y, sobre todo, no quería enamorarme. —Le dio un suave beso en los labios, haciendo que los dos cuerpos se estremecieran—. Pero lo que me encontré —la besó otra vez—, para mi desgracia —y otra—, es que era casi imposible no quererte.

Daphne cayó rendida a sus brazos.

—Oh, Simon —susurró.

Simon la besó en la boca, intentando demostrarle con su beso lo que todavía estaba aprendiendo a expresar con palabras. La quería. La adoraba. Podría caminar sobre fuego por ella. Tenía...

... a sus tres hermanos mirándolos.

Separándose de ella, se giró de lado. Anthony, Benedict y Colin seguían allí. Anthony estaba mirando el techo, Benedict hacía ver que se miraba las uñas y Colin los estaba mirando abiertamente.

Simon abrazó con más fuerza a Daphne y dijo:

—¿Qué diablos hacéis aquí todavía?

Como era de esperar, ninguno de los tres tenía respuesta para eso.

—Fuera —dijo Simon.

—Por favor. —El tono de Daphne no fue exactamente educado.

—Está bien —dijo Anthony, dándole una cachetada a Colin en el cuello—. Creo que nuestro trabajo aquí ha terminado.

Simon empezó a llevarse a Daphne hacia la escalera.

—Estoy seguro de que podréis encontrar la salida —dijo.

Anthony asintió y empujó a sus hermanos hacia la puerta.

—Bien —dijo Simon—. Nosotros nos vamos arriba.

—¡Simon! —exclamó Daphne.

—No creas que no saben lo que vamos a hacer —le susurró al oído.

—Pero... ¡son mis hermanos!

—Dios nos asista —dijo él.

Pero antes de que llegaran al primer peldaño, la puerta principal se abrió seguido de una serie de improperios típicamente femeninos.

—¿Mamá? —dijo Daphne, sin acabárselo de creer.

Pero Violet solo tenía ojos para sus hijos.

—Sabía que os encontraría aquí —dijo, señalándolos—. De todos los estúpidos y tercos...

Daphne no escuchó el resto del discurso de su madre. Simon estaba riéndose demasiado fuerte en su oído.

—¡La ha hecho infeliz! —protestó Benedict—. Como hermanos suyos, es nuestro deber...

—Respetar su inteligencia para resolver sus propios problemas —lo interrumpió Violet—. Y ahora no parece demasiado infeliz.

—Eso es porque...

—Y si me dices que es por vuestras amenazas después de irrumpir en su casa como un rebaño de ovejas, te prometo que renegaré de los tres.

Los tres se quedaron en silencio.

—Está bien —continuó Violet—. Creo que es hora de marcharnos, ¿no?

Cuando sus hijos no se movieron lo bastante deprisa como para seguirla, se giró y cogió...

—¡Mamá, por favor! —gritó Colin—. Por la oreja...

Lo cogió por la oreja.

—... no.

Daphne agarró a Simon por el brazo. Estaba riéndose con tantas ganas que tenía miedo de que fuera a caerse.

Violet hizo salir a sus hijos con un fuerte:

—¡Fuera!

Luego se giró hacia Simon y Daphne.

—Me alegro de verte en Londres, Hastings —dijo, sonriendo—. Una semana más y yo misma habría ido a buscarte.

Entonces salió y cerró la puerta.

Simon se giró hacia Daphne, todavía sacudiéndose de la risa.

—¿Eso era tu madre? —le preguntó, riendo.

—Tiene su carácter.

—Ya lo veo.

Daphne se puso seria.

—Siento mucho si mis hermanos te han obligado a...

—Tonterías —la interrumpió él—. Tus hermanos nunca podrían obligarme a decir algo que no siento. —Se quedó en silencio y añadió—: Bueno, no sin una pistola.

Daphne lo golpeó en el hombro.

Simon la ignoró y la atrajo hacia sí.

—Lo he dicho de verdad —dijo, rodeándole la cintura con los brazos—. Te quiero. Lo sé desde hace un tiempo pero...

—No pasa nada —dijo Daphne, apoyando la mejilla en su pecho—. No tienes que explicarte.

—Sí, tengo que hacerlo —insistió él—. Yo... —Pero no pudo encontrar las palabras. Tenía demasiadas emociones en su interior, demasiados sentimientos a la vez—. Déjame demostrártelo —dijo, con voz ronca—. Déjame demostrarte lo mucho que te quiero.

Daphne respondió a eso ladeando la cabeza para recibir un beso. Cuando sus labios se tocaron, dijo:

—Yo también te quiero.

La boca de Simon la devoró con pasión y las manos se aferraron a ella como si tuviera miedo de que, en cualquier momento, fuera a desaparecer.

—Vamos arriba —susurró—. Ven conmigo.

Daphne asintió, pero antes de que pudiera subir un escalón, Simon la levantó a peso y la subió en brazos.

Cuando llegó al segundo piso, su cuerpo ya estaba duro como una roca y le pedía a gritos que lo liberase.

—¿Qué dormitorio has usado? —le preguntó.

—El tuyo —respondió ella, extrañada por la pregunta.

Simon hizo un gruñido de aprobación y entró en su dormitorio, el de los dos, y cerró la puerta de una patada.

—Te quiero —dijo, mientras caían sobre la cama.

Ahora que lo había dicho una vez, parecía que había algo dentro de él que le pedía que no dejara de decirlo. Necesitaba decírselo, tenía que asegurarse de que ella entendía lo que quería decir.

Y si para ello tenía que decirlo cien veces, no le importaba.

—Te quiero —repitió, desabrochándole desesperadamente el vestido.

—Ya lo sé —dijo ella, temblorosa. Le cogió la cara entre las manos y lo miró a los ojos—. Yo también te quiero.

Entonces lo atrajo hacia ella para besarlo, un beso tan inocente y puro que encendió a Simon del todo.

—Si alguna vez vuelvo a hacerte daño —dijo él, entrecortadamente, mientras la besaba—, quiero que me mates.

—Nunca —respondió ella, riendo.

La boca de Simon se movió hacia el hueco donde la mandíbula se une al lóbulo de la oreja.

—Entonces, pégame —le dijo—. Retuérceme un brazo, rómpeme un tobillo.

—No seas tonto —dijo ella, acariciándole la barbilla y obligándolo a mirarla—. No volverás a hacerme daño.

El amor por esa mujer lo llenaba. Le hinchaba el pecho, le hacía cosquillas en los dedos y le cortaba la respiración.

—A veces —susurró—, te quiero tanto que me asusto. Te daría el mundo entero, sabes que lo haría, ¿verdad?

—Todo lo que quiero eres tú —dijo ella—. No necesito el mundo, solo tu amor. Y, a lo mejor —añadió, con una maliciosa sonrisa—, que te quites las botas.

Simon sintió una gran sonrisa en la cara. De algún modo, su mujer siempre parecía saber exactamente qué era lo que necesitaba. Justo cuando estaba abrumado por tantas emociones y estaba a punto de llorar, ella lo había hecho reír.

—Tus deseos son órdenes —dijo, dándose la vuelta para quitarse el molesto calzado.

Una bota cayó al suelo, y la otra la siguió.

—¿Algo más, señora? —preguntó.

Ella ladeó la cabeza.

—Bueno, supongo que también podrías quitarte la camisa.

Él obedeció y la camisa de lino fue a parar al suelo.

—¿Es todo?

—Estos —dijo, rodeándole la cintura de los pantalones con las manos— también me molestan un poco.

—Estoy de acuerdo —dijo, quitándoselos. Volvió a la cama, a cuatro patas, aprisionándola debajo de su cuerpo—. ¿Y ahora qué?

Daphne contuvo la respiración.

—Bueno, estás prácticamente desnudo.

—Es cierto —dijo él, mirándola con ojos hambrientos.

—Y yo no.

—Eso también es cierto —dijo, sonriendo—. Y una verdadera lástima.

Daphne asintió, incapaz de decir nada.

—Siéntate —dijo Simon.

Ella le obedeció y, a los pocos segundos, Simon le estaba sacando el vestido por la cabeza.

—Bueno —dijo Simon, mirándole los pechos—. Esto está mucho mejor.

Estaban los dos de rodillas encima de la cama. Daphne miraba a su marido, con el pulso acelerado al ver cómo le subía y bajaba el pecho a Simon con cada respiración. Con una mano temblorosa, lo acarició suavemente.

Simon contuvo la respiración hasta que el dedo de Daphne le tocó el pezón y entonces él hizo lo mismo con el suyo.

—Te quiero —dijo.

Daphne bajó la mirada y sonrió.

—Lo sé.

—No —dijo él, atrayéndola más—. Quiero estar en tu corazón. Quiero... —Todo su cuerpo se estremeció cuando tocó su piel—. Quiero estar en tu alma.

—Oh, Simon —dijo ella, enredando los dedos en su pelo negro—. Ya estás ahí.

Y entonces ya no hubo más palabras, solo labios y manos y piel contra piel.

Simon la adoró de todas las formas que conocía. Le recorrió las piernas con las manos y le besó la parte posterior de las rodillas. Le apretó las caderas y le hizo cosquillas en el ombligo. Y cuando todo su cuerpo clamaba penetrarla, cuando el deseo más ardiente que jamás había sentido se apoderó de él, la miró con tan devoción que casi se le saltaron las lágrimas.

—Te quiero —le susurró—. En toda mi vida, solo has existido tú.

Daphne asintió y, aunque no emitió ningún sonido, Simon pudo leer en sus labios:

—Te quiero.

Entonces la penetró, lenta e inexorablemente. Y cuando estaba dentro de ella, sabía que estaba en su lugar.

La miró. Tenía la cabeza echada hacia atrás y los labios abiertos buscando aire para respirar. Le adoró las sonrojadas mejillas con los labios.

—Eres lo más precioso que he visto en mi vida —dijo—. Yo nunca... No sé cómo...

En respuesta, Daphne arqueó la espalda.

—Solo quiéreme —dijo—. Quiéreme.

Simon empezó a moverse, moviendo las caderas lentamente. Daphne se aferraba a él con todas sus fuerzas, hundiendo las uñas en su espalda cada vez que empujaba.

Solo podía gemir y esos sonidos apasionados encendían todavía más el cuerpo de Simon. Estaba empezando a perder el control, con movimientos cada vez más feroces.

—No podré aguantar mucho más —le dijo.

Quería esperarla, necesitaba saber que le había dado todo el placer antes de permitirse sentirlo él.

Pero entonces, justo cuando creía que su cuerpo no podría resistir el esfuerzo, Daphne se sacudió debajo de él y sus músculos más íntimos se aferraron a él mientras gritaba su nombre.

Simon contuvo la respiración al contemplarla. Siempre había estado demasiado ocupado de calcular el momento justo de separarse de ella para no derramarse en su interior que nunca había visto su cara cuando alcanzaba el orgasmo. Tenía la cabeza hacia atrás y las elegantes líneas de su garganta se tensaban mientras abría la boca con un grito ahogado.

Se quedó maravillado.

—Te quiero —dijo—. ¡Oh, Dios, cómo te quiero! —Y entonces se hundió en ella.

Daphne abrió los ojos de golpe cuando vio que Simon retomaba el ritmo.

—¿Simon? —preguntó, con un tono un poco urgente—. ¿Estás seguro?

Los dos sabían qué quería decir.

Simon asintió.

—No quiero que lo hagas solo por mí —dijo ella—. También tienes que hacerlo por ti.

A Simon se le hizo un nudo en el estómago y no tenía nada que ver con los tartamudeos. Se dio cuenta de que no era otra cosa que amor. Se le llenaron los ojos de lágrimas y asintió, incapaz de hablar.

Se hundió más en ella y estalló en su interior. Y le gustó. Mucho. Nunca nada le había gustado tanto.

Al final, se dejó caer sobre ella, exhausto, respirando aceleradamente.

Y Daphne le apartó el pelo de la frente y le besó la ceja.

—Te quiero —susurró—. Siempre te querré.

Simon hundió la cabeza en su cuello y se empapó de su olor. Ella lo rodeó, lo envolvió y él se sintió completo.

Varias horas después, Daphne abrió los ojos. Estiró los brazos por encima de la cabeza y vio que alguien había corrido las cortinas. Debió de haber sido Simon, pensó mientras bostezaba. La luz se filtraba por los lados y teñía la habitación con una tenue luz.

Levantó la cabeza y se ahuecó el pelo; se levantó y fue al vestidor a ponerse la bata. Era muy extraño en ella dormir hasta bien entrada la mañana. Aunque no había sido un día como cualquier otro.

Se puso la bata y se anudó el cinturón alrededor de la cintura. ¿Dónde estaba Simon? No debía de hacer demasiado que se había levantado porque recordaba haberse acurrucado en sus brazos no hacía mucho.

El dormitorio principal constaba de cinco habitaciones: dos dormitorios, cada uno con su respectivo vestidor, y un salón que los conectaba. La puerta del salón estaba entreabierta y se veía luz, como si esas cortinas estuvieran descorridas. Sigilosamente, Daphne abrió la puerta y se asomó.

Simon estaba junto a la ventana, observando la ciudad. Se había puesto una bata color burdeos pero todavía iba descalzo. Tenía la mirada perdida y un poco apagada.

Daphne arrugó la frente, preocupada. Se acercó a él y dijo:

—Buenos días.

Simon se giró y, al verla, suavizó un poco su expresión.

—Buenos días —dijo, abrazándola.

Daphne acabó con la espalda pegada al torso de Simon, mirando a la calle mientras Simon apoyaba la barbilla en su cabeza.

Daphne tardó unos segundos en reunir el coraje para preguntar:

—¿Algún remordimiento?

No podía verlo, pero notó cómo él negaba con la cabeza.

—Ningún remordimiento —dijo, pausadamente—. Solo... pensaba.

Había algo en su voz que no acababa de sonar bien, así que Daphne se giró para mirarlo a la cara.

—Simon, ¿qué te pasa?

—Nada. —Pero lo dijo sin mirarla a la cara.

Daphne se lo llevó a un sillón y se sentó, tirando de su brazo hasta que él se sentó a su lado.

—Si todavía no estás preparado para ser padre, no pasa nada —dijo ella.

—No es eso.

Pero Daphne no se lo creyó. Había respondido demasiado deprisa y lo había dicho con un tono tan distante que la incomodaba.

—No me importa esperar —dijo—. Para serte sincera, no me importaría tener un poco más de tiempo para nosotros dos.

Simon no dijo nada, pero sus ojos se entristecieron un poco más y, acto seguido, los cerró cuando se acercó la mano a la cara y se rascó las cejas.

El pánico se apoderó de Daphne y empezó a hablar muy deprisa.

—No es que quisiera un hijo inmediatamente —dijo—. Solo..., bueno, me gustaría tener hijos, algún día, solo eso; y creo que, si lo piensas, tú también querrás. Estaba disgustada porque nos negaras una familia por el mero hecho de fastidiar a tu padre. No es que...

Simon le puso la mano encima de la rodilla.

—Basta, Daphne —dijo—. Por favor.

En su voz había la suficiente emoción como para que ella se callara de inmediato. Se mordió el labio inferior y lo retorció nerviosa. Ahora le tocaba hablar a él. Estaba claro que había algo importante que le daba vueltas por la cabeza y si tardaba todo el día en encontrar las palabras para expresarlo, ella se esperaría.

Por él, esperaría eternamente.

—No puedo decir que me entusiasme la idea de tener un hijo —dijo Simon, lentamente.

Daphne vio que respiraba con alguna que otra dificultad y apoyó la mano en su brazo para tranquilizarlo.

Simon la miró con unos ojos que clamaban comprensión.

—Verás, me he pasado tanto tiempo evitando tener un hijo —dijo—, que ahora n-no sé ni cómo planteármelo.

Daphne le sonrió, confiada, y se dio cuenta de que era una sonrisa para los dos.

—Aprenderás —dijo—. Y yo contigo.

—N-no es eso —dijo él, negando con la cabeza. Suspiró—. No quiero vivir mi vida solo para fastidiar a mi padre.

La miró y Daphne casi se derritió con la emoción que se reflejaba en su cara. Le temblaba la barbilla y tenía las mejillas tensas. Tenía el cuello estirado, como si cada centímetro de energía estuviera puesto en pronunciar aquellas palabras.

Daphne quería abrazarlo para tranquilizar al niño pequeño que había en su interior. Quería acariciarle las cejas y apretarle la mano. Quería hacer mil cosas pero, en lugar de eso, se quedó callada y lo animó con la mirada a que continuara.

—Tenías razón —dijo—. Siempre has tenido razón. Sobre mi padre. Qu-que lo estaba dejando ganar.

—Oh, Simon —susurró ella.

—P-pero, ¿y si...? —Su rostro, su maravilloso rostro, que siempre estaba controlado, se derrumbó—. ¿Y si... si tenemos un hijo y es como yo?

Por un momento, Daphne no podía decir nada. Se le llenaron los ojos de lágrimas y se llevó la mano a la boca, para cubrírsela por la sorpresa.

Simon se giró, pero no antes de que ella viera el tormento en sus ojos. No antes de que escuchara la respiración entrecortada o el suspiro final que soltó en un intento de no perder la compostura.

—Si tenemos un hijo tartamudo —dijo Daphne, cuidadosamente—, lo querré muchísimo. Y lo ayudaré. Y... —Tragó saliva y rezó por que estuviera haciendo lo correcto—. Y le diré que se fije en ti porque, obviamente, has aprendido a superarlo perfectamente.

Simon se giró hacia ella de inmediato.

—No quiero que mi hijo sufra tanto como yo.

De forma inconsciente, Daphne sonrió con calidez, como si su cuerpo se hubiera dado cuenta de que sabía exactamente qué hacer antes que su mente.

—Pero no sufrirá —dijo—, porque tú serás su padre.

Simon no cambió la cara, pero en sus ojos brilló una nueva y esperanzadora luz.

—¿Podrías rechazar a un niño por ser tartamudo? —le preguntó Daphne.

La respuesta negativa de Simon fue muy contundente y vino acompañada con una pizca de blasfemia.

Daphne sonrió.

—Entonces no tengo ningún miedo sobre nuestro hijo.

Simon se quedó en silencio un rato más y entonces, en un rápido movimiento, la rodeó con los brazos y hundió la cara en el hueco de su cuello.

—Te quiero —dijo—. Te quiero mucho.

Y Daphne supo, por fin, que todo iba a salir bien.

Horas después, Daphne y Simon seguían sentados en el sillón del salón. Había sido una tarde para cogerse las manos y para apoyar las cabezas en el hombro del otro. Las palabras sobraban; para ellos bastaba estar allí. El sol brillaba, los pájaros cantaban y ellos estaban juntos.

Era lo único que necesitaban.

Pero había algo que preocupaba a Daphne y no se acordó hasta que vio un conjunto de escritorio en la mesa.

Las cartas del padre de Simon.

Cerró los ojos y suspiró, reuniendo el valor necesario para dárselas a Simon. El duque de Middlethorpe le había dicho, cuando se las había entregado, que ella sabría cuándo dárselas.

Se zafó de los grandes brazos de Simon y se fue al dormitorio de la duquesa.

—¿Adónde vas? —le preguntó Simon, medio dormido. Se había ido relajando bajo el sol de la tarde.

—Eh... Tengo que ir a buscar algo.

Debió de darse cuenta de la inseguridad en su voz, porque abrió los ojos y se giró para mirarla.

—¿Qué vas a buscar? —preguntó, curioso.

Daphne evitó responder la pregunta escabulléndose hacia la otra habitación.

—Espera un momento —dijo, desde su dormitorio.

Había guardado las cartas, atadas con una cinta roja y dorada, los colores de la familia Hastings, en el fondo del último cajón de su mesa. Las primeras semanas en Londres se había olvidado de ellas y estaban intactas en Bridgerton House. Pero las había encontrado un día que había ido a visitar a su madre y esta le había dicho que subiera a su habitación a recoger algunas de sus cosas y, mientras recogía unos perfumes y una funda de almohadón que había bordado a los diez años, las encontró.

Muchas veces había estado tentada de abrir alguna, aunque solo fuera para entender mejor a su marido. Y, para ser sincera, si los sobres no hubieran estado sellados, se habría tragado sus escrúpulos y las habría leído.

Cogió el paquete y volvió lentamente hacia el salón. Simon todavía estaba sentado en el sillón, pero estaba derecho y más despierto, y la miraba con curiosidad.

—Esto es para ti —dijo, mientras se sentaba a su lado.

—¿Qué es? —preguntó Simon.

Pero, por el tono de su voz, Daphne estaba segura de que ya lo sabía.

—Las cartas de tu padre —dijo—. Middlethorpe me las dio. ¿Te acuerdas?

Simon asintió.

—También recuerdo haberle dado órdenes explícitas de que las quemara.

Daphne sonrió.

—Al parecer, no te hizo caso.

Simon miró las cartas. A cualquier sitio menos a ella.

—Y, al parecer, tú tampoco —dijo él, lentamente.

Daphne asintió.

—¿Quieres leerlas?

Simon se pensó la respuesta unos segundos y, al final, optó por ser honesto.

—No lo sé.

—Podría ayudarte a dejarle definitivamente en el pasado.

—O podría empeorar la situación.

—Quizá —dijo ella.

Simon miró las cartas. Esperaba sentir animadversión. Esperaba sentir odio. Pero lo único que sentía era...

Nada.

Fue la sensación más extraña de su vida. Tenía enfrente una colección de cartas, todas escritas por el puño y letra de su padre. Y, aun así, no sentía ni la más mínima intención de tirarlas al fuego o romperlas a pedacitos.

Y, al mismo tiempo, tampoco sentía ninguna intención de leerlas.

—Creo que esperaré un poco —dijo Simon, sonriendo.

Daphne parpadeó varias veces como si sus ojos no dieran crédito a sus oídos.

—¿No quieres leerlas? —preguntó.

Simon negó con la cabeza.

—¿Y no quieres quemarlas?

Simon se encogió de hombros.

—No especialmente.

Daphne miró las cartas y luego a Simon.

—¿Qué quieres hacer con ellas?

—Nada.

—¿Nada?

Él sonrió.

—Eso es lo que he dicho.

—Oh —dijo Daphne, con una cara de confusión totalmente adorable—. ¿Quieres que las vuelva a guardar en mi escritorio?

—Si quieres.

—¿Y se quedarán ahí?

Simon la cogió por el cinturón de la bata y la atrajo hacia él.

—Hum...

—Pero... —farfulló ella—. Pero... Pero...

—Un pero más —se burló él—, y vas a empezar a parecerte a mí.

Daphne se quedó boquiabierta. Y a Simon no le sorprendió esa reacción. Era la primera vez en su vida que había sido capaz de bromear sobre su tartamudez.

—Las cartas pueden esperar —dijo, mientras el paquete resbalaba desde las rodillas de Daphne hasta el suelo—. Por fin he conseguido, gracias a ti, apartar a mi padre de mi vida. —Agitó la cabeza, sonriendo—. Leer las cartas ahora significaría volver a pensar en él.

—Pero ¿no sientes curiosidad por lo que tenía que decirte? —insistió ella—. A lo mejor te pedía perdón. ¡A lo mejor incluso se rendía a tus pies!

Se inclinó hacia delante para recoger las cartas, pero Simon la tiró del cinturón para impedírselo.

—¡Simon! —exclamó ella.

Él arqueó una ceja.

—¿Sí?

—¿Qué estás haciendo?

—Intentando seducirte. ¿Lo estoy consiguiendo?

Daphne se sonrojó.

—Posiblemente —dijo.

—¿Solo posiblemente? Maldita sea, debo de estar perdiendo mi toque.

Le colocó una mano debajo de las nalgas, lo que provocó un grito de ella.

—Creo que tu toque está bien —dijo Daphne.

—¿Bien? —Hizo ver que el comentario le había roto el corazón—. «Bien» es una palabra muy neutra, ¿no te parece? Casi inexpresiva.

—Bueno —admitió ella—. Puede que me haya equivocado.

Simon sintió que el corazón le daba un brinco. Cuando se quiso dar cuenta, ya estaba de pie y guiando a su mujer hacia la cama.

—Daphne —dijo, tratando de sonar muy profesional—, tengo que hacerte una proposición.

—¿Una proposición? —repitió ella, levantando las cejas.

—Una petición —corrigió él—. Tengo una petición.

Cruzaron la puerta hacia el dormitorio.

—En realidad, es una petición en dos partes.

—Estoy intrigada.

—La primera parte nos implica a ti, a mí y... —la levantó y la depositó encima de la cama entre risas—, y esta resistente cama antigua.

—¿Resistente?

A Simon se le iluminó la cara mientras se tendía a su lado.

—Será mejor que lo sea.

Daphne se rio mientras se giraba y se alejaba de él.

—Creo que es muy resistente. ¿Cuál es la segunda parte?

—La segunda parte me temo que conlleva un compromiso temporal por tu parte.

Daphne entrecerró los ojos, pero sin dejar de sonreír.

—¿Qué tipo de compromiso temporal?

Con un gesto rápido, él la tendió de espaldas contra el colchón.

—De unos nueve meses.

Ella abrió la boca, sorprendida.

—¿Estás seguro?

—¿Que son nueve meses? —sonrió él—. Es lo que siempre me han dicho.

Pero Daphne ya no se reía.

—Sabes que no me refiero a eso —dijo.

—Ya lo sé —dijo, muy serio también—. Y sí, estoy seguro. Y estoy muerto de miedo. Y terriblemente emocionado. Y un millón de cosas más que nunca me había permitido sentir hasta que tú llegaste.

A Daphne se le llenaron los ojos de lágrimas.

—Es lo más bonito que me has dicho.

—Es la verdad —dijo él—. Antes de conocerte, solo estaba vivo a medias.

—¿Y ahora? —susurró ella.

—¿Y ahora? —repitió él—. De repente, «ahora» significa felicidad, alegría y una mujer a la que adoro. Pero ¿sabes una cosa?

Daphne agitó la cabeza, demasiado emocionada para hablar.

Él se inclinó y la besó.

—«Ahora» no tiene comparación con mañana. Y mañana no podrá competir con el día siguiente. Tal y como me siento en este momento, mañana va a ser mucho mejor. ¡Ah! Daff —dijo, acercándose a ella para besarla—, cada día voy a quererte más, te lo prometo. Cada día...

Epílogo

¡Los duques de Hastings han tenido un niño!

Después de tres niñas, a la pareja más enamorada de Londres por fin le ha llegado un heredero. Esta autora puede imaginarse el descanso que habrán sentido en Hastings House; después de todo, es una verdad universal que un hombre casado y con una gran fortuna lo que quiere es un heredero.

Todavía no se conoce el nombre del pequeño, pero esta autora se siente cualificada para especular. Después de todo, con hermanas llamadas Amelia, Belinda y Carolina, ¿podría en nuevo conde de Clyvedon recibir otro nombre que no fuera David?

REVISTA DE SOCIEDAD DE LADY WHISTLEDOWN,
15 de diciembre de 1817

Simon levantó los brazos sorprendido, mientras la hoja de papel caía al suelo.

—¿Cómo lo sabe? —preguntó—. No le hemos dicho a nadie nuestra decisión de llamarlo David.

Daphne intentó no reírse mientras observaba a su marido ir y venir por la habitación.

—Estoy segura de que ha sido un golpe de suerte —dijo, mirando con cariño al recién nacido que tenía entre los brazos.

Era demasiado temprano para saber si mantendría los ojos azules o se le volverían marrones, como a sus hermanas, pero ya era igualito que su padre; Daphne no podía imaginarse que se oscurecieran y rompieran el encanto.

—Debe de tener un espía en esta casa —dijo Simon, con las manos en las caderas—. Debe de ser eso.

—Estoy convencida de que no tiene ningún espía aquí —dijo Daphne, sin mirarlo; estaba demasiado ocupada mirando cómo el pequeño David le había cogido el dedo.

—Pero...

Al final, Daphne levantó la cabeza.

—Simon, es ridículo. Solo es una columna de cotilleos.

—Whistledown... ¡ja! —exclamó—. Nunca he oído ese nombre. Me gustaría saber quién es esta maldita mujer.

—Tú y el resto de Londres —dijo Daphne, en voz baja.

—Alguien debería descubrirla y dejarla sin trabajo.

—Si es eso lo que quieres —dijo Daphne, sin poder resistirse—, no deberías apoyarla comprando su revista.

—Yo...

—Y no te atrevas a decir que la compras para mí.

—La lees —dijo Simon.

—Y tú también. —Daphne le dio un beso a David en la cabeza—. Normalmente, antes de que caiga en mis manos. Además, estos días estoy bastante orgullosa de lady Whistledown.

Simon la miró con el ceño fruncido.

—¿Por qué?

—¿Has leído lo que ha escrito de nosotros? Nos ha llamado «la pareja más enamorada de Londres». —Daphne sonrió—. Me gusta.

Simon hizo una mueca.

—Eso es porque Philipa Featherington...

—Ahora es Philipa Berbrooke —le recordó Daphne.

—Bueno, como se llame, tiene la boca más grande de Londres y, desde que me oyó llamarte «cariño mío» en el teatro, no he podido aparecer más por los clubes.

—¿Tan poco corriente es estar enamorado de tu mujer? —se burló Daphne.

Simon hizo cara de niño contrariado.

—Es igual —dijo—. No quiero oír tu respuesta.

La sonrisa de Simon era entre avergonzada y traviesa.

—Toma —dijo Daphne, ofreciéndole el niño—. ¿Quieres cogerlo?

—Claro. —Simon cruzó la habitación y tomó al pequeño en brazos. Lo abrazó un instante y luego miró a Daphne—. Creo que se parece a mí.

—Lo sé.

Simon le dio un beso en la nariz a su hijo y le susurró:

—No te preocupes, mi hombrecito. Siempre te querré. Te enseñaré a leer y a contar y a montar a caballo. Y te protegeré de las personas más horribles de este mundo, sobre todo de esa tal Whistledown...

Y en una pequeña y elegante habitación, no muy lejos de Hastings House, una joven estaba sentada en su escritorio con una pluma y un tintero y cogió una hoja de papel.

Con una sonrisa en la cara, mojó la pluma y escribió:

REVISTA DE SOCIEDAD DE LADY WHISTLEDOWN

19 de diciembre de 1817

¡Ah!, amable lector, esta autora está encantada de comunicarle que...

¿TE GUSTÓ ESTE LIBRO?

escríbenos y
cuéntanos tu opinión en

f /Sellotitania   **🐦** /@Titania_ed

📷 /titania.ed

#SíSoyRomántica

Ecosistema digital

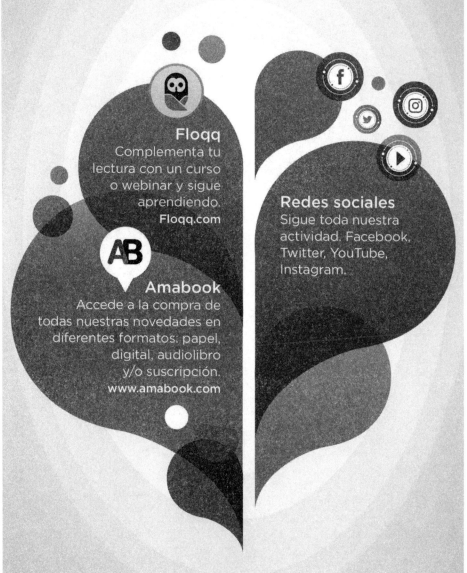

Floqq
Complementa tu lectura con un curso o webinar y sigue aprendiendo.
Floqq.com

Amabook
Accede a la compra de todas nuestras novedades en diferentes formatos: papel, digital, audiolibro y/o suscripción.
www.amabook.com

Redes sociales
Sigue toda nuestra actividad. Facebook, Twitter, YouTube, Instagram.

EDICIONES URANO